Un père prêt à tout

★

Le bébé de l'inconnu

ANGI MORGAN

Un père prêt à tout

Traduction française de
DOMINIQUE TRUFFANDIER

HARLEQUIN

Titre original :
HARD CORE LAW

Ce roman a déjà été publié en 2017

HARPERCOLLINS FRANCE
83-85, boulevard Vincent-Auriol, 75646 PARIS CEDEX 13
Service Lectrices — Tél. : 01 45 82 47 47 - www.harlequin.fr
ISBN 978-2-2804-6796-4

Composé et édité par HarperCollins France.
Imprimé en février 2022 par CPI Black Print (Barcelone)
en utilisant 100% d'électricité renouvelable.
Dépôt légal : mars 2022.

MIXTE
Papier issu de sources responsables
FSC® C159065

Pour limiter l'empreinte environnementale de ses livres, HarperCollins France s'engage à n'utiliser que du papier fabriqué à partir de bois provenant de forêts gérées durablement et de manière responsable.

Prologue

Les derniers invités quittaient la soirée d'anniversaire et agitaient la main depuis leur voiture.

— Ce fut un plaisir de faire votre connaissance. Bonne nuit ! lança Tracey.

Debout à la porte, elle disait au revoir à un couple qu'elle connaissait à peine. Au même instant, deux paires de petits bras encerclèrent ses cuisses et s'y accrochèrent.

— Pourquoi donc êtes-vous debout tous les deux ? Je vous ai mis au lit il y a trois heures.

— Joyeux anniversaire ! répondirent Jackson et Sage à l'unisson.

Les jumeaux pouffèrent de rire. Mais un fracas de vaisselle brisée, en provenance de la cuisine, stoppa net leur hilarité. Leurs visages, à la fois tellement semblables et tellement différents, trahissaient la même surprise et la même certitude : leur père avait de sérieux ennuis.

— Papa va se faire gronder.

Sage hocha la tête avec tant de vigueur que ses boucles auburn dansèrent autour de son visage.

— Dépêchez-vous ! intima Tracey.

Elle leur tapota le dos et les poussa dans la bonne direction.

— Remontez avant que le major soit obligé de vous porter lui-même. Vous le savez très bien : s'il vous surprend en bas, vous aurez des corvées supplémentaires.

Les jumeaux gravirent les marches sur la pointe des

pieds, avec une prudence exagérée. Ils étaient tellement comiques que Tracey dut réprimer un fou rire : leur père faisait de plus en plus de bruit et risquait à tout instant de venir la chercher pour qu'elle l'aide.

— Faites vite, et il y aura des vermicelles de chocolat sur votre crème glacée, vendredi prochain.

La corruption eut l'effet escompté. Les jumeaux s'élancèrent dans l'escalier aussi vite que leurs petites jambes de quatre ans le leur permettaient. Leur père les entendit sans doute refermer la porte de la chambre... Mais, après tout, il faisait assez de bruit pour réveiller un mort.

— Tracey ! finit-il par hurler. Où est la pelle ?

Elle se hâta de gagner la cuisine. Le major Josh Parker tenait le balai dans une main et des éclats de verre dans l'autre, l'air un peu ahuri. Il était complètement hors de son élément dans la cuisine, autant que dans la buanderie. Heureusement qu'il avait une femme de ménage, songea Tracey.

— Elle aurait dû être dans le placard avec le balai, répondit-elle. Laisse-moi prendre ça.

Elle tendit la main vers les éclats de verre qui portaient encore des traces de sauce à l'artichaut.

— Je m'en occupe, dit-il en levant le bras, hors de sa portée. Désolé pour le saladier. Je croyais que j'aidais, pour une fois. Ce fichu truc m'a glissé des mains.

Elle tira la poubelle jusqu'à lui et en souleva le couvercle.

— Tiens, mets ça là-dedans.

— Bon Dieu, Tracey, tu n'as pas de chaussures ! Ce truc s'est brisé en mille morceaux.

Il jurait ? Elle n'avait jamais vu Josh ne serait-ce qu'un peu pompette. Mais, durant la soirée, son groupe d'amis avait porté beaucoup de toasts. D'abord à son anniversaire, puis à des fiançailles, puis à un autre couple qui échangeait des regards énamourés. Et à son anniversaire, une fois encore.

— Est-ce que tu aurais un peu trop bu ?

Passant outre sa mise en garde, elle traversa la cuisine pour aller chercher la pelle qui était à sa place, accrochée au mur de la réserve. Elle se tourna pour l'en informer… et se heurta à son torse.

— Hé bien, voyez-vous ça…

Il inclina la tête de côté, ce qui accentua sa fossette.

— Si tu étais un serpent, tu m'aurais mordu.

— Et arraché un gros morceau d'épaule, renchérit-elle.

Pour souligner ses paroles, elle le frappa avec le coin de la pelle. Il ne s'écarta pas pour autant. Il posa le front contre le chambranle de la porte et laissa échapper un long soupir. Son haleine sentait le whisky. Il avait décidément beaucoup bu. Peut-être même un peu plus que de raison. Mais il avait aussi pris plaisir à se trouver en compagnie de ses amis, ce qui ne lui était pas arrivé depuis un bon moment. Il consacrait la plus grande partie de son temps libre aux jumeaux.

— Il nous faut une boîte en carton, ou quelque chose comme ça, reprit-il. Ces trucs…

Il brandit les éclats de verre et ajouta :

— Ils vont percer le plastique.

Il appuya de nouveau la tête contre le chambranle de la porte et ferma les yeux. Cette fois, il la laissa prendre les morceaux de verre.

Elle le guida ensuite jusqu'à la table de la cuisine, posa une bouteille d'eau fraîche devant lui et entreprit de nettoyer le sol.

Dans l'absolu, ce n'était pas à elle de le faire. Officiellement, sa journée de travail se terminait quand Josh rentrait à la maison. Mais elle ne pouvait le laisser ainsi, la tête posée sur la table, dans une cuisine au sol jonché d'éclats de verre. Même si le lendemain était un samedi, les enfants se lèveraient à leur heure habituelle. Et la femme de ménage ne reviendrait pas avant le mardi.

— Vu ton état, ce bazar pourrait encore être là lundi après l'école, commenta-t-elle.

Il y avait des éclats de verre partout. Elle rasa les murs de la cuisine afin d'éviter autant que possible le désastre et retourna dans le séjour pour y prendre ses sandales qu'elle avait laissées près du canapé. Elle les avait enlevées en regardant les hommes de la compagnie de Josh discuter ensemble.

Les épouses n'avaient pas délibérément cherché à l'exclure, mais elle n'était pas l'une d'entre elles. Elle n'était que l'employée, la « nounou » — un terme qu'elle avait en horreur. Elle préférait « assistante maternelle ». Entre deux bribes de conversation, elle avait fait la fête en silence, seule dans son coin. Elle n'avait pas seulement célébré son anniversaire, mais aussi l'obtention de son doctorat en nutrition.

Il faut que je le lui dise.

Elle attrapa ses sandales, qui avaient glissé sous le canapé, et les enfila.

— Ils n'étaient pas très… abordables ce soir, pas vrai ? lança Josh en la rejoignant.

La phrase était plus une constatation qu'une question. Josh se frotta le visage d'une main. De l'autre, il tenait la bouteille d'eau, à moitié vide.

— Désolé, conclut-il.

— Hé, tu n'as pas à être désolé. Le gâteau était une merveille.

— C'est Vivian qui l'a commandé.

— Je sais. J'ai vraiment regretté qu'elle ne puisse pas rester.

La réceptionniste de Josh avait fait de son mieux pour inclure Tracey dans les conversations.

— Est-ce que tu peux t'asseoir avant de tomber ?

— Je ne suis pas soûl, assura-t-il. Juste épuisé. On a travaillé dur ces derniers temps, tu sais.

— Je sais, oui. J'ai passé bien trop de nuits chez toi. Les voisins commencent à jaser.

— Laisse-les faire.

Il lui décocha un sourire malicieux, se laissa tomber sur le canapé et posa sa tête en arrière, contre le dossier.

— Ils peuvent hennir tant qu'ils veulent. Ou meugler. Ou hurler à la lune. Je pourrais même me joindre à eux.

Cinq kilomètres séparaient Josh de son voisin le plus proche, JimBob Watts. Josh, qui avait plusieurs chevaux et trois chats, autorisait JimBob à faire paître du bétail sur le champ qui jouxtait ses terres. Si Tracey passait toute la nuit là, personne ne pouvait vraiment le savoir.

Personne… Sauf eux deux.

Ces derniers temps, ils étaient devenus plus laxistes sur le sujet. L'affaire qui occupait les Texas Rangers, quelle qu'elle soit, les retenait souvent dans les bureaux de la Compagnie F, à Waco. Mais cette affaire serait bouclée sous peu — ou du moins le rôle qu'y jouait la compagnie. Tracey avait glané cette information grâce à un ou deux de leurs toasts au whisky.

Elle balaya la pièce du regard. Les meubles étaient jonchés de gobelets en plastique, d'assiettes en cartons pleines de restes de gâteau, de serviettes en papier et de fourchettes. Comment dix personnes pouvaient-elles mettre un tel désordre ? Deux des épouses avaient bien essayé de proposer leur aide, mais tous les invités semblaient être partis en même temps.

Bien sûr, l'homme qui venait de s'endormir sur le canapé leur avait peut-être fait remarquer qu'il était tard. Et les personnes qui travaillaient sous ses ordres, dans son bureau, avaient peut-être pensé que, par ces mots, il leur ordonnait de partir…

À cette idée, Tracey ne put retenir un soupir. Puis elle alla chercher un sac-poubelle. Elle pouvait bien rester tard un soir de plus. Après tout, rien d'urgent ne l'attendait dans l'appartement qu'elle occupait sur le campus.

Elle jeta deux premiers gobelets en plastique dans le sac-poubelle et poursuivit sa tournée dans la pièce. Autant nettoyer un peu. Il s'agissait essentiellement de couverts jetables et ce n'était pas juste de forcer les jumeaux à aider leur père, ni de laisser celui-ci s'en charger. Les enfants lui donnaient déjà bien assez de travail.

Et après tout, c'était son anniversaire à elle qui venait d'être fêté.

Elle considéra le sol. D'ici à mardi, il serait dans un état lamentable si elle n'y passait pas un coup de serpillière. Aussi elle lava par terre puis rangea le gâteau — sans oublier de poser la bouteille de whisky sur le réfrigérateur. À son second passage dans le séjour, elle prit un plaid sur l'ottomane pour en couvrir son patron.

Il faisait peut-être quarante degrés dehors, mais il régnait toujours au rez-de-chaussée une température digne d'un congélateur. Elle posa le plaid sur Josh, et il emprisonna sa main dans la sienne.

Josh se maudit intérieurement. Laisser Tracey nettoyer pendant qu'il faisait semblant de dormir ! Il n'était pas ivre, loin de là. Il était même pleinement conscient de chacun des mouvements de Tracey.

— La soirée ne s'est pas exactement déroulée comme je l'avais prévu…, commença-t-il.

— Oh ! Zut ! Pourquoi m'as-tu fait peur comme ça ? Je pensais que tu dormais…

Elle ajouta aussitôt :

— Non, c'était une soirée très amusante. Une surprise vraiment réussie.

Elle posa son autre main sur la sienne et la tapota,

comme pour lui faire comprendre qu'il devait la relâcher. Il n'y avait pas une once de méchanceté en elle, il le savait. Jamais elle ne le blesserait délibérément.

Mais il fallait qu'il tienne bon. S'il la relâchait, peut-être ne pourrait-il plus jamais rassembler assez de courage pour faire ce qu'il s'apprêtait à faire.

— Tu mens, répliqua-t-il. Tu étais malheureuse. J'aurais dû inviter tes amis.

— C'était génial, je t'assure.

Elle tapota de nouveau sa main et ajouta :

— Je ferais mieux d'y aller.

— Non.

Il se leva et relâcha sa main, mais la saisit par les épaules pour la retenir.

Plus détendu, il ajouta :

— Reste quelques minutes encore. Je ne t'ai pas donné ton cadeau.

— Mais tu as organisé la soirée et tout le reste.

Devait-il mettre cela sur le compte de son imagination, ou la voix de Tracey était-elle vraiment un peu plus haletante quand il la touchait ? Ils n'avaient plus beaucoup de contacts physiques depuis que les jumeaux allaient seuls au lit et n'avaient plus besoin d'être portés.

Eh non, ce n'était pas son imagination. Sa poitrine, sous son chemisier sans manches, s'élevait et s'abaissait plus vite... Une boucle de ses cheveux roux foncé qu'elle essayait avec obstination de maintenir en place retombait au milieu de son front. La plupart du temps, elle la repoussait en arrière avec le reste de ses cheveux mais, en cet instant, il lui maintenait littéralement les bras cloués le long du corps. Alors, cette fois, il s'accorda un plaisir simple : il prit la boucle entre ses doigts et la ramena doucement en arrière.

Il s'autorisa à caresser la peau soyeuse de sa joue. Et,

quand il effleura ses lèvres du bout des doigts, elle ferma les yeux. Le moment était venu.

Maintenant !

C'était une décision consciente. Pas un accident né de l'impulsion du moment.

Il se pencha en avant tout en lui relevant le menton. Leurs lèvres s'unirent. Puis il l'enveloppa de ses mains pour la plaquer brusquement contre lui. Ils se fondirent l'un dans l'autre, et toutes les parties endormies de son âme s'enflammèrent.

Cela faisait quatre ans qu'il n'avait pas vraiment tenu une femme dans ses bras. La dernière fois qu'il avait goûté des lèvres, ce n'avait été que pour un doux adieu. La passion ne l'avait pas habité depuis bien longtemps…

Il hésita pendant une fraction de seconde, et Tracey ouvrit les yeux. Dans son regard ne se lisait ni peur ni surprise, seulement le désir qui l'attendait. Il l'embrassa de nouveau, ne leur laissant ni le temps de réfléchir ni celui de changer d'avis.

Ses lèvres avaient le goût du baume parfumé à la noix de coco qu'elle utilisait depuis peu, mais sa bouche celui du glaçage au beurre de son gâteau d'anniversaire. Elle avait des lèvres douces, pleines, et un corps tonique mais souple contre le sien.

Oui, il analysait tout. Chaque partie d'elle. Il voulait tout se rappeler au cas où l'occasion ne se représenterait pas. Il n'avait pas connu de moment d'intimité avec une femme depuis… Depuis… Non, il n'allait pas laisser ses pensées dériver dans cette direction, pas alors qu'il tenait Tracey dans ses bras, que son corps répondait à chacune de ses caresses.

Leurs lèvres se séparèrent. Il avait envie de précipiter les choses, mais il fallait un début à leur histoire. Il avait tout calculé en esprit, une centaine de fois. C'était logique.

Commencer par un baiser, lui faire comprendre qu'il désirait plus.

— Hé bien... C'était un cadeau d'anniversaire... surprenant.

Aucun doute, elle était un peu essoufflée.

— Pardon, fit-il. Ce n'était pas ton cadeau. Il est dans le camion. J'avais gardé le paquet au bureau pour que les enfants ne puissent rien te dire.

Il enfouit ses mains dans les poches de son jean pour les empêcher de se porter dans une autre direction et recula d'un pas. Tracey était-elle hors d'haleine ou tellement étonnée qu'elle ne savait comment réagir ?

— Josh ?

— J'en ai pour une seconde, indiqua-t-il en se détournant.

Elle le rattrapa et le suivit sous le porche.

— Peut-être que je devrais rentrer ?

Elle sourit, puis lui frotta le bras, d'un geste qui semblait plutôt amical.

— Tu as raison.

Il glissa les pouces dans son jean et baissa un peu la tête.

— C'est juste que... Eh bien, tu as bu et je ne veux pas...

Elle laissa sa phrase en suspens, tout comme elle le faisait quand elle lui signalait que les jumeaux s'étaient mal comportés. Comme toujours, elle voulait éviter de le blesser ou de le décevoir.

— Pigé.

Elle se dirigea vers sa voiture et ouvrit la portière. Au dernier moment, elle se retourna.

— Ne te fâche pas. Ce n'est pas que je n'ai pas...

— Tracey. Je comprends.

Et il disait vrai : il comprenait. Tout ce qu'il savait sur Tracey, c'était qu'elle avait toujours été là pour lui et pour les enfants. Il ne faisait que supposer qu'elle ressentait la même chose que lui, alors que… Bon sang, il ne savait rien de la vie qu'elle menait hors du petit monde qu'ils fréquentaient.

— Je vais y aller, dit-elle en agitant la main à la portière de sa voiture. Bonne nuit.

Et elle referma doucement derrière elle.

Le changement est une erreur, songea-t-il. Non. Depuis des semaines, il débattait du sujet avec lui-même. Il était temps d'avancer. Il ne pouvait se permettre d'avoir peur du futur.

Tracey démarra dans un crissement de pneus.

L'avait-il fait fuir, au point de l'amener à prendre ses distances avec lui ?

Il étouffa un soupir. Elle n'abandonnerait jamais les jumeaux, pas vrai ? Elle était la seule figure maternelle qui ait jamais été présente dans leur vie.

Pendant un temps, il avait pensé que c'était pour cela qu'il l'admirait. Désormais, il savait que non. Ce n'était pas tout. Il avait besoin de l'entendre dire qu'elle ressentait quelque chose pour lui. Parce que quatre ans s'étaient écoulés, et que c'était bien assez.

Il était prêt à aimer de nouveau.

1

Rien. Depuis que Josh l'avait embrassée, deux semaines plus tôt, il la fuyait comme la peste. Ces quinze derniers jours, elle l'avait à peine vu. Il avait même engagé une adolescente pour surveiller les enfants l'espace de deux soirées !

Retenant un juron, Tracey ajusta le rétroviseur pour mieux veiller sur Jackson et Sage. Ils communiquaient par des sourires, dans leur langage de jumeaux. Ils semblaient bien trop sages. Comme on était vendredi, jour de la crème glacée, et qu'ils s'étaient bien tenus à l'école, ils avaient eu droit à un supplément de vermicelles en chocolat. Et ils avaient savouré chaque paillette, les chenapans !

Au carrefour, il y avait plus de circulation que d'habitude. Quand la voiture qui la précédait tourna, Tracey découvrit enfin ce qui provoquait cet embouteillage : un petit camion de déménagement était arrêté au stop, capot relevé.

Elle voulut le contourner en rasant le trottoir, mais une seconde fourgonnette se gara à côté de la première.

— Tracey, on a faim ! se mit à geindre Sage.

— Je sais, ma puce. Je fais de mon mieux.

Elle passa la marche arrière de sa Mazda et essaya de faire demi-tour.

— Est-ce que tu peux attraper tes crackers, Jackson ?

— Ouais, ouais, ouais, répondit-il, imitant le dinosaure du dessin animé qu'il avait regardé récemment sur un vieux DVD.

Le garçonnet attrapa son petit sac à dos, entre les sièges de la voiture, et y prit un cracker, puis un second, qu'il partagea avec Sage.

— Juste un ! avertit Tracey. Tu viens de manger de la glace.

Deux hommes descendirent alors du camion de déménagement et lui firent signe de reculer. Bien qu'elle fût affreusement près de l'autre camion, elle suivit leurs directives… Jusqu'au moment où sa voiture emboutit quelque chose. Elle n'allait pas assez vite pour qu'il puisse y avoir de gros dégâts, mais les deux types s'énervèrent et marchèrent vers elle d'un pas vif.

Le week-end commençait bien…

Les deux hommes se séparèrent pour se poster de part et d'autre de sa voiture. D'un geste, celui qui se tenait à la gauche lui intima de baisser sa vitre. Elle la descendit de quelques centimètres, juste assez pour l'entendre, défit sa ceinture et se pencha vers la boîte à gants pour y attraper la carte de sa compagnie d'assurance.

— Désolée, mais votre ami…

Elle releva les yeux et s'arrêta net.

L'homme qui se tenait près de sa vitre portait une cagoule de ski. Il tira sur la poignée de sa portière en grommelant, puis tapota sa vitre avec la crosse d'un pistolet… dont il glissa ensuite le canon par l'ouverture.

— Ouvre cette portière !

Elle pressa plusieurs fois le klaxon et repassa en première. S'il le fallait, elle réduirait sa voiture en miettes pour s'enfuir. Mais elle était coincée. Après qu'elle eut reculé, deux véhicules étaient venus se garer devant et derrière elle. Sa voiture était bloquée entre trois autres.

Allaient-ils vraiment lui tirer dessus pour voler sa vieille Mazda ?

— Vous pouvez prendre la voiture, dit-elle. Si vous

voulez de l'argent, il faudra un peu de temps mais je peux en avoir aussi. Vous n'avez pas à faire ça.

Elle contrôlait sa voix du mieux qu'elle pouvait.

— Laissez-moi seulement détacher les jumeaux et les emmener.

— Sors ! Tout de suite ! cria un autre homme armé à travers la vitre de la portière de droite.

Mais où étaient donc passées toutes les autres voitures ? Et pourquoi avait-elle baissé sa vitre de deux centimètres pour répondre à la question de cet homme ?

Un frisson la parcourut. Et s'ils ne la laissaient pas emmener les enfants ? Les questions se bousculaient dans son esprit.

Ils continuaient à crier en tapant dans les vitres. Les jumeaux, qui avaient compris qu'il se passait quelque chose d'anormal, se mirent à pleurer. Alors Tracey agrippa le volant d'une main et klaxonna de nouveau de l'autre. Quelqu'un allait forcément les entendre. Quelqu'un allait arriver et voir ce qui se passait.

— Sors de cette voiture, ou je te descends à travers la vitre ! menaça le premier homme en pointant l'arme vers sa tête.

— Vous ne pouvez pas emmener ces enfants ! Leur père est chef des Texas Rangers dans la région.

Tracey n'en revenait pas. Comment faisait-elle pour parler — et de façon cohérente — avec un pistolet braqué en plein visage ? Ses mains étaient crispées sur le volant, comme déterminées à rester là où elles étaient.

— Tu te trompes, chérie. C'est justement pour ça qu'on les veut, répondit le deuxième homme armé.

Mon Dieu, il ne s'agissait pas d'un simple vol de voiture.

— La ferme, Mack ! cria le premier en frappant le toit de la voiture. Et toi, arrête de bavarder ! Sors tes fesses de là avant que je fasse voler ta cervelle sur ces gamins.

L'un des conducteurs descendit alors de son camion de livraison, un bâton dans les mains. À mieux y regarder, ce n'était pas un simple bâton. La perche de bois semblait se terminer par une espèce de crochet.

— Non !

Elle se pencha vers le milieu de la voiture, dans l'espoir d'arrêter ce qui allait se passer.

Le nouveau venu abattit son bâton sur la vitre, qui se brisa en éclats de la taille de petits cailloux. Les enfants se mirent à hurler sur la banquette arrière, et elle voulut les rejoindre en passant entre les sièges avant. Mais le verrouillage automatique se désenclencha au même instant.

Le premier homme armé l'attrapa par les chevilles et tira. Son menton heurta le dessus du dossier de son siège, et une vive douleur fusa à travers son visage. Avant qu'elle ait pu se raccrocher à quelque chose ou se préparer à la chute, elle dégringola hors de la voiture et tomba sur l'asphalte. Son épaule et son flanc gauches accusèrent rudement le coup.

Une voiture allait-elle passer à la fin ? N'y avait-il donc personne pour intervenir ou appeler la police ? Elle avait toujours son petit sac à main en bandoulière, caché sous sa hanche. Son portable se trouvait encore dedans. Peut-être qu'elle pouvait…

Le premier homme armé ouvrit un couteau et sectionna la sangle du sac, égratignant son cou au passage.

— Nous ne voulons pas que tu appelles papa trop tôt. Tu as le scotch, Mack ?

Il la releva brutalement, heurtant le côté de sa tête avec son coude.

— Il a fallu que tu joues à l'héroïne.

— Tiens, Mack.

Le deuxième homme armé, qui était déjà dans la voiture, lança un rouleau de scotch à son complice. Celui-ci plaqua le visage de Tracey dans la vitre arrière et enroula le scotch autour de ses poignets. Les deux enfants hurlaient son nom. Ils comprenaient qu'il se passait quelque chose d'horrible. Tous deux piégés dans leurs sièges, ils tiraient sur les sangles et tendaient les bras vers elle. Elle chercha à les calmer à travers la vitre.

— Tout va bien, les enfants. Personne ne va vous faire de mal.

Ensuite, elle s'adressa aux hommes cagoulés :

— Ne faites pas ça, s'il vous plaît. Jackson a du diabète. Il suit un régime très strict, et son taux d'insuline doit être attentivement…

Le premier homme armé la fit pivoter sur elle-même et la poussa le long de la carrosserie de la Mazda jusqu'au coffre.

Oh ! mon Dieu, ils savaient ! Cela se voyait à leurs réactions. Bon sang, c'était bel et bien l'enlèvement prémédité des jumeaux de Josh Parker !

Le premier homme l'envoya au sol d'un coup de poing. Les autres sectionnèrent les ceintures qui tenaient les jumeaux, les sortirent de la voiture avec leurs sièges et prirent leurs petits sacs à dos.

Comment était-il possible que des hommes cagoulés l'agressent en plein jour sans que personne ne remarque rien ?

— Emmenez-moi, s'il vous plaît. Je ne vous causerai pas d'ennuis. Je le promets. Je… Je peux m'occuper de Jackson. M'assurer qu'il ne fait pas de coma diabétique.

Le premier homme tira sur ses mains.

— Tu ne feras pas l'affaire, sœurette. Il faut que ce soit quelqu'un qu'il aime.

— Donnez-lui des crackers. D'accord ? Il faut qu'il mange quelque chose toutes les trois ou quatre heures, implora-t-elle. Sage, surveille ton frère !

Quand tout avait commencé, quelques secondes plus tôt, elle n'avait pas fait attention au visage de l'homme qui s'était avancé vers sa voiture. Elle n'aurait su dire son âge.

Peut-être la trentaine. En tout cas, un homme au physique ordinaire, habillé comme un étudiant. Mais, en cet instant, elle se décida à scruter ses yeux par la fente de sa cagoule verte : ils brillaient d'excitation et étaient d'un brun sombre. En outre, une petite cicatrice barrait son sourcil droit. Voilà ce qui provoquerait sa perte !

L'homme saisit alors son pistolet par le canon et le leva. De toute évidence, il allait la frapper. Elle ferma les yeux. Le coup l'étourdit et lui brouilla la vision. Il lui fallut quelques instants pour la réajuster. Les hommes couraient vers l'arrière du camion de déménagement, emportant les jumeaux !

Elle vacilla et s'effondra sur l'asphalte.

Je suis tellement désolée, Josh.

2

Josh...

Le nom flottait autour de Tracey dans un incompréhensible brouillard. Que s'était-il passé ? Elle n'était plus sûre de savoir.

Jackson, Sage... Mon Dieu !

Elle ne put retenir un cri au moment même où un passant s'approchait d'elle.

— Josh..., bafouilla-t-elle.

L'homme l'aida à se relever et prévint les secours, qui la conduisirent aux urgences. Tant bien que mal, elle expliqua ce qui venait de se produire. Les hommes cagoulés, l'enlèvement des jumeaux... Cela devait faire au moins une heure qu'ils avaient été kidnappés !

Elle fut examinée à l'hôpital, puis transportée dans une chambre. Elle se sentait incapable d'annoncer la nouvelle à Josh.

Heureusement, un agent du FBI vint à son chevet.

— Agent spécial George Lanning, se présenta-t-il.

Elle eut tout juste la force de répondre à ses questions.

— Josh va me haïr, marmonna-t-elle finalement.

— Je ne pense pas. J'ai traité beaucoup de kidnappings. Ce n'est pas votre faute. Le major Parker s'en rendra compte bien plus vite que la plupart des gens. Nous allons nous charger de le prévenir, ne vous inquiétez pas.

— Merci..., soupira-t-elle. Je n'aurai pas la force de le faire.

Mais elle ajouta dans la foulée :

— Ça ne change rien au fait que j'ai perdu ses enfants. Il ne me fera plus jamais confiance, et je ne peux pas le lui reprocher.

L'agent Lanning lui adressa un sourire compatissant.

— Il faudrait que vous rencontriez un de nos dessinateurs de police. Vous vous en sentez la force ?

Elle haussa les épaules.

— Ce n'est pas le problème. Le type avait une cagoule de ski. Je ne vois pas ce qu'on pourrait dessiner.

Lanning acquiesça.

— Je vais vous laisser vous reposer. Ensuite, on vous ramènera chez vous.

L'idée la glaça.

— Non, je ne veux pas. Je préfère retourner chez le major.

L'agent du FBI parut légèrement surpris, mais n'insista pas.

Deux heures plus tard, il revint la chercher dans sa chambre pour l'y conduire.

— Est-ce que mon visage est très abîmé ? lui demanda-t-elle sur la route.

— Tout dépend du contexte.

Elle baissa son pare-soleil pour se regarder dans le miroir de courtoisie.

— Eh bien... Même avec du maquillage, si j'en avais, je ne pourrais pas arranger ça.

Elle pressa doucement sa pommette, qui semblait dix fois plus grosse qu'elle l'aurait dû.

— Je ne veux pas ressembler à...

— Tracey, la coupa l'agent Lanning. Quatre hommes vous ont fait sortir de force d'une voiture et vous ont frappée assez fort pour causer un traumatisme crânien. Ils ont enlevé Jackson et Sage. Vous pensez peut-être que vous auriez pu agir différemment, mais ne vous y trompez pas : ils auraient quand même emmené les jumeaux.

Elle essuya une nouvelle larme qui roulait sur sa joue. L'agent Lanning avait peut-être raison. Mais rien de ce qu'on pourrait lui dire ne l'empêcherait de se sentir responsable de ce qui s'était passé.

Rien.

La route qui menait à la maison était bordée de voitures et la cour, où ils devaient se garer, remplie d'hommes. Le véhicule de police qui les précédait alluma son gyrophare et donna un coup de sirène pour faire sortir les gens de leur chemin.

Tracey se boucha les oreilles.

Elle avait mal partout, surtout à la tête, malgré les antalgiques qu'on lui avait donnés à l'hôpital. Mais elle était prête à bondir de la voiture dès qu'elle ralentirait. D'abord, elle devait implorer le pardon de Josh. Ensuite, apprendre ce qu'avaient découvert les autorités.

— Vous avez fait une sacrée chute, reprit Lanning en se garant. Vous devriez vous ménager le plus possible.

Mais Tracey l'écoutait à peine. Elle n'attendit même pas qu'il ait coupé le moteur. Elle descendit d'un bond, poussée par le besoin de s'expliquer tant qu'elle avait encore le courage de le faire.

Elle traversa la pelouse jaunissante en courant et ne ralentit qu'en croisant des amis de Josh. Ils se tournèrent vers elle, observant la blouse qu'on lui avait donnée à l'hôpital pour s'habiller. Elle les salua rapidement, puis fila dans l'entrée, cherchant du regard la chevelure noire et lisse qui aurait dû surplomber la plupart des personnes présentes dans le séjour. Tous les rangers qui travaillaient à Waco ou alentour semblaient s'être donné rendez-vous chez Josh.

L'un d'eux s'approcha de Tracey. Elle le connaissait vaguement. Il s'appelait Bryce.

— Vous allez bien ? s'enquit-il. Besoin de quelque chose ? Un peu d'eau, peut-être ?

Elle acquiesça. Un nœud s'était formé dans sa gorge et l'empêchait de parler. Il y avait tant de monde !

— Pourquoi est-ce que vous n'êtes pas en train de chercher les jumeaux ?

Tous les visages se tournèrent vers un homme qui se tenait debout près de la banquette de fenêtre. Il portait un costume assez élégant et affichait un air déterminé. D'un geste sec, il intima à la foule de sortir. Tous s'exécutèrent, découvrant la table au fond de la pièce. Une femme et Josh y étaient assis.

Tracey poussa un lourd soupir intérieur. Sur le visage de Josh se lisait la même douleur que le jour de la mort de Gwen. Et, comme en ce moment terrible, elle voulut être présente pour apporter son soutien à l'homme qu'elle avait toujours considéré comme un ami, bien plus que comme un employeur. Mais le lui permettrait-il ? Il lui jeta un coup d'œil avant de se masquer le visage d'une main, comme si sa vue lui répugnait. Elle en frissonna.

Par chance, l'agent Lanning réapparut à cet instant précis et l'invita d'un geste à s'asseoir à la table.

La situation avait tout d'une de ces scènes de film durant laquelle les protagonistes attendent une demande de rançon, songea Tracey. Les trois professionnels avaient tout à fait la tête d'agents du FBI, et devant la femme était posé un appareil électronique qui semblait servir à surveiller les appels téléphoniques.

Lanning alla jusqu'à la porte de derrière et se tourna poliment face à la fenêtre. L'autre homme, à qui lui et la femme semblaient s'en référer, tapota l'épaule de Josh. La tête basse, comme protégée entre ses deux bras posés sur la table, celui-ci ne semblait pas s'être rendu compte que presque tout le monde était parti.

Tracey prit une grande inspiration.

— Je ne sais pas quoi dire… Je suis désolée, mais ce n'est pas assez, j'en ai parfaitement conscience.

Josh redressa la tête tout en se levant, si vivement que sa chaise bascula en arrière. Le bruit arracha une grimace à Tracey. Elle s'était doutée qu'il serait déçu et furieux, et qu'il irait peut-être jusqu'à lui hurler de sortir de chez lui. Mais se retrouver confrontée à sa peur, à sa souffrance…

— C'est probablement idiot, mais nous devons être sûrs que Jackson avait bien sa pompe à insuline avec lui, dit-il dans un chuchotement dénué de toute colère.

— Oui. J'ai vérifié quand je suis allée le chercher.

— Dieu merci. Je savais que tu le ferais. Tu le fais toujours.

La femme ouvrit la bouche, mais l'agent Lanning lui fit signe de se taire.

Josh se plaqua de nouveau les mains sur le visage sans rien dire non plus. Le silence dans la pièce devint insupportable. Tracey en trembla de nouveau. À quoi s'était-elle attendue, bon sang ? À ce que Josh lui dise :

« Oh ! Tout va bien se passer, Tracey. Ne t'inquiète pas, Tracey. Nous les retrouverons ensemble, Tracey. »

Non, ça n'avait aucun sens !

Elle décida de rompre le silence :

— Est-ce que quelqu'un a vu ou dit quelque chose ? lança-t-elle sans s'adresser à personne en particulier.

L'agent en costume fit un pas vers elle.

— Suivez-moi à l'étage, mademoiselle Cassidy.

— Non ! ordonna Josh en levant une main. Je veux entendre toute l'histoire de sa bouche, et elle peut entendre tout ce que vous avez à me dire. Elle reste avec nous.

— Très bien. Alors, je suis l'agent spécial Leo McCaffrey, et voici l'agent Kendall Barlow, reprit l'homme en désignant la femme assise à la table. Les ravisseurs n'ont pas appelé. Il n'y a pas eu de demande de rançon. Vous êtes vous souvenue d'un autre détail qui pourrait nous aider ?

— Pas vraiment, non. Il y avait un camion en panne. Deux hommes sont venus vers ma voiture. Apparemment, l'un d'eux m'a délibérément fait reculer dans le camion de location. Un autre est venu frapper à ma vitre. J'ai pensé qu'il voulait me demander mon assurance, mon permis de conduire ou autre chose. Ces hommes ressemblaient à des étudiants, jusqu'au moment où ils ont enfilé leurs cagoules. Je dois avouer que je n'ai pas fait attention à leurs visages pendant qu'ils étaient découverts.

Elle s'agrippa des deux mains à sa chaise. La pièce tournait un peu autour d'elle. Elle craignit de défaillir de nouveau.

— Vous n'avez pas trouvé ça étrange ? intervint la femme.

— Pas vraiment. Il y a beaucoup d'étudiants dans ce quartier. Cette partie de Waco n'est pas loin du centre-ville.

Bizarrement, tout en parlant, elle remarquait des détails au sujet de l'agent McCaffrey. Il n'était pas très grand, mais avait un physique avenant. Ses cheveux courts étaient marqués, comme ceux de Josh quand il portait son Stetson ou qu'il avait passé l'après-midi coiffé de sa casquette de base-ball. Elle baissa les yeux vers ses pieds : il portait d'élégantes bottes de ville. Ce fut alors qu'elle se rappela ! Les hommes qui l'avaient agressée portaient des bottes de travail.

— Attendez... Ces hommes qui sont descendus du camion de déménagement... Ils avaient tous les deux un vieux T-shirt de l'université de Baylor datant d'il y a peut-être cinq ans. Et tous portaient le même type de bottes de chantier. Je pourrais presque jurer qu'elles étaient neuves et de la même marque. L'homme qui... qui m'a tirée hors de la voiture...

Tout le monde la fixait en attendant qu'elle poursuive.

— Il avait des yeux brun foncé et des sourcils épais.

Mais pas assez épais pour cacher une cicatrice au-dessus de l'œil droit.

— C'est bien, mademoiselle Cassidy. Quand un détail vous revient, n'oubliez pas d'en faire part à l'agent Lanning. Quelque chose de particulier sur les autres ?

— Je n'étais pas assez près d'eux. Tout s'est passé si vite que je n'ai pas su quoi faire.

Elle s'étrangla sur le dernier mot. Elle n'avait pas su, non… Et elle ne savait toujours pas ce qu'elle aurait pu faire.

— Quand on vous a interrogée à l'hôpital, vous aviez du mal à vous souvenir des petits détails, mais ils reviendront sans doute, dit la femme en poussant un bloc-notes vers le milieu de la table. Vous devriez garder de quoi écrire sous la main.

— Je, euh… Je n'ai pas pu aller à l'hôpital, confia Josh d'une voix mal assurée.

Il déglutit et secoua la tête. Il semblait un peu perdu. C'était la première fois que Tracey le voyait ainsi.

— Je ne m'attendais pas à ce que tu viennes, lui assura-t-elle.

— C'est juste que… Je ne suis pas allé là-bas depuis que Gwen…

Du regard, il l'implora de comprendre sans le forcer à prononcer les mots.

— Je crois que j'ai dû y retourner une fois avec Jackson, reprit-il en passant la main dans ses cheveux courts. Mais je ne me souviens ni quand ni pourquoi.

— Je sais, chuchota-t-elle, saisie de l'envie de prendre sa main dans la sienne. Ce n'est pas grave. Il fallait que tu sois ici.

Le major Parker était son employeur, mais elle ne pouvait supporter qu'il souffre ainsi. Il fallait que quelqu'un l'aide, reste à ses côtés comme personne d'autre ne le ferait. Cette fois, ce fut elle qui se leva si vivement que sa chaise tomba par terre. Elle passa à côté de l'agent McCaffrey et enveloppa Josh de ses bras. Il enfouit son visage contre elle, puis noua les bras autour de sa taille, comme si elle était la seule chose à pouvoir l'empêcher de tomber d'une falaise.

Elle déglutit à son tour, songeant à la dernière fois où ils s'étaient enlacés. Deux semaines plus tôt. Ce baiser…

Un baiser inattendu après une fête d'anniversaire qui l'était tout autant puisqu'il l'avait organisée sans le lui dire. Ce baiser l'avait à ce point tourneboulée qu'elle en avait eu le vertige pendant des jours. Mais Josh ne l'avait manifestement pas vécu de la même façon : il lui avait à peine adressé la parole les jours suivants.

Voilà pourquoi elle venait d'accepter ce poste dans un autre État.

Pourtant, là, son cœur battait anormalement vite. Josh et elle avaient une épreuve terrible à affronter.

Quelqu'un, à l'hôpital, avait dit qu'elle n'était que la nounou. Pourtant, elle avait l'impression d'être plus qu'une employée. Elle évitait de se décrire par ce mot et se sentait dévalorisée quand les amis de Josh l'utilisaient — ou quand ses propres amis lui demandaient, quand elle avait du mal à payer son loyer, pourquoi elle ne s'installait pas chez Josh pour s'occuper des jumeaux à temps plein.

D'abord, elle avait refusé, pensant que ce travail ne serait que temporaire et que Josh finirait par engager une vraie nounou. Ensuite, certaine que Josh rencontrerait sous peu une autre femme et se remarierait, elle n'avait pas voulu compliquer la situation. Enfin, depuis un an, c'était parce qu'elle était tombée amoureuse de lui.

Le terme de « nounou » ne semblait donc pas assez complexe pour décrire sa situation. Elle faisait partie de la vie des jumeaux depuis leur plus tendre enfance. Et pourtant, on lui avait dit de rentrer chez elle et d'y rester sous protection afin d'être facilement joignable si le besoin s'en faisait ressentir… Parce qu'on ne la voyait que comme la nounou. La personne qui s'occupait des enfants pendant la journée et quand Josh était sur une affaire, rien de plus.

Oui, officiellement, elle n'était que la nounou. Mais, en lui arrachant les enfants, ces hommes lui avaient aussi arraché le cœur, et doublement.

Elle serra Josh contre elle jusqu'à ce que l'agent McCaffrey se racle la gorge. Alors, elle relâcha son étreinte et s'assit sur la chaise, à côté de lui. Bryce apporta la bouteille d'eau qu'il avait proposée à son arrivée et retourna monter la garde à la porte du séjour.

— Est-ce qu'il s'agit de la vengeance d'un homme que tu as fait arrêter ? demanda Tracey à Josh.

Enfin, il la regarda dans les yeux. Aussi, elle ajouta :

— J'ai essayé de les convaincre de m'emmener plutôt que les jumeaux, mais ils ont répondu qu'il fallait que ce soit quelqu'un que tu aimais.

3

Quelqu'un que tu aimais...

Savait-elle ? Josh scruta le visage de Tracey mais rien ne s'y lisait à part de l'inquiétude pour ses enfants. En la kidnappant, ils auraient vu juste, songea-t-il. Il faillit même le lui dire.

Mais c'était idiot. Il n'aurait pas plus souhaité qu'elle soit enlevée que les jumeaux.

Il tendit la main pour effleurer du bout des doigts sa joue enflée.

— Ils t'ont fait mal.

Quelle remarque imbécile ! Bien sûr qu'ils lui avaient fait mal. Mais il ne savait pas quoi dire d'autre.

— Évidemment, reprit-il. On t'a emmenée à l'hôpital.

Un filet de sang avait séché dans son cou. Elle avait d'ailleurs un pansement à la naissance de ses cheveux et portait une blouse d'hôpital, certainement parce que ses vêtements avaient été bons à jeter.

Il était temps qu'il se délivre de l'image tremblante d'un père déboussolé. On avait frappé sa famille — le seul point sur lequel il se sentait vulnérable. Mais cela ne suffirait pas à l'abattre, et il fallait qu'il le montre à tout le monde, à commencer par lui-même. Il rassembla un peu de courage, se redressa et posa les deux mains sur la table, paumes à plat, pour se soutenir.

Il savait ce que pensait McCaffrey. L'agent avait répété

ses questions sur les possibles motivations de Tracey plus d'une fois. On avait ordonné à l'agent Kendall Barlow de vérifier les antécédents de la « nounou ». Si Tracey les entendait la désigner par ce mot, elle leur ferait savoir qu'elle n'était pas nounou, mais assistante maternelle et nutritionniste personnelle.

Le FBI nourrissait peut-être des doutes envers elle, mais pas lui. Elle n'avait aucun mobile. Ils allaient devoir la retirer de la liste des suspects, d'autant que Josh savait qui était derrière cet enlèvement, même si personne dans la pièce n'avait encore prononcé son nom : Tenoreno.

Il inspira profondément et s'apprêta à parler. Il était prêt à combattre Tenoreno ou l'homme de main que celui-ci avait engagé pour kidnapper ses enfants.

— Les agents ont besoin de savoir pendant combien de temps durera la cartouche d'insuline de Jackson. Peux-tu leur donner plus de détails ?

Tous les bavardages s'éteignirent aussitôt. Il prit la main de Tracey dans la sienne et poursuivit :

— J'ai essayé de deviner, mais tu en sais bien plus que moi. Ces gens ont besoin d'une estimation précise et, tout à l'heure, j'étais incapable de réfléchir correctement.

— Ça dépend…

Elle inspira profondément et souffla en gonflant les joues.

— Il y a des facteurs de stress que je ne peux pas estimer. Ce qu'ils donneront à manger aux jumeaux aura aussi des conséquences, bien sûr. La cartouche peut durer trois jours, mais Jackson pourrait avoir des ennuis pour plusieurs raisons : ces hommes pourraient lui donner une nourriture non adaptée, le cathéter pourrait se boucher… Quant aux piles, elles devraient tenir.

— Vous avez entendu ? Mon fils a quarante-huit heures de sursis. Dans soixante-douze heures, il tombe en coma diabétique. Que faites-vous encore ici ?

Il utilisait sa voix de ranger en chef. Elle eut l'effet escompté. Tous les collègues, flics et amis encore présents dans la maison en sortirent aussitôt.

— Ce dont j'ai le plus peur, reprit Tracey, c'est que Sage essaie de m'imiter et de lui donner un *bolus* quand il mange. Elle sait qu'elle ne doit pas toucher à la pompe, mais elle sait aussi que, quand Jackson mange, je calcule la dose supplémentaire d'insuline qu'il faut lui donner. C'est une vraie petite mère poule et, puisque je ne suis pas là, elle pourrait essayer de le faire à ma place.

— Qu'est-ce qu'un *bolus* ? demanda George Lanning.

— Une dose supplémentaire d'insuline, répondit Kendall Barlow en haussant les épaules. Vous calculez la dose, la pompe l'injecte. Quand je suis sur une affaire, je me renseigne.

Josh acquiesça puis détourna le regard. Bryce n'avait pas quitté l'encadrement de la porte. C'était lui qui avait amené Josh, et il ne repartirait pas avant d'avoir eu la confirmation des ordres dont ils avaient déjà discuté. Des ordres non officiels, émis alors que personne ne les écoutait. Le quartier général des rangers avait dépêché un homme pour remplacer Josh au poste de commandant de la Compagnie F. Cet homme s'assurerait que la loi serait suivie à la lettre et que les actes du personnel resteraient irréprochables.

Josh se tourna vers McCaffrey et exprima enfin à voix haute ce que tout le monde pensait.

— Nous partons tous du principe que la famille Tenoreno est derrière cette affaire. Pas vrai ?

La réaction des agents du FBI fut à peu près celle à laquelle il s'attendait. Personne ne confirma. Mais, à la façon dont ils pinçaient les lèvres et évitaient de croiser son regard, il avait vu juste.

Si le FBI avait été appelé dès que Josh avait appris le kidnapping, c'était à cause du rapport avec cette famille de mafieux. Bien sûr, il aurait préféré que l'affaire soit confiée à sa compagnie. Mais le conflit d'intérêts était trop grand.

Bryce, toujours debout à la porte, secoua la tête, comme pour le dissuader d'insister. Ensemble, ils avaient passé en revue la courte liste des avantages et des inconvénients qu'il y avait à défier les personnes qui seraient appelées pour traiter l'enlèvement. Plus ils insisteraient, moins le FBI serait enclin à partager les informations avec eux. Tout pouvait leur exploser en pleine figure. Mais c'était comme si un gros bouton rouge portant l'inscription « Ne pas appuyer clignotait » devant lui : plus les agents tardaient à répondre, plus le clignotement se faisait éclatant et pressant.

— La famille Tenoreno ?

Tracey était la seule à ne pas savoir de qui il s'agissait. Pourtant, il fallait qu'elle apprenne qui étaient leurs adversaires, parce que la famille de mafieux allait certainement se servir d'elle.

Comme personne ne semblait vouloir lui expliquer qui étaient les Tenoreno, il allait devoir le faire.

Mais son portable se mit à vibrer et la chanson de Brooks & Dunn, *Put a Girl in It*, résonna.

— C'est la sonnerie que j'utilise pour Tracey, précisa-t-il. Apparemment, les ravisseurs se servent de son portable.

Tous les yeux se posèrent sur le téléphone, mais seule une personne bougea : l'agent Kendall Barlow, qui posa un casque sur ses oreilles et pianota sur son clavier.

Leo McCaffrey se tourna alors vers Josh.

— Vous savez ce que vous avez à faire… Les garder en ligne aussi longtemps que possible.

Tracey avait vraiment l'impression de se trouver dans un film au scénario préétabli. On ne lui demandait pas son avis, et encore moins de participer.

Josh décrocha son téléphone et activa le haut-parleur.

— Parker, annonça-t-il en serrant les poings.

— Vous n'aurez plus aucune nouvelle de nous aussi longtemps que vous travaillerez avec le FBI.

La communication fut coupée aussitôt.

— Non. Attendez !

Josh abattit son poing sur la table. En vain. La tonalité de fin de communication résonnait dans la pièce.

Tracey n'y comprenait rien.

— Qu'est-ce qui s'est passé ? Est-ce qu'ils ne devraient pas nous donner un moyen de rentrer en contact avec eux ?

Elle balaya la pièce du regard, cherchant des réponses.

— Vous avez un plan, pas vrai ?

L'agent McCaffrey serra l'épaule de Josh, tout en regardant Tracey droit dans les yeux.

— Nous nous attendions à ça.

Ils se tournèrent tous vers l'agent Barlow, qui secoua la tête.

— Rien. Nous pistions le téléphone de Mlle Cassidy. Ils ne l'ont sans doute allumé que le temps de passer l'appel avant de retirer la batterie.

— Nous voilà donc revenus au point de départ, maugréa l'agent Lanning.

Il tapota la fenêtre, attirant ainsi leur attention sur les types en costume qui surveillaient l'extérieur de la maison.

— Non. Nous avons des instructions, rappela Josh en regardant Bryce.

Une fois encore, Tracey n'était pas certaine de saisir. Les deux hommes semblaient communiquer dans une sorte de langage codé, à moins qu'ils n'expriment une pensée évidente que seul son traumatisme crânien l'empêchait de comprendre. Mais les trois autres secouèrent la tête.

— Vous n'allez pas faire ça, Josh, dit l'agent McCaffrey d'une voix étonnamment calme.

De toute évidence, il refusait la solution que Josh avait silencieusement communiquée à Bryce.

— Cette affaire va être compliquée..., ajouta-t-il.

— Ce n'est pas une affaire. Ce sont mes enfants, coupa Josh en se martelant le torse du poing. Mes enfants !

— Vous avez besoin de nos moyens, intervint Barlow en laissant tomber ses écouteurs sur la table.

— Ce dont j'ai besoin, c'est que vous partiez. Je vous l'ai dit dès le début.

Et il se leva. Mais doucement cette fois, sans renverser sa chaise.

— J'ai marché avec vous ces deux dernières heures en espérant que ce n'était pas ce que nous pensions, mais c'est bien ça. Ces types ne plaisantent pas. Soit ils obtiennent ce qu'ils veulent, soit ils tuent...

— Vous ne pouvez pas faire ça, répéta Barlow.

L'agent semblait en rajouter un peu, mais qu'en savait Tracey ?

— Si, je peux ! J'ai le droit de refuser votre aide.

D'un geste, Josh signifia à Tracey de s'engager dans l'escalier.

— Écoutez..., reprit Leo McCaffrey à mi-voix. Nous allons partir du principe que les ravisseurs ont agi sous les ordres de Tenoreno et qu'ils vont vous demander de faire quelque chose d'illégal. Il vaudrait mieux pour vous que nous restions.

— Je n'ai rien fait d'illégal. Il faut que vous partiez.

Josh dégrafa l'étoile de Texas Ranger dont il était si fier et la laissa tomber dans la main tendue de l'agent.

— Bryce ? Tu sais ce que tu as à faire.

Ensuite, il prit Tracey par le bras, l'entraîna dans les escaliers et la conduisit dans la chambre des enfants, dont il referma la porte.

— Que va faire Bryce ? demanda-t-elle, inquiète.

— D'abord, il doit récupérer mon insigne. Je n'aurais jamais dû le donner à McCaffrey, mais il voulait pouvoir le montrer au cas où les ravisseurs nous épieraient. Je le remettrai au nouveau commandant de la compagnie, mais uniquement si on me demande de démissionner, et pas avant. Ensuite, Bryce fera sortir tout le monde de la maison. Avant que le FBI arrive, nous sommes partis du principe que nous savions qui était derrière l'enlèvement. Je ne vois pas d'autre motif possible. Après tout, je ne suis pas riche à millions.

Tracey grimaça mais Josh, qui regardait par la fenêtre, ne le remarqua pas. L'enlèvement des jumeaux n'avait rien à voir avec elle. L'homme avait dit qu'il fallait que ce soit quelqu'un qu'il aimait. Il parlait bien de Josh, non ?

— Et si…

Elle hésita et renonça à poser la question qui lui brûlait les lèvres, à émettre la possibilité que tout était peut-être de sa faute. Elle toussota et demanda :

— Que vas-tu faire sans l'aide du FBI ?

— Mon boulot. Bryce s'est déjà arrangé pour que des amis du commissariat de Waco surveillent les agents qui nous surveilleront.

Un sourcil arqué devant l'astuce de cette ruse, il s'assit sur le pouf posé entre les lits des jumeaux.

C'étaient les parents de sa femme qui avaient choisi ce pouf pour accompagner un rocking-chair dans lequel Gwen, trop affaiblie, n'avait jamais eu l'occasion de s'installer pour tenir ses enfants. Josh avait toujours refusé de l'occuper. Il ne s'asseyait jamais que sur le pouf. En revanche, Tracey s'était assise dans le rocking-chair pour bercer les bébés.

— Tu as prévenu les parents de Gwen ?

— McCaffrey pense qu'il vaut mieux attendre. D'ailleurs, ils ne pourraient rien faire.

Il se releva et essuya les paumes de ses mains sur son jean.

— Quand je quitterai la maison, le FBI me filera. Ils attendront que je donne un ordre à mes hommes. Puisqu'on m'a demandé de démissionner de mon poste, j'enfreindrais la loi. Alors, ils se jetteraient sur moi comme des vautours et prendraient le contrôle de l'affaire.

— Tu vas le faire ?

— Quoi ? Quitter la maison ? Ne t'inquiète pas.

Il redressa quelques livres sur l'étagère avant de reprendre :

— Quand je partirai, je m'assurerai que quelqu'un reste ici avec toi. Bryce sera tout près. Je ne te laisserai pas seule.

— Non. Ce n'est pas de ça que je parle. Est-ce que tu vas enfreindre la loi ?

Il la regarda, bouche bée, l'air incrédule. Surpris soit qu'elle ait posé la question, insultant ainsi son intégrité de ranger, soit qu'elle doute de…

— Jusqu'où es-tu prêt à aller pour sauver Jackson et Sage ? insista-t-elle.

Elle était sérieuse : elle avait besoin de savoir.

— Pour ton information, je suis prête à faire n'importe quoi, poursuivit-elle. Quand je dis n'importe quoi, c'est même à enfreindre la loi.

Il se pencha pour ramasser le pyjama de Jackson, qui traînait par terre. Il semblait un peu vexé. Eh bien, elle s'en fichait. Elle avait besoin qu'il lui réponde à voix haute.

— N'aie pas l'air aussi surpris, reprit-elle. J'ai entendu parler de l'intégrité des Texas Rangers dès le jour où je t'ai rencontré. Comment aurait-il pu en être autrement ? Vous avez souvent abordé le sujet devant moi. Et je n'ai pas oublié l'affaire de l'année passée : trois des hommes de ta compagnie sont sortis dans la peau de héros irréprochables après avoir tutoyé les limites de l'intégrité.

— À t'entendre, être intègre est une mauvaise chose.

Il marcha jusqu'à la fenêtre, les doigts toujours crispés sur le pyjama.

— Pas du tout.

Elle se leva et le rejoignit ; elle aurait aimé pouvoir tout faire disparaître d'un simple battement de cils. Mais elle ne le pouvait pas. Alors, elle noua les mains autour de son bras, lui offrant le réconfort de son amitié. Même s'ils élevaient ensemble ses enfants depuis quatre ans, elle ne pouvait prendre les décisions auxquelles il devrait faire face.

— Est-ce que tu vas m'en dire plus sur la famille Tenoreno ? Au moins plus que ce que j'ai entendu sur eux à la télé ? C'est toi qui es chargé de cette affaire ?

Il ne chercha pas à se libérer de son étreinte. Ils restèrent ainsi, épaule contre épaule, à côté des rideaux pastel parsemés de dessins d'animaux de la ferme. Il regardait quelque chose, au loin, vers le lac.

Tracey, elle, le scrutait.

— Chargé de l'affaire ? Non, répondit-il enfin. La Compagnie F a préparé le trajet du transfert de Paul Tenoreno de Huntsville à Austin. J'ai finalisé les détails ce matin. Et maintenant que tout ça… L'enlèvement, tes blessures…

Il s'interrompit et prit quelques inspirations rapides.

— Toute cette affaire doit avoir un rapport avec le transfert de Tenoreno jusqu'à son procès. Le problème, c'est que les autorités fédérales vont sans doute tout changer. Voilà pourquoi ils ont aussi rapidement chargé le FBI de l'affaire.

— Est-ce que Tenoreno a des accointances avec la Mafia, comme l'insinuent les journalistes ?

— Dans l'État du Texas, Tenoreno est la Mafia.

Un frisson parcourut Tracey. Ces mots sonnaient de manière tristement définitive. Comme si Josh avait accepté que quelque chose allait se passer et qu'il était impossible de revenir en arrière. Elle lui avait demandé jusqu'où il était prêt à aller, et il n'avait pas répondu. Mais il ne laisserait pas la Mafia lui enlever ses enfants. Elle le savait.

— Il faut que tu me promettes quelque chose, Tracey.

— Tout ce que tu voudras.

Il se dégagea de ses mains, croisa les bras sur son torse

et inclina la tête pour poser les yeux sur le sommet de son crâne, comme s'il avait peur de croiser son regard, peur qu'elle puisse lire le désespoir qui creusait son visage.

— Écoute-moi avant de me promettre quoi que ce soit. L'an dernier, je t'ai désignée comme tutrice des jumeaux.

— Sans me le demander ?

— Oui. J'avais peur que tu refuses.

Il haussa les épaules et un demi-sourire releva le coin de ses lèvres.

— Vraiment ? demanda-t-elle, sidérée. Est-ce qu'il m'est jamais arrivé de refuser quoi que ce soit pour ces enfants ?

— C'est vrai, reconnut-il. Il faut que tu me promettes que, quoi qu'il m'arrive…

— Je te le promets, mais il ne t'arrivera rien.

Bien sûr, elle n'en savait rien. Dans l'après-midi, quand elle était partie pour la crèche chercher les jumeaux, elle n'aurait jamais cru que quoi que ce soit puisse arriver. Il s'était agi d'une journée ordinaire. Elle avait enfin décidé de parler avec Josh pour lui suggérer de trouver une nounou à domicile et de la remplacer.

— Tu m'as demandé ce que j'étais prêt à faire. Ce sont mes enfants, Tracey. Je ferai n'importe quoi pour eux, y compris de la prison.

Il tenait toujours le pyjama à la main.

— Crois-moi, ce n'est pas mon intention, mais tu dois savoir que c'est une possibilité.

Avait-il conscience qu'elle était prête à le rejoindre ? Quand elle avait dit qu'elle ferait n'importe quoi pour Jackson et Sage, elle le pensait. Et si cela signifiait que ce serait elle qui irait en prison… qu'il en soit ainsi ! Elle ferait tout pour que les enfants ne soient pas séparés de leur père. Absolument tout.

— Dis-moi seulement ce que je dois faire, Josh.

— Rien. Si les hommes de Tenoreno te contactent, dis-le-moi. Tu ne peux pas être mêlée à cette affaire. Il faut que ce soit avec moi qu'ils traitent.

Il la saisit par les épaules, avant d'encadrer son visage de ses mains. Du pouce, il caressa l'ecchymose qui gonflait sa joue, puis sa tempe.

— Tu as compris ? C'est moi qui vais sauver mes enfants et en subir les conséquences.

Elle le croyait. Il le fallait. Mais elle ne lui promettrait pas de le laisser faire. Elle avait peut-être la réponse. Si l'argent pouvait résoudre leur problème ? Et même si ce n'était pas le cas, ce n'était pas le moment de lui dire que jamais elle n'accepterait qu'il soit séparé des jumeaux.

4

Josh attira Tracey contre son torse et l'enveloppa de ses bras. Au moins, il pouvait protéger l'une des personnes auxquelles il tenait.

Ses yeux étaient toujours rivés au pyjama vert à motifs d'engins de chantier jaunes — des camions bennes, des pelleteuses, des grues, et il ne savait pas quoi d'autre. Avant, il le savait.

Depuis combien de temps n'avait-il pas joué dans le bac à sable avec ses enfants ? Depuis quand n'avait-il pas été présent au moment de leur dîner et de leur bain ?

Des sentiments mitigés fusèrent dans son cerveau. Il ne pouvait emprunter le chemin des regrets. Il fallait qu'il se concentre sur la sécurité des jumeaux. Le besoin irrésistible de protéger Tracey n'était pas seulement né du fait qu'elle était un membre officieux de la famille.

Tenoreno avait engagé quelqu'un pour la violenter et lui voler ses enfants. Ses coupures et ses ecchymoses… Bon sang, il aurait dû être là pour la protéger. Pour les protéger tous.

— Il y a forcément un moyen d'accélérer les choses.

Elle plaqua son visage contre son torse et fondit en larmes.

C'était la première fois qu'elle pleurait depuis qu'elle était rentrée à la maison. Il faillit bien se joindre à elle, mais il ne pouvait se permettre de pleurer plus d'une fois dans la journée. S'il craquait de nouveau, il serait incapable d'agir, ou au moins de se comporter comme un homme qui sait peut-être ce qu'il est en train de faire.

Un coup à la porte les sépara. Tracey alla jusqu'à la table et prit deux mouchoirs dans la boîte.

— Oui ?

Seules deux personnes pouvaient se trouver de l'autre côté de la porte, songea Josh. Bryce et l'agent McCaffrey. C'était le second.

— Vous l'avez mise au courant ? demanda l'agent du FBI en refermant la porte derrière lui.

Tracey se moucha discrètement et releva les yeux. Son front était plissé par la perplexité.

— Nous y arrivions juste.

— Voilà le téléphone que vous pouvez utiliser pour nous contacter. Nous ne serons pas loin.

— Mais assez pour que personne ne vous remarque, ajouta Josh.

Il prit le téléphone et le glissa dans sa poche de derrière.

— Les gens qui vous suivent verront les voitures que nous voudrons qu'ils voient, dit McCaffrey. Elles vous lâcheront après quatre ou cinq kilomètres mais, George et moi, nous serons toujours là.

— Josh ?

Tracey prononça son nom avec toute l'incompréhension qu'elle devait ressentir. Après tout, il venait juste d'exiger que le FBI et la police le laissent tranquille, sortent de sa maison et laissent tomber l'affaire.

— Tout va bien, Tracey. Nous suivons notre plan. Il faut que les ravisseurs pensent que je suis tout seul dans cette histoire, que personne ne m'aide. J'espère que ça limitera ce qu'ils me demanderont de faire.

Quand il quitterait la maison, il serait suivi par toute une file de voitures.

Pourvu qu'elle ne ressemble pas trop à un convoi !

Soudain, il fut saisi d'un mauvais pressentiment, et celui-ci émoussa le réconfort qu'il ressentait à l'idée que les forces de l'ordre seraient toutes proches.

— Donc, tout ce que tu viens de dire…

— Était vrai. Chaque mot.

D'un regard, il lui intima de garder cette information pour elle.

Il connaissait bien l'expression butée qu'elle arborait en cet instant : lèvres pincées, bras croisés. Sous peu, elle allait expirer longuement, chassant l'air qu'elle retenait dans ses poumons. Il lui arrivait de retenir son souffle pendant si longtemps qu'il avait envie de la serrer dans ses bras pour la forcer à l'expulser. Elle ne cherchait pas à contrôler uniquement sa respiration, il le savait, mais aussi sa langue. Comme chaque fois qu'elle n'était pas d'accord avec ce qu'il faisait ou disait.

Surtout au sujet des enfants.

Ces derniers temps, elle lui avait souvent reproché de travailler tard et d'éviter des discussions indispensables — par exemple, il ne l'avait pas félicitée d'avoir obtenu sa thèse. Et, oui, il avait évité cette discussion parce qu'elle aurait pu déboucher sur l'annonce de sa démission. Tracey avait probablement déjà accepté un poste quelque part, loin de Waco. Et il préférait aussi éviter toute conversation sur ce qui s'était passé quinze jours plus tôt, quand ils s'étaient embrassés.

Cette fois, elle ne croyait pas un mot de ce qu'il disait au type du FBI, cela se voyait. Il espérait seulement que l'agent spécial McCaffrey ne lisait pas aussi bien que lui en elle. Parce que, sinon, l'homme pourrait soupçonner Josh de lui dissimuler ses vraies intentions.

— Je pense qu'ils n'attendront pas longtemps pour vous appeler une fois que je serai parti, reprit McCaffrey.

Il déboutonna son veston et plongea les mains dans ses poches.

— Je suis convaincu qu'ils savaient que Jackson est diabétique, et qu'ils pensent que vous aurez assez peur qu'il lui arrive quelque chose pour obéir plus rapidement à leurs ordres. S'ils n'étaient pas au courant, ils doivent avoir vu la pompe à l'heure qu'il est et craindre que quelque chose lui arrive. Quoi qu'il en soit, je ne pense pas qu'ils aient vraiment l'intention de faire du mal aux enfants.

L'agent McCaffrey se tenait très droit, sans laisser transparaître la moindre émotion sous son costume et sa cravate officiels. Officiels à quel point, ils le découvriraient s'il respectait sa promesse et laissait Josh s'occuper de l'affaire de l'intérieur.

— Mais vous ne pouvez pas en être sûr, souligna Tracey. Qui peut prédire ce qui va se passer ?

Josh déglutit. Tracey avait raison sur un point, le concernant : il était un Texas Ranger dans l'âme et ferait tout pour régler cette affaire sans sortir de la légalité. Mais, s'il le fallait, il en sortirait.

— George a dit que vous vous étiez comportée de façon exceptionnelle à l'hôpital, mademoiselle Cassidy.

Les façons polies de McCaffrey tranchaient avec la nonchalance de George Lanning, qui avait tout du cow-boy dégingandé accoudé à un piquet de clôture. Josh avait déjà travaillé avec lui dans le cadre de plusieurs affaires. Il lui faisait confiance. L'homme lui avait promis que McCaffrey serait d'accord pour le laisser agir à sa guise. Mais Tracey ne savait rien de tous ces détails. Elle n'avait aucune raison de leur faire confiance.

— Est-ce qu'on ne devrait pas me donner un téléphone pour que vous puissiez me localiser ? demanda-t-elle.

— Si, justement.

McCaffrey lui tendit un portable bon marché, identique à celui qu'il avait remis à Josh.

— En l'acceptant, vous nous autorisez à vous surveiller, précisa-t-il.

La personnalité de l'homme n'était pas des plus charmeuses. Ses paroles soulevèrent l'indignation de Tracey, comme Josh s'y attendait — et il ne put rien y faire.

— Vous alliez vraiment attendre ma permission ? lança-t-elle. C'est plutôt idiot de me la demander. Faites-le, et c'est tout.

Ses paroles sonnaient comme un défi. Elle était prête à affronter quelqu'un, devina Josh.

— Allons, Tracey, intervint-il. Ce n'est pas ainsi que les choses se passent.

Prendre le parti du FBI n'était probablement pas le meilleur choix à ce moment précis, alors que Tracey semblait vouloir passer ses nerfs sur quelqu'un.

— M'avez-vous éliminée de la liste des suspects ? insista-t-elle.

Pourquoi retenait-elle sa respiration, cette fois ? Avait-elle quelque chose à cacher ? Josh ouvrit la bouche pour la raisonner, mais McCaffrey le fit taire d'un geste de la main.

— J'ai beaucoup d'expérience en matière d'enlèvements, Tracey. Vous devez savoir que, selon les statistiques, la plupart des enfants sont enlevés par quelqu'un qui appartient à leur entourage immédiat, qu'il soit familial ou social. Mes hommes ont commencé par vérifier vos antécédents. Nous aurions été irresponsables de ne pas le faire.

Il s'adossa à la porte. Il ne semblait pas le moins du monde pressé par le temps ou contrarié par l'hostilité de Tracey.

— Un coup de fil a suffi à vous laver de tout soupçon, conclut-il.

Tracey se raidit nettement, ramena les bras autour de sa poitrine et se frotta les biceps, comme si elle avait froid.

Ensuite, elle leva une main à son visage et posa un doigt en travers de ses lèvres en même temps que son regard bondissait vers la fenêtre. Elle dissimulait quelque chose, comprit Josh, et McCaffrey venait tout juste de la menacer à demi-mot de dévoiler son secret.

— Tracey, qu'est-ce qui se passe ?

— Tout va bien, Josh, assura McCaffrey.

Il regarda Tracey, qui acquiesça.

— Je ne sais pas pourquoi j'ai dit ça. Jamais je n'aurais refusé que vous surveilliez ce téléphone.

Elle se laissa tomber sur le pouf et ajouta :

— Je vous ai déjà dit que je coopérerais et que je ferais n'importe quoi pour les jumeaux.

L'agent spécial s'approcha d'elle et lui tapota l'épaule, tout comme il l'avait fait pour Josh un peu plus tôt. Le geste ne sembla apporter aucun réconfort à Tracey… et d'ailleurs, cela ne semblait pas être le but de McCaffrey. Sans être hypocrite, son geste avait tout d'une action calculée, d'un geste qu'il ne faisait que parce qu'il le supposait efficace.

Josh mourait d'envie de virer l'agent de la chambre de ses enfants et d'en avoir fini avec le FBI. Mais il se borna à demander :

— Est-ce que vous avez besoin d'autre chose ?

— Je ne peux pas vous aider si vous me tenez hors du coup, Josh.

Il ne réagit pas. McCaffrey haussa un sourcil et précisa :

— Il faut que vous travailliez avec mes hommes pour retrouver vos enfants. Nous nous en tenons au plan.

— Tout ça est bien joli et bien raisonnable, mais nous savons tous les deux que rien n'est logique dans un enlèvement. On ne peut jamais prédire ce qui va se passer.

— Plus vite vous décrocherez ce téléphone pour nous dire ce qu'ils veulent, et mieux ce sera.

— Plus vite vous filerez d'ici, plus vite ils nous contacteront, répliqua Josh.

Il avait les mains liées. Pour trouver les ravisseurs, il avait besoin des moyens du FBI. Il lui fallait donc coopérer avec eux… Ou au moins faire semblant.

Enfin, l'agent quitta la pièce et referma doucement la porte derrière lui.

Josh poussa un soupir de soulagement.

Qu'est-ce qui n'allait pas chez lui ?

Ses jumeaux avaient été kidnappés. Il était naturel qu'il ait envie de cogner quelques têtes les unes contre les autres. Mais pendant une fraction de seconde, il avait été tenté de faire tout ce que lui demanderaient les hommes de Tenoreno afin de pouvoir serrer de nouveau ses enfants dans ses bras.

Quant à Tracey, elle semblait secouée par ce que l'équipe de McCaffrey avait découvert à son sujet. Quand il avait vérifié ses antécédents avant de l'engager, cinq ans plus tôt, il n'avait rien trouvé de particulier, et elle n'avait rien dévoilé au cours des années qu'elle avait passées au sein de sa famille. Il avait eu cinq ans pour évaluer sa personnalité. Aucune autre référence n'avait d'importance.

— Je ne sais pas de quoi il parlait, dit-il en montrant du pouce la porte close.

Aurait-il dû poser la question ?

— Et pour le moment, je m'en fiche.

— Je jure que je n'ai jamais été… C'est seulement quelque chose que je garde pour moi. Mais je peux t'expliquer, si ça ne doit pas te distraire du reste. Ce n'est pas le moment de parler de moi.

— Est-ce que cela fera une différence à ce qui va se passer ?

Bien sûr, il était curieux de connaître ce qu'elle dissimulait, mais si elle avait raison et que cela le distrayait ? Puisque le FBI ne jugeait pas qu'il y ait un quelconque rapport entre son secret et l'enlèvement des jumeaux, il pouvait attendre que sa famille soit de retour auprès de lui.

— Nous avons plus important à faire, reprit-il. Alors, ne dis rien.

— D'accord.

Elle était assise bien droite, manifestement prête à partir.

— Qu'est-ce qui va se passer maintenant ? Tu penses que les ravisseurs vont encore utiliser mon téléphone pour t'appeler sur le tien ? Oh ! Attends !

Elle se leva d'un bond.

— Nous n'avons pas pris ton téléphone. Il est en bas.

Josh tendit le bras pour la stopper.

— S'il sonne, Bryce nous le dira. Il va monter ici avant de partir, et il ne partira pas avant que tout le monde soit sorti de la maison.

Ils se regardèrent pendant une seconde ou deux. Il voulait savoir ce qu'elle lui cachait.

Elle se mordit la lèvre, retint son souffle et détourna les yeux, apparemment incapable de le regarder en face.

— Tracey, nous devons nous faire confiance. Si tu ne veux pas être mêlée à tout ça…

— Bien sûr que je veux aider ! coupa-t-elle. C'est à cause de moi qu'ils ont disparu. Je ne sais pas comment tu peux être gentil avec moi, ou même rester seul avec moi dans une pièce. À ta place, je n'en serais peut-être pas capable.

— Je ne te reproche pas ce qui s'est passé. Comment le pourrais-je ?

Il posa la main sur son épaule. Elle ne chercha pas à se dégager.

— Je m'en veux à mort de ne pas vous avoir tous mis sous protection, poursuivit-il. Si quelqu'un est à blâmer, c'est moi. Tenoreno s'en est pris à trois de mes hommes et à leurs familles. Pourquoi n'ai-je pas pensé que vous étiez en danger, toi et les enfants ?

— Nous devons cesser de nous reprocher ce qui s'est passé, dit-elle à mi-voix. Si tu as un plan, c'est peut-être le moment de me le dévoiler.

— C'est moins un plan qu'une solution de rechange. Je pensais ce que j'ai dit avant que McCaffrey nous rejoigne. Mais si je peux faire en sorte que le FBI reste de mon côté… Ce sera mieux pour nous tous.

Un léger coup interrompit de nouveau la discussion et une voix se fit entendre à travers la porte.

— Ils sont partis, major, annonça Bryce. J'ai fermé toutes les portes et les fenêtres et je vous apporte votre téléphone.

Josh ouvrit la porte et tendit la main.

— Merci, Bryce. Vos hommes savent ce qu'ils ont à faire. Mon remplaçant temporaire va passer un sale moment… Les autres hommes vont lui en vouloir d'être là. Ils voudront aussi enquêter sur l'enlèvement. Il faut que vous leur fassiez comprendre qu'aucun d'entre vous ne peut être mêlé à cette affaire. Dites-leur bien que cet ordre vient de moi.

— Bonne chance. Et, monsieur…

Bryce lui serra la main, puis posa sa main gauche dessus.

— Assurons-nous qu'il ne s'agit que d'un remplacement temporaire. Vous savez que nous serons tous là quand vous aurez besoin de nous.

— J'apprécie.

— Je pense qu'il s'agit d'une circonstance dans laquelle le slogan « À chaque émeute suffit un ranger » ne doit pas s'appliquer, conclut Bryce. Je m'occupe de tout.

Sur ce, il redescendit.

Tracey poussa doucement Josh pour sortir dans le couloir.

— Je ne peux plus rester dans leur chambre. Et je crois vraiment qu'il me faut un verre.

— Mais tu ne bois jamais, objecta Josh en la suivant. D'ailleurs, tu ne devrais sans doute pas, avec un traumatisme crânien.

— Le moment me semble au contraire idéal pour commencer. Tu as une bouteille de Wild Turkey ou de Jim Beam sur le réfrigérateur, pas vrai ?

— Oui, mais il vaudrait peut-être mieux que tu ne commences pas par ça.

Comment savait-elle où il rangeait son unique bouteille de whisky ?

— Quand même, Josh… Je suis allée à l'université. Ce n'est pas parce que tu ne m'as jamais vue boire que ça ne m'est jamais arrivé. Et ce n'est pas un verre de whisky qui va altérer mon jugement.

Une fois dans la cuisine, elle tira une chaise pour atteindre le haut du buffet avant qu'il ait eu le temps de se demander s'il devait l'aider ou l'arrêter. Elle attrapa deux grands verres qu'il ne sortait que pour les soirées poker, et qui prenaient la poussière depuis un moment. Dans l'un d'eux, elle versa un doigt de whisky — un doigt de la taille de ceux de Josh, pas des siens, qui étaient minuscules.

Elle grimaça puis fit glisser le verre vers lui, de l'autre côté du comptoir.

— Bois. Tu en as plus besoin que moi.

Il considéra le verre avant de lever les yeux vers elle.

Soudain, elle ne ressemblait plus à une étudiante. De petites pattes d'oie plissaient le coin de ses yeux d'un vert profond. Et sous la blouse bleu marine que lui avait donnée l'hôpital, elle portait un T-shirt aux armes de la caserne de pompiers de Waco. Il ne l'avait jamais vue habillée ainsi.

Elle se servit à son tour, vida son verre d'un trait et s'en versa un autre.

— Tu me laisses boire seule ?

Il fit tourner son verre et huma l'alcool. Cela lui suffit. Il avait besoin de garder toute sa lucidité, bien plus que d'aller chercher dans un verre d'alcool un coup de fouet et une chaleur temporaires.

Tracey but son second whisky aussi rapidement que le premier avant de fermer les yeux et de reposer le verre, qui bascula.

Au même instant, le portable vibra sur le comptoir.

Elle rouvrit les yeux et saisit le téléphone. Josh attrapa aussitôt sa main.

— Attends. Laisse sonner trois fois. Comme ça, le FBI pourra se préparer.

À la troisième sonnerie, il relâcha sa main, déverrouilla l'écran et mit le haut-parleur.

— C'est l'heure du premier round, Ranger Parker, dit une voix. Allez acheter un nouveau téléphone à Richland Mall. Nous vous contacterons là-bas dans une demi-heure. Amenez la femme.

La communication fut coupée aussi sec, comme la première fois.

— Est-ce qu'ils croient vraiment que personne n'écoute les instructions qu'ils viennent de nous donner ? demanda Tracey.

— Cet homme cherche seulement à se débarrasser de tous ceux qui pourraient nous suivre. Nous allons nous conformer à ses instructions et acheter un téléphone. Mais la première fois qu'il prendra contact, et avant de faire quoi que ce soit d'autre, nous demanderons une preuve que les jumeaux sont en vie.

Sur ce, Josh laissa tomber le téléphone dans sa poche de poitrine, presque tremblant. Les ravisseurs venaient de donner à Tracey un rôle primordial dans leur plan.

— J'espérais qu'ils ne te mêleraient pas à tout ça. Je vais les convaincre de te laisser en dehors, mais d'abord il faut que nous soyons certains que Jackson et Sage vont bien.

— Bien sûr.

Elle contourna le comptoir d'un pas vif et s'y agrippa.

— Tu n'as pas l'air très solide sur tes jambes. Tu es prête pour ça ?

— Tu aurais sans doute dû m'empêcher de boire de l'alcool alors que j'ai été blessée à la tête et que je prends des antalgiques.

Du bout des doigts, elle effleura sa joue enflée et sa tempe, puis grimaça.

Josh lui fit signe d'attendre. Il ouvrit le congélateur et en sortit une poche de glace.

— Ça devrait te faire du bien.

Ensuite, il prit des ampoules d'insuline dans le réfrigérateur et les fourra dans la trousse d'urgence de Jackson.

Tracey appliqua la glace sur son front, la fit glisser sur ses yeux et dit, en se dirigeant vers la porte :

— Tu as raison. C'est toi qui vas conduire.

Une preuve que les jumeaux étaient en vie. Voilà ce qu'il leur fallait, songea Josh. Il se retourna et observa un instant sa maison. Elle n'avait plus rien de l'asile de fous auquel elle ressemblait une heure plus tôt. Elle était différente parce que la femme de ménage était venue le matin même, parce que Gwen n'y était plus…

Et parce que Tracey en faisait partie intégrante.

5

Josh et Tracey marchaient dans Richland Mall, les doigts entremêlés. De sa main libre, Josh tenait le téléphone neuf, dans son étui. Comme personne n'avait le numéro, les ravisseurs ne pouvaient l'utiliser pour le contacter. Il s'attendait à ce que quelqu'un les heurte, ou laisse tomber un mot à leur attention. À moins qu'on attire leur regard pour leur remettre une enveloppe.

— Bon sang, je ne sais pas ce qu'ils ont l'intention de faire. Ce fichu truc n'est même pas chargé.

— Ça fait trois fois que tu le dis, remarqua Tracey. Ma tête me fait affreusement mal et je commence à tout voir en double. On peut acheter de l'eau ?

— Bien sûr.

Ils entrèrent dans une supérette, où elle prit une bouteille d'eau. Josh resta sur ses gardes, et ne lâcha pas sa main un seul instant.

— Josh, ma main me fait aussi mal que ma tête.

Elle tira doucement sur son pouce.

— Pardon. C'est seulement que je ne peux pas…

— Je sais. Tu as peur qu'ils s'emparent de moi. Je comprends. Mais tu me coupes la circulation. Viens. On va s'asseoir sur ce banc.

Il observa les alentours, cherchant tout à la fois un détail suspect et une borne pour charger le téléphone. N'importe laquelle des personnes assises sur les autres bancs ou qu'ils croisaient pouvait être venue pour eux.

— Voilà, j'ai fini. Bois le reste.

Elle revissa le bouchon de la bouteille et la lui tendit.

— Non merci.

— Si je la finis, il faudra que je te laisse pendant quelques minutes pour aller seule aux toilettes. Et je sais que tu ne veux pas que je le fasse.

— Alors, jette-la. Personne ne t'ordonne de la boire.

Il suivit des yeux un jeune homme avec une poussette jusqu'à ce qu'il se dirige dans une autre direction.

— Détends-toi, Mack, dit soudain une voix, juste derrière eux. Et ne vous retournez pas.

Il se raidit. Tracey aussi, à tel point qu'elle fit tomber la bouteille d'eau par terre. Aucun doute, elle avait reconnu cette voix. L'homme qui se tenait derrière eux tapota l'épaule de Josh avec un téléphone et ordonna :

— Passe-moi celui que tu viens d'acheter.

Tout en évitant soigneusement de regarder l'homme, Josh chercha des yeux une surface réfléchissante à proximité. Malheureusement, il n'y en avait pas. Le type alla même jusqu'à couvrir le téléphone de sa main avant de l'approcher de Josh, afin qu'il ne puisse distinguer le reflet de son visage dans l'écran noir.

— C'est bien, major. Tu t'en sors très bien. Maintenant, je sais que tu t'inquiètes pour tes enfants. Tu pourras les voir sur une vidéo dans une vingtaine de secondes. Laisse-moi juste le temps de partir. Oui, tu as le choix : soit tu me laisses filer, soit tu me suis et tu perds toute chance de jamais revoir tes mômes.

Le ravisseur tapota le sommet du crâne de Josh.

— Compte jusqu'à vingt. À bientôt.

Josh posa les mains sur le banc. Il était prêt à se lever d'un bond et à plaquer le type au sol.

— Non, dit Tracey en le forçant à se rasseoir. Tu l'as entendu. Il est sérieux. Nous devons rester ici et le laisser s'en aller. N'oublie pas que tu as promis de faire tout ce qu'il te dirait. Allume le téléphone et écoutons leurs instructions.

Il obéit à Tracey et se rassit. L'homme qui leur avait remis le téléphone portait des gants. Autrement dit, il n'y avait probablement pas d'empreintes dessus. Alors, il l'alluma et cliqua sur la galerie.

Elle contenait plusieurs photos des jumeaux en train de s'amuser dans une pièce qui ressemblait un peu à une crèche pleine de jouets. Quant à la vidéo, elle fracassa son cœur déjà brisé. Sage pleurait. Jackson faisait rouler une petite voiture sur ses jambes en imitant un bruit de moteur.

Une voix off — la même que celle qu'ils avaient entendue derrière eux — ordonna aux enfants de dire bonjour à leur papa.

— Je veux rentrer à la maison, grogna Sage.

La fillette jeta une peluche vers la personne qui les filmait avec le téléphone.

— Est-ce que Tracey va venir nous chercher ?

Cette dernière se couvrit la bouche de la main et retint de nouveau sa respiration.

— Essayez de vous souvenir de ce que vous devez dire à votre papa. Après, vous pourrez rentrer chez vous, répondit le ravisseur.

Les jumeaux hochèrent la tête avec tant de vigueur que leur menton se planta dans leur poitrine. Leur lèvre inférieure pendait en une moue identique. C'était peut-être de faux jumeaux, mais ils faisaient presque toujours la même chose en même temps.

— Papa, Mack dit que tu dois aller à… Je me souviens pas.

Jackson se tourna vers sa sœur tout en se grattant la tête avec le camion miniature.

— Tu te souviens, toi ?

— Pourquoi tu ne peux pas lui dire ? questionna Sage d'un ton boudeur.

— Allez, intervint une autre voix. Il y a un taureau géant.

— On y est déjà allés, Jackson. C'est là où il y a le grand pont, tu te souviens ? fit Sage.

— Tu peux venir nous chercher là-bas, papa ? demanda Jackson en pleurant.

— Peut-être que Tracey peut venir aussi ? renchérit Sage, les joues ruisselantes de larmes.

— Vous avez vingt minutes pour venir nous attendre au milieu du pont. Tous les deux. Et sans les flics, dit une voix par-dessus les sanglots des jumeaux.

La vidéo s'arrêtait là.

Josh n'avait qu'une envie : se ruer au Brazos Suspension Bridge pour aller chercher ses enfants, même si les jumeaux ne s'y trouvaient certainement pas. Seuls les ravisseurs les y attendraient pour leur donner de nouvelles instructions, tout en s'assurant qu'ils n'étaient pas suivis.

— Allons-y.

Il enveloppa la main de Tracey avec la sienne. Cela le tuait que ses enfants pleurent ainsi.

— Est-ce qu'ils vont continuer à nous faire courir d'un endroit à un autre ? grommela Tracey. À quoi ça sert ? Et pourquoi nous faire acheter un nouveau téléphone seulement pour le remplacer par celui-là ?

Josh ne répondit pas tout de suite. Ils devaient quitter la galerie marchande sans attendre. Un ravisseur pouvait en profiter pour s'emparer de l'un d'eux.

Il serra plus étroitement les doigts de Tracey et l'attira tout contre lui.

— Avant que nous arrivions à la voiture…

Il baissa la voix et s'arrêta derrière un poteau, à côté de la supérette. Il se pencha vers elle pour que personne ne les entende et lui chuchota à l'oreille :

— Il faut que nous examinions les endroits où il nous a touchés. Il pourrait avoir posé un micro.

Il pencha la tête et se retourna. Tracey lissa le tissu de sa chemise sur ses épaules.

— Je ne vois rien, Josh.

Elle se tourna pour qu'il fasse de même avec elle.

Ensuite, il passa les doigts dans ses cheveux courts, sans rien y trouver, puis dans les boucles de Tracey et sur ses épaules crispées.

— À leur place, c'est le moment que j'aurais choisi pour poser un système d'écoute afin de savoir si nous coopérons vraiment ou si nous sommes dans le camp des fédéraux.

— Et dans quel camp es-tu ?

Elle avait l'air exaspérée.

— Celui de Jackson et Sage. Et dans le camp de tous ceux dont je devrai jouer le jeu pour les ramener à la maison. C'est la seule chose qui m'importe.

— Très bien. Tu penses donc qu'ils sont en train de poser un micro dans la voiture ?

— Sans doute, à moins qu'ils aient trafiqué ce téléphone pour nous mettre sur écoute. Je vais appeler McCaffrey depuis le portable qu'il m'a donné. Rentre dans ce magasin et ouvre l'œil.

Josh, lui, jeta un regard dans la galerie marchande. Étaient-ils dans la ligne de mire des caméras de surveillance ? Quelqu'un les observait-il ?

Tracey essuya le téléphone du ravisseur avec le bas de son T-shirt.

— J'espère que tu sais ce que tu fais.

— Moi aussi.

Il attendit qu'elle soit à trois mètres de lui pour prendre le téléphone remis par le FBI et appeler le seul numéro qui y était enregistré.

Dès que McCaffrey décrocha, il lança :

— Ils ont un téléphone neuf à mon nom. Je l'ai acheté dans un kiosque. Prépayé. Aucune idée du numéro. Ils nous en ont donné un autre et nous ont dit d'aller au Brazos Suspension Bridge.

— Il y a une voie piétonne sur ce pont, c'est bien ça ?

McCaffrey posa une question à ses hommes avant de reprendre :

— Vous savez qu'ils vous attendront de l'autre côté.

Josh jeta un regard vers Tracey qui surveillait la galerie marchande à travers la vitrine.

Il baissa de nouveau la tête et, toujours à mi-voix, reprit :

— Je ne pourrai plus prendre contact avec vous sur ce téléphone. Ils ont peut-être posé un micro dans ma voiture.

— Nous aurons des hommes qui vous attendront à l'extrémité nord du pont, assura McCaffrey. Faites-moi confiance, Josh.

— Aussi longtemps que je le pourrai.

Il remit le téléphone dans sa poche et fit signe à Tracey de le rejoindre.

— Josh, dit-elle, le ravisseur t'a appelé Mack. Je me souviens qu'ils s'appelaient tous Mack, entre eux.

— Ça leur évite d'utiliser leurs vrais prénoms. Ils ne veulent pas dévoiler leur identité.

Il n'exprima pas sa pensée suivante à voix haute — il espérait que les hommes gardaient leurs cagoules devant les enfants.

Ils quittèrent rapidement la galerie marchande pour regagner la voiture.

— Nous n'avons utilisé que cinq de nos vingt minutes, fit remarquer Tracey. Tu ne vas pas appeler Bryce pour lui dire où nous allons ?

— Pas besoin. Si les rangers font correctement leur boulot, ils le savent déjà.

Josh désigna un camion de déménagement qui correspondait à la description faite par Tracey du véhicule qui avait bloqué le carrefour. Les forces de l'ordre avaient reçu la consigne, si elles le repéraient, de le surveiller sans intervenir.

Le camion, qui était stationné au bout de l'allée, démarra dès qu'ils atteignirent la voiture. Josh fut tenté d'utiliser le téléphone, mais il venait juste d'avoir la preuve qu'ils étaient surveillés. Il ne pouvait prendre ce risque.

Il ne vérifia pas si un autre véhicule les épiait. Il se moquait pas mal qu'on les suive ou non.

— Baisse le pare-soleil, Tracey.

Il alluma le gyrophare et attendit que les voitures qui le précédaient s'écartent.

— Il ne faudrait pas qu'on soit en retard.

Quand il démarra, Tracey posa un pied sur le tableau de bord.

— Je suis riche. C'est ça, mon secret.

Ils approchaient d'un carrefour. Il ralentit et lui jeta un coup d'œil tout en surveillant les véhicules qui approchaient. Elle se racla la gorge et attendit, mais Josh redémarra sans prononcer un mot. Si c'était tout ce que le FBI avait pu découvrir sur elle, comment quiconque aurait-il pu en tirer profit ?

Grâce au gyrophare, il arriva facilement au pont et au parc tout proche. Il prit la trousse d'urgence qu'il avait emportée de la maison et descendit de voiture tout en laissant le gyrophare allumé. Tracey attrapa l'autre trousse, qui était rangée sous son siège.

Seulement armés d'un téléphone et des trousses d'urgence de son fils, ils gagnèrent rapidement le milieu du pont.

— Il n'y a jamais beaucoup de monde ici, le vendredi soir, commenta Tracey.

Elle alla jusqu'aux poutrelles en acier et regarda à travers.

— J'espère qu'ils ne vont pas nous demander de sauter.

— Ce pourrait être une possibilité.

— Je ne nage pas bien, confia-t-elle. Il faudra que tu me pousses par-dessus bord.

— Rien ne t'oblige à y aller.

Josh restait au milieu du pont, tous les sens en éveil, conscient de leur vulnérabilité.

— Comment va ta tête ?

— Elle tourne. Tu as pris des ampoules d'insuline et des seringues supplémentaires, non ? Je crois que je devrais en avoir une ou deux, moi aussi.

C'était logique. Il ouvrit la trousse. Elle en sortit une ampoule et une seringue. Ainsi, s'ils étaient séparés, tous deux pourraient assurer la survie de Jackson.

Tracey avait peur. Peur à en perdre la tête. Si rien ne s'était passé dans la journée, elle se serait sentie en sécurité, debout sur ce pont suspendu au-dessus de la Brazos River, avec Josh, sous le clair de lune.

Mais il s'était passé quelque chose, quelque chose de dramatique, et elle avait peur pour eux tous.

— Pourquoi est-ce que tu tiens tant à ce que ta richesse demeure un secret ?

Josh s'éloigna de quelques pas avant de revenir vers elle.

— Je ne comprends pas, poursuivit-il. Pourquoi as-tu eu peur quand McCaffrey t'a menacée de me révéler que tu étais riche ?

— Tu veux vraiment que je t'explique maintenant ?

— C'est toi qui as abordé le sujet, rappela-t-il en haussant les épaules. Ça passera le temps.

— Mon nom de famille n'est pas Cassidy. Enfin… Maintenant si, mais j'en ai changé.

À ces mots, Josh s'arrêta net et posa sur elle un regard perplexe. Il portait un jean et une chemise rouge brique à manches longues, avec trois boutons à l'encolure, qu'elle lui avait offerte pour son anniversaire afin d'égayer sa garde-robe. Le chapeau qu'il emportait toujours avec lui était resté à la maison.

— J'ai vérifié tes antécédents. Tracey Cassidy existe bel et bien.

— On peut faire des choses étonnantes quand on a de l'argent. Pour tout dire, je pourrais engager des hommes pour t'aider. Mon oncle saurait qui sont les meilleurs dans le domaine.

— Revenons à ce que tu as dit : que tu n'es pas celle que tu dis être.

Le téléphone qu'il tenait à la main sonna. Il décrocha et le porta à son oreille.

— On est là.

Il balaya les alentours du regard. Ses yeux se posèrent sur l'autre extrémité du pont, à l'opposé de l'endroit où ils avaient laissé la voiture. Tracey s'approcha de lui.

— Quoi que vous attendiez de moi, vous n'avez pas besoin de ma baby-sitter.

— Non, tu as besoin de moi, contredit-elle. Je peux m'occuper des jumeaux, changer la cartouche de Jackson…

Elle brandit la trousse d'urgence.

— Je n'ai pas besoin d'une motivation supplémentaire, maugréa Josh. Laissez-la hors de…

Il remit le téléphone dans sa poche.

— Pardonne-moi de t'avoir entraînée dans ce guêpier.

Pris d'une soudaine impulsion, il la serra contre lui.

Ensuite, ils se remirent en marche et quittèrent le pont pour s'engager dans l'allée bordée d'arbres qui longeait la rivière. Soudain, Josh s'arrêta, cherchant manifestement quelque chose des yeux.

Un autre couple passa. Josh saisit Tracey par le bras et l'entraîna en courant à travers la pelouse, vers la route. Si ce couple était en fait des policiers, il ne leur accorda pas la moindre attention.

Au moment où ils quittaient la pelouse pour le trottoir, un camion blanc s'y gara, à hauteur du boulevard Martin Luther King, Jr.

La portière s'ouvrit. Voilà où ils devaient aller, comprit Tracey.

L'obscurité qui régnait dans le camion avait quelque chose de sinistre. Mais elle pouvait s'y enfoncer. Elle ferait tout ce qu'il faudrait. Tout ce qu'ils voudraient.

Alors que Josh et elle n'étaient plus qu'à cinquante mètres du véhicule, un individu approcha, puis un second. Plus ces deux hommes essayaient de faire comme s'ils ne venaient pas vers eux, plus il était évident que c'était là que leurs chemins les mèneraient. C'était peut-être les flics auxquels Bryce avait demandé de les suivre, songea Tracey. Mais s'ils se rapprochaient encore, les hommes dans le camion les verraient, eux aussi.

— Que font ces types ?

Josh regarda dans leur direction et lui cria :

— Cours. Je pense qu'ils essaient de nous arrêter.

— Mais…

— Cours, c'est tout !

Ils n'étaient pas très loin de la fourgonnette. Quinze ou vingt mètres, peut-être. Les deux hommes se séparèrent. Josh lâcha sa main et elle se mit à courir. Le camion démarra et s'éloigna lentement d'elle. L'un des hommes tira alors vers le véhicule. L'autre saisit Tracey par-derrière, et elle trébucha sur un entremêlement de pieds. L'homme la retint par la taille auprès de lui.

— Laissez-moi partir ! hurla-t-elle. Il faut que j'aille chercher… Vous ne savez pas ce que vous faites.

Un second coup de feu claqua, tiré depuis la fourgonnette cette fois.

Le type qui la tenait se plaqua un peu plus sur elle, la protégeant de son corps, tandis que son coéquipier s'effondrait dans l'herbe. Ces hommes n'étaient pas des policiers. De vrais policiers en voiture banalisée avaient pris la fourgonnette en chasse. Les hurlements des sirènes résonnaient sur les façades des immeubles qui se dressaient de l'autre côté de la rivière.

L'homme était toujours allongé sur elle. Il ne semblait pas s'inquiéter de son coéquipier blessé.

Elle frappait des poings sur le gilet en Kevlar du type pour essayer de se dégager quand un fracas assourdissant couvrit momentanément le hurlement des sirènes.

— Oh ! mon Dieu ! cria-t-elle. Qu'est-ce que vous avez fait ?

6

Des camions de pompiers. Une ambulance. Trois voitures de police — peut-être plus — et la lueur dansante des gyrophares. Des étudiants se frayant un chemin dans une foule qui grossissait. Un agent du FBI furieux, face à elle. Et un garde du corps qui lui criait dessus : elle faisait une cible trop facile, assise comme cela sur un banc du parc.

La tête lui tournait sous l'effet des lumières, des éclats de voix et du désespoir. Peut-être aussi à cause du whisky, ou de la blessure à la tête que lui avaient infligée les ravisseurs dans l'après-midi — ou des deux.

Quoi qu'il en soit, elle n'aimait pas cette sensation. Voilà pourquoi elle buvait rarement. Elle n'aimait tout simplement pas être sous l'influence de quelque chose, ou de quelqu'un — son oncle Carl, par exemple, qui avait pris l'initiative d'envoyer des gardes du corps pour la protéger. Ils avaient réduit à néant toutes leurs chances de faire parvenir de l'insuline à Jackson.

Le camion était couché sur le côté, mais le conducteur avait pris la fuite. Le garde et Josh s'étaient aussitôt élancés vers les lieux de l'accident. En vain. L'homme avait déjà pris la poudre d'escampette.

— Êtes-vous prête à partir, mademoiselle Cassidy ? Votre oncle nous a ordonné de vous ramener à Fort Worth dès que possible.

Le garde lui parlait sans laisser paraître le moindre

remords pour ce que son coéquipier et lui avaient provoqué. Comme si elle était la personne la plus importante de tous ceux qui se trouvaient là.

Elle détestait cela. Elle l'avait toujours détesté.

— Comment pouvez-vous rester debout et me parler comme s'il ne s'était rien passé ? Votre coéquipier a peut-être touché l'un des occupants de la fourgonnette. Le conducteur s'est enfui sans nous donner les instructions pour sauver les jumeaux. Et si les enfants avaient été à l'intérieur ? Si quoi que ce soit arrive au fils de Josh…

— Nous ne faisions que notre travail.

Il se tenait face à elle, les mains jointes, sans laisser paraître la moindre émotion. Son coéquipier avait repris son souffle, qui avait été coupé soit quand la balle l'avait atteint en plein torse, soit quand il était tombé au sol.

Désormais, les ravisseurs allaient être en colère. Qu'allait-il se passer ? Il fallait que ces deux types fichent le camp, et il n'y avait qu'une seule façon de les faire partir. En appelant le seul homme qui pouvait leur en donner l'ordre.

— Passez-moi votre téléphone.

— Madame ?

— Je n'ai pas de téléphone. Il faut que j'emprunte le vôtre.

Il prit son portable dans la poche de son veston, l'alluma et le lui tendit. Dans l'historique d'appels, elle trouva le numéro qu'elle avait presque oublié. Le téléphone sonna, sonna et, à sa grande surprise, l'appel bascula sur la boîte vocale. Il devait être avec quelqu'un. Alors, il ne se laisserait déranger par rien. Pas même la pensée que sa vie à elle puisse être en danger.

Pourtant, n'avait-il pas envoyé ces gardes parce qu'il s'inquiétait ?

Il avait plus probablement pensé que les ravisseurs découvriraient qui elle était et chercheraient à lui extorquer de l'argent. La seule perspective de voir sa famille privée de sa fortune lui aurait fait remuer ciel et terre pour la ramener bien en sécurité dans sa prison dorée.

Elle songea à laisser un message, mais raccrocha avant le bip. Ce qu'elle avait à dire n'avait pas besoin d'être enregistré.

— Où est Josh ? demanda-t-elle.

L'homme qui se tenait devant elle haussa les épaules en guise de réponse.

— Vous savez… L'homme avec lequel je me trouvais quand toute cette histoire a commencé. Le père des enfants que vous venez de mettre encore plus en danger.

Le grand baraqué ne semblait rien comprendre à ses explications. Elle suivit son regard, qui se posa d'abord sur la lisière de la foule, puis de l'autre côté de la rivière, où se formait un autre attroupement, puis juste derrière elle, sur les véhicules de secours.

— Hé ! Ne faites pas l'idiot. Quand je pose une question, répondez, ordonna-t-elle, usant du pouvoir qui allait de pair avec son nom de famille. Et n'allez pas croire que je ne peux pas vous empêcher d'être payé.

— Ils l'ont emmené dans un lieu plus sûr, répondit-il enfin.

— Vous voulez dire que nous avons essayé, rectifia l'agent Leo McCaffrey en approchant. Je venais justement pour vous, Tracey. Nous retournons chez Josh. Il insiste pour conduire lui-même, mais il voudrait d'abord vous parler.

D'ailleurs, il réapparut à cet instant précis, se ruant presque sur elle.

— On a amené ma voiture de ce côté-ci de la rivière. Je rentre à la maison. Tu es prête ?

Il tendit la main, et elle la prit.

Qu'allait-elle lui dire, cette fois ?

« Pardonne-moi, j'aurais dû te parler de mon oncle assez riche et puissant pour m'envoyer des gardes du corps. »

Ces mots n'étaient pas faciles à prononcer. En outre, elle n'aurait jamais cru que son oncle puisse envoyer quelqu'un pour la protéger. Cela semblait même surréaliste qu'il l'ait retrouvée aussi rapidement.

Josh posa une main au creux de ses reins et la guida à travers la foule. Le garde du corps qui avait reçu deux balles en pleine poitrine les suivit. L'autre s'élança vers la route, sans doute pour aller chercher leur voiture.

Josh s'arrêta et se retourna vivement vers l'homme qui les suivait.

— Il faut que je parle à Tracey. Ensuite, elle est toute à vous.

— Quoi ? fit-elle.

Qu'est-ce qu'il voulait dire ? Qu'il la renvoyait chez son oncle ? Donc, elle avait vu juste. Cette fois, Josh ne lui pardonnerait pas. Mais elle n'en avait pas moins le droit de choisir où elle irait, et avec qui.

— Je ne peux pas la perdre des yeux, monsieur.

Le garde du corps se tenait au garde-à-vous, comme prêt à passer à l'attaque. Venait-il de défier un Texas Ranger ?

— Je n'ai pas le temps de discuter, répliqua Josh. Je dois savoir comment vous l'avez trouvée.

Il avait posé les mains sur ses hanches et passé les pouces dans sa ceinture, remarqua Tracey. Voulait-il se retenir de la traîner jusqu'à la voiture, ou d'envoyer un coup de poing au garde du corps ? Si la deuxième option était la bonne, qu'il se fasse plaisir !

— Nous avons localisé son téléphone. Il devait se trouver dans la fourgonnette.

— Comment avez-vous eu le numéro ? demanda-t-elle. Je ne l'ai pas donné à mon oncle.

— Je fais mon boulot, maugréa l'homme. Et je ne travaille ni pour vous ni pour lui.

Le garde du corps avait à peine terminé sa phrase que les mains de Josh s'étaient déjà refermées autour de son cou.

L'homme agrippa les poignets de Josh pour l'empêcher de l'étrangler. Des agents accoururent.

Si l'un d'entre eux avait peur de ce que Josh pouvait faire, personne ne lui intima d'arrêter. Tracey non plus. Après tout, c'était à cause de cet homme qu'ils avaient perdu la piste qui menait aux jumeaux. C'était cet homme — elle ne savait même pas son nom — qui avait tout fait capoter.

— Si vous levez un seul doigt…, lança-t-elle au garde.

Mais à dire vrai, elle ne pouvait ni le blâmer ni laisser Josh évacuer sa frustration sur cet homme qui n'était qu'un employé. C'était elle qui avait perdu les enfants dont elle avait la garde. Elle aurait dû être plus prudente.

Elle posa la main sur le bras de Josh.

— Ce n'est pas sa faute.

Josh grinça des dents, et un muscle palpita dans sa mâchoire volontaire. Il posa sur elle ses yeux exorbités, au regard dément, mais se détendit un peu.

— Tout à l'heure, je t'ai demandé pourquoi tu tenais à ce que ta richesse demeure un secret.

Il relâcha le garde et le repoussa avant de conclure :

— Je crois que j'ai la réponse.

— Tu te trompes, mais je préférerais en parler en privé.

Josh se détourna et se dirigea vers sa voiture d'un pas rageur — suivi de près par les deux agents du FBI, Barlow et Lanning.

Tracey s'adressa au garde du corps :

— Quelle que soit la somme que vous verse mon oncle, je vous en donne autant pour que vous me laissiez tranquille.

Elle emboîta le pas à l'agent Kendall Barlow, qui leva une main pour interdire au garde du corps de les suivre. En vain.

De son côté, Josh fit volte-face si rapidement que George Lanning faillit rentrer en collision avec lui.

— Non ! J'ai besoin d'être seul. Sans aucun d'entre vous.

D'un geste de la main, il éloigna tout le monde. Ensuite, il releva la tête et posa les yeux sur Tracey.

— Ils ont peut-être besoin de ta présence mais, moi, je ne peux pas. Et rien ne m'y oblige.

— Il ne veut pas vraiment dire ça…, intervint Lanning.

Mais Josh s'engouffra dans sa voiture, et Tracey s'arrêta net. Elle était épuisée par toute l'histoire et, surtout, secouée par les propos de Josh. Elle avait prononcé des paroles similaires quand elle était partie de chez son oncle à vingt et un ans. Elle avait quitté l'homme que ses parents et ses grands-parents lui avaient choisi comme tuteur à peu près de la même façon que celle dont Josh venait de disparaître dans sa voiture.

À l'époque, elle n'avait pas seulement pensé chacun des mots qu'elle avait prononcés ; elle avait aussi changé de nom et commencé à travailler pour les Parker. Oh oui… Elle était bien placée pour savoir que certaines blessures ne pouvaient être guéries par un simple « je suis désolée ».

Josh mit le gyrophare en marche pour alerter les voitures qui le précédaient qu'il roulait vite. Il prit la route qui le ramènerait chez lui, furieux. Plus que furieux : il était de nouveau terrifié à l'idée qu'il ne reverrait peut-être jamais ses enfants.

Rien à voir avec les derniers jours de Gwen. Sa mort était inévitable, il n'avait eu aucun contrôle sur les événements, et il avait pu se préparer à son départ. Alors que, si ces gardes du corps n'étaient pas arrivés, les ravisseurs lui auraient donné d'autres instructions. Il aurait su quoi faire. Au pire, il aurait pu faire parvenir une cartouche d'insuline supplémentaire à son fils.

La glycémie était telle une bombe à retardement qui s'était déclenchée dans le corps de Jackson, et Josh n'avait aucun moyen de la désamorcer.

Il passa à toute vitesse sous Lake Shore Drive et comprit

alors où l'emmenait son subconscient : au refuge pour animaux. Il leva le pied jusqu'à atteindre une vitesse plus raisonnable et éteignit le gyrophare. Le téléphone que lui avaient donné les ravisseurs était toujours dans sa poche de derrière. McCaffrey connaissait l'existence de ce portable, mais il n'en avait pas encore obtenu le numéro. C'était un vrai téléphone jetable, impossible à localiser.

Josh soupira lourdement. Il pouvait attendre le prochain appel des ravisseurs et leurs instructions. Puisque ces hommes voulaient qu'il règle leur problème, ils allaient forcément rappeler.

Quoi qu'ils exigent de lui, il le ferait, et le ferait seul. Il en avait fini avec les plans de secours et le contre-espionnage. Il allait attendre l'appel au refuge, où personne ne le trouverait.

Cette décision prise, il se gara près de la porte de derrière et sonna. La soirée étant déjà bien avancée, seules deux personnes étaient encore de service. La porte s'ouvrit sur un visage familier.

— Salut, Josh ! Ça fait un moment que tu n'es pas venu. Au moins six ou sept mois, non ?

Bernie Dawes s'effaça pour le laisser entrer.

Six ou sept mois plus tôt, Josh envisageait d'inviter Tracey à sortir avec lui, mais il s'était dégonflé. La plupart du temps, il se comportait comme un vrai Texas Ranger, un dur qui pouvait sauver des vies en prenant des décisions instantanées. Mais la seule perspective d'inviter une fille à sortir avec lui provoquait des dysfonctionnements dans son cerveau.

— Il y a des chiens qui ont besoin d'une promenade ?

— C'est une de ces nuits ? demanda Bernie.

— Oui. J'attends un coup de fil.

Josh fourra les mains dans ses poches de derrière, essayant de convaincre le téléphone de sonner. En vain.

— Je les ai tous sortis il y a une demi-heure. Mais je peux t'installer avec une portée de chiots abandonnés. Leur départ dans la vie est plutôt difficile.

— Ça ira.

Il suivit Bernie jusqu'à une pièce où se trouvait un carton qui contenait quatre ou cinq petites boules de poils, toutes pelotonnées les unes contre les autres.

— Qu'est-ce qu'ils ont sur la tête ? Des taches de peinture ?

— L'une de nos labradors vient juste de mettre bas, et nous lui confions ces petits gars, répondit Bernie en éclatant de rire. Mais comme ils sont tous noirs, nous les différencions grâce à ces taches de peinture. C'est la seule façon d'être certains qu'ils tètent tous.

Bernie attrapa l'un des chiots et conclut :

— Ils ont tous le ventre plein. Ils n'ont besoin que d'un peu d'affection.

— Je ne vais peut-être pas pouvoir rester très longtemps, fit remarquer Josh.

— Même si tu ne leur donnes qu'un peu de ton temps, ce sera toujours mieux que rien.

Il était facile d'aimer ces chiots. Mais tous ces autres animaux… Qu'ils soient errants, blessés ou abandonnés… Soudain, Josh eut besoin de savoir comment Bernie pouvait supporter tout cela.

— Comment tu fais ?

Bernie haussa les épaules et répondit simplement :

— J'aime les animaux.

Il se détourna pour partir, mais se ravisa. Il avait dû comprendre que, si Josh était de retour, c'était parce qu'il avait des soucis. Comme un barman essuie un peu plus souvent le comptoir devant l'homme qui sirote son troisième whisky.

— J'ai eu des ennuis aujourd'hui, confia Bernie en prenant un chiot. Je n'ai pas complimenté ma femme sur sa coiffure.

Elle m'a dit que, puisque je n'avais pas remarqué qu'elle s'était fait faire des mèches, je pouvais préparer mon dîner tout seul. Elle change de coiffure sans arrêt. Je ne pensais pas que je devais dire quelque chose sur le sujet. Parfois, ce sont les petits détails qui t'attirent toutes sortes de gros problèmes. Tu vois ce que je veux dire ?

Josh acquiesça et repensa à l'instant où Tracey était revenue chez lui, quand il discutait avec les agents du FBI. Il aurait aimé la regarder en face et lui assurer que tout allait bien se passer, mais elle avait gardé les yeux rivés au sol, de sorte qu'il ne voyait que ses épais cheveux roux. Ils étaient ébouriffés, comme si on l'avait rudoyée. C'était en la voyant ainsi décoiffée qu'il avait compris qu'on lui avait fait du mal, et cette pensée lui avait brisé le cœur.

— Tracey teint ses cheveux en roux, reprit-il. Elle ne se doute pas que je l'ai remarqué.

Il attrapa un chiot dans le carton et caressa son petit corps. Il pouvait de nouveau respirer librement, comme si aborder la question de la couleur des cheveux de Tracey était d'une importance capitale.

— Elle a commencé il y a environ trois ans. Tous les deux mois, ses cheveux deviennent un peu plus roux, de plus en plus éloignés de leur couleur d'origine.

Le silence régnait autour d'eux. Il n'y avait ni aboiement, ni jappement. Bernie continuait à essuyer le comptoir métaphorique, juste devant Josh, qu'un intense soulagement gagnait. Rares étaient les personnes à qui il pouvait parler, tout simplement. Il était commandant de sa compagnie et père célibataire. Il n'allait pas souvent boire un verre avec ses hommes après la conclusion d'une affaire. Et il y avait bien longtemps qu'il n'avait pas eu d'amis.

— J'aurais dû lui dire que ça me plaisait, avoua-t-il.

— Sans doute, convint Bernie. Quand tu auras reçu ce coup de fil, assure-toi que la porte se referme bien derrière toi. Et reviens quand tu veux... On te comprend. Mais dis-moi... est-ce que tes enfants ne sont pas assez grands pour choisir un chien ? Peut-être que l'un de ceux-là ferait l'affaire ?

Il lui tendit le chiot qui portait un point vert sur la tête. Comme Josh ne répondait pas, il se frotta les mains et conclut :

— Je vais te laisser. Il faut que je passe voir un chat qui a été opéré aujourd'hui.

Bernie partit en hâte. Josh devait avoir froncé les sourcils à la mention des jumeaux, alors que ce pauvre Bernie pensait sans doute que sa visite avait un rapport avec le travail. Prendre un chien ? Il leva le chiot jusqu'à son visage. Il était temps. Il y avait des années qu'il n'avait pas eu de chien. Bien avant son mariage.

Gwen et lui avaient connu un véritable coup de foudre. Ils s'étaient enfuis pour se marier en cachette, et Gwen était rapidement tombée enceinte. Mais sa maladie avait été diagnostiquée pendant sa grossesse. Ils n'avaient pas eu le temps d'adopter un chien.

C'était peut-être en partie pour cela que ses visites au refuge l'aidaient tant. En retirait-il plus de réconfort que les chiens dont il s'occupait ? S'il était honnête avec lui-même, il devait bien s'avouer que oui.

C'était Vivian, la réceptionniste de la Compagnie F, qui avait eu l'idée de ces visites. Elle-même était bénévole au refuge. Elle essayait de placer certains animaux et en accueillait d'autres chez elle.

Pour la première fois depuis au moins un an, Josh fut frappé par une douleur indicible en repensant à la disparition de sa femme, comme si elle s'était produite la veille. Il reposa le chiot et se pencha en avant. Il avait beau savoir que ce n'était pas une douleur physique, il essayait de la soulager comme il s'était agi d'une crampe.

Du jour où les médecins avaient diagnostiqué la leucémie de Gwen, il avait consacré chacune des minutes de son temps soit à son travail soit aux recherches sur sa maladie et à son traitement. Après un certain temps, il se protégeait si farouchement qu'il pouvait à peine ressentir quoi que ce soit.

Il lui avait fallu trois ou quatre visites au refuge, tard le soir, pour comprendre que cette thérapie alternative était efficace. En caressant et promenant les chiens, il apprenait à renouer un lien.

Il reposa le chiot qu'il tenait et en prit un autre, qu'il caressa lentement. Peu à peu, le geste apaisa sa frayeur, libéra son esprit. Quand il prit un nouveau chiot dans ses bras quelques minutes plus tard, il comprit : c'était cet apaisement qu'il était venu chercher au refuge.

Voilà pourquoi il ne parlait jamais à personne de ses visites. Vivian était la seule de son entourage à savoir qu'il venait là pour se remettre les idées en place. En cette fin de soirée, aucun doute : il avait bien besoin de prendre quelques minutes pour réfléchir dans le calme.

Les deux derniers chiots étaient plus petits que les autres, avec chacun une patte avant blanche — l'un à droite, l'autre à gauche. Il se concentra sur ces pattes et les caressa tous les deux en même temps. Ils étaient si petits qu'il aurait presque pu les prendre tous deux dans la paume de sa main.

Jackson et Sage avaient été petits, eux aussi. Mais ils étaient nés en bonne santé et vigoureux, et n'avaient pas eu besoin de machines pour survivre. Après leur naissance, les médecins avaient lancé un traitement d'attaque contre le cancer de Gwen, et Josh avait pratiquement cessé de venir au refuge pour s'asseoir parmi les chiens. Certains jours, il lui fallait fournir un tel effort pour prendre le temps de serrer ses enfants contre lui qu'il culpabilisait au point d'en perdre le sommeil.

Les jumeaux avaient quatre mois quand Gwen avait

compris qu'elle perdait la bataille. D'une certaine façon, cela l'avait rendue plus forte. Elle avait tout mis en ordre, tout préparé, avec l'aide de Tracey. Elle s'était éteinte libre de toute inquiétude sur le sort de sa famille : elle savait que quelqu'un veillerait sur eux.

Josh sortit le téléphone de sa poche, fit de nouveau défiler la vidéo de ses enfants et ordonna :

— Sonne.

Ensuite, il s'agenouilla près de la boîte et arrangea la couverture sur laquelle les chiots allaient s'endormir, serrés les uns contre les autres.

— Ça ne peut pas être fini pour eux. Il faut me donner une autre chance. Ça ne peut pas être la fin. Gwen a lutté si fort pour mettre ces enfants au monde !

Parlait-il aux chiots, à Dieu ou à quiconque pouvait écouter ? Il n'en avait aucune idée.

Mais,soudain, le téléphone sonna. Il n'hésita pas.

— Parker à l'appareil.

— Tu es un veinard, ranger.

— Je ne suis pas certain que nous ayons la même définition du mot « veinard ». Est-ce que vous voulez dire que vous n'avez pas fait de mal à mes enfants ?

Les cartouches d'insuline et les seringues étaient toujours sur le siège avant de sa voiture. Il fallait que cet homme lui propose une rencontre dans l'heure. Qu'il lui demande d'agir sans attendre. Il devait s'assurer que ses enfants étaient sains et saufs.

— Où que tu te planques, le marché tient toujours, poursuivit l'homme.

Il y avait de l'inquiétude dans sa voix. Qui que soient les ravisseurs, ils n'avaient pas la moindre idée que Josh était au refuge. Peut-être pouvait-il en tirer avantage.

— Qu'est-ce que vous voulez que je fasse ?

— Tu le sais très bien. Garde le téléphone à portée de main et attends les instructions.

— Est-ce que je peux parler à Jackson ? Il va bien ? Il est...

— Diabétique, ouais, on sait. On s'en occupe.

— Je dois le voir et lui parler, insista Josh. Il va falloir changer le réservoir et le cathéter de sa pompe à insuline. Il doit être surveillé de près.

Josh retint un juron. Il était incapable de dresser la liste de tout ce qui pouvait se produire si les choses tournaient mal.

— J'ai dit qu'on s'en occupait ! hurla le type. N'oublie pas d'amener la femme.

— Impossible.

— Arrange-toi pour que ce soit possible. Sinon, ils mourront.

7

Josh quitta le refuge et se rendit droit à sa seconde maison, le quartier général de la Compagnie F.

Toutes les lumières étaient allumées et les voitures de ses hommes garées dans le parking. Pas une ne manquait.

Bryce l'accueillit à la porte.

— Nous ne nous attendions pas à vous voir, major. Pas ce soir, du moins.

— Mon remplaçant est là ?

Josh attendit que le ranger ait suivi la procédure obligatoire pour toute visite et ajouta :

— J'ai besoin d'une minute de son temps.

— Comment vous vous en sortez ?

— Je ne peux pas prendre le temps d'y réfléchir.

— Le capitaine Oaks est dans votre bureau, indiqua Bryce.

En voyant Josh, tous ses hommes se levèrent et l'assurèrent de leur soutien. Ils étaient les meilleurs parmi les meilleurs. Que Josh soit ou non à leur tête, ils travaillaient sur l'affaire.

Il rentra dans son bureau et fut presque surpris que rien n'ait changé. Il avait l'impression de l'avoir quitté depuis une éternité — même si cela faisait en réalité moins de vingt-quatre heures.

— Aiden.

Il referma la porte et baissa les stores. Il voulait que la conversation se déroule sans témoins, de sorte que rien ne puisse entraver le déroulement de l'enquête, ni que ses hommes soient plus tard appelés à témoigner de quelque chose.

Aiden se leva de la chaise qu'il occupait, derrière le bureau, et vint s'asseoir à côté de Josh. Malgré les apparences, le capitaine était bien plus âgé que lui. D'ailleurs, Josh ne connaissait son âge que parce que le Vieux, comme on le surnommait, aurait pu faire valoir ses droits à la retraite deux ans plus tôt. Mais il était resté et avait démontré son courage quand il s'était fait tirer dessus en défendant le témoin du meurtre d'Isabella Tenoreno.

Le capitaine Aiden Oaks était aux trousses des deux familles mafieuses de la région, les Tenoreno et les Rosco, depuis plus d'une décennie. Aucun homme n'était plus qualifié que lui pour remplacer Josh à la tête de la Compagnie F, même si ce n'était que temporairement.

— Je pourrais vous demander si vous tenez le coup, mais la réponse est évidente. Alors, qu'est-ce que je peux faire pour vous ?

Aiden parlait à voix basse, de sorte que personne ne puisse entendre leur conversation. Il s'était penché en avant, comme s'il était sincèrement impatient de savoir de quoi Josh avait besoin.

Il y avait une chance pour que, de tous les hommes qui étaient en position d'autorité, Aiden Oaks soit le seul à tenir parole. Mais Josh devait d'abord s'assurer que le capitaine ne le remettrait pas aux autorités, qu'elles soient fédérales ou de l'État — et qu'il ne les appellerait pas dès que sa voiture aurait quitté le parking.

— Ils veulent connaître l'itinéraire qu'empruntera Tenoreno.

— Tout le monde se doutait qu'on en arriverait là, dit Aiden en pinçant les lèvres. Le quartier général m'a expliqué l'affaire dans les grandes lignes avant de m'envoyer ici, et vos hommes m'ont mis au courant du reste.

— Je ne devrais pas être ici, grommela Josh.

Il fit mine de se lever, mais Aiden l'incita d'un geste à se rasseoir.

— Le simple fait de me parler pourrait vous attirer des ennuis, poursuivit Josh, mais je n'ai pas d'autre solution.

Depuis qu'il faisait partie des Texas Ranger, Josh savait qu'il pouvait entièrement se fier à son coéquipier et aux hommes de sa compagnie. Si cette affaire n'avait concerné que lui, il se serait de nouveau reposé sur eux. Mais, cette fois, la vie de ses enfants dépendaient de cette confiance.

— Le FBI a certainement pensé suivre ces types et les attraper quand leur vigilance se relâcherait, reprit Aiden. Mais les gardes du corps de votre nounou ont fait échouer leur plan. Comme vous le voyez, je me tiens au courant de tout. Mais si vous êtes dans ce bureau, c'est que vous avez un plan, vous aussi. Dites-moi comment je peux vous aider.

Josh pouvait-il se fier à cet homme ?

— Il me faut l'itinéraire. Sinon, Jackson mourra, répondit-il en plantant son regard dans celui d'Aiden.

Le capitaine soutint ce regard, sans détourner les yeux comme il aurait pu le faire s'il avait caché quelque chose.

— Quand j'ai eu le ravisseur au téléphone, il était au bord de la panique. Je pense que la santé de mon fils l'inquiète autant que l'échec de son plan d'origine. Ce type est assez intelligent pour comprendre qu'il n'avait que très peu de temps pour agir avant que les circonstances ne changent. Maintenant, il est contraint d'improviser, tout comme nous.

Aiden acquiesça de nouveau, comme s'il comprenait.

— Même si vous leur donnez l'itinéraire, il n'y a aucune garantie. Disons que nous leur laissons une petite longueur de corde en espérant qu'ils se pendront avec, mais cela ne garantit pas que vos enfants seront relâchés sains et saufs. Ni que vous le serez.

— Mais, au moins, je serai avec eux.

La voix de Josh se brisa sur ces mots. Il laissa passer une seconde et se leva.

— Mes enfants ne seront pas les victimes dans cette histoire. Je connais les limites des rangers, du FBI, des procureurs. Ils espèrent tous pouvoir résoudre facilement cette affaire. Mais nous savons tous les deux que c'est impossible.

Il leva les yeux vers le cadre qui était accroché au-dessus de la porte. Il contenait un carré de tissu sur lequel Gwen avait brodé le slogan des rangers quand elle avait dû garder le lit pour la première fois après la naissance des jumeaux. Même si ce cadre lui rappelait tous les jours ce qu'il avait perdu, il le laissait là. Et d'ailleurs, depuis plusieurs mois, cette broderie lui rappelait aussi ce qu'il avait gagné : les jumeaux. Et Tracey.

— À chaque émeute suffit un ranger, énonça Aiden d'une voix empreinte de force et de sincérité.

Josh devait faire confiance à cet homme. Ce n'était qu'à cette condition que son plan avait une chance de réussir.

Aiden le saisit par l'épaule, d'une main qui ne tremblait pas.

— C'est moi qui ai balancé votre compagnie dans ce guêpier en envoyant Garrison Travis au dîner pendant lequel Isabella Tenoreno a été assassinée. Je vous dois un service, Josh. Alors, quel est votre plan ?

Aiden était-il impatient de l'aider ou de savoir comment l'arrêter ? se demanda Josh pour la énième fois. C'était peut-être à lui que le capitaine donnait un grand bout de corde en espérant qu'il se pendrait avec. Mais il devait courir le risque.

— Fournissez-moi un itinéraire plausible et un leurre,

et nous ferons tomber ces types comme nous avons fait tomber le reste de la famille Tenoreno.

— C'est un bon début. Allez-vous demander à leur servir d'otage à la place des jumeaux ?

— C'est ce que j'avais prévu de faire, mais je doute qu'ils acceptent. Ils insistent pour que je vienne avec Tracey.

Aiden se frotta le menton et retourna s'asseoir dans son fauteuil.

— Voilà qui pourrait nous mettre des bâtons dans les roues. Ils ont peut-être l'intention de les garder tous les trois comme otages jusqu'à ce que vous ayez fait ce qu'ils veulent.

— Oui, c'est le scénario le plus probable.

— Le seul moyen de les amener à relâcher vos enfants semble être de leur dire la vérité sur la façon dont Tenoreno doit être transféré de Huntsville à Austin. La Compagnie F n'aura qu'à se tenir prête.

— Allez-vous soumettre le plan au quartier général de l'État ?

— Jamais ils ne l'approuveront. Même s'il ne leur est présenté que comme une hypothèse.

Aiden cligna de l'œil et ajouta :

— Ils n'auraient pas non plus approuvé l'opération de dernière minute qui a fait tomber Tenoreno. Nous sommes peut-être dans l'une de ces situations où il vaut mieux demander pardon après que la permission avant... Mais rien ne nous empêche de discuter ensemble de situations hypothétiques. Votre expérience me sera précieuse.

— Mon expérience... C'est vrai.

L'instinct de Josh lui dictait de foncer. De faire confiance à cet homme.

Le capitaine pointa le doigt vers le cadre et commenta :

— Pour cette affaire, un seul ranger ne suffira peut-être pas.

Plus de tergiversations. Il ne pouvait mener seul un combat

aussi ardu. Il devait se fier à Aiden, partir du principe qu'il ne le dénoncerait pas.

— Si j'étais encore responsable du transfert de Tenoreno, commença-t-il, je choisirais un transfert en avion, ce qui limiterait la vulnérabilité au sol du convoi. À la place du procureur, je ferais des pieds et des mains en ce moment même pour que Tenoreno voyage sur un vol privé.

— Votre hypothèse est parfaitement plausible, commenta Aiden.

En d'autres termes, Josh avait vu juste. Ils envisageaient de transférer Tenoreno de la prison d'État de Huntsville au tribunal d'Austin par avion.

— Puisque nous ne faisons que discuter, vous savez ce qui m'embête ? reprit Aiden. Pourquoi les ravisseurs se sont donné tant de mal pour que l'affaire soit connue du grand public ? Ils auraient pu garder cet enlèvement secret, mais ils vous ont attiré dans un endroit qui est généralement noir de monde.

— Si j'étais le fils de Tenoreno, répondit Josh, je me dirais que l'avion est le moyen le plus rapide de quitter le pays. Huntsville n'est qu'à un jet de pierre du golfe et des eaux internationales. Il suffit de détourner l'avion.

— C'est plutôt logique, en effet.

Aiden réfléchit quelques instants en se tapotant le bout des doigts.

— Zut ! lâcha Josh. Est-ce que c'était leur seul but ? Est-ce qu'ils n'ont voulu attirer l'attention sur l'enlèvement que pour que le transfert se fasse par avion, et non par la route ? Je pensais qu'ils voulaient seulement m'utiliser pour permettre aux ravisseurs de s'approcher suffisamment de Tenoreno pour le libérer.

— Cet enlèvement leur servirait donc à vous forcer à détourner un avion ? demanda Aiden en hochant la tête.

— Il serait beaucoup plus difficile de reprendre Tenoreno,

confirma Josh. Le FBI, les rangers et les autres forces de l'ordre se verraient contraints d'obéir pour ne pas mettre la vie des jumeaux en danger.

L'enlèvement prenait désormais tout son sens.

— Avez-vous découvert ce qui a poussé l'oncle de Tracey à envoyer ces gardes du corps ? demanda Aiden. Qui les a prévenus ?

Josh secoua la tête et haussa les épaules.

— Trop bouleversé ? Je comprends.

Aiden se leva et vint s'asseoir sur le coin de son bureau, près de Josh.

— Nous serons prêts. Je vous le garantis. Et si vous me laissez voir par inadvertance le numéro de votre nouveau téléphone, il est bien possible que je le compose par erreur à la place d'un autre et que je vous informe ainsi involontairement de l'aéroport où aura lieu le transfert.

Josh alluma le téléphone, et Aiden acquiesça.

— Pendant que nous attendons, reprit-il en notant le numéro, je vous propose un sujet de réflexion. Comment la garde rapprochée de Mlle Cassidy est-elle arrivée ici ? D'un côté, peut-être que les ravisseurs veulent vraiment qu'elle s'occupe des enfants. Peut-être qu'ils se sont trompés en ne l'emmenant pas. D'un autre côté, c'est peut-être Xander Tenoreno qui a prévenu son oncle. Autrement dit, il sait qu'elle est issue d'une famille riche. Peut-être que les ravisseurs le savent aussi et veulent une part du gâteau.

— De quel degré de richesse parlons-nous ?

— Il vous faudra sans doute avoir une discussion avec la principale intéressée.

Aiden était un sage. Josh tendit la main et saisit la sienne, comme il aurait attrapé une bouée de sauvetage. Pour la première fois depuis que la fourgonnette s'était renversée, il entrevoyait une lueur d'espoir.

— Je ne vous remercierai jamais assez, Aiden.

— Je n'ai encore rien fait. Et beaucoup de choses dépendent de vous dans cette affaire.

Josh lança un regard à la broderie de Gwen et répondit :

— Je ferai ce qu'il faudra.

— Rappelez-vous seulement que vous n'êtes pas seul.

Tracey se couvrit d'une couverture légère, qu'elle ramena jusque sous son menton, et se pelotonna sur le canapé. Elle ferma les yeux et fit mine de dormir. Elle ne désirait qu'une chose : qu'on la laisse tranquille. Quelques instants plus tôt, George Lanning l'avait encouragée à occuper la chambre à l'étage.

Elle ? Dans la chambre de Josh ?

Lanning ne pouvait deviner qu'elle n'était pas rentrée dans cette chambre depuis que Gwen était tombée très, très malade. Elle préférait encore être dérangée par les gens qui occupaient le salon que seule dans le lit de Josh.

— Mademoiselle Cassidy ? dit le garde du corps.

— Quoi ? fit-elle.

Cet homme ne l'avait pas lâchée d'une semelle depuis qu'il était entré dans sa vie.

— C'est votre oncle.

Elle avait tout à la fois envie de lui demander de rappeler ses chiens de garde et de l'ignorer — comme il l'avait ignorée ces dernières heures. Mais le mieux était sans doute d'affronter la situation et d'essayer de découvrir quelles étaient vraiment ses motivations.

Elle s'assit, rajusta sa chemise et s'apprêta à crever l'abcès, comme aurait dit sa grand-mère. Il y avait un moment qu'elle n'avait pas pensé au conseil prodigué par la vieille dame sur la meilleure façon d'affronter un problème, mais ses paroles n'avaient jamais été plus vraies qu'en cet instant.

Elle prit le téléphone, inspira longuement et le porta à son oreille, prête à subir une attaque.

— Tracey, ma chérie, est-ce que tu vas bien ?

— Qui est à l'appareil ?

La voix féminine était un peu familière, mais il y avait tellement longtemps qu'elle n'avait plus aucun contact avec sa famille qu'elle ne pouvait savoir avec certitude à qui elle s'adressait.

— C'est ta tante Vickie, ma chérie. Est-ce que tu es en route pour la maison ?

— Je n'ai pas de tante Vickie.

Du moins, elle n'en avait pas quand elle était allée au tribunal pour changer de nom. Il n'y avait même pas de Vickie dans la vie de son oncle. Ceci dit, il y avait toujours eu quelqu'un qui ressemblait à une Vickie.

— Je sais que nous nous sommes rencontrées, ma chère. Même si je suis toute prête à reconnaître que cela fait bien trop longtemps.

— Où est mon oncle ? On m'a dit que c'était lui qui appelait.

Elle n'avait pas le temps de parler avec une secrétaire, ni même une nouvelle femme. Elle voulait affronter son oncle une bonne fois pour toutes et que les types en costume sombre lui lâchent la grappe.

— Tu comprends, piailla la femme, il n'est pas vraiment disponible. Mais j'ai pensé que quelqu'un devait te dire qu'il faut absolument que tu rentres à la maison.

— Attendez… Ce n'est pas mon oncle qui vous a dit de m'appeler ?

Vickie se lança dans une longue explication détaillée des raisons qui l'avaient poussée à prendre l'initiative de la contacter afin de lui expliquer la complexité de la situation dans le foyer où elle avait passé son enfance. Tracey cessa d'écouter.

Le foyer ? La pièce où elle se trouvait en ce moment même, où elle était en sécurité, au chaud, méritait bien plus le nom de foyer que toutes les chambres de la maison de Fort Worth. C'était un musée, voire un mausolée : un univers magnifique, mais où l'on ne pouvait toucher à rien.

Quand elle était enfant, sa chambre avait été agencée par les meilleurs décorateurs d'intérieur. Tout y était rose. Depuis, elle ne pouvait supporter le rose. Elle devait se mordre la langue pour ne rien dire quand Sage voulait une robe de cette couleur.

Elle baissa les yeux sur le téléphone, qui était posé sur ses genoux, et pressa l'icône rouge de fin d'appel, coupant ainsi le sifflet de l'étrangère qui essayait de la convaincre de rentrer à la maison.

Son nouveau compagnon de tous les instants tendait la main pour reprendre le téléphone quand il sonna de nouveau.

Tracey répondit elle-même. Cette fois, elle était prête et ne se laissa pas surprendre.

— Allô !

— Écoute-moi, espèce de gamine pourrie gâtée ! siffla Vickie sans chercher à masquer son animosité. Carl veut que tu reviennes ici sur-le-champ. Trêve de mondanités, tu devrais faire ce qu'on te dit !

— Vickie, ma chère…, dit-elle, tout sucre et tout miel, je suis partie il y a bien longtemps. Et aucune route ne me ramènera à Fort Worth.

L'icône rouge apparut, et Tracey la pressa. Désormais, cela n'avait plus rien de difficile.

Comme le téléphone vibrait de nouveau dans sa main, elle le jeta à l'autre bout du canapé. Sa décision la satisfaisait pleinement. Son oncle ne lui disait pas de rentrer et, qui que soit Vickie, elle ne pouvait rien faire pour sauver les enfants.

Elle se tourna vers le garde du corps.

— Je ne vous demande que deux choses. Primo, montez

tous les deux dans votre voiture et partez. Sans moi. Deuzio, ne me dérangez plus, à moins que ce soit vraiment mon oncle qui appelle. Point. Pas de secrétaires. Pas de tante Vickie qui n'a pas soufflé autant de bougies que moi. Personne sauf lui. Et ne dites pas que vous ne travaillez pas pour moi.

— Oui, m'dame.

Il hocha la tête et retourna se poster à la porte.

Tracey ne savait pas à quoi il acquiesçait, et elle s'en fichait. Elle voulait seulement qu'il la laisse se demander où était parti Josh, s'il allait revenir, et à quoi elle aurait pensé si elle avait été à sa place.

Avant qu'elle ait pu se renfoncer dans les coussins, l'homme porta de nouveau le téléphone à son oreille avant de le tendre vers elle.

— Haut-parleur, s'il vous plaît, exigea-t-elle.

Il marmonna quelques mots dans le téléphone, appuya sur une touche et…

— Tracey ? Tu es là ?

Elle leva la main et, d'un geste, indiqua qu'elle allait prendre l'appel. Elle coupa le haut-parleur et prit un instant pour remplir de nouveau ses poumons d'air.

— Bonjour, oncle Carl.

— Tout va bien, Tracey ?

Son oncle ne semblait pas en colère. Au contraire, il paraissait inquiet.

— J'ai appris qu'il y avait eu un accident de voiture.

— Je vais bien, répondit-elle. J'ai encore mal à la tête après tout ce qui s'est passé, mais je suis sûre que tu as déjà tous les dossiers de l'hôpital.

— Cela fait un moment que nous ne nous sommes pas parlé. Il faut que je m'excuse pour Vickie. Elle est parfois un peu… enthousiaste.

— C'est ce que j'ai remarqué.

Mais son oncle ne l'appelait pas pour parler de sa petite

amie — ce qu'était très vraisemblablement cette femme. Il ne s'était jamais marié, et ce n'était pas à cinquante ans passés qu'il allait le faire.

— Je suppose que tu ne veux pas rentrer à la maison, reprit-il.

— Je suis à la maison. Ma place est ici, et les hommes que tu as envoyés… C'est toi qui les as envoyés, pas vrai ?

— Dès que j'ai appris que tu avais été agressée.

— Tu aurais dû commencer par me demander mon avis.

Comme si cela avait jamais fait partie de ses méthodes.

— Tu aurais refusé.

— Bien sûr que j'aurais refusé ! Je travaille pour un Texas Ranger. Pourquoi est-ce que j'aurais besoin de deux gardes du corps pour tout foutre en l'air ?

— Foutre en l'air ?

— Oui, oncle Carl, foutre en l'air. Ils se sont pointés et tout a basculé dans le chaos le plus complet. Josh est parti, les enfants sont toujours en danger, et Jackson n'a personne auprès de lui qui connaisse les risques du diabète. Oui, ils ont tout foutu en l'air !

— Les enfants de M. Parker sont en danger ?

— Ils ont été kidnappés. C'est pour ça que le FBI t'a appelé.

— Le FBI ? Ils t'ont dit qu'ils m'avaient parlé ?

— Non. J'ai juste pensé que c'était comme ça que tu avais retrouvé ma trace.

N'était-ce pas ce qu'avait insinué l'agent McCaffrey ?

— C'est ridicule. J'ai toujours su où tu te trouvais. Ce n'est pas parce que tu as changé de nom que tu n'es plus ma nièce et que je ne suis plus responsable de toi. Je suis ton tuteur mais, plus important encore, nous faisons partie de la même famille.

Ce discours ne ressemblait en rien à ce qu'elle l'avait entendu dire pendant la majeure partie de sa vie. Qu'il ait toujours su précisément où elle se trouvait la surprenait... Quoique non. Elle n'était pas partie bien loin.

Elle n'avait changé ni de ville ni d'université. Elle ne vivait qu'à quatre rues de l'appartement qu'il lui avait acheté. C'était logique.

Ce qui ne l'était pas, en revanche, c'était qu'il affirme que le FBI ne l'avait pas contacté.

— Pourtant, tu ne t'es jamais trop inquiété pour moi.

— C'est vrai. Tu voulais ta liberté. Mais j'ai quand même pu me tenir au courant en faisant des dons anonymes à ton université.

Carl n'avait pas changé. Il était toujours aussi doué pour beaucoup parler sans vraiment dire quoi que ce soit.

— Si on arrêtait de jouer, oncle Carl ? Indique-moi seulement ce que je dois faire pour que tu rappelles ton escadron de gardes du corps.

— Je pense que tu dois éviter de te mêler de cette affaire. Reviens ici, où je peux garder un œil sur toi D'ailleurs, j'ai une meilleure idée : puisque tu as fini ta soutenance, pourquoi est-ce que tu ne prendrais pas enfin quelques vacances dans un coin agréable ? Tu as toujours aimé la plage.

— Tu as tort. Et, cette fois, tu ne peux pas contrôler ma vie.

À ces mots, l'homme qui se tenait à la porte afficha un sourire narquois. Il avait de quoi, songea Tracey avec dépit. Parce qu'il était riche, son oncle contrôlerait toujours sa vie. Voilà ce que faisait l'argent.

— Contente-toi de rappeler tes gorilles.

— Hors de question. Ils sont là pour assurer ta sécurité. Tu as besoin d'eux.

La voix de Carl était pleine de suffisance. Comme d'habitude, il était parfaitement certain qu'aucun choix n'était possible, sinon celui qu'il édictait.

— Tu ne pourrais pas être plus loin de la vérité.

Son oncle ne faisait jamais rien sans de bonnes raisons. Alors, qu'est-ce qui le motivait, cette fois ?

— Inutile de discuter plus longtemps de ce point, Tracey. Je t'ai rappelée, j'ai répondu à tes questions et je t'ai informée de l'option qui s'offrait à toi. Et, oui, je sais parfaitement que tu n'en as qu'une. Maintenant, je vais te souhaiter une bonne nuit.

— Tu ne gagneras pas.

À son grand désarroi, son visage se tordit en une grimace. Elle n'avait fait qu'émettre un fol espoir et le savait pertinemment.

— J'ai déjà gagné, ma chérie. Ces hommes ne vont pas te lâcher. Sinon, plus jamais ils ne retrouveront de travail… Ils en ont conscience.

Son oncle raccrocha sans qu'elle ait pu découvrir ce qui l'avait vraiment incité à envoyer ces gardes du corps. Bon sang… C'était pourtant ce que Josh voudrait savoir quand il rentrerait. S'il rentrait.

Durant les deux dernières heures, les agents n'avaient parlé que du nouveau téléphone de Josh et du temps passé à en découvrir le numéro. Il leur avait fallu trouver d'abord le propriétaire du kiosque, puis une personne qui en avait les clés pour se procurer le registre des ventes. Et, ensuite, obtenir l'autorisation de pénétrer dans la galerie marchande.

En d'autres termes, ils ne savaient pas du tout où était Josh. Personne ne l'avait vu nulle part. Les autorités jugeaient possible que les ravisseurs aient déjà pris contact avec lui. Si c'était le cas, puisqu'il avait la trousse d'urgence de Jackson, il pouvait veiller sur la santé de son fils et sauver ses deux enfants.

Le garde du corps reprit son téléphone sans mot dire et quitta la pièce pour prendre un appel dont Tracey n'entendit rien, sinon quelques grognements d'approbation typiquement masculins.

Elle aurait aimé se lever d'un bond, courir jusqu'à la porte et la fermer à clé… S'il y en avait eu une. Elle avait envie d'être seule. Elle pouvait bouder aussi bien qu'une autre. Mais elle se sentait un peu ridicule. Comment s'apitoyer ainsi sur son sort ?

C'étaient les enfants de Josh qui avaient disparu. Il allait devoir tout faire pour les retrouver. Pour sa part, elle pouvait l'attendre là et lui offrir son soutien, comme l'aurait fait toute assistante maternelle loyale. Parce qu'en partant sans elle Josh avait très clairement défini le rôle qu'elle jouait dans la famille.

— Votre oncle veut que vous soyez de retour à Fort Worth demain matin, l'informa le garde du corps. Nous partirons d'ici à 8 heures pile. Vous aurez le temps de vous reposer.

Il se tenait dos à la porte et regardait droit devant lui sans se laisser distraire par les stimuli qui l'entouraient. On eût dit l'un des gardes de la Tour de Londres.

— Je ne suis pas une enfant et vous ne pouvez pas me forcer à monter dans un véhicule, surtout en présence du FBI. Je n'irai nulle part. Je vais rester ici et attendre Josh.

S'il revenait…

— Et je vais l'aider à retrouver ses enfants, ajouta-t-elle. Soit vous adhérez à mon programme, soit vous partez.

Le garde ne répondit pas. Il ne l'écoutait pas plus que son oncle. Elle se pelotonna de nouveau dans le coin du canapé et tira la couverture jusque sur son épaule. L'homme avait raison sur un point : un peu de repos ne lui ferait pas de mal. Parce que, quand Josh rentrerait, elle devrait l'aider.

8

— Où diable étiez-vous passé ?

Leo McCaffrey jaillit par la porte et déboula sous le porche avant que Josh ait mis la voiture au point mort.

— Si vos hommes sont incapables de me suivre, ce n'est pas mon problème, répliqua Josh.

Et tant pis si l'agent n'appréciait pas son impertinence.

Il avait mis vingt minutes pour rentrer du quartier général des rangers, durant lesquelles il avait cherché un moyen de les faire sortir de la maison, Tracey et lui. Qu'il habite au milieu de nulle part n'allait pas leur faciliter la tâche. Jamais ils ne pourraient se glisser à l'extérieur sans que quelqu'un ne les remarque. Il y avait de nouveau des hommes partout dans sa propriété, et l'un des gardes du corps qui l'avaient empêché d'atteindre la fourgonnette était assis dans une berline noire, garée devant la grange.

Ces gardes du corps compliquaient encore l'équation. Comment allait-il s'y prendre ?

— Oh ! Dieu merci, tu vas bien ! lança Tracey alors qu'il atteignait le porche. Est-ce qu'on peut parler ? Je peux t'expliquer ?

Voulait-il avoir cette conversation ? Et de toute façon avait-il le choix ? La vie lui avait prouvé que ce qu'il voulait n'avait aucune importance. Il devait affronter Tracey et aller au fond des choses. Mais quand ? Voilà la question pertinente. Et qui d'autre devait-il affronter ? Le FBI, la police locale ou les gardes du corps de Tracey ?

Les seules personnes qui détenaient la réponse dont il avait besoin brillaient par leur absence. Mais les hommes de la Compagnie F assuraient ses arrières, et il avait toute confiance en Aiden Oaks. Le capitaine lui transmettrait tous les détails du transfert de Tenoreno.

Il n'avait pas eu l'occasion de discuter avec Bryce depuis l'incident du pont. Pourtant, il aurait aimé savoir où étaient les rangers qui les filaient et pourquoi ils avaient été incapables de suivre le ravisseur qui s'était enfui de la fourgonnette accidentée.

Mais il fallait commencer par le commencement. D'abord, il devait affronter les gens qui se trouvaient chez lui. McCaffrey, qui se tenait en bas des marches du porche, serait le premier. Ensuite, il s'expliquerait avec Tracey.

— Vous n'avez rien à faire ici, agent McCaffrey. Prenez vos cliques et vos claques et filez.

— Ils ont pris contact avec vous ? C'est pour ça que vous êtes revenu ?

— Je ne sais pas qui est en train de nous surveiller. Partez.

Josh tendit le doigt vers les berlines noires vides et se tourna vers le flic posté sur sa pelouse.

— S'ils n'ont pas filé dans deux minutes, arrêtez-les pour violation de domicile.

— Je ne suis pas certain d'être habilité à le faire, répondit l'homme.

Josh se tourna de nouveau vers McCaffrey et le fusilla du regard.

— Bon sang ! Je n'ai sans doute pas le choix, mais je vous en supplie, pour la vie de mes enfants… Partez.

— J'ai reçu des ordres.

Il était tellement hébété que, soudain, il fut incapable de parler. Les mots ne se formaient plus. Une seule pensée résonnait dans son esprit, aussi aveuglante qu'une enseigne de néon :

Jackson peut mourir.

— Josh, arrête ! Tu ne peux pas faire ça !

Tracey l'avait saisi par les poignets et tirait sur ses mains pour les arracher du col de la chemise de McCaffrey. Comment l'avait-il attrapé ? Et quand ? C'était le trou noir. Tout ce qui l'entourait devint flou.

Il relâcha l'agent du FBI et laissa Tracey l'entraîner à l'intérieur de la maison. Elle pointa le doigt vers un homme qui se chargea de vider la pièce de ceux qui l'occupaient. C'était le second garde du corps, réalisa Josh.

— Comment allons-nous nous débarrasser de lui et de son acolyte ? demanda-t-il à Tracey.

Elle ne répondit pas.

— Tu vas bien ? s'enquit-elle plutôt.

— Oui, je vais bien. Enfin... Non. Je ne sais vraiment pas ce qui s'est passé dehors.

Il secoua la tête, incrédule.

— Je ne me souviens pas de m'être jeté sur McCaffrey.

— Tu es épuisé et bouleversé. Tu es soumis à un stress...

— Ce genre de chose ne m'arrive jamais, coupa-t-il. Je ne le permets pas.

D'un mouvement d'épaules, il se libéra de la main réconfortante que Tracey avait posée sur son bras et se mit à faire les cent pas. Pourtant, ce n'était pas dans ses habitudes. Quand il avait besoin de réfléchir, il posait les pieds sur le coin de son bureau et faisait tourner un stylo entre ses doigts. Mais, cette fois, il se mit à arpenter la pièce afin de ne pas rester trop près de Tracey. Et s'il perdait de nouveau les pédales ?

À l'autre bout de la pièce, la télé était allumée, mais le son avait été coupé. Pas de flash infos sur l'affaire, pas d'alerte enlèvement. D'ailleurs, il ne s'était pas attendu à en voir.

Le FBI ne faisait aucune déclaration à la presse. On lui avait expliqué qu'il s'agissait d'une affaire trop particulière.

Il était d'accord sur ce point. Ils savaient tous qui avait engagé les ravisseurs. Il ne leur restait qu'à les retrouver.

— Je te dois une explication…, commença Tracey à mi-voix.

— Je ne suis pas sûr de pouvoir comprendre ce que tu as à me dire.

Il se frotta le visage des deux mains dans l'espoir de dissiper le brouillard qui enveloppait ses pensées. Son esprit lui hurla de ne pas faire ça, sous peine de recommencer à réfléchir et de devoir continuer à chercher un moyen de sauver ses enfants.

Trop tard. Il avait retrouvé sa lucidité.

Il se laissa tomber sur le canapé et respira à fond. Il se maîtrisait de nouveau. Pour le moment, du moins.

— Je ne sais pas comment m'excuser pour ce qui s'est passé.

D'un geste nerveux, elle frotta ses cuisses des deux mains. Elle avait enfin troqué sa blouse d'hôpital pour des habits normaux.

— Ne t'occupe pas de ça pour le moment, dit-il. Avant que la fourgonnette arrive, je t'ai demandé pourquoi tu devais garder le secret sur ta richesse. Est-ce que c'est à cause de ton histoire familiale que mes enfants sont en danger ?

Il secoua la tête, comme pour répondre lui-même par la négative à la question qu'il venait de poser. Il ne voulait surtout pas rejeter la faute sur Tracey, mais les paroles lui avaient échappé sans qu'il puisse les retenir.

— Si je n'étais pas certain que ce sont les hommes de Tenoreno qui sont derrière tout ça… Vas-y. Donne-moi une raison de te rendre ma confiance.

Tracey se redressa, se racla la gorge et haussa les épaules.

— J'ai vécu l'enfance normale d'une fille de millionnaire.

Si Josh avait été moins fatigué, cette réponse l'aurait amusé… Mais Tracey semblait parfaitement sérieuse.

Elle s'assit sur le canapé, à côté de lui. Leurs jambes se touchaient presque. Elle prit un coussin et commença à le tordre dans ses mains. Le garde du corps était toujours à la porte.

— Tu ne plaisantes pas, remarqua Josh.

— Ma famille a fait fortune il y a deux générations, grâce aux gisements de pétrole du Texas occidental.

— Laisse-moi deviner la suite. Tu as voulu voir comment vivaient les gens normaux, et tu es devenue nounou.

— Je comprends que tu sois furieux, mais…

— Je ne suis pas certain que tu comprennes, non.

Il se leva du canapé avec une énergie qu'il n'aurait pas cru posséder.

Fais les cent pas. Reprends le contrôle.

— J'ai vérifié tes comptes en banque, Tracey. Il n'y a pas beaucoup d'argent dessus. Tu roules dans une voiture pourrie. Tu vis dans le même appartement, juste à côté du campus, depuis quatre ans. Pourquoi ? Si tu as assez d'argent pour acheter tout l'État du Texas, pourquoi est-ce que tu vis en dessous de tes moyens ?

— Je ne t'ai pas menti. Cet argent ne m'appartient pas, il appartient à ma famille. Au début, j'ai pensé que tu étais au courant. Quand Gwen m'a fait passer un entretien d'embauche, je lui ai dit qui était mon oncle. Je t'ai aussi autorisé à vérifier mes antécédents. J'ai fini par comprendre que tu ne savais rien de ma famille, et j'ai trouvé ça plutôt agréable. Sinon, tu aurais pu chercher à obtenir un service de mon oncle, ou autre chose.

Elle pensait donc qu'il aurait voulu obtenir des faveurs de sa famille ? Et ce n'était pas tout… Gwen était au courant, et ne lui avait rien dit de tout ceci.

Il ferma les yeux. De nouveau, le trou noir menaçait…

Il se reprit aussitôt. Il fallait qu'il aille de l'avant. Il était prêt à tout oublier de cette histoire et à partir à la recherche de ses enfants. Mais, d'abord, il fallait qu'il comprenne la place que tenaient la famille de Tracey et les gardes du corps dans l'équation.

— Est-ce que Tracey Cassidy est ton vrai nom ?

— Oui. J'en ai changé légalement dès que j'ai eu vingt et un ans. D'ailleurs, je n'ai fait qu'abandonner Bass. Même si personne ne faisait vraiment le lien entre moi et la famille Bass de Fort Worth.

Il la fixa, abasourdi. Elle était une Bass ? Issue de la famille qui avait donné son nom au Bass Hall et comptait dans ses rangs trois des hommes les plus riches du Texas ?

— Pourquoi maintenant ? demanda-t-il. Pourquoi ces gardes du corps sont-ils entrés dans ta vie juste maintenant ? Ils n'étaient pas là avant. Je les aurais remarqués, je pense.

— Quand j'avais six ans, mes parents ont divorcé et m'ont envoyée vivre avec mes grands-parents. Ils ont dit que c'était pour mon bien. À l'époque, on insistait sur l'importance pour un enfant de vivre dans un environnement stable. C'était peut-être mieux, en effet. Je ne le saurai jamais... Quoi qu'il en soit, mes parents ont fini par se remarier tous les deux. Pour ma part, j'avais grandi, et j'étais en proie aux angoisses existentielles de l'adolescence.

Josh se remit à marcher jusqu'à se retrouver devant la télé, qui passait une publicité.

— Est-ce que tu te cachais de ta famille ?

— Non. Seulement, c'est mon oncle qui gère le fonds fiduciaire que m'a laissé mon grand-père. Il a pensé que cela lui permettrait de contrôler mon existence. Comme je ne voulais pas qu'il décide à ma place et qu'il continue à me faire suivre quand je montais dans la voiture blindée, je suis partie. J'ai tourné le dos à cette vie.

Josh soupira intérieurement. Il était hors de question que

les gardes du corps ou la famille Bass viennent de nouveau tout faire capoter la prochaine fois que les ravisseurs voudraient lui transmettre des instructions.

— Pourquoi Gwen ne m'a rien dit de tout ça ?

— Sincèrement, je pensais qu'elle l'avait fait. Écoute, Josh... Quand je suis partie de chez mon oncle, ma vie a changé du tout au tout. J'ai vendu ma voiture de luxe. L'argent que j'en ai retiré m'a permis de vivre pendant presque un an. Ensuite, il me suffisait de mener une existence simple et de trouver un travail, et c'est grâce à Gwen que j'y suis parvenue. Elle m'a beaucoup aidée, même avant que je commence à travailler pour vous.

— Je voulais qu'elle engage une infirmière, confia Josh. Pour tout dire, nous nous sommes beaucoup disputés à ce sujet.

Il déglutit avec force pour repousser son émotion.

— Mais bien sûr, c'est elle qui avait raison. Ce qu'il lui fallait vraiment, c'était quelqu'un qui... Elle avait besoin d'une amie.

— J'ai essayé de la convaincre d'engager une infirmière, moi aussi, renchérit Tracey. Mais elle a refusé en disant que tu avais toi aussi besoin d'une amie. C'était une femme très déterminée.

— C'est vrai.

— La première fois que je suis venue, c'est sur les conseils de l'une des secrétaires de mon département à l'université. Elle voulait m'aider à joindre les deux bouts. Et je suis restée parce que Gwen m'a demandé de l'aider.

— Pourquoi es-tu encore ici ? demanda-t-il. Je sais qu'on t'a offert un poste dans le Minnesota.

Elle le regarda, entrouvrit les lèvres et laissa échapper un petit cri de surprise. Mais elle se ressaisit rapidement et s'assit de nouveau sur le canapé en secouant la tête, comme si elle ne parvenait pas à croire ce qu'elle venait d'entendre.

— J'ai parlé aux gardes du corps envoyés par mon oncle. Ils m'ont dit qu'ils travaillaient pour lui et qu'il était le seul à pouvoir leur donner des ordres.

Donc, elle éludait sa question. Elle faisait l'autruche, tout comme lui. Elle évitait d'aborder le sujet de son départ… Tout comme il l'avait fait jusque-là. En réalité, s'il avait travaillé tard ces derniers jours, c'était pour ne pas avoir à lui parler, que ce soit de son départ ou du baiser qu'ils avaient échangé.

— Je ne cherche pas à contrôler ta vie, Tracey.

— Je n'ai jamais pensé que tu essayais de le faire.

— Tu mérites mieux.

— Franchement, je ne te crois pas. Après tout ce que nous avons traversé… Et que nous traversons en ce moment…

Elle se leva d'un bond, attirant l'attention du garde posté à la porte. L'homme se contenta de lui jeter un regard.

— Mieux que quoi, Josh ? lança-t-elle. Ce n'est pas le moment de penser à mon avenir. Nous devons retrouver les jumeaux avant que Jackson ne fasse un malaise.

— Les ravisseurs m'ont appelé.

— Quoi ? Alors, pourquoi est-ce que nous parlons de moi ? Est-ce qu'ils veulent de l'argent ? Je peux forcer mon oncle à…

— Non. Cela n'a rien à voir avec toi.

Il passa ses doigts dans ses cheveux courts.

— Mais ça te concerne. J'ai besoin de ton aide.

— Je ferai tout ce que tu me demanderas. Je te l'ai déjà dit.

— Je crois qu'ils veulent que tu viennes t'occuper de Jackson. S'ils savaient à quelle famille tu appartiens, ils t'auraient enlevée cet après-midi.

— Je les ai suppliés de le faire.

— Tu seras en danger. Et, même s'il m'en coûte de le dire, tu devrais peut-être refuser.

Bon sang !

— Comment peux-tu seulement penser ça ? Tu me demandes de rester en lieu sûr alors que Jackson pourrait…

Son contrôle. Il fallait qu'il retrouve son contrôle. Mais ce n'était pas en refusant de voir que Tracey avait besoin de réconfort qu'il y parviendrait, ni en essayant de se convaincre qu'elle ne faisait pas partie intégrante de l'équation.

Elle se redressa, adoptant la magnifique posture royale qu'il avait remarquée plus d'une fois.

— Je ferai ce qu'ils demandent. Je n'irai me cacher nulle part. Si je faisais ça, je ne pourrais plus me regarder dans une glace.

Il se leva, mû par l'envie d'aller vers elle pour la prendre dans ses bras, de puiser dans cette étreinte tout le réconfort possible — plus sans doute qu'il ne pouvait lui en offrir lui-même.

Elle reprit en reniflant :

— Sur le pont, tu m'as demandé de partir. Si tu l'as fait pour que je souffre, pour te venger parce que l'échange ne s'était pas fait à cause de moi, eh bien, tu as réussi. Je comprends. Dès que Sage et Jackson seront de retour à la maison, je pars pour le Minnesota.

— D'accord, lâcha-t-il, résigné.

Mais il ne pensait pas ce qu'il avait dit. Il ne voulait pas qu'elle s'en aille. Il avait besoin d'elle.

Elle marcha jusqu'à la fenêtre qui donnait sur l'arrière de la maison. Avant qu'il ne revienne, elle devait être allée chercher des vêtements chez elle. Elle portait un jean et un tricot léger à manches longues, couleur or, sur un haut en dentelle noire.

Aux pieds, elle avait des bottes aux bouts argentés. C'était celles que lui avait offertes Gwen pour Noël, des années plus tôt. Elle les portait souvent, et chaque fois qu'il pensait à ce dernier échange de cadeaux…

Tellement de choses en Tracey lui rappelaient sa femme.

Mais le plus étrange, c'était que la relation qu'il vivait avec elle était plus longue désormais que celle qu'il avait eue avec Gwen. Mon Dieu... Il était complètement paumé, et il détestait cette sensation. Il n'avait rien d'un faible.

Il était incapable de se concentrer, et cela le tuait... Ou le ferait tuer. Il aurait tout donné pour pouvoir se reposer sur le soutien de ses hommes et sur un plan d'action solide. Une heure aux commandes de la compagnie aurait sans doute suffi pour qu'il résolve toute cette affaire. Mais il ne prendrait pas les commandes, et il devait l'accepter.

Ce genre de réflexions ne lui était d'aucun secours. D'ailleurs, personne n'aurait pu prévoir que l'oncle de Tracey allait envoyer des gardes du corps, ni qu'ils choisiraient ce moment précis pour se manifester.

Quel que soit l'homme aux commandes — il considéra le téléphone qu'il tenait encore à la main —, c'était toujours le salopard qui se trouvait à l'autre bout du fil qui décidait du destin des personnes qu'il aimait.

Il ne pouvait rien faire, sinon attendre.

Tracey renifla de nouveau. Il lui jeta un regard : elle pleurait et ne voulait apparemment pas le lui montrer. Il lui avait fait mal, il s'était conduit comme un... Bon sang, il ne voulait pas être un fumier.

— Je ne le pensais pas, dit-il sans esquisser le moindre geste vers elle. C'est juste... toute cette histoire.

— Je sais. Il va bien falloir trouver une solution.

— Il faut que je fasse quelque chose.

— Dehors !

Josh leva les yeux, sans vraiment comprendre ce qu'elle venait de dire. En réalité, l'ordre était adressé au garde du corps qui se tenait toujours près de la porte entrebâillée.

— Si vous ne partez pas, reprit-elle, je vais encourager ce... ce Texas Ranger à vous arracher la tête. C'est clair ?

Elle serra les poings et les posa sur ses hanches.

Avec ses cheveux aussi ébouriffés que si elle avait croisé une rafale de vent du Texas du Nord, elle ressemblait presque à Peter Pan. Bien sûr, son joli derrière n'aurait pas pu passer pour celui d'un garçon qui n'a jamais grandi. Mais, tout comme Peter Pan, elle semblait prête à livrer bataille.

Le garde du corps sortit de la pièce à reculons, et Tracey alla lui refermer la porte au nez.

— Pourquoi tu as fait ça ?

Elle se retourna et traversa la pièce. C'était désormais contre lui qu'elle semblait prête à se battre.

— Assez pleuré. Tu penses que tu as besoin d'agir ? Moi aussi. Que pouvons-nous faire ?

Il bredouilla quelques mots indistincts. L'attitude de Tracey avait changé si rapidement qu'il se sentait encore plus déboussolé. S'il nourrissait toujours des doutes à son sujet, ils s'évaporèrent, en même temps que l'image de Peter Pan. Tracey était réelle, et très déterminée.

— Quand est-ce qu'ils t'ont contacté ? demanda-t-elle, les mains toujours sur les hanches, inflexible.

— Comment as-tu…

Elle s'approcha de lui et prit ses mains dans les siennes.

— Crevons l'abcès et passons aux choses sérieuses. Je comprends que ce qui avait commencé à naître entre nous a disparu.

Son visage, tendu vers lui, reflétait une certitude qu'il était loin de ressentir.

— Si tu es revenu ici, c'est pour une seule raison, poursuivit-elle. Pour que je t'aide.

Il haussa un sourcil.

— La seule personne pour laquelle j'aie jamais travaillé, c'est toi, Josh Parker. Je veux t'aider.

Elle pressa ses mains.

Sa lucidité revenait peu à peu. Il plongea ses yeux dans

les siens. Ne s'y lisait que de la sincérité. Et une énergie qui le revigora.

— Je suis prête à tout. Sérieusement.

Quelque chose dans sa voix lui donna envie de l'attirer de nouveau dans ses bras. Pourtant, un détail semblait rester en suspens.

— Mais ? fit-il.

Elle relâcha ses mains.

— Nous allons traverser cette épreuve sans jamais douter l'un de l'autre. En revanche, ensuite, je partirai. Il faut que tu le saches.

— Je comprends.

Non, il ne comprenait pas. Mais en même temps… si.

Il la connaissait depuis cinq ans. Il lui avait confié ses enfants. Et il s'en était pris à elle à cause de preuves indirectes dérisoires. Il l'avait blessée et ne pouvait effacer ses paroles. Il avait perdu sa confiance et peut-être même son respect.

Elle pressa sa main gauche. Avait-elle remarqué qu'il ne portait plus son alliance ? Si quelqu'un de son entourage s'en était aperçu, il ne lui en avait rien dit.

D'une autre légère pression, elle l'incita à la regarder dans les yeux.

— Maintenant, dis-moi. Qu'est-ce que ces salopards attendent de nous ?

9

Tracey avait reproché à Josh de sentir le chien, et avait bruyamment exigé qu'il aille se doucher et se changer. Ainsi, elle avait toute la maison pour elle. Avec un peu de chance, les hommes qui surveillaient Josh ne prêteraient pas trop attention à elle.

Elle posa la main sur la porte de derrière…

— Où allez-vous, mademoiselle Cassidy ?

L'agent George Lanning rentra dans la cuisine et s'appuya au comptoir. Il semblait aussi froid que le granit qui le recouvrait.

— Je viens juste de me rendre compte que personne n'a nourri les chevaux hier soir.

Elle tendit le doigt vers l'écurie, bien qu'on ne puisse pas la voir depuis la cuisine.

— Je vais vous accompagner, annonça Lanning. Il y a un moment que je n'ai pas mis les pieds dans une écurie.

Sans se départir de son attitude nonchalante, il la rejoignit à la porte, comme si l'explication qu'elle venait de fournir était parfaitement plausible.

L'herbe était déjà humide de rosée. L'agent retroussa le bas de son pantalon, le glissa dans ses bottes et ajouta :

— Comme je disais, cela fait un moment, mais j'ai nourri des chevaux une fois ou deux.

Super. C'était bien sa chance. Il allait vraiment l'aider. Elle posa un pied dans l'herbe. Le bas de son jean allait également être trempé le temps qu'ils traversent la cour et ouvrent le portail.

En la voyant, les gardes du corps s'apprêtèrent à la suivre, mais Lanning, d'un geste, leur signifia de rester où ils étaient.

Alors qu'elle avait justement espéré qu'ils la suivraient !

— Est-ce que Josh est parti dans sa voiture ou dans le vieux camion ?

— Pardon ?

Malheureusement, son air innocent ne trompa pas George Lanning, qui éclata de rire.

— Je n'ai peut-être pas d'enfant, mais je sais que, si j'en avais et que quelqu'un les enlevait, je ferais n'importe quoi. Je me suis trouvé dans la même situation avec mon premier coéquipier. Si Josh est revenu ici, c'est forcément parce que les ravisseurs ont décidé que vous deviez aller vous occuper de Jackson. Alors, est-ce qu'il va prendre la voiture ou le camion ?

Elle était incapable de le regarder en face, seulement du coin de l'œil. Il haussait légèrement les épaules, ressemblant plus que jamais à un cow-boy efflanqué.

Il semblait être dans son camp mais elle ne se laisserait pas berner aussi facilement. Et elle n'allait pas avouer que Josh et elle avaient projeté de s'échapper.

— Nous vous avons tout raconté plusieurs fois déjà, à vous tous. Les ravisseurs nous avaient donné rendez-vous sur le pont pour m'emmener auprès des enfants. C'est du moins ce que nous avons pensé. Et, à titre d'information, Josh me reproche d'avoir tout fait capoter.

Elle inclina la tête vers l'un des gardes du corps de son oncle qui traversait la cour et se dirigeait vers eux.

— En ce moment, je ne suis pas précisément la meilleure amie du major Parker.

— C'est ce qu'on pourrait croire, répliqua Lanning.

D'un geste courtois de la main, il lui fit signe de la précéder sur le chemin défoncé qui menait à l'écurie.

Évidemment, il avait compris que le prétexte qu'elle avait invoqué n'était qu'une ruse. Elle n'avait jamais eu l'intention de nourrir les chevaux à 2 heures du matin, mais elle se retrouvait coincée. Enfin... Une ration supplémentaire ne leur ferait pas de mal. Et elle ne serait pas là le lendemain matin quand Mark Tuttle viendrait nettoyer l'écurie et s'occuper des chevaux avant d'aller à l'école.

Pour le moment, George ne faisait que penser qu'il l'avait surprise alors qu'elle essayait de s'échapper. Mais, dans deux heures, il en aurait la certitude — ainsi que tous les autres.

Ils rentrèrent dans l'écurie et le garde du corps les suivit, comme elle l'avait escompté. Josh avait suggéré plusieurs plans d'évasion — après qu'il eut retrouvé sa lucidité et lui eut dit ce qu'exigeaient les ravisseurs.

Quelque chose avait changé du côté des hommes qui avaient enlevé les enfants. Peut-être à cause du fiasco sur le pont, ils craignaient que la santé de Jackson ne se dégrade. Plus vite elle serait auprès de lui, mieux ce serait.

Un seul obstacle se dressait en travers de son chemin : son confinement dans cette maison.

Elle plongea la pelle dans le fourrage et remplit les seaux qu'elle devait porter dans chacune des stalles. Sa main tremblait tellement qu'une partie tomba par terre.

— Vous devez avoir peur.

George s'appuya à un poteau, près du premier cheval. Il observait chacun de ses gestes.

— Tout être humain normal et sensible aurait peur, répliqua Tracey.

— C'est vrai, reconnut-il en frottant la barbe naissante qui hérissait son menton. Je suppose que vous avez dû expliquer votre passé, ou plutôt votre première vie, à Josh.

— Est-ce que mon existence de petite fille riche a un rapport avec le fait que nous devons récupérer ses enfants ?

— Elle n'en a pas ?

— Je ne vois pas de quoi vous parlez.

D'un signe de tête, il désigna le seau.

— Les chevaux n'ont manqué qu'un repas, pas vrai ?

Elle avait surveillé les mouvements de Lanning au lieu de regarder ce qu'elle faisait. Le seau débordait et son contenu se répandait sur le sol. Elle allait devoir nettoyer. Le garde du corps s'autorisa un petit sourire narquois avant de pincer de nouveau les lèvres et de reprendre son expression stoïque.

— Laissez-moi faire, proposa George.

Il tendit la main pour qu'elle lui donne la pelle et finit de remplir les seaux, qu'il porta ensuite dans les stalles.

Tracey se saisit alors d'une brosse à crinière en bois et serra fermement les doigts autour du manche. Ce n'était pas le plan d'origine, mais l'une de ses variantes.

Josh s'était opposé à cette option parce qu'ils n'avaient aucune certitude que les gardes du corps la suivraient. Mais elle devait courir le risque. Quand George se pencha devant elle pour ramasser le fourrage répandu sur le sol, elle leva la main et abattit la brosse sur l'arrière de son crâne.

Le coup ne suffit pas à l'assommer, comme elle s'y était attendue. Après tout, ce n'était pas un film. Mais l'agent tomba face la première dans la poussière. Elle avait quelques secondes pour agir.

— Vous ! Ligotez-le. On s'en va !

George plaqua une main sur sa nuque et roula sur le côté mais l'homme qui se tenait à la porte s'élança vers lui, avec une vivacité surprenante pour un homme de sa corpulence. Il enfonça un genou dans le dos de l'agent pour le maintenir à plat ventre, une main coincée sous son corps.

— Tracey, arrêtez ! cria George. Vous ne pouvez pas faire ça !

Elle balaya l'écurie du regard en quête d'un chiffon à lui enfoncer dans la bouche pour le réduire au silence. Le garde du corps tira les mains de George derrière son dos et les ligota avec une longe. Il le mit ensuite en position assise, le traîna jusqu'au poteau le plus proche et l'y attacha.

— Je ne vois rien pour le bâillonner, maugréa Tracey.

Le garde défit la cravate de George, la lui passa autour de la tête et sur la bouche, la serrant assez pour étouffer tout cri. Ensuite, il prit le téléphone et le pistolet que George portait sous son veston.

— Appelez votre coéquipier et dites-lui d'approcher la voiture de la clôture, ordonna Tracey.

Elle fourra le téléphone dans le seau plein de fourrage et glissa le pistolet sous la ceinture de son pantalon, dans son dos. C'était bien comme ça qu'on faisait, pas vrai ? Mais l'arme semblait ne pas vouloir rester en place.

— Et merde !

Elle n'allait jamais pouvoir courir si elle se demandait jusqu'où l'arme glisserait. Mieux valait s'en débarrasser. Elle la prit et la tendit au garde du corps.

— Déchargez ce pistolet. Laissez-le ici, prenez seulement le chargeur.

Pendant que l'homme obéissait, elle jeta un regard à George. Il ne se débattait pas. Pour tout dire, il n'avait pas vraiment lutté. Il leva un sourcil, désigna la porte du menton et dit, d'une voix étouffée par son bâillon :

— Soyez prudents.

Elle éteignit les lumières de l'écurie et attendit à la porte que l'employé de son oncle passe un coup de fil. Quelques instants plus tard, la voiture des deux hommes arrivait près de la clôture, tous feux éteints. Tracey ne put se retenir de lancer un coup d'œil en direction de George. L'avait-il piégée ou l'avait-il aidée ?

— Vous savez que nous pouvons vous emmener dans un hôtel ou chez votre oncle, mais pas ailleurs.

Son garde du corps posa une main au creux de ses reins et la poussa doucement vers l'avant.

Tracey ne répondit pas. Ils traversèrent l'enclos et escaladèrent la clôture. La voiture était tout près.

Une partie d'elle voulait revenir sur sa promesse et se laisser ramener par le garde du corps à Fort Worth, où elle serait en sécurité. Mais juste une petite partie.

L'autre, celle qui avait tellement besoin d'être réparée, voulait retrouver ces deux enfants. Et ce fut cette partie qui l'emporta.

Elle s'élança et courut jusqu'à la voiture. La portière de gauche s'ouvrit. Josh apparut.

— Pas un mot, intima-t-il.

Il braquait un pistolet sur le garde qui s'était montré tellement obligeant.

— Votre coéquipier est dans le coffre, poursuivit-il. Nous allons monter à l'arrière, tous les deux. Tout s'est bien passé, Tracey ?

— Oui, George Lanning est ligoté dans l'écurie.

À la lueur des étoiles, la surprise se lut sur le visage de Josh.

— Tournez-vous, ordonna-t-il.

Il menotta le garde et le tint en respect jusqu'à ce qu'il ait pris place sur la banquette arrière.

Sans échanger un seul mot avec Josh, Tracey prit le volant et roula jusqu'au point de la Highway 6 où ils avaient décidé d'abandonner les gardes. De là, il leur faudrait un moment pour regagner Waco — à pied. Une fois contraints d'ôter tous leurs habits, sauf leurs sous-vêtements, les hommes de main de son oncle auraient peu de chances d'être pris en stop par un automobiliste sympa.

Josh s'installa au volant et lança aux deux hommes :

— Vos habits seront environ deux kilomètres plus loin !

Il remonta sa vitre, puis démarra.

— J'ai cru que tu m'avais laissée tomber, soupira Tracey.

— Pour être franc avec toi, je l'aurais fait sans hésiter. Je t'ai dit que j'avais décidé de ne pas revenir.

Il bougea dans son siège et ajouta :

— Je ne veux pas te mettre encore plus en danger, ni te demander d'enfreindre la loi.

— Je comprends. Maintenant, où on va ? Ils n'ont pas appelé pendant que j'étais dans l'écurie, si ?

— Non.

— Donc nous devons trouver un plan ?

Josh s'arrêta sur la route déserte, et Tracey laissa tomber les vêtements des gardes du corps sur le bas-côté, assez loin pour qu'ils n'attirent pas l'attention, mais de sorte que les deux hommes puissent tout de même les retrouver.

Josh se tourna dans son siège pour lui faire face.

— Est-ce qu'on ne devrait pas se dépêcher de filer d'ici ? demanda-t-elle prudemment.

Il laissa tomber sur le siège entre eux le téléphone qu'ils avaient acheté plus tôt.

— Ils ont dit qu'ils appelleraient.

— Donc, nous devons attendre.

Elle se frappa les cuisses des deux mains et les frotta dans l'espoir de chasser la tension qui l'habitait. Que voulait vraiment dire Josh ?

La voiture était toujours au point mort, et il avait toujours le pied sur le frein. Elle n'allait quand même pas lui demander s'ils attendaient que les gardes les rattrapent. Il la fixait intensément, elle le sentait. Mais elle continuait à regarder partout, sauf vers lui.

— J'ai menti, dit-il enfin.

— À quel sujet ?

— Je serais revenu. Je ne voulais pas te livrer aux ravisseurs, mais je serais revenu.

Elle en resta un instant bouche bée, puis passa de nouveau ses paumes sur son jean en articulant silencieusement ces mots :

Il serait revenu.

Malgré tout ce qui leur arrivait, elle retrouva un peu de son courage. Elle avait tellement besoin d'espoir.

Il relâcha le frein, ramena la voiture sur la route, puis il tendit la main vers elle, paume en l'air, et agita les doigts. Acceptant cette invitation muette, elle posa la main dans la sienne et se laissa envelopper par la chaleur de ses doigts.

— Je crois savoir ce qu'ils vont exiger de moi, Tracey. Heureusement, il y a quelques hommes de valeur dans notre camp, mais ceux qui sont chez moi ne peuvent rien faire pour nous aider. George Lanning l'a compris. Je lui dois une fière chandelle. À vrai dire, quand tout sera fini, j'aurai beaucoup de gens à remercier.

— Pas moi en tout cas. C'est moi qui ai perdu les enfants.

Il pressa sa main.

— J'aurais dû m'attendre à ce que l'organisation de Tenoreno mène ce genre d'action. Ils menacent la Compagnie F depuis le début de l'année. Je n'ai jamais pensé… Et zut, je n'ai jamais pensé à ça, c'est tout. Je suis désolé.

— Est-ce qu'il y a un endroit où nous pouvons nous arrêter pour attendre, ou est-ce que tu vas continuer à rouler ?

Elle ajouta dans la foulée :

— Est-ce que tu as mangé quelque chose depuis le petit déjeuner ?

Au moment où elle posait cette question, son propre estomac gronda si bruyamment que Josh l'entendit et regarda son ventre.

— On dirait que c'est toi qui n'as rien mangé, commenta-t-il avec un petit rire. De toute façon, je n'ai pas faim.

— Mais il faut que tu manges, pas vrai ?

— D'abord, nous devons changer de voiture.

Il redémarra et, quelques minutes plus tard, rentra dans un parking réservé aux visiteurs de l'université de Baylor dont il gagna l'un des derniers étages.

Il prit un sac sur la banquette arrière, actionna le verrouillage centralisé, lança les clés dans la voiture et referma la portière.

— Tu sais... Je serais sans doute beaucoup moins inquiète si tu me parlais du plan que tu as concocté. Et ne me dis pas que tu n'en as pas.

Sans répondre, il ouvrit la portière d'un vieux camion.

— Tu n'as pas peur que la sécurité du campus trouve la voiture ? poursuivit-elle. Ensuite, l'agent McCaffrey pourra découvrir quel véhicule tu conduis.

— Tout ce qui m'inquiète, c'est que Vivian s'attire des ennuis. C'est elle qui a laissé le camion ici. Mais il faudra un petit moment au FBI pour découvrir le rapport entre ce camion et moi. D'ici là, j'espère bien que tout sera fini.

— À qui appartient ce véhicule ?

Elle prit un sac de fast-food vide et commença à y fourrer les détritus qui traînaient par terre.

— Au meilleur ami du fils de Vivian. Je... Je le loue.

— Pas pour cher, j'espère.

Un reste de taco dépassait de dessous le siège. Elle eut un haut-le-cœur et ajouta :

— Je crois que je n'ai plus faim.

— Nous devrions quand même acheter quelque chose à manger. L'occasion ne se représentera peut-être pas de sitôt. Nous allons aussi devoir faire le plein. Autant en profiter pour acheter des jus de fruits et des biscuits pour Jackson.

Josh sortit du parking et se gara devant une supérette. Il lui tendit trois billets de vingt dollars.

— Mieux vaut payer l'essence en liquide.

Pour autant qu'elle sache, et malgré l'importance de la couverture de l'affaire par les médias, leurs photos n'étaient pas passées à la télé. Elle aurait quand même aimé avoir les cheveux longs pour pouvoir baisser la tête et les laisser retomber devant son visage. Malheureusement, elle les avait plutôt courts, très épais et très roux.

Pour Jackson et Sage, elle prit des bouteilles de jus de fruits, deux bananes très mûres, des crackers et des biscuits en forme d'animaux. Comme elle ne savait pas combien il resterait d'argent une fois l'essence payée, elle renonça à un flacon de miel et se rabattit sur un pot de gelée de raisin. Si le taux de sucre de Jackson était trop bas, il faudrait que cela fasse l'affaire.

Pour Josh et elle, elle ne trouva que deux hot-dogs bien trop chers et bien trop cuits.

Elle se dirigea vers la caisse et montra le camion du doigt. Josh avait fini de faire le plein.

L'adolescente scanna ses achats un par un. À la fin, il resta juste assez d'argent à Tracey pour acheter une grande cannette de soda qu'ils pourraient se partager.

La caissière fit éclater sa bulle de chewing-gum et mit les emplettes dans un sac.

— Vous voulez le ticket de caisse ?

— Non merci.

Tracey prit le sac, et la fille se remit à feuilleter un magazine. Tracey réalisa alors n'avoir jamais exercé ce genre de travail — un travail normal de jeune adulte. Elle n'avait eu qu'un emploi dans sa vie : aider Gwen et s'occuper des enfants. Presque comme si elle s'était mariée pendant sa dernière année d'université, mais sans les avantages.

Sa vie, ses cours, son temps d'étude, tout était organisé en fonction de l'agenda des Parker. Voilà pourquoi Josh n'avait pas su qui inviter pour son anniversaire. Parce qu'il n'y avait eu personne à inviter.

Il n'y était pour rien. C'était elle qui avait fait les choix qui l'avaient menée au point où elle se trouvait en cet instant.

D'ailleurs, il agitait la main, la pressant de le rejoindre.

L'épreuve qu'elle traversait en ce moment tranchait avec le reste de sa vie, qui avait toujours été privilégiée. Mais ils allaient retrouver les enfants. Josh et les jumeaux seraient de nouveau réunis.

Elle repensa à la façon dont il l'avait invitée à poser la main dans la sienne et y puisa un certain réconfort. Cela pouvait-il signifier qu'il y avait aussi une place pour elle dans sa vie ?

10

— Donc tu as bien un plan et les rangers t'aident, même s'ils ne sont pas censés le faire, dit Tracey à mi-voix.

Josh se gara en face du Lac Waco, coupa le moteur et baissa sa vitre.

— La compagnie n'est pas aussi impliquée dans l'affaire que tu le penses. Je n'ai aucun contact avec mes hommes, et je ne saurai avec certitude qu'Aiden est dans notre camp que quand j'aurai reçu son texto avec tous les détails du transfert par avion… S'ils transfèrent bien Tenoreno par avion.

Elle se frotta les bras, comme si elle cherchait à se réchauffer. Pourtant, il devait faire plus de trente degrés dehors. Avait-elle aussi peur que lui ? Peut-être.

Il posa le bras sur le haut de son dossier, alors qu'il aurait aimé le passer autour de ses épaules. Ensuite, il tendit son autre main pour l'inviter à s'asseoir plus près de lui. Elle la prit.

Malgré l'angoisse, malgré la peur, cette nuit était celle des premières fois. Il avait envie de la tenir contre lui parce qu'elle lui donnait de la force, le rendait capable d'affronter ce qui allait se produire. Mais il ne pouvait pas encore le lui expliquer. Il ne le pourrait que quand ils auraient retrouvé ses enfants.

Il posa les mains sur les siennes et leurs doigts s'entremêlèrent. Ainsi unies, leurs mains se posèrent sur les bras tremblants de Tracey, et elle les pressa plus étroitement contre elle.

— Tu veux parler de… quelque chose ? demanda-t-elle.

— Mon expérience me dit qu'il vaut mieux attendre.

— C'est pour ça que tu es tellement silencieux ?

— Tu me trouves silencieux ?

Il ne parlait jamais beaucoup, en effet. On le tenait généralement pour un cérébral. Les hommes de sa compagnie, par exemple, avaient appris à ne jamais le déranger quand il avait posé les pieds sur le coin de son bureau.

— Je pourrais te dire beaucoup de choses. Mais si on remettait ça à une autre fois ? Ce n'est pas le moment de nous disperser.

— J'attendrai. Pour le moment, je suis d'accord avec toi. Nous devons nous préparer.

Elle bougea un peu, comme déjà prête justement.

— Tu as sans doute raison. Bon sang, Tracey… Est-ce que tu as une idée de ce que je ressens ?

— Si tes émotions sont moitié aussi confuses que les miennes… Alors oui, répondit-elle en pressant ses doigts.

— Nous devons discuter de beaucoup de choses…

— Du passé, de l'avenir et du présent. Je sais. Nous avons éludé le sujet pendant un moment, et je comprends pourquoi. Je me sens déloyale en quelque sorte. Mais je ne peux pas lutter contre ce que je ressens.

— Tu te sens déloyale ? répéta-t-il en plantant son regard dans le sien.

— Bien sûr que oui, Josh ! Gwen était mon amie.

Il acquiesça. Il savait ce qu'elle voulait dire. Mais il savait aussi que Gwen aurait voulu qu'ils soient heureux, pas qu'ils culpabilisent. Quand les enfants seraient de retour, ils en discuteraient. Ils trouveraient une solution.

— Est-ce que tu as une idée de ce qui nous attend ? Je

sais que tu as travaillé sur deux ou trois affaires d'enfants disparus.

Elle regardait droit devant elle, ne lui présentant que son profil.

— C'était surtout des enlèvements par les parents. Rien de comparable.

— Mais tu penses que les jumeaux vont bien. Si ce n'était pas le cas, ils n'auraient pas besoin que je vienne m'occuper de Jackson.

Elle se redressa dans son siège. Elle semblait toujours s'adresser au pare-brise.

— Attends… Tu n'es pas sûr de ce qui les pousse à me vouloir moi aussi. Je me trompe ?

— Il est toujours possible qu'ils aient découvert que ta famille est riche. Ils pourraient vouloir cet argent en plus de ce qu'ils attendent de moi. Mais je ne crois pas que ce soit le cas.

Tracey se détendit un peu contre lui et tira sur ses bras pour s'en envelopper, comme elle l'eût fait d'une couverture de survie. Dans l'intimité qu'ils partageaient, ils se réconfortaient mutuellement, parfaitement conscients de la frayeur qui les habitait tous deux sans avoir besoin de se l'avouer.

— Toute cette histoire est un sacré bazar… Jamais je ne pourrai assez m'excuser de la façon dont mon oncle a interféré.

— Ce n'était pas ta faute. Pas la peine d'y penser.

Comme elle frissonnait malgré la chaleur de ce mois d'août, il la serra plus fort.

— J'aimerais avoir le temps de te donner un cours accéléré d'autodéfense. Mais il vaut sans doute mieux que nous prenions un peu de repos pendant que c'est possible.

— Tu penses que j'aurai besoin de me défendre ?

— Sans aller jusque-là, si tu vois que quelqu'un va te frapper…

Il dut s'éclaircir la voix pour poursuivre. La simple pensée qu'on puisse la frapper lui déchirait le cœur.

— Si jamais ça arrive, tourne-toi pour accompagner le coup. L'impact sera moins fort. Mais le plus sage est encore de garder la tête basse et de ne pas répondre.

— Autrement dit, de ne pas leur donner de raison de me frapper. Je peux y arriver.

— Bien.

Il adorait la tenir dans ses bras, mais il la relâcha et la força à se tourner face à lui.

— Bon sang, Tracey ! Tu ne peux pas faire ça. C'est trop dangereux. Quand ils appelleront, je leur dirai que tu as refusé.

— Non. Et si c'est vraiment l'argent qui les intéresse, et pas que je vienne m'occuper de Jackson ? Qu'est-ce qui se passera ? Nous nous retrouverons au point où nous sommes maintenant.

Elle s'écarta de lui pour regagner son siège et reprit :

— Je comprends très bien ce qui te fait penser que je ne peux pas y arriver.

— Quoi ? Tu te trompes. Tu es bien plus qualifiée que moi pour t'occuper de Jackson. Je te fais entièrement confiance. C'est dangereux, c'est tout.

— Je n'ai pas oublié à quel point c'est dangereux.

Elle se frotta le visage, là où les ravisseurs l'avaient frappée.

Josh prit de nouveau sa main dans les siennes. Il ne voulait pas que son incapacité à trouver les mots justes soit source de malentendu entre Tracey et lui. Et il y avait un risque réel qu'après avoir affronté les ravisseurs ils n'aient plus jamais l'occasion de partager de nouveau un moment — qu'il soit d'angoisse ou de tendresse.

— Ce n'est pas une question de confiance, insista-t-il. J'ai juste…

— Chut. Ne le dis pas à voix haute. Ce n'est pas grave. Moi aussi.

Peur. Ils avaient tous deux peur de ce qui allait leur arriver, arriver aux enfants, arriver à leur univers. Des bouleversements qui s'annonçaient.

Tracey finit par s'assoupir, une heure avant l'aube, et Josh la contempla tandis qu'elle dormait. Elle avait baissé sa vitre, s'était accoudée à la portière et avait posé la tête sur son bras. Tous les moustiques que comptait le Reynolds Creek Park s'engouffraient dans la cabine. Il les écrasait entre deux siestes.

Il ne cherchait pas à s'endormir. S'il l'avait fait, il serait peut-être resté bien réveillé. Il se laissait simplement gagner par le sommeil, bercé par le chant des cigales et le clapotis des vaguelettes qui venaient lécher les souches d'arbres au bord du lac.

À cette heure matinale, le parc était parfaitement silencieux. En temps normal, c'était l'heure où il se levait pour aller nourrir les chevaux, préparer le petit déjeuner, habiller les jumeaux et les déposer à la crèche avant de se rendre au bureau. Oui, une matinée normale pour un père célibataire.

Il avait toujours voulu croire que leur vie était aussi normale que celle de n'importe quelle autre famille. Le quotidien de ses enfants ne différait pas tellement de celui des autres.

D'ailleurs, qui pouvait dire ce qu'était la normalité au XXIe siècle ? Certainement pas lui. S'il retrouvait sa famille, comment être sûr que leur vie redeviendrait normale un jour ?

Alerté par le bourdonnement aigu d'un autre moustique, il agita le sac en papier de la supérette pour le chasser et marmonna :

— Sonne, bon Dieu !

— Qu'est-ce qu'il y a ? chuchota Tracey.

— J'essaie de convaincre le téléphone de sonner.

— Et ça marche ? demanda-t-elle, la bouche dans le creux du coude.

— Non.

Une vie normale ? On était samedi. Par un samedi normal, il aurait réveillé ses enfants dans trois ou quatre heures et aurait retourné leur chambre pour y trouver leurs protège-tibias avant de les emmener à un match de foot pour tout-petits. Il se serait tenu sur la touche, se mordant la lèvre pour ne pas leur hurler de rester à leur poste au lieu de courir après le ballon.

Tracey s'étira.

— Je sais comment le faire sonner. Emmène-moi aux toilettes, et tu peux être sûr qu'il sonnera pendant que je serai à l'intérieur. Tu sais, cette bonne vieille loi de Murphy.

— Bien vu.

Il démarra et suivit le chemin, sans allumer les phares afin de ne pas réveiller les campeurs.

Tracey descendit d'un bond. Un opossum rôdait près des poubelles du parc, remarqua Josh. Effrayé, l'animal s'était immobilisé quand le camion s'était approché. Ses enfants auraient-ils peur après tout ceci ? Peur des étrangers ? Des voitures ? De rester seuls ? Étaient-ils enfermés dans le noir ? Enterrés vivants, peut-être ?

Tracey revint moins de cinq minutes plus tard et demanda :

— Il y a eu quelque chose ?

Il secoua la tête et se rendit aux toilettes à son tour. Ses mouvements se faisaient de plus en plus lents à mesure que ses pensées se tournaient vers les horreurs que l'on faisait peut-être subir à ses enfants en ce moment même. Quand le sèche-mains s'éteignit, Tracey se mit à hurler son nom.

— Est-ce que je dois répondre ?

Elle était descendue du camion et courait vers lui.

— Réponds, oui.

Elle décrocha et mit le haut-parleur.

— Allô !

— Parfait. Je suis heureux que tu aies pu te joindre à notre petite fête, Tracey.

C'était bien le ravisseur, comprit Josh. S'il n'avait pas reconnu sa voix, l'expression terrifiée de Tracey aurait suffi à l'en convaincre. Sa main tremblait si violemment qu'il la prit, ainsi que le téléphone, entre les siennes.

— Passez-moi Jackson et Sage, exigea-t-il, avec bien plus d'assurance qu'il n'en ressentait.

Intérieurement, il pria pour qu'ils puissent tous deux lui parler.

— Les mioches ne sont pas encore debout, et tu ne voudrais pas que j'envoie un de mes gars dans leur chambre pour les réveiller ?

— J'ai besoin de savoir…

— Non ! Tu n'as besoin de rien. Vous allez faire tout ce que je vous dirai, et quand je vous le dirai.

Tracey regarda Josh et hocha la tête : l'homme avait raison.

Mais Josh ne pouvait s'y résoudre. Il refusait d'admettre que cet homme qui menaçait de faire du mal à ses enfants puisse exiger n'importe quoi de lui. Et qu'il obéirait.

— Que voulez-vous que nous fassions ? demanda-t-il.

Son cœur s'arrêta, tout comme le jour où le médecin lui avait dit qu'il n'y avait aucun espoir pour Gwen.

Soudain, il était comme paralysé. Tracey posa sa main libre sur la sienne. Tous deux tremblaient.

— Où que vous vous planquiez, vous avez quinze minutes pour vous rendre à Lovers Leap. Ne soyez pas en retard.

Clic.

— Tu sais où se trouve Lovers Leap, Josh ? demanda Tracey en lui secouant le bras. C'est à Cameron Park, non ?

— Oui. Bien sûr. Je sais où c'est.

— Alors, allons-y, dit-elle en le tirant par le bras.

— J'ai l'impression de ne plus pouvoir bouger.

— Qu'est-ce qui t'arrive ? fit-elle d'une voix inquiète.

Elle tira de nouveau sur son bras, mais pour le draper autour de ses épaules, cette fois.

— Viens. Appuie-toi sur moi. Je vais te ramener au camion.

Elle y parvint, en progressant si lentement que Josh crut avoir déjà épuisé les quinze minutes qui leur avaient été accordées. Mais un regard à sa montre le rassura, du moins sur ce point : il leur en restait encore dix.

— Je crois que tu es en état de choc, commenta Tracey en démarrant. Je ne sais pas trop ce que je peux faire.

— Roule, lui intima-t-il. Quand nous arriverons, ça ira.

Il fallait qu'il voie ses enfants. Il fallait qu'il amène Tracey à Lovers Leap pour qu'elle s'occupe d'eux. Il fallait qu'il fasse tout ce que ces dingues exigeraient de lui, quoi que ce soit, afin que les jumeaux soient libres.

Et ce, quel qu'en soit le prix.

— Est-ce que tu es en train d'avoir une crise cardiaque ?

Tracey quitta la route des yeux pour jeter un regard à Josh. Il était pâle comme un linge.

— Je vais bien. Roule, c'est tout. Il faut que tu ailles de l'autre côté du lac Waco.

Il gardait un bras plaqué contre son torse et le frottait sans relâche. Tracey en était effrayée, encore plus que par le coup de fil des ravisseurs.

— Je crois que je vois où c'est, reprit-elle. Mais tu n'as vraiment pas l'air bien.

— Je serai remis quand nous arriverons. Maintenant, arrête de conduire comme une grand-mère.

— Et toi, arrête d'essayer de changer de sujet. Est-ce que tu as mal quelque part ? Est-ce que ton bras est engourdi ?

— Je t'ai dit que je ne faisais pas de crise cardiaque.

Sa voix était redevenue plus forte.

Elle prit un virage un peu trop brusquement, et il plaqua

une main sur le plafond de la cabine du camion pour éviter de basculer.

— Je ne sais pas ce que c'était, mais c'est passé. Ta façon de conduire me fait tellement peur qu'elle m'a guéri.

Une crise d'angoisse. Voilà ce que c'était. Elle ne voulait pas prononcer les mots à voix haute, de peur d'en déclencher une autre. Jamais elle n'en dirait rien à personne. Les hommes de Josh n'avaient pas besoin de savoir que le major de la Compagnie F était humain.

— Est-ce qu'il reste du soda ? Tu as peut-être besoin de sucre.

Mais ils approchaient de Cameron Park. Elle devait penser à la suite.

— S'ils m'emmènent avec les enfants, qu'est-ce que je dois faire ?

— Ta priorité, ce sont les jumeaux. Ta seule priorité. Ta seule responsabilité. Quoiqu'ils me fassent, quoiqu'ils disent à mon sujet, et même s'ils me menacent.

Sa voix se brisa sur les derniers mots.

— Pareil pour moi, Josh, répondit-elle. Fais tout ce qu'il faudra pour que Jackson et Sage sortent de là sains et saufs.

— Ils avaient l'air plutôt inquiets à l'idée de devoir s'occuper de Jackson, tu te souviens ? Si tu peux les convaincre de le déposer à l'hôpital, n'hésite pas.

— J'essaierai.

Elle lui tendit les clés du camion. Il avait repris un peu de couleurs.

Elle balaya nerveusement le parc du regard.

— Il n'y a personne ici. Je me demande si nous devons descendre.

— Ils sont là, dit Josh. Comme il n'y a pas de véhicule à proximité, ils n'ont pas amené les enfants. Mais il y a un homme posté derrière le bâtiment des toilettes et un autre derrière le pilier nord du kiosque. Il est armé.

Le téléphone qui était posé entre eux, sur le siège, vibra soudain.

— C'est un message, indiqua Josh.

Il le lut.

— Ils exigent que tu descendes de voiture et que tu suives Mack. Moi, je ne dois pas bouger.

Elle voulut prendre l'ordre à la légère, mais ne put s'empêcher d'avouer :

— Josh, j'ai... J'ai peur.

— Moi aussi. Je veux que tu te souviennes d'une chose. Quand ils reprendront contact avec moi, j'insisterai pour avoir un appel vidéo. Ils te forceront peut-être à dire ce qu'ils voudront, mais il faudra que tu trouves un moyen de m'apprendre comment vont les enfants. Si tout va bien, dis-moi seulement... Une chose que nous sommes les seuls à savoir... Quelque chose de court.

— Exactement, renchérit-elle, gagnée par la nervosité.

Elle n'avait pas l'habitude de dire « Je t'aime». Pourtant, à cause des ravisseurs, elle allait peut-être se voir contrainte de prononcer ces mots...

Mais Josh reprit :

— Faisons aussi simple que possible. Si vous allez bien et que vous n'avez pas quitté Waco, dis-moi que tu penses avoir laissé la bouteille de whisky sur le comptoir. S'il y a un problème, fais tourner ta bague autour de ton doigt. Si tu penses que vous avez quitté Waco, dis que la bouteille est chez un ami. Tu pourras te souvenir de tout ça ? Ils n'y comprendront strictement rien, mais nous si.

— Et si tu ne peux pas voir mes mains ?

— Dis que tu regrettes que nous nous soyons débarrassés de tes gardes du corps.

Il sourit, prit sa main dans la sienne et l'attira vers lui.

— Descends de mon côté. Je pourrai toujours remonter dans le camion s'ils me l'ordonnent.

Il sortit du camion, se tourna pour l'aider à descendre à son tour et l'attira dans ses bras. Leurs lèvres s'unirent et se fondirent en un baiser empli de désespoir, de la peur de l'inconnu qui se dressait devant eux, un baiser qui reflétait toute la confusion qui la taraudait depuis des mois.

Des bruits de pas résonnèrent derrière elle. Des hommes accouraient vers eux, et elle avait déjà appris à ses dépens combien ils pouvaient se montrer violents.

— Si tu veux nous sauver, il faut que tu sois en un seul morceau, chuchota-t-elle à l'homme dont elle était de plus en plus amoureuse.

Avant que l'un des ravisseurs ait pu se saisir d'elle, elle s'empara de la trousse d'urgence de Jackson, qui contenait les jus de fruits et les en-cas.

Josh encadra son visage de ses mains.

— Tu es la femme la plus courageuse que j'aie jamais rencontrée. Je ne sais pas comment te remercier.

Il l'embrassa de nouveau. Ce baiser-là avait un goût d'au revoir. Il était doux et tendre, dénué de tout désespoir et de cette forme d'urgence qui aurait fait battre son cœur si fort qu'elle aurait craint qu'il explose.

Les hommes les séparèrent et lui prirent le sac des mains.

— Arrêtez. Jackson a besoin de ça.

— Mais pas toi ! rétorqua l'un des hommes. Nous te donnerons ce dont tu auras besoin quand tu en auras besoin.

Elle recula d'un pas pour essayer de lui échapper. C'était l'homme qui l'avait frappée. L'homme qui leur avait parlé au téléphone… Mack en Chef.

Seul son regard cruel était visible, par la fente de sa cagoule de ski verte. Mais ce n'était pas elle qu'il regardait. C'était Josh. Il le détailla de la tête aux pieds comme pour le jauger avant de le pousser brutalement contre le camion.

— Quand je donne un ordre, tu ferais mieux de le

suivre. Ne me pousse pas à bout, major Parker ! cria-t-il. Emmenez la femme à la fourgonnette.

Au-dessus de sa tête, des oiseaux traversaient le ciel qui commençait à s'éclaircir. Il allait frapper Josh, Tracey en était certaine. Cet homme était ainsi.

La main gantée bougea.

— Arrêtez !

Elle leva la main, elle aussi, et la projeta dans la trajectoire du bras de Mack en Chef, amortissant ainsi le coup en partie.

— Vous m'avez déjà envoyée à l'hôpital. Josh vous sera plus utile s'il n'a pas de traumatisme crânien, vous ne pensez pas ?

La main de Mack en Chef jaillit, aussi vive qu'un serpent qui frappe sa proie. Sous la violence du coup, Tracey fut projeté contre celui des Mack qui était armé d'un fusil. Elle ne voyait plus rien, mais il y eut des bruits de lutte, des jurons. Josh demandait aux ravisseurs de ne pas la blesser.

— Je vais bien, je vais bien, assura-t-elle aussi vite que le lui permettait sa mâchoire endolorie.

Elle se tourna vers Josh qui se débattait contre les deux hommes qui l'avaient maîtrisé. Puis elle toisa l'homme qui l'avait frappée.

— Vous avez besoin de nous deux, ne l'oubliez pas.

— Mais je n'ai pas besoin de t'entendre parler.

D'un mouvement de la tête, l'homme désigna la piste cyclable. Celui de ses acolytes qui s'était emparé de Tracey passa son fusil à l'épaule et la prit de nouveau par le bras pour l'entraîner vers le parking. Mais elle était toujours tournée vers Josh et ne put suivre l'homme qu'en trébuchant. Elle ne regarda devant elle que lorsque Josh fut hors de vue, juste à temps pour éviter de foncer dans un arbre.

Le soleil se levait, sa lueur chassant les ténèbres. La métaphore reflétait à merveille leur équipée de cette journée. Il fallait que le bien l'emporte. Et il fallait qu'elle garde espoir parce qu'ils étaient seuls. Elle allait trouver un moyen de tirer les jumeaux de ce guêpier et d'assurer leur sécurité jusqu'à ce que leur père rentre à la maison.

L'instinct de liberté qui habitait Josh était trop puissant pour qu'il ne tente rien, même si les deux hommes qui le maîtrisaient étaient loin d'être des mauviettes. Quand Mack en Chef sortit un chiffon et l'imbiba d'un liquide à l'odeur douceâtre, Josh se jeta sur le côté, empêchant les deux autres de le pousser vers l'avant.

Du chloroforme ?

Peut-être qu'il ne s'était pas trompé en pensant que ces hommes envisageaient d'attaquer l'avion. S'ils pensaient devoir faire en sorte qu'il reste inconscient pendant un moment, c'était sans doute parce qu'ils allaient lui demander d'agir loin de Waco. L'un des types fouillait le sac qui contenait les provisions qu'ils avaient apportées et que Tracey devait avoir laissé tomber quand Mack en Chef l'avait frappée.

— Hé ! Mon fils a besoin des affaires qui sont dans ce sac.

— Ne t'en fais pas pour ton gamin. La baby-sitter est là pour s'occuper de lui.

— La ferme, Mack ! ordonna le chef de bande. Remets cette bouteille de jus de fruits dans le sac et porte-le à l'autre Mack.

Ensuite, l'homme s'approcha de Josh. Il tenait toujours le chiffon et le flacon de chloroforme.

— Dites-moi au moins si Jackson va bien, implora Josh. Est-ce qu'il est réveillé ? Est-ce qu'il parle ? Et Sage ? Répondez-moi et je me tiendrai tranquille. C'est promis. Pas la peine de me droguer.

— Ton gamin va bien.

Sur ce, le chef de bande adressa un signe de tête aux

hommes qui maintenaient Josh. Ils plantèrent fermement les pieds au sol et resserrèrent leur prise. Josh ne pouvait peut-être pas échapper à ce qui allait arriver, mais il était hors de question qu'il inhale docilement le chloroforme sans se débattre.

11

Tracey avait les yeux bandés, mais l'homme qui la conduisait jusqu'aux jumeaux était perdu, elle aurait pu le jurer. Ils devaient être tout près et, pourtant, il semblait littéralement tourner en rond. De temps à autre, il marmonnait quelques paroles à l'intention d'un autre homme, qui était monté dans la fourgonnette avant qu'elle ne quitte le parc, mais les noms de Sage et de Jackson n'avaient pas été prononcés une seule fois.

Tu es la femme la plus courageuse que j'aie jamais rencontrée.

Mensonge. Gwen avait été cette femme. Elle avait toujours été forte, jamais la mort ne lui avait fait peur. Mais Tracey n'allait pas prendre les paroles de Josh à la légère. Elle ne pouvait oublier qu'il les avait prononcées, ni que ces mots avaient tout d'un adieu.

La fourgonnette s'arrêta, et le train de ses pensées en fit autant. Désormais, seul Jackson importait. Toutes les connaissances qu'elle possédait sur le diabète pouvaient s'avérer vitales.

Josh et elle avaient surveillé Jackson de si près jusqu'à l'enlèvement qu'il n'avait connu aucune alerte sérieuse depuis que le diagnostic avait été posé. Ils testaient même le taux de sucre de Sage régulièrement pour s'assurer qu'elle ne développait pas de diabète infantile. Rien n'était moins sûr mais, si cela arrivait, ils ne seraient pas pris au dépourvu.

— Descends.

— Est-ce que je peux enlever le…

— Laisse-toi seulement glisser jusqu'à la portière et je te guiderai.

Elle obéit en tendant l'oreille. Il n'y avait aucun bruit anormal. Peu de sons naturels, bien qu'il fût encore très tôt. Mais peut-être le flot de la circulation au loin — faible, comme brouillé — sur l'I-35. Ce bourdonnement pouvait être entendu depuis plusieurs endroits, et sur des kilomètres d'un bout à l'autre de Waco. Au moins, ce son pourrait la guider vers la sécurité.

Les jumeaux… Voilà ta priorité. Ta seule responsabilité.

Les deux hommes la saisirent chacun par un coude et la guidèrent dans ce qui semblait être une succession de couloirs. Ils glissèrent des clés dans des serrures, déverrouillèrent des portes et les refermèrent derrière eux. Trois portes précisément.

À l'intérieur, un silence total régnait, comme si le monde s'était éteint. Alors seulement, ils lui ôtèrent son bandeau. Elle cligna des yeux, aveuglée par le reflet du soleil dans un miroir. Elle était encore éblouie quand les hommes ouvrirent une quatrième porte et la poussèrent à l'intérieur d'une pièce, jetant la trousse de secours de Jackson derrière elle.

Merci, mon Dieu.

Elle s'était attendue à une pièce sombre et miteuse, peut-être pleine de toiles d'araignées, voire infestée de souris. D'un coup, elle réalisa avoir complètement oublié la vidéo qui montrait les enfants dans une pièce remplie de jouets.

Il y en avait partout. Des cuisines miniatures, avec poêles et casseroles. Des tondeuses à gazon qui faisaient des bulles quand on les poussait. Une table sur laquelle les jumeaux pouvaient construire tout un royaume en Lego. Des animaux en peluche empilés dans un coin.

Qui avait pu acheter tous ces jouets en vue d'un kidnapping ? Quel pouvait être son but ?

Elle s'en approcha : ils étaient tous propres, mais très usés. Ils venaient sans doute de vide-greniers ou de brocantes, où personne ne se souviendrait de l'acquéreur.

Mais... Où étaient les enfants ?

Elle prit l'une des nombreuses peluches et s'assit sur une petite chaise. Deux sandwichs à moitié mangés étaient posés sur la table, à côté de deux bouteilles d'eau tout juste entamées. Et un peu plus loin, le sac à dos de Sage dépassait de sous un ours en peluche géant, à côté d'une pantoufle pailletée d'or.

Elle se leva pour aller ramasser la pantoufle. Les jumeaux étaient là ! Blottis sous la pile de peluches, les yeux étroitement fermés.

Traversée par un profond soulagement, Tracey n'en fit pas moins tout pour garder son calme. Au stade où il en était, même la plus légère excitation pouvait dérégler le taux de glycémie de Jackson.

— Hé, les petits, c'est Trace Trace, dit-elle, à voix basse pour ne pas les effrayer.

Les enfants se levèrent d'un bond, envoyant des girafes, des dinosaures, des ours et des alligators en peluche voler dans toutes les directions. Ils étaient prêts à partir, sac à dos sur les épaules et chaussures aux pieds — aux mauvais pieds, ce qui prouvait qu'ils les avaient enlevées au moins une fois.

Sage avait de la confiture au coin de la bouche. Mais l'essentiel était que Jackson paraissait en pleine forme.

— Vous allez bien ?

Elle ouvrit les bras, et ils se jetèrent sur elle pour l'embrasser. Sa joie à les retrouver tous deux vivants et en bonne santé était infinie.

— On peut partir maintenant, Trace Trace ? demanda Jackson. Où est papa ?

— Je veux partir moi aussi, renchérit Sage. Pourquoi est-ce que papa est pas venu nous chercher ?

— Est-ce que vous avez pris votre petit déjeuner ? Vous allez vraiment bien ?

Elle se tourna de nouveau vers Jackson, scrutant ses yeux, cherchant le moindre indice révélateur d'un taux de sucre trop bas.

— Est-ce que tu as mal à la tête, ou la nausée ?

— Non.

— Il a été très calme, intervint Sage.

La fillette se masqua la bouche de la main et essaya — en vain — de chuchoter :

— J'ai caché dans le four les bonbons qu'ils nous avaient donnés.

— Je sais que tu les as mis là, dit Jackson. Mais je ne voulais pas être malade s'il n'y avait personne pour s'occuper de moi.

— Sage, mon cœur, va vite chercher le sac avec les médicaments de Jackson.

La fillette obéit en sautillant. Les deux enfants avaient l'air de se porter à merveille — physiquement, du moins.

— Est-ce qu'on doit rester ici ? geignit-elle.

— Oui, encore un peu.

Tracey sortit du sac le matériel dont elle avait besoin pour tester le taux de sucre de Jackson.

Le petit ange était tellement habitué à cette routine qu'il tendit aussitôt le doigt. Elle inséra une aiguille neuve dans le glucomètre et prit une bandelette dans le paquet tandis que Sage lui tendait une compresse désinfectante. Toute la famille devait vivre avec cette maladie. Ils avaient connu leur part de hauts et de bas, mais ils restaient maîtres de la situation.

— Je vous aime, tous les deux. Vous le savez ?

Elle nettoya le doigt tendu vers elle, pressa le bouton qui déclenchait la piqûre, laissa tomber la goutte de sang sur la bandelette et l'inséra dans le glucomètre.

Deux petites têtes acquiescèrent.

Tracey attendit que le résultat s'affiche, sans rien montrer de son anxiété. Dieu merci, Jackson était dans la zone de sécurité, tout prêt à prendre son petit déjeuner et à commencer sa journée.

— Vous avez été seuls tout le temps ?

— Non, répondit Jackson.

— Il y a un type qui reste assis avec un masque sur la figure, précisa Sage. Il dit qu'il a trop chaud.

La fillette était la plus observatrice des deux.

— Après, il s'en va et, de temps en temps, il revient.

— Des fois, il essaie de jouer avec nous, ajouta Jackson. Et ce type qui est venu avec son téléphone, une fois. Tu te souviens ?

— Oui, mais il était pas amusant. Il était en colère et méchant.

Ils s'assirent tous trois autour de la petite table.

Tracey posa une banane sur chacune des petites assiettes en plastique, essuya les verres de son mieux et y versa un peu de jus de fruits, en prenant soin de garder un tiers de la bouteille en réserve.

— Mangez, et je vous donnerai quelques crackers.

— Pour le petit déjeuner ? demandèrent-ils en chœur.

— Il n'y a rien de mal à manger des bananes et des crackers au petit déjeuner.

— Et toi, tu manges pas ? s'enquit Jackson.

Il pela une partie de sa banane et mordit dedans, sur le côté, se composant ainsi un sourire géant. Il garda la pose jusqu'à ce qu'elle lui montre qu'elle l'avait remarqué.

Alors seulement, il avala sa bouchée et éclata de rire, exposant la banane mâchée sur sa langue.

— Beurk ! fit Sage, avant de rire elle aussi.

Tracey les imita, refrénant une brusque envie de pleurer. Comment pouvaient-ils trouver matière à rire dans leur situation ? Mais, si elle ne riait pas, les jumeaux allaient s'angoisser et se stresser… Et le stress était mauvais pour l'équilibre de la glycémie.

Très mauvais.

Donc, ils allaient passer leur journée à rire, jouer et chercher un moyen de sortir de cette pièce. Peut-être que le « méchant homme » ne viendrait pas.

Et, s'ils avaient vraiment beaucoup de chance, Josh jetterait tous les méchants Mack en prison, et la famille Parker pourrait vivre heureuse jusqu'à la fin de ses jours.

— Je veux rentrer à la maison, Trace Trace.

— Je sais, Jackson. Et nous allons rentrer. Mais, puisque nous devons rester ici pour le moment, à quoi voulez-vous jouer ?

— Aux princesses ! s'écria Sage. Comme c'est moi qui ai trouvé la première, on joue à mon jeu.

La fillette fila jusqu'à la pile de jouets pour y chercher des affaires de princesse.

— J'ai pas envie de jouer, maugréa Jackson.

Il grimpa sur les genoux de Tracey et posa la tête sur son épaule.

Tracey refusa de paniquer. Le taux de sucre du petit garçon était dans la normale. Il était seulement désorienté et fatigué. Il l'aurait été même sans le diabète.

— D'accord. Sage, est-ce que ça t'irait si je vous racontais seulement une histoire ?

— De toute façon, je trouve pas de diadème de princesse.

— Tu sais, Sage, tu n'as pas besoin d'un diadème de princesse pour être une princesse.

— Vraiment ? Mais ce n'est pas plus amusant si tu en as un ?

Elle sourit et virevolta sur elle-même.

— Quelle histoire tu vas nous raconter ?

— Allons nous asseoir sur le matelas pour que Jackson puisse faire la sieste. Je veux dire, qu'il se repose, parce que le prince Jackson ne fait pas la sieste.

Elle chatouilla Sage et ajouta :

— Et la princesse Sage non plus, pas vrai ?

— Non.

Ils s'installèrent, et Tracey inventa l'histoire d'un prince et d'une princesse qui vivaient avec leur père, le roi.

— Il s'appelle comment, ce roi ? voulut savoir Sage.

— Parker, répondit Tracey. Le roi Parker. Malheureusement, la reine ne vit plus avec lui…

L'histoire se poursuivit, et les enfants comprirent assez vite qu'ils en étaient les héros.

— Un jour, un horrible dragon très méchant s'abattit du ciel et emporta la belle princesse et le beau prince. Le dragon…

Les enfants s'agrippèrent à ses mains et se blottirent un peu plus près d'elle.

— Comment allons-nous appeler le méchant dragon ?

— Mack ! répondirent-ils en chœur.

— D'accord. Mack le dragon en avait marre de voler dans tout le pays en brûlant tous les ponts. Alors, il retourna à la caverne où il détenait le prince et la princesse. Celle-ci demanda : « Qu'est-ce que vous allez faire de nous ? »

Tracey continua l'histoire, en changeant de voix pour chacun des personnages. Les enfants commencèrent à s'assoupir. Ils avaient tous deux posé la tête sur ses genoux quand l'un des Mack passa la porte, la verrouilla derrière lui et s'assit sur le banc.

Elle arrêta aussitôt d'appeler le dragon Mack. Inutile de

s'attirer l'hostilité de l'un de ces hommes… Tout comme de poursuivre l'histoire, vu que les deux enfants s'étaient endormis.

Tracey les laissa pelotonnés là où ils étaient et se glissa une couverture repliée derrière la tête en guise d'oreiller. Les yeux mi-clos, elle examina la pièce. La porte semblait être la seule issue. La prochaine fois que ces hommes les laisseraient seuls, elle ferait preuve de plus d'audace et inspecterait la pièce en détail.

Tout au long de son enfance de petite fille riche, on lui avait répété qu'elle devait se montrer prudente. Très prudente. Jamais elle ne pouvait aller seule nulle part, jusqu'à son second semestre à l'université de Baylor.

Elle se souvenait encore du type aux allures d'étudiant qui la suivait partout sur le campus. Il avait même des billets pour tous les matches de football de la saison. Sans doute pas dans la partie des tribunes qu'il aurait préférée, mais l'argent de son oncle lui ouvrait beaucoup de portes.

Elle avait justement dû se plaindre auprès d'oncle Carl de n'avoir aucun ami et lui promettre de faire preuve de la plus grande prudence pour qu'il se décide à rappeler ses chiens de garde. Quand elle s'était enfin retrouvée seule, elle s'était rendu compte qu'elle ne savait pas vraiment comment se faire des amis.

Ensuite, un rendez-vous qui avait mal tourné avait amené son oncle surprotecteur à enfiler son costume de seigneur de la guerre. Il avait déclaré qu'elle n'avait aucun droit et qu'aussi longtemps qu'il paierait ses factures… bla bla bla. Pauvre petite fille riche, pas vrai ?

Et dire qu'elle vivait sa première expérience réellement dangereuse parce qu'elle travaillait pour un Texas Ranger… Si son grand-père avait eu connaissance de ce fiasco, il aurait bien ri.

Dans cette position inconfortable, elle se mit à prier pour

que les deux enfants qui dormaient sur ses genoux puissent grandir sans avoir peur du monde qui les entourait. Elle pria aussi pour qu'ils puissent grandir, tout simplement.

— Trace Trace ? demanda soudain Sage d'une voix ensommeillée. Qu'est-ce qui est arrivé au roi ? Est-ce qu'il a retrouvé ses enfants ?

Elle bâilla avant d'ajouter :

— Est-ce qu'il a été heureux ?

— Bien sûr, ma chérie. De sa puissante épée, il a tué le dragon. Et tous les Parker ont vécu heureux jusqu'à la fin de leurs jours.

— Trace... Tu t'appelles Parker, toi aussi ?

— Non, ma puce.

La fillette se rendormit, laissant à Tracey plus de temps pour réfléchir à ces paroles. Il n'y avait pas de place pour elle dans l'avenir radieux des Parker. Il était temps pour elle de partir seule, dans le soleil couchant.

12

Combien de fois ces hommes avaient-ils plaqué la gaze imbibée de liquide sur le visage de Josh ? Suffisamment en tout cas pour qu'il ait une migraine monumentale. Il ne savait pas non plus depuis combien de temps il était allongé sur le plancher métallique de la fourgonnette, mais assez longtemps, là aussi, pour que son corps proteste.

Par la vitre de la camionnette n'apparaissait que la cime des arbres. Pas le moindre gratte-ciel. Donc, ils n'étaient pas en ville. Mais ils n'avaient peut-être pas encore quitté les alentours de Waco, songea Josh. Ils semblaient se rapprocher de la prison d'État où était incarcéré Tenoreno.

Les hommes qui l'entouraient avaient ôté leurs cagoules, mais il faisait trop sombre pour qu'il puisse voir leurs visages. En revanche, leur tenue était typique d'une unité de combat — bottes militaires, treillis, gilets pare-balles, holsters attachés à la cuisse.

Tracey avait raison sur un point : la façon qu'ils avaient de tous s'appeler Mack avait quelque chose de perturbant. Pourtant, ces hommes ne se comportaient pas comme une équipe soudée.

Les mains de Josh étaient attachées dans son dos, maintenues par du ruban adhésif qui lui tirait les poils des poignets à chaque fois qu'il essayait de détendre discrètement ses liens. En vain. Le ruban adhésif ne cédait pas. Il devait y en avoir plusieurs couches, et il ne pourrait s'en libérer qu'à l'aide d'un couteau.

C'était bien joué de la part des Mack de le droguer pendant le trajet. Il avait beau essayer de s'imprégner des moindres détails de sa situation et de les analyser pour trouver une solution, son esprit tournait encore au ralenti. S'il avait été bien réveillé, il aurait pu résoudre le problème, ou du moins échafauder un embryon de plan.

Quelqu'un lui donna un coup de pied derrière la cuisse, lui arrachant un grognement de douleur. Il essaya de ne pas bouger, de gagner du temps pour que la brume qui lui enveloppait le cerveau achève de se dissiper. Mais il ne put dissimuler qu'il était réveillé, même s'il n'était pas très alerte.

— Remettez les masques. Il ne dort plus.

Il n'avait qu'une préoccupation en tête : la santé de Jackson et la sécurité de sa famille.

— Il faut que je parle à Tracey.

Si seulement il pouvait amener Mack en Chef et ses hommes à confirmer ce qu'ils attendaient de lui… Déjà, pourquoi avaient-ils besoin de lui personnellement ? Quel que soit leur plan, ils ressentaient le besoin de détenir des otages pour le faire filer droit. Quand il connaîtrait ce plan, il saurait comment procéder.

Comment… Et où.

— C'est le moment de faire ton boulot, le flic.

L'homme qui lui avait donné un coup de pied éclata de rire.

Les ravisseurs avaient son téléphone, sur lequel Aiden devait avoir envoyé les détails du transfert par texto. Ils avaient aussi le sac qu'il avait pris à la maison. Parfait. Il y avait dans ce sac quelques surprises qui l'aideraient à retrouver sa famille.

— Nous allons parler aux hommes qui sont avec elle dans dix minutes, annonça Mack en Chef sans même se tourner vers lui. Reste tranquille, et tu auras peut-être des nouvelles.

Le Mack Rieur regarda par la vitre de la fourgonnette et sortit un pistolet qu'il braqua sur la tête de Josh.

— Pas de vagues, prévint-il.

L'homme glissa l'arme sous son sweat-shirt ample — mais sans cesser de la braquer vers lui.

La fourgonnette s'arrêta à la hauteur d'un autre véhicule. Les conducteurs échangèrent un signe de tête avant de redémarrer. Josh lança un regard dans le rétroviseur intérieur : l'autre voiture faisait demi-tour et les suivait.

— Où sommes-nous ?

— Grâce à toi, ce cher papa doit prendre un vol privé pour se rendre au tribunal, répondit Mack en Chef. Tu es notre passeport.

— Papa ? Tu n'es pas un peu petit pour être Xander Tenoreno ?

Le Mack Rieur lui décocha un nouveau coup de pied, dans le genou cette fois.

Josh avait rencontré plusieurs fois le fils de Paul Tenoreno. Xander était à peu près de la même taille que lui, tandis que l'homme qui donnait les ordres mesurait environ un mètre soixante-quinze. Une taille moyenne pour un criminel hors-norme.

Il ne pouvait se défaire de l'intuition que ces hommes étaient des employés réguliers de la Mafia texane, bien entraînés et bien financés. Mais l'animosité qui transparaissait dans leur voix chaque fois qu'ils évoquaient Paul Tenoreno le laissait perplexe. S'ils le détestaient à ce point, pourquoi le libérer afin qu'il puisse reprendre la tête de l'organisation ?

— Si vous m'aviez informé de vos intentions un peu plus tôt, j'aurais pu vous épargner cette peine. Toute mon autorité m'a été retirée hier, quand vous avez enlevé mes enfants.

Il voulait voir leur réaction, comprendre leurs vraies motivations.

— Je ne peux pas vous faire monter à bord de cet avion, poursuivit-il.

— Ne sois pas aussi modeste, major. Nous avons une confiance totale dans tes capacités.

Le chef de bande se retourna pour lui montrer une photo de Tracey avec les enfants.

— Si tu ne fais pas le boulot, je doute que le Mack qui se trouve au pays des jouets garde son calme. Il a la gâchette qui le démange.

— Si vous cessiez de parler par énigmes pour me dire ce que vous attendez vraiment de moi ?

— Tu n'as pas encore compris ? Pourtant, d'habitude, tu es plutôt doué… Tes amis des Texas Rangers ont transféré ce pauvre vieux M. Tenoreno au Holliday Transfer Facility, où il attend de prendre un vol pour Austin. Nous allons lui rendre visite.

— Je ne peux pas vous faire rentrer dans la prison…

Josh voulut s'asseoir, mais ses chevilles aussi étaient étroitement maintenues par du ruban adhésif.

— Tu fais exprès d'être idiot ?

Le Mack Rieur lui décocha un coup de botte derrière la jambe.

— Si ce gamin continue, je vais avoir du mal à aller où que ce soit, lança Josh. Dites-lui d'arrêter. J'ai besoin de mes genoux.

Tout en parlant, il compta discrètement le nombre de pistolets que contenait la fourgonnette.

— Tiens-toi bien, Mack.

Le chef s'était adressé au Mack Rieur mais en tendant le doigt deux fois, comme s'il donnait des directives au conducteur.

Grâce aux cahots de la route, Josh parvint à se redresser

un peu, ce qui lui permit de mieux distinguer les alentours. Il y avait un champ, beaucoup d'arbres, rien de spécial en apparence. Il jeta un œil vers l'arrière : il y avait des terrains de foot et de base-ball.

Il savait exactement où ils se trouvaient. À l'aéroport municipal de Huntsville. Il avait bien pensé que c'était là que les hommes passeraient à l'attaque, mais il s'était attendu à disposer d'un peu plus de temps pour trouver un moyen de leur mettre des bâtons dans les roues.

— Quoi que vous ayez en tête, je ne ferai rien avant d'avoir parlé à Tracey. Voir sa photo ne me suffit pas.

— C'est bien ce que je pensais. Allons, le moment est presque venu.

La fourgonnette fila sur un chemin de terre et s'arrêta sous des arbres. Le second véhicule se gara à côté d'eux.

— Ils ont quitté la prison, dit le Mack qui était à côté de lui. Nous avons six minutes.

— Pas de Tracey, pas de coopération.

— Compose le numéro, intima l'homme au Mack Rieur. Mais garde-le à l'œil. Et sois bref.

Si cette équipe avait un point fort, c'était la façon dont ses membres obéissaient tous au Mack en Chef sans la moindre hésitation, nota Josh.

Enfin, le visage de Tracey apparut sur l'écran du téléphone. Elle regarda vivement de côté avant de reposer les yeux sur lui.

— Ils refusent que je prenne les enfants pour te les montrer mais ils vont bien, dit-elle. Sage a surveillé son frère, comme toujours.

— Et comment va Jackson ?

— Bien. Je suis sûre qu'il se remettra très vite de toute cette histoire.

— Est-ce qu'ils t'ont fait du mal ?

— Ils ne m'ont rien fait qu'un verre de whisky ne pourrait pas guérir. Est-ce que j'ai laissé la bouteille sur le comptoir ?

— Qu'est-ce qu'elle vient de dire ? demanda Mack en Chef.

— Qu'elle voulait du whisky, lui transmit le Mack Rieur.

— Ça suffit. Coupe.

— Josh ? Je voulais te dire que je…

Le Mack Rieur prit le plus grand plaisir à l'interrompre.

Qu'est-ce que Tracey voulait lui dire ? Mais Josh n'eut pas le temps d'y réfléchir. Les ravisseurs ouvrirent les portières de la fourgonnette et le terrain d'aviation apparut.

— Sors.

Josh leva ses chevilles entravées, et le Mack qui se tenait le plus près de la portière coupa le ruban adhésif avec un couteau qu'il n'avait pas remarqué. Il fallait vraiment qu'il s'éclaircisse les idées, qu'il soit parfaitement conscient de tout ce qui l'entourait. Qu'il réfléchisse à toute cette histoire.

Les Mack sortirent une valise rigide de la fourgonnette et l'ouvrirent. Elle contenait des fusils d'assaut.

— Vous pensez vraiment que c'est nécessaire ?

— Heureux que tu poses la question, major. C'est notre plan de secours. Si tu échoues, on descend cet avion.

— Qu'est-ce que vous attendez de moi au juste ? Je pensais que vous m'aviez amené ici pour libérer Tenoreno.

Josh regardait tout autour de lui, essayant de se rappeler où se tenait chacun des ravisseurs, de déceler un quelconque signe de faiblesse ou de détecter des armes supplémentaires.

— Faux, major, répondit Mack en Chef. Tu es ici pour le tuer.

13

Tracey s'apprêtait à prendre un risque énorme, et elle le savait. S'ils n'étaient pas libérés avant que Jackson ait besoin de cette cartouche d'insuline ? Oui, mais si elle ne l'injectait pas au garde quand il serait endormi ? Elle n'aurait peut-être pas d'autre occasion d'essayer de s'évader. Et si Josh ne…

Non ! Josh allait revenir. Jamais il ne renoncerait, et elle non plus. Elle coucha les enfants sur le matelas sans leur ôter leurs chaussures, de sorte qu'ils soient prêts. Leurs manteaux et leurs sacs étaient à côté de la porte. Jamais ils ne partaient sans les emporter avec eux. Il n'y avait aucune raison de déroger à leurs habitudes.

Le risque qu'elle s'apprêtait à prendre était nécessaire. Son plan allait marcher. Elle connaissait les effets d'une overdose d'insuline sur une personne en bonne santé : le garde commencerait sans doute par vomir, avant de s'endormir. Ce qu'elle ignorait, en revanche, c'était combien de ravisseurs se trouvaient de l'autre côté de la porte…

Le jeune homme qui les surveillait s'était déjà plaint d'avoir trop chaud quand il portait la cagoule de ski. Comme la pièce où ils étaient enfermés avait son propre thermostat, elle augmenta la température. Dans les deux heures, il y régnerait une chaleur insupportable. Leur garde aurait encore plus chaud, encore plus vite — eux aussi, bien sûr.

Il ne lui restait qu'une chose à faire pendant que leur garde était hors de la pièce : préparer la cartouche d'insuline et la cacher. Dès qu'un Mack reviendrait les surveiller, il récupérerait la trousse d'urgence de Jackson et la rapporterait dans l'autre pièce. C'était la dernière arme dont disposaient ces hommes pour la contraindre à filer droit.

— Je parie que ton patron n'aimerait pas savoir que tu ne restes pas ici pendant que je teste le taux de sucre de Jackson, dit-elle à mi-voix tout en rebouchant la seringue. Non, il n'aimerait pas ça du tout. Parce que, si tu étais là, rien de tout ça ne serait possible.

Elle ne pouvait garder la seringue dans sa poche, où ils ne manqueraient pas de la voir… Aussi, elle déplaça quelques jouets et la cuisine miniature pour les disposer à côté du banc où s'asseyaient les gardes, et elle dissimula la seringue parmi les ustensiles. Enfin, elle prit un jouet et le posa sur la table. Ainsi, elle aurait le prétexte d'aller le remettre avec les autres.

Elle pouvait injecter l'insuline au garde sans qu'il ressente plus qu'une petite piqûre. Elle n'avait pas besoin de l'injecter dans une veine. Si l'homme dormait à poings fermés, peut-être même qu'il ne sentirait rien du tout. Mais elle avait aussi préparé un jouet pointu pour pouvoir s'expliquer s'il sentait quelque chose. Enfin, elle approcha la poubelle du banc… Juste au cas où.

Il y avait bien trop longtemps qu'elle s'interrogeait sur la vie et sur ce que serait sa prochaine étape. Quand toute cette histoire serait finie, elle ne se contenterait plus d'attendre en s'interrogeant. Il était tellement mieux de découvrir. De savoir.

Ce ne serait pas de gaité de cœur qu'elle quitterait Waco, ses amis… et Josh. Mais elle en avait assez d'attendre. Elle devait arrêter d'avoir peur de son ombre et commencer à vivre sa vie. En d'autres termes, donner sa démission à Josh et lui dire ce qu'elle ressentait vraiment.

Quarante-huit heures plus tôt, elle était prête à partir,

même si cela devait lui briser le cœur. Là, elle n'avait plus aucun doute : son cœur allait voler en éclats, mais elle s'en remettrait. Si Josh ne lui demandait pas de rester, elle aurait la force de partir.

Soudain, quelqu'un tourna le verrou de la porte.

Aussitôt, elle nicha sa tête au creux de ses bras posés sur la petite table et se força à réguler sa respiration. Elle était physiquement épuisée par le manque de sommeil et de nourriture et par le déferlement d'adrénaline qui se déversait en permanence dans ses veines. Si elle faisait semblant de dormir, peut-être qu'elle s'assoupirait vraiment.

Pliée en deux comme elle l'était, elle ne dormirait pas longtemps.

Le garde, toujours le même, alla droit à la table pour y prendre la trousse d'urgence. Sous ses paupières mi-closes, elle ne le distinguait que comme une silhouette. Ensuite, l'homme éteignit les lampes et s'assit sur le banc.

Première étape… Bien.

Repose-toi, repose-toi, repose-toi, s'ordonna-t-elle. Elle allait avoir besoin de repos pour gagner la sécurité.

Il n'y avait pas d'horloge dans la pièce, et ils avaient pris sa montre — une autre façon de la forcer à dépendre d'eux pour les soins de Jackson. Mais, au bout d'un moment, son corps lui indiqua qu'il y avait bien trop longtemps qu'elle se trouvait dans cette position inconfortable. Elle repoussa ses cheveux collés à son front moite. Avec un peu de chance, leur garde était profondément endormi.

Il régnait dans la pièce une chaleur étouffante.

Elle prit la spatule miniature et se leva en essayant de ne pas faire de bruit.

Elle s'approcha de l'homme, sur la pointe des pieds pour que les talons de ses bottes ne claquent pas sur le sol couvert de linoléum. Elle posa le jouet et prit la seringue, dont elle ôta le bouchon. Un profond silence nimbait la pièce. Elle observa leur garde : il avait remonté la cagoule de ski, dégageant le bas de son visage. Son menton lisse indiquait qu'il venait juste de se raser, ou qu'il n'en avait pas besoin.

Ses yeux toujours masqués par la cagoule allaient lui faciliter la tâche. L'homme ne pourrait pas voir immédiatement où elle était. Elle tira légèrement sur le T-shirt noir qu'il portait, consciente de prendre un gros risque, mais si elle pouvait planter la seringue dans son flanc…

C'était fait.

Le Mack bougea et grogna, mais sans se réveiller pour autant.

Tracey remit le bouchon sur l'aiguille, jeta la seringue avec le reste du matériel qu'elle avait utilisé et, sur la pointe des pieds, retourna s'asseoir auprès des enfants, sur le matelas.

Il ne fallut que quelques minutes pour que leur garde se mette à gémir en se tenant le ventre, comme s'il avait des crampes. Il se leva pour gagner la porte mais, pris de nausées, fit un détour par la poubelle.

Tracey ne pouvait se permettre de penser à ce qu'il allait advenir du jeune homme. C'était un ravisseur. Il avait mis la vie de Jackson en danger. Une seule chose importait : mettre le petit garçon en sécurité. Et ce, quel qu'en soit le coût. Quelles que soient les personnes qu'elle devrait terrasser par une injection d'insuline.

Dans la semi-pénombre qui enveloppait la pièce, leur garde paraissait complètement désorienté. Il transpirait abondamment, vacillait sur ses jambes et, d'une voix faible, demandait de l'aide.

Tracey se força à prendre sur elle, à résister à la supplique du jeune homme. Elle dut même se plaquer les mains sur les oreilles pour ne plus l'entendre.

Elle réveilla les enfants et les assit sur des chaises. Jackson, qui était un peu dans le cirage, posa aussitôt la tête sur la table.

Un instant plus tard, le jeune garde s'écroula sur le côté. Tracey peina pour l'allonger sur le matelas avant de fouiller ses poches dans l'espoir d'y trouver un téléphone portable. Mais il n'avait avec lui que des clés.

Avant de faire sortir les jumeaux de la pièce, elle inspecta le couloir. Personne. Elle s'aventura plus loin, tendant l'oreille avant de passer chaque coin de mur. Aucun signe des autres hommes. Alors, elle revint silencieusement sur ses pas. Les jumeaux l'attendaient à la porte. Leurs sacs sur le dos, ils coururent à sa rencontre.

— On rentre à la maison maintenant ? demanda Sage.

— D'abord, il faut qu'on joue à cache-cache. Vous n'avez pas le droit de rire ou de dire à quelqu'un où on est. D'accord ?

Ils acquiescèrent tous deux. Sage se mit à sautiller sur place, et son excitation gagna Jackson.

— On va rentrer à la maison. On va voir papa, dirent-ils à l'unisson en sautillant.

— S'il vous plaît, les enfants, il faut que nous soyons très silencieux. C'est vraiment important. Chut !

Elle posa un doigt sur ses lèvres et reprit, à voix basse :

— Aussi silencieux que des petites souris. Prêts ?

Ils coururent jusqu'au rez-de-chaussée, où elle trouva la clé qui ouvrait la porte d'entrée, et elle reconnut la rue où ils se trouvaient : Austin Avenue.

Ils étaient donc dans le centre de Waco. Ce devait être le milieu de la nuit, parce que tout dans ce quartier restait ouvert jusqu'à 2 heures du matin. Pourtant, elle n'avait perçu ni bruit de soirée, ni musique à fond. Pas étonnant que les hommes aient rempli la pièce de jouets afin que les enfants soient trop occupés pour faire du bruit.

Elle cala Jackson sur sa hanche, saisit fermement la petite main de Sage et se mit à courir.

— Viens, ma puce. Je sais que tu es fatiguée, mais nous devons courir. Tu peux le faire.

Sauf que... Vers où devaient-ils aller ? Il fallait qu'ils s'éloignent. Vite. Avant que quelqu'un ne découvre qu'ils n'étaient plus dans la pièce.

Elle essaya la sandwicherie qui se trouvait à côté de l'immeuble... Mais elle était fermée.

De toute façon, vu l'heure, tout serait fermé. Elle ne pouvait rien jeter dans une vitrine pour déclencher l'alarme sans que les ravisseurs regardent par une fenêtre et la voient.

Ils étaient si près de la liberté. Si seulement ils pouvaient croiser quelqu'un...

Mais il n'y avait rien sinon des parkings déserts, une sandwicherie fermée, encore des parkings et le building ALICO. Peut-être que quelqu'un s'y trouvait encore.

Ils traversèrent Austin Avenue et Fifth Street. Soudain, une porte s'ouvrit bruyamment. Elle jeta un regard par-dessus son épaule. C'était eux.

— Là-bas ! lança l'un des hommes.

— Sage, ma chérie, attrape-moi par le cou.

Elle allait courir en portant les jumeaux pour leur sauver la vie. Mais vers où ?

Le parking souterrain de la tour ALICO était ouvert. Elle slaloma entre les piliers. Le parking était à sa gauche, l'escalier de secours à sa droite. L'escalier de secours ? Si elle l'empruntait, qu'allait-elle faire ? Gravir vingt-deux étages à l'extérieur du bâtiment le plus haut de Waco avec des jumeaux de quatre ans ?

Non. Il leur suffisait d'emprunter une volée de marches avant que les hommes les voient. Tandis que, si elle choisissait le parking, il lui faudrait espérer que quelqu'un aurait laissé sa voiture ouverte de sorte qu'ils puissent s'y cacher. Elle ne pouvait laisser leur sort dépendre d'un tel hasard. Et que ferait-elle ensuite, de toute façon ? Klaxonner jusqu'à ce que leurs ravisseurs les retrouvent, brisent la vitre et les ramènent dans leur donjon du centre-ville ?

Ils allaient donc devoir emprunter l'escalier de secours. Elle posa un Jackson léthargique sur la première marche, aida Sage à rejoindre son frère et s'y hissa elle-même. Les voix des hommes qui les pourchassaient résonnaient sur les façades des immeubles alentour. Réussirait-elle à leur échapper ? Elle n'en avait aucune idée, mais c'était leur unique chance.

— Aussi silencieux que des souris, les enfants. Nous ne devons pas faire de bruit. Passe devant et commence à monter, ma chérie.

Elle prit Jackson sur son dos et suivit Sage.

Une marche, puis une autre. Les jambes d'une fillette de quatre ans ne pouvaient monter deux marches à la fois. Pas plus que celles d'une femme de vingt-six ans qui portait un enfant sur le dos. Si elle n'avait pas craint de tomber, elle aurait pris Sage dans ses bras et gravi les marches en les portant tous deux.

Soudain, la qualité des cris changea. Ils ne résonnaient plus dans la rue, mais provenaient d'en dessous d'eux. Tracey fit arrêter Sage. Peut-être qu'ils auraient de la chance. Peut-être qu'aucun des hommes ne lèverait les yeux. Peut-être qu'ils suivraient le chemin le plus logique, celui qui menait dans le parking.

Peut-être que la chance serait de leur côté. Elle inclina légèrement la tête : non, les hommes empruntaient eux aussi l'escalier de secours !

Elle reprit son ascension.

Après une dizaine de marches, elle atteignit un large palier intermédiaire, comme un toit, qui donnait sur la rue. Derrière elle, en contrebas, les hommes hurlaient des mots qu'elle ne put saisir. Que pouvait-elle faire ? Elle allait se retrouver coincée !

Elle posa les jumeaux et courut vers le côté du toit qui surplombait Fifth Street. Elle hurla :

— À l'aide ! Sauvez-nous !

Il n'y avait pas de phares, aucun passant, rien.

Alors, elle s'élança vers l'autre côté, qui donnait sur le fleuve. Quelqu'un flânait peut-être sur les berges, mais elles étaient bien trop loin.

— Au secours ! Que quelqu'un nous aide !

14

Tracey ne put que rejoindre les enfants, qui se blottissaient l'un contre l'autre. Ils ne pouvaient s'attaquer aux vingt derniers étages de l'escalier de secours. Et même s'ils l'avaient pu, aucun hélicoptère ne les attendait sur le toit pour les emmener en sécurité.

Les hommes qui les pourchassaient entendirent ses appels à l'aide. Le bruit de leurs pas résonna sur les marches métalliques, puis sur le toit. Elle s'apprêta à être punie par des coups de poing ou de pied. Si ces hommes ne la frappaient pas immédiatement, ils le feraient plus tard, elle le savait. Mais elle protégerait les enfants.

Elle se promit encore et encore que tout finirait bien tandis que les gangsters lui bourraient les jambes de coups de pied rageurs. Ces hommes allaient perdre. Josh les retrouverait, et ils perdraient.

— Arrêtez ! Lui faites pas de mal ! hurlèrent les jumeaux, toujours coincés entre le muret et elle.

L'un des hommes la saisit par les cheveux tandis que l'autre lui arrachait les jumeaux. Les enfants se débattirent en hurlant. Quant à elle, elle tenait à peine debout.

L'homme la traîna jusqu'au bord du toit, enserra sa nuque de ses mains et la poussa, menaçant de la précipiter en bas. Elle se laissa tomber à genoux.

— J'aimerais pouvoir me débarrasser de toi, chuchota-t-il d'un ton cruel. Je te laisserais sur ce trottoir avec l'idiot qui t'a laissée t'évader. Avec quoi tu l'as frappé ? Une licorne en peluche ?

Il la poussa brutalement vers l'avant, et elle se heurta au muret en ciment.

— Lève-toi et prends un de ces morveux.

Elle redescendit l'escalier de secours en boitillant, Jackson dans les bras. L'homme qui marchait à sa droite portait la pauvre petite Sage. S'inquiéteraient-ils en apprenant que leur ami pouvait mourir des suites de l'injection ?

Ils regardaient constamment par-dessus leur épaule, mais personne ne les suivait. Aucune voiture ne passait. Il n'y avait aucun policier en vue. Le blond, celui qui tenait un pistolet et la poussait tous les trois pas qu'elle faisait, dit :

— Il pourrait nous tuer pour ça. Si quelqu'un nous voit, on est morts. Il faut qu'on file d'ici, et vite.

— Alors ne lui disons rien, répondit l'autre, celui qui portait Sage. Il se mettrait en colère. La fille ne lui racontera rien, c'est sûr et certain. Mack ne saura jamais qu'ils se sont échappés. Et d'ailleurs, on les a repris, pas vrai ? En plus, il nous reste encore une bonne vingtaine de minutes avant de partir et… tu sais quoi ?

L'homme laissa sa phrase en suspens, inclinant la tête vers elle. Que voulait-il dire ? Qu'ils allaient les laisser là, les emmener ailleurs, ou les tuer et abandonner leurs corps derrière eux ?

Une fois encore, elle regretta de ne pas avoir eu assez de cran ou de chance pour partir plus tôt, avant la fermeture des bars de la rue et le départ des food-trucks, qui étaient parmi les derniers véhicules à quitter le parking désormais vide.

— Il faut que vous contactiez le 911 pour votre ami, dit-elle, cherchant à en appeler à leur humanité. Il est très malade et il a besoin de soins en urgence.

— Malade ? Il s'en remettra, répliqua l'homme en la poussant vers l'avant.

Appelleraient-ils le 911 ? Si elle leur précisait pourquoi il avait besoin de soins, ils comprendraient qu'elle avait planifié leur évasion et non simplement profité d'un malaise de leur garde. Pourtant, elle ne voulait pas avoir sa mort sur la conscience.

— Je lui ai injecté de l'insuline. Il est en train de faire un coma hypoglycémique.

Ils repassèrent la porte du bâtiment duquel elle venait tout juste de s'échapper avec les enfants. Comme les hommes ne répondaient pas, elle insista :

— Vous ne pouvez pas le déposer à l'hôpital ? Il pourrait mourir.

— Tant pis pour vous deux. C'est toi qui lui as injecté cette insuline, et il a été assez idiot pour te laisser faire.

Ils la poussèrent dans la chambre aux jouets, de même que Sage. L'homme qui tenait le pistolet lui colla le canon sous le menton et approcha son visage du sien. Le contraste entre ses paroles menaçantes et son haleine mentholée avait quelque chose de saisissant.

— Écoute-moi bien. File droit ou nous nous débarrasserons de toi, quoi que dise Mack.

Ensuite, il ferma la porte à clé.

— Oh mon Dieu ! cria-t-elle.

Mais elle se reprit aussitôt. Elle devait se contrôler, pour le bien des enfants.

— Qu'est-ce qu'il y a, Trace Trace ? demanda Sage.

Jackson, lui, ne dit rien. Il marcha jusqu'au matelas, mais celui-ci était toujours occupé par le jeune homme auquel elle avait injecté l'insuline. Aussi, Jackson alla s'allonger contre le mur, un ours en peluche en guise d'oreiller.

— Quand est-ce qu'on pourra rentrer à la maison ? lança Sage.

— Bientôt, mon cœur. Bientôt.

Elle prit la fillette dans ses bras et commença à la

bercer doucement. Ses longs cheveux étaient de nouveau tout emmêlés. Elle les peignerait avec ses doigts quand ils auraient pris leur petit déjeuner.

— Est-ce que papa nous a oubliés ?

— Oh non, ma chérie ! Il vous aime et il fait tout ce qu'il peut pour vous ramener à lui.

Il ne fallut que quelques minutes à Sage pour glisser dans le sommeil. Tracey la déposa sur une couverture, coucha Jackson auprès d'elle et entoura les deux enfants de peluches pour que leur lit de fortune soit plus confortable et qu'ils se sentent en sécurité.

Le jeune garde bougea dans son sommeil, et elle en fut un peu réconfortée. Il n'était donc pas tombé dans le coma. Comme il transpirait abondamment, elle humecta quelques robes de poupée avec l'eau de l'une des bouteilles afin de lui rafraîchir le front. Jamais elle ne pourrait refaire ce qu'elle avait fait sachant que cela pouvait entraîner la mort de quelqu'un.

Ensuite, elle s'assit et attendit le lever du soleil en réfléchissant. Une pensée la frappa : elle connaissait désormais les visages de leurs ravisseurs. Quand ils les avaient pourchassés, ils ne portaient pas leurs cagoules. Elle pouvait dorénavant les identifier. Ce qui ne jouait certainement pas en sa faveur.

Si elle n'avait pas cherché à s'échapper, jamais elle n'aurait vu leurs visages. Au moins avait-elle eu raison de dire à Josh que la bouteille de whisky était sur le comptoir. Ils se trouvaient bien en plein centre de Waco. Elle se mit à prier pour qu'il parvienne à les retrouver.

Cette idée commençait pourtant à devenir éculée. Bien sûr qu'elle gardait espoir ! Mais elle ne pouvait pas non plus se contenter de cela. Alors, elle allait faire son travail et réfléchir à une autre façon de sortir de cette pièce. Elle refusait de passer sa vie à attendre qu'on vienne la secourir.

Elle avait tourné le dos à cette existence le jour de ses vingt et un ans.

— Bon sang, j'ai même changé de nom pour que ça n'arrive plus ! marmonna-t-elle.

Reprends-toi et remets tes idées en place, Tracella Sharon Cassidy Bass.

Elle pouvait entendre sa grand-mère la morigéner depuis sa chambre outrageusement rose. Des années plus tôt, grand-mère Sweetie lui avait certifié que les conseils qu'elle lui prodiguait lui serviraient un jour. Mais Tracey aurait parié que Sweetie n'aurait jamais imaginé qu'elle puisse se retrouver dans une telle situation.

Elle considéra l'homme allongé dans le coin de la pièce. Il n'était plus un sale type, ni un ravisseur armé d'un pistolet — seulement un jeune homme qui avait besoin d'aide et qui ne méritait pas plus de mourir qu'un autre. Alors, elle l'aiderait de son mieux. Elle vida sur la robe de poupée les dernières gouttes que contenait la bouteille d'eau et lui rafraîchit une nouvelle fois le front.

Ensuite, elle décida de parler aux deux autres gardes. Elle alla frapper à la porte, doucement pour ne pas réveiller les enfants. Puis, comme personne ne répondait, un peu plus fort.

— Quoi ? cria l'un d'entre eux à travers le panneau de bois.

— Il nous faut plus d'eau.

— Pas maintenant.

— Vous ne pouvez même pas me donner une autre bouteille pour votre ami ?

Elle tapota sur la porte pour leur arracher une réponse.

— Il faut que tu la fermes si tu veux que nous y réfléchissions !

— Il y a de l'eau dans le sac marron que vous m'avez pris.

Ils avaient même conservé les sacs à dos des enfants, qui contenaient leurs jouets.

— Ouais, comme si on allait te le rendre !

— Il le faut. L'insuline et les provisions de Jackson sont dedans.

— C'est pas ce que tu as injecté à Toby… Je veux dire, Mack ? L'une de ces ampoules d'insuline ? Et tu as dit qu'il pouvait mourir. Alors, pas question. Je ne te le rendrai pas. On peut blesser quelqu'un avec ces seringues.

Il y eut alors des éclats de voix. Apparemment, les deux hommes se querellaient. Ensuite, ils échangèrent quelques mots d'une voix plus basse.

— De toute façon, ce n'est pas grave. Il faut qu'on parte.

— Est-ce que… Vous allez nous laisser ici ? S'il vous plaît, déverrouillez la porte avant de…

La porte s'ouvrit si brusquement qu'elle bascula en arrière. Quand l'homme braqua son arme sur sa tête, elle ne put que lever les mains et dire :

— Ne tirez pas.

— On ne va pas te tirer dessus. Mais on ne te fait pas confiance. Prends les enfants. On s'en va.

— Où ?

— Est-ce que c'est important ? demanda le blond qui braquait l'arme vers son visage.

— À l'aéroport, lâcha l'autre. Est-ce qu'il est mort ? fit-il en se hâtant vers le coin de la pièce où se trouvaient les enfants.

— Ferme-la, imbécile ! lança le blond. Il a déjà fallu que tu appelles Toby par son prénom… Et grâce à lui, ajouta-t-il en désignant le malade, elle a vu nos visages.

Elle se rappela ce qu'avait dit Josh : que les ravisseurs se sentiraient en sécurité aussi longtemps que leurs identités demeureraient secrètes. Allaient-ils les tuer, les enfants et elle, puisqu'elles ne l'étaient plus ?

— Il, euh… Il a encore besoin d'un médecin, mais je pense que ça va aller.

— Alors, c'est parfait.

— Non, ce n'est pas parfait, contredit le blond en agitant son arme. Et si quelqu'un le trouve ? Et s'il parle ?

— Alors, on le descend ?

— Quoi ? lança Tracey. Vous ne pouvez pas… Il est désarmé et incapable de se défendre !

Les deux hommes la regardèrent comme si elle était folle. Peut-être qu'elle l'était d'ailleurs !

Elle s'obligea à se ressaisir.

— Qui vous a dit de nous amener à l'aéroport ? Et pourquoi faire ? Nous échanger ?

— Nous ne donnons pas de noms. Nous ne faisons que suivre les ordres. On s'en va.

— Donc, vous n'avez aucune raison de le tuer, dit-elle en montrant du doigt l'homme inconscient. Vous pouvez simplement le laisser là.

— On n'a pas le temps, mec, maugréa celui des deux hommes qui n'était pas armé. Si tu veux le descendre, vas-y. Moi, j'ai autre chose à faire.

Il prit Jackson dans ses bras, et le blond s'empara de Sage. Si le petit garçon ne se réveilla pas, la fillette se tortilla et chercha à se libérer.

— Je veux Trace Trace ! cria-t-elle.

La petite se mit à pleurer. Pour de vrai, pas seulement pour essayer d'obtenir ce qu'elle voulait. Elle avait sincèrement peur de l'homme qui la tenait et plaquait un pistolet dans son dos, comprit Tracey.

— Laissez-moi la prendre.

Elle tendit les bras, et Sage se jeta vers elle avec tant de force qu'elle faillit tomber des bras de l'homme.

Même à quatre ans et demi, les jumeaux étaient assez grands pour ressentir la tension qui régnait et être conscients du danger. Leur père était un Texas Ranger. Ses armes étaient sous clé, dans une armoire à pistolets, mais les jumeaux savaient parfaitement ce qu'étaient des armes, et qu'elles étaient dangereuses.

Sage avait vu l'homme agiter son pistolet et l'avait entendu parler d'abattre le garde toujours inconscient. Elle avait deviné que, même si la pièce était pleine de jouets, la situation était tendue à l'extrême.

— Filons d'ici ! lâcha le blond. Mack nous attend.

Comme Tracey ne voulait pas attirer l'attention des ravisseurs sur l'homme qui gisait toujours dans un coin de la pièce, elle prit un ours en peluche pour que Sage ait quelque chose à tenir et renonça à emporter les sacs à dos des jumeaux. La trousse d'urgence contenait des crackers et des jus de fruits. Cela leur permettrait de tenir jusqu'à ce qu'on leur donne quelque chose à manger.

Ils avaient presque atteint la porte de derrière quand elle demanda au blond :

— Et mon sac marron ? Où est-il passé ?

— Monte dans la fourgonnette.

Il la poussa vers le perron.

— Il nous faut ce sac, insista-t-elle.

— Je n'ai pas envie que tu me piques.

— Non. Nous ne pouvons pas partir sans ce sac. Jackson en a besoin.

— Tu aurais dû y penser avant de t'en prendre à Toby.

Elle posa Sage dans la fourgonnette et le second type lui mit Jackson dans les bras.

— Où est-ce que je m'assois ? demanda Sage avant de renifler bruyamment.

Il n'y avait pas de sièges à l'arrière de la fourgonnette. Seulement une vieille couverture à chevaux puante.

— Quelle drôle d'aventure, pas vrai, Sage ? dit Tracey. Si vous m'aidiez à tenir Jackson, ton nouvel ami ours et toi ?

Elle posa l'ours sur le plancher métallique. Sage s'assit en tailleur et se prit la tête dans les mains. Jackson se réveilla, se frotta les yeux et alla s'asseoir près de l'ours, lui aussi. Sage fit la moue et Jackson l'imita — à moins qu'il ne lui réponde. Parfois, le langage des jumeaux était difficile à interpréter, soupira Tracey intérieurement.

La portière de la fourgonnette se referma et le véhicule démarra.

On était dimanche, et le jour pas encore levé. Il était bien trop tôt pour que quelqu'un ait pu remarquer qu'ils avançaient sous la menace d'une arme. Beaucoup de gens allaient à la messe à Waco, mais pas d'aussi bonne heure. Même si on les voyait assis par terre, à l'arrière de la fourgonnette, cela ne suffirait pas à éveiller les soupçons. Ils ne pouvaient rien faire, sinon coopérer.

— Trace Trace ? dit Jackson en lui poussant la jambe. Je suis fatigué et j'ai faim. Où sont mes biscuits ?

— Nous allons devoir attendre le petit déjeuner, mon cœur.

Le corps de Jackson se tendit brusquement vers l'arrière, et son petit poing s'écrasa sur la joue endolorie de Tracey. Elle serra les dents pour réprimer un cri de douleur. Elle ne voulait pas bouleverser encore plus le petit garçon. Il n'était pas responsable de ce geste. C'était son taux de sucre en baisse qui le rendait colérique. L'agressivité était l'un des premiers signes d'une hypoglycémie.

— Jackson doit toujours avoir des biscuits, Trace Trace, remarqua Sage. Il commence à devenir un peu méchant.

— Je sais, ma chérie, mais ils sont restés avec les jouets.

Sage s'approcha d'elle et demanda à voix basse :

— Est-ce que cet homme va vraiment mourir ?

— Non, mon cœur. Son taux de sucre est un peu bas en ce moment, mais il va s'en remettre.

— Tant mieux.

Tracey s'agrippait fermement aux parois de la fourgonnette et les enfants s'accrochaient à elle. Heureusement, il ne leur fallut pas longtemps pour arriver au Waco Regional Airport, un aéroport de taille modeste où elle avait souvent pris l'avion pour rentrer à la maison jusqu'à ses vingt et un ans.

Peut-être que sa connaissance de cet aéroport jouerait en sa faveur. Si elle entrevoyait une occasion de s'enfuir, elle saurait où aller. Mais les Mack avaient-ils parlé d'un échange ?

Les pensées tourbillonnaient dans son esprit tandis qu'elle essayait de comprendre la situation.

Au bout de quelques minutes, il fut clair que l'aéroport de Waco n'était pas leur destination. La fourgonnette continuait à rouler.

Bercés par le balancement, les jumeaux s'endormirent assez vite.

De leur côté, les deux hommes n'échangeaient pas un mot.

Tracey jeta un œil par la vitre arrière. Il n'y avait rien d'autre que le ciel nocturne et, de temps à autre, un réverbère. Elle resserra ses bras autour des enfants, ferma les yeux et se concentra sur un seul but : ne pas avoir peur.

15

Tuer Tenoreno ? Josh n'en revenait pas. Mack en Chef voulait qu'il tue Tenoreno ? L'homme qui tirait les ficelles ne voulait donc pas aider son chef à quitter le pays ? À moins que l'homme ne mente et qu'il l'ait amené là pour tuer quelqu'un d'autre… Décidément, toute cette opération semblait de moins en moins logique, songea Josh.

Il ne cessait de revenir à la même question : pourquoi lui, et pourquoi avoir enlevé ses enfants ? S'il pouvait trouver la réponse, peut-être qu'il entreverrait une solution. Car, si Mack en Chef disait vrai, pourquoi voulait-il la mort de Tenoreno, et pourquoi était-ce lui qu'on avait conduit jusque-là pour presser la détente ?

Josh se retrouvait en plein cauchemar. Les autorités allaient le traîner en justice et harceler les Texas Rangers. Mais il ne fallait pas qu'il pense à l'avenir. Il devait se concentrer sur le présent.

— Il va me falloir une arme.

On lui tendit un Glock. Il le manipula pendant quelques secondes, fut saisi de l'envie de le braquer sur Mack en Chef, mais jamais l'homme ne lui aurait remis une arme chargée, cela ne faisait aucun doute.

— Je préfère le mien, dit-il. Il est dans le sac que vous avez mis dans la fourgonnette.

Mack en Chef secoua la tête.

— Je vais te mettre les points sur les *i* : si tu me tues ou que tu abats l'un de mes hommes, nous tuons ta famille. L'homme qui détient tes enfants se moque pas mal qu'on lui ordonne de les abattre ou de les relâcher. Pigé ?

— Pigé.

Le problème, c'était que Bryce se trouvait dans ce hangar et qu'il protégerait Tenoreno. Il ne laisserait pas Josh rentrer et tirer sur le chef mafieux sans rien faire.

Le gang des Mack chargea et vérifia les pistolets-mitrailleurs. La Compagnie F s'était préparée à repousser une attaque visant à prendre le contrôle d'un avion, pas à un massacre... Beaucoup d'hommes allaient se faire tuer, à moins que Josh n'agisse.

Ou qu'il fasse exactement ce qu'ils voulaient.

— Votre plan n'a aucune logique. Comment pouvez-vous être sûrs que je pointerai mon arme sur la bonne personne ?

Il braqua le Glock vers la tête de Mack. Trois des hommes du chef pointèrent aussitôt des pistolets-mitrailleurs dans sa direction.

— Du calme, intima le chef de bande. Laissez au major le temps d'accepter l'inévitable.

— Qui serait...

— Mack, dit le chef en désignant l'homme qui se tenait à sa droite. Téléphone.

Josh leva le canon de son arme vers le ciel nocturne.

— J'ai compris.

— Tu n'es qu'un outil, qui va nous servir à monter dans cet avion. Tu nous es utile... pour le moment. Ne me pousse pas à bout une fois de plus.

D'un geste, Mack ordonna à ses hommes de baisser leurs armes et fit un pas vers Josh.

— Entre nous, ce plan ne m'a jamais plu. Devoir dépendre de l'état émotionnel d'un père angoissé n'est jamais une bonne chose. Je préfère les plans basés sur une logique sans faille.

Il donna une tape dans le dos de Josh, lui prit son Glock et en ôta un chargeur vide.

— Donc, vous ne vous attendez pas à ce que je tue Tenoreno.

— Je ne me fie jamais à personne d'autre que moi-même.

Mack en Chef lui tendit le pistolet, adressa un signe de la tête à l'homme qui avait sorti son téléphone et alla vaquer à ses affaires.

Josh n'était donc pour eux qu'un moyen de pénétrer dans ce hangar et de monter à bord de cet avion. Mais pourquoi ? Il était fatigué de se poser la question alors qu'il lui suffisait d'attendre pour connaître la réponse.

— Ils seront là dans deux minutes, patron, annonça le Mack Rieur.

Mack en Chef se planta devant Josh. Il dut lever la tête pour le regarder dans les yeux.

— Je sais à quoi tu penses, major. Tu te demandes combien d'entre nous tu pourrais abattre si tu bondissais sur l'un de mes hommes et que tu lui arrachais son arme. Mais il te reste une inconnue.

Il croisa les bras et regarda tout autour de lui.

— Lequel d'entre nous est censé appeler pour prendre des nouvelles de ta petite amie ? Lequel d'entre nous a le pouvoir d'ordonner à mes hommes de presser la détente ou de les laisser partir, elle et tes enfants ?

Merde.

— Puisque nous avons réglé ce détail, à toi de jouer, major.

D'un geste, Mack en Chef ordonna à ses hommes de s'approcher et leva vers Josh un regard empli d'espoir.

— Combien d'hommes, et où sont-ils placés ? demanda-t-il.

Josh était plus grand que la plupart des gangsters — dix hommes, tous armés de pistolets-mitrailleurs. Qu'ils soient bons tireurs ou non, cela n'avait guère d'importance. Il leur suffirait de pointer leur arme vers un être humain pour le toucher, presque à coup sûr.

— Ils procéderont au transfert à l'intérieur du hangar, répondit Josh. C'est plus discret. Il y a très probablement quatre hommes : deux rangers et deux gardiens de prison. Les gardiens partiront avant que l'avion ne décolle. Mais, comme vous avez donné pas mal de visibilité à cette affaire, la police s'attend à une attaque. Peut-être qu'ils ont dépêché des renforts.

— Alors, on rentre en tirant et on descend tout le monde, déclara le Mack au couteau.

— Dans ce cas, vous n'avez pas besoin de moi.

Josh recula d'un pas vers la fourgonnette, les deux mains levées. Il ne savait pas si l'un des pistolets qui l'entouraient était chargé. Mais il savait comment utiliser le couteau dont s'était servi l'homme qui l'avait libéré. Il lui suffisait de s'en emparer.

— Ça vous embêterait de passer ce coup de fil avant de tous vous faire descendre ? poursuivit-il.

— On peut avoir le dessus sur ces types, grommela l'un d'eux.

Ils se mirent à parler tous en même temps.

Josh porta le regard derrière eux. Des phares brillaient sur la route qui menait à l'aéroport. Tenoreno arrivait.

Josh reporta son attention sur Mack en Chef. Celui-ci leva une main en plantant son regard dans le sien. Les discussions s'arrêtèrent net.

— Il suffit d'un tireur. Autrement dit, une seule personne a besoin de s'approcher suffisamment, mais nous en prendrons deux. En plus du major.

Tracey avait parlé du regard effrayant de l'homme. Josh comprenait soudain pourquoi. Ses yeux étaient aussi noirs que le ciel nocturne, d'un noir qui faisait tomber les murailles protectrices dont on se pensait entouré.

Le long regard appuyé qu'ils échangeaient était un test qui ne visait pas seulement à déterminer lequel des deux avait le plus de force de caractère, mais aussi lequel allait donner les ordres — et lequel allait les exécuter. Josh le savait depuis des années : c'était un meneur. Il reconnaissait ce regard de Mack en Chef pour l'avoir souvent eu lui-même. Mais il savait aussi comment l'adoucir pour faire croire au gangster qu'il avait pris le dessus.

— Je vous ai déjà dit que je ferais n'importe quoi pour protéger mes enfants. Je me fiche de ce qui peut m'arriver. Mais quelles garanties j'ai que ma famille sera saine et sauve ?

— Tu as ma parole, bien sûr.

— Nous savons tous les deux que ça ne veut pas dire grand-chose pour moi.

Mack en Chef éclata de rire, rejeta la tête en arrière et gronda, interrompant de nouveau la discussion entre ses hommes :

— Je savais qu'il y avait un truc qui me plaisait chez toi.

Il se tourna et, d'un geste, fit signe à ses sbires de se séparer en petits groupes et de cerner le bâtiment.

— Faites-le remonter dans la fourgonnette.

Le Mack au couteau poussa brutalement Josh contre le véhicule. La main de Josh se posa sur son sac, où étaient dissimulés une grenade fumigène et un dispositif de pistage. Il n'avait qu'à activer le mouchard.

— Oh ! oh, oh ! lança Mack en Chef. Nous avons encore besoin de ce type. Monte à l'avant avec moi, major.

Josh fut escorté jusqu'à la portière, et l'un des hommes lui jeta un pistolet sur les genoux. Un pistolet déchargé. Ces vingt-quatre dernières heures avaient été pour le moins perturbantes. En cet instant, la situation devenait carrément surréaliste.

Josh était assis à côté de l'homme qui avait enlevé sa famille, à l'avant d'une fourgonnette qui s'apprêtait à forcer une barrière pour attaquer un bâtiment que ses amis et coéquipiers défendraient. À quel moment la situation avait-elle pu basculer à ce point ?

— Espérons que l'opération sera simple, reprit Mack en Chef. Nous nous arrêtons. Le major persuade Aiden Oaks de lui obéir, et nous nous emparons de l'avion avant que quelqu'un ne s'aperçoive de quelque chose.

— Oaks ? Ce n'est pas après Tenoreno que vous êtes ?

— Il nous les faut tous les deux. Nous ferons d'une pierre deux coups.

L'homme au couteau venait de lui donner le premier renseignement utile. Ils voulaient Oaks et pensaient qu'il escorterait Tenoreno. Les choses semblaient soudain plus logiques.

— Oaks ne sera peut-être pas là, vous savez. Je ne peux rien vous garantir.

La barrière s'ouvrit, et la fourgonnette poursuivit sa route vers le hangar.

— Vous auriez pu agir seuls. Vous n'aviez besoin ni de moi ni d'enlever mes enfants.

Il en avait assez de tourner autour du pot.

— Rien de ce que je fais ne vous empêchera de me tuer et de faire du mal à ma famille.

— Tu es un homme fiable, major Parker, répondit le chef de bande sur un ton presque triste. Et intelligent, aussi. J'aime toujours travailler avec des gens intelligents. Et je ne pense pas que tes hommes t'abattent. Tu es notre élément de surprise. Un peu comme l'une de ces grenades assourdissantes qu'utilisent les flics.

Peut-être était-ce la réponse qu'il cherchait : il était un homme fiable. Un moyen fiable de rentrer dans le hangar, de trouver Tenoreno et de prendre la fuite.

Quelques secondes plus tard, la fourgonnette s'arrêta dans un crissement de pneus devant le hangar à avions.

Quand Josh en descendit, des pistolets furent braqués sur son torse.

Les deux autres hommes restèrent dans la fourgonnette, moteur en marche. Sous peu, les huit derniers gangsters encercleraient le bâtiment. Ils avaient assez de puissance de feu pour descendre tous ceux qui se trouvaient dans le périmètre avant qu'ils aient compris ce qui se passait.

— À quoi vous jouez, major ? demanda Bryce depuis le fond du hangar. Vous voulez faire une entrée spectaculaire ?

— Ce n'était pas moi qui conduisais.

Josh observa ses hommes de la Compagnie F, laissa tomber son pistolet — qui lui était parfaitement inutile de toute façon — et leva les mains.

— Il y a deux types dans cette fourgonnette qui veulent Tenoreno.

— Beaucoup de gens veulent Tenoreno. Désolé.

— Ils ont encerclé le bâtiment, Bryce. Quoi que vous ayez en tête, ça ne marchera pas.

— S'ils sont ici pour détourner l'avion, ils n'iront pas loin.

— Changement de plan. Ils disent qu'ils sont ici pour tuer Oaks. Il est dans l'avion avec Tenoreno ?

Le plan d'origine, qui était de maîtriser les hommes de Mack et de découvrir où était détenue la famille de Josh, virait au fiasco.

— Dites aux hommes de lâcher leurs armes, intima Mack en Chef depuis la cabine de la fourgonnette.

— Vous savez qu'ils n'obéiront pas, mais vous pourriez baisser la vôtre, répliqua Bryce.

Les rangers portaient des gilets pare-balles et se tenaient prêts à essuyer les tirs que Josh aurait dû diriger vers eux avec son arme chargée à blanc. Mais il ne pouvait suivre son plan puisque les gangsters refusaient de lui donner son arme. Le Mack au couteau sauta de la fourgonnette.

Il se posta à côté de Josh et pointa son pistolet-mitrailleur vers sa tête.

Le Mack en Chef descendit de la fourgonnette à son tour. Quand les rangers esquissèrent un mouvement, il les stoppa net en tirant une rafale dans le plafond.

— Stop ! Restez tous où vous êtes.

— Vous savez que je ne veux pas vous demander ça, Bryce, mais ils tiennent mes enfants. Baissez vos armes et ne nous faites pas tous tuer.

Bryce posa aussitôt son pistolet par terre et l'éloigna légèrement du bout du pied avant de s'agenouiller en levant vers Josh un regard interrogateur. La situation n'avait rien à voir avec le plan dont ils avaient discuté la veille — celui qui disait qu'il valait mieux demander pardon que la permission. Ils étaient censés maîtriser ces hommes, pas l'inverse.

— Contre le mur, à genoux, les mains sur la tête. Où est Oaks ? Je ne le vois pas, lança Mack en Chef.

— Toujours à Waco, répondit le pilote. Ils ont eu peur qu'il se laisse entraîner par la folie du moment et qu'il abatte le témoin vedette.

Le pilote leur donnait des renseignements ? C'était un peu étrange, mais Josh refusa pour autant d'en déduire que l'homme était de mèche avec les ravisseurs. On ne pouvait jamais prévoir comment quelqu'un réagirait sous l'effet du stress.

— Monte dans l'avion ! lui ordonna le Mack au couteau.

Quand le pilote eut obéi, le gangster poussa Josh vers les hommes qui s'agenouillaient face au mur.

— Attache-les et préviens les autres que nous sommes prêts pour la phase 2, lança Mack en Chef. Aucune raison de paniquer. On savait que ça pouvait arriver.

Le chef de bande dardait un regard empli de haine vers l'avion.

Les autres ? La phase 2 ?

— Quelle est la phase 2 ? demanda Josh. Vous avez Tenoreno. Oaks ne s'est pas mis en travers de votre chemin. Vous en avez fini ici. Dites-moi seulement où sont mes enfants… Ou appelez pour les faire relâcher.

— Tu avais raison de ne pas me faire confiance, major. On dirait que nous allons devoir les garder encore un moment, répondit Mack en Chef avec un sourire narquois.

Le Mack au couteau s'écarta d'une fenêtre et annonça :

— Le périmètre grouille de flics.

Le pilote démarra le moteur de l'avion.

— Nous serons partis dans une minute, répondit Mack en Chef. Les autres s'occuperont de ce fiasco.

Des pistolets contre des pistolets-mitrailleurs. Combien de ses collègues seraient blessés ? se demanda Josh. Allait-il devoir assister à l'exécution des hommes agenouillés face au mur ? Il ne savait toujours pas quel était le plan ourdi par Mack en Chef ou par Tenoreno, mais sa famille était encore en danger.

À moins que… Il y avait peut-être une autre solution. Son esprit s'éclaircit soudain, et il sut ce qu'il devait faire.

— Prenez-moi et laissez partir mes hommes. Qu'ils montent dans cette fourgonnette et s'en aillent. Je vous donne ma parole que je ne tenterai rien contre cet avion. Je pourrais même persuader Oaks de nous rejoindre.

— Aucune chance, contra Bryce. Le quartier général ne sera pas d'accord. Nous refusons de vous abandonner.

Mack en Chef finit de donner des instructions à son bras droit, monta dans l'avion et se tourna vers Josh.

— Bien vu, major ! Mais il y a un problème : dès que j'aurai relâché tes hommes, ils préviendront Oaks que nous arrivons. Eliminez ces déchets, les gars.

— C'est mon choix, lieutenant, répondit Josh à Bryce.

Et, d'une voix plus basse, il ajouta :

— Vous savez ce que vous avez à faire dès que l'avion

aura décollé. Emmenez ces types et prévenez Waco que nous arrivons. Donnez le signal.

Le Mack au couteau se dirigeait vers eux, une paire de menottes à la main.

— Maintenant, Bryce ! intima Josh. Donnez l'ordre d'attaquer !

16

Les rangers qui se tenaient hors du hangar passèrent à l'attaque. Les Mack avaient presque atteint le bâtiment, mais les hommes de la Compagnie F étaient prêts. La plupart des coups de feu furent tirés à l'extérieur. Bryce roula au sol pour se mettre à couvert tout en hurlant des ordres. Ses hommes s'emparèrent des armes qu'ils avaient dissimulées et passèrent à l'attaque, eux aussi.

Josh était poussé par une motivation que personne d'autre que lui n'avait dans ce hangar : son besoin de sauver ses enfants et Tracey. Son unique but était de monter dans cet avion, et un seul obstacle se dressait devant lui : le Mack au couteau.

Il se servit de l'adrénaline qui déferlait dans ses veines pour s'emplir d'une rage telle qu'il n'en avait jamais ressentie. Bien que le Mack au couteau eut levé son pistolet-mitrailleur, il hurla :

— Sors de mon chemin !

D'un mouvement bien répété — et qu'il n'avait jamais utilisé en mission — Josh s'élança et s'éleva dans les airs. Ses deux pieds chaussés de bottes frappèrent le torse de son adversaire. Il retomba rudement sur le sol de ciment et s'y laissa rouler sans quitter son ennemi des yeux. Sous la violence du choc, le Mack au couteau avait été projeté en arrière.

Josh étouffa un juron. Autour de lui, les rafales d'armes

automatiques et les cris saturaient l'air. L'avion faisait tourner son moteur. Le vacarme était effrayant, mais Josh resta focalisé sur son adversaire. Celui-ci se releva rapidement et avança de nouveau vers lui.

Josh le saisit par le bras et se servit de son élan pour le projeter dans le fuselage de l'avion. Puis il lui décocha un coup de coude dans le menton et deux coups de poing dans le plexus solaire, espérant lui couper le souffle. Enfin, il tira sur le pistolet-mitrailleur que l'homme portait à l'épaule, lui pressant la sangle autour du cou.

Le Mack au couteau ne s'arrêta pas pour autant. Il repoussa les mains de Josh avec tant de force qu'il trébucha vers l'arrière. Josh songea au sourire de ses enfants pour trouver un dernier sursaut d'énergie et frappa le bandit de toutes ses forces. L'homme s'effondra contre les étagères métalliques qui garnissaient le mur du fond du hangar.

Bryce lui posa alors un genou dans le dos et lui tordit le bras en ramenant son poignet jusqu'à l'omoplate.

D'un regard périphérique, Josh évalua le reste de la situation. Trois des Macks défendaient la piste en vue du décollage, mais les rangers les cernaient et étaient sur le point de prendre le dessus. Deux autres Mack étaient couchés, face contre terre, près du taxiway.

Il n'avait plus qu'un espoir : s'éloigner de ce hangar. L'avion était un Cessna monomoteur, de sorte qu'il n'y avait aucune hélice pour lui barrer le passage. Il s'élança.

— Non ! hurla Bryce derrière lui.

Mais Josh n'avait pas le choix. Il ne lui restait plus beaucoup de temps. Bon sang, plus que quelques secondes ! L'avion était en train de tourner pour s'aligner sur la piste de décollage.

Dans un dernier sursaut d'énergie, Josh s'agrippa à la porte ouverte et se hissa à bord de l'avion.

— Très impressionnant, major.

Mack en Chef, assis de côté sur son siège, tenait son pistolet-mitrailleur à vingt centimètres du nez de Josh. Le ravisseur aurait pu fermer la porte. Il aurait pu tirer et l'abattre. Mais non : il avait permis à un ranger de monter à bord de l'avion. Et il allait jusqu'à lui tendre la main !

Ignorant l'aide qui lui était offerte, Josh se hissa sur un siège tout en refermant la porte. Il était encore en vie, et à bord de l'avion. Ne lui restait plus qu'à éviter de se faire tuer et à trouver un moyen de faire libérer Tracey et les enfants. Voilà quel était son but… Il fallait trouver un plan qui lui permette de l'atteindre.

— Est-ce que le pilote est l'un de vos hommes ?

— Je pense qu'il s'appelle Bart, répondit Tenoreno.

Le mafieux, qui était assis dans le siège derrière le pilote, haussa la voix pour se faire entendre par-dessus le rugissement du moteur, qui tournait à plein régime.

— C'est un nouvel employé. Contrairement à Vince.

Josh n'avait jamais rencontré Paul Tenoreno en personne, mais il avait consulté le dossier qu'Oaks lui consacrait depuis une décennie. Des photos de scènes de crime. Des images de surveillance.

— Vince ? Vince Deegan ?

Josh ne se rappelait plus exactement quels étaient les crimes attribués à cet homme, mais la liste était longue, il le savait. Tout au long de sa carrière de criminel, Vince semblait avoir évité d'être pris en photo. Qu'il ait retiré sa cagoule de ski pour dévoiler son visage n'était sûrement pas bon signe.

— Je crois que je préfère qu'on m'appelle Mack.

Tenoreno secoua ses chaînes.

— Est-ce qu'on peut me débarrasser de ça ?

Mack lança les clés sur les genoux de Tenoreno. Le chef du crime organisé semblait bien moins intimidant dans sa combinaison de prisonnier, mais il se comportait toujours comme un homme habitué à ce que l'on exécute ses ordres.

L'homme se libéra rapidement de ses chaînes, et Mack les passa à Josh.

— Pistolet, dit Tenoreno en tendant la main.

Mack y déposa un Glock qu'il avait à sa ceinture.

Tenoreno lança les clés, qui rebondirent sur le fuselage de l'avion et tombèrent sur le sol couvert de moquette. Ensuite, il alla s'installer sur le siège du copilote, suivi par le regard acéré de Mack.

La confiance que le ravisseur avait arborée jusque-là sembla le quitter. Ses épaules s'affaissèrent. Une expression haineuse s'inscrivit sur son visage. Et il garda délibérément le canon de son arme pointé vers le dossier du siège de Tenoreno bien plus longtemps qu'il l'aurait dû.

— Changement de plan, Bart, dit Tenoreno, assez fort pour être entendu par-dessus le bruit du moteur. Combien de kérosène tu as pu prendre ?

— Assez pour vous emmener au point de rendez-vous. Vous n'avez payé pour rien d'autre. Ce coucou et moi, nous ne vous emmènerons pas plus loin.

— Ça ne me convient pas. Trouve un nouvel endroit, pas trop loin de Waco.

— Ce n'est pas le marché que nous avons conclu, insista le pilote.

— C'est moi qui décide des termes du marché.

Tenoreno fit glisser la culasse de son Glock pour vérifier que le chargeur était en place.

— Qu'est-ce que vous faites, merde ? Vous n'allez pas le tuer quand cet avion sera en l'air ? hurla Mack en se penchant en avant.

D'un regard, Tenoreno lui intima de se taire.

— Alors, où allons-nous atterrir, Bart ?

— À Hearne, au sud de Waco.

— Parfait. Amène-nous là-bas.

Son arme toujours braquée sur Bart, Tenoreno se tourna vers Mack.

— Appelez vos hommes pour leur indiquer le nouveau point de rendez-vous.

— Vous nous faites courir un risque inutile. Mes hommes pourront facilement vous amener Oaks plus tard. Comment avez-vous l'intention de…

— Faites ce que je vous dis ! Nous l'échangerons contre ce type et ses enfants.

Josh serra les dents pour se retenir d'intervenir et de faire une fois encore le jeu de Tenoreno.

Mack prit un téléphone par satellite dans le sac posé à ses pieds et transmit l'information à ses hommes.

— Je veux que Oaks soit discrédité et tué, ordonna Tenoreno. C'est lui qui devrait être enchaîné à l'arrière, pas Parker.

Mack répondit d'un simple haussement d'épaules.

— Vous avez bâclé le travail, Vince, reprit l'homme. Trop de gens sont mêlés à cette histoire, et trop de choses ont été laissées au hasard.

— Je ne fais que suivre les ordres. Ce n'est pas moi qui suis à l'origine de ce plan.

— Je suppose que tout est la faute de mon crétin de fils, alors. Pourquoi ça n'a pas suffi d'enlever ses enfants ? demanda Tenoreno en montrant Josh du doigt. Et pourquoi Oaks n'est pas ici ? Il l'a bien remplacé à la tête des rangers, non ?

— L'enlèvement a fonctionné à merveille, répondit Mack en souriant comme s'il avait retrouvé toute sa confiance. Pour ce qui est d'Oaks… Ils ont peut-être pensé qu'il vous tuerait lui-même s'il était dans le même avion que vous.

— Ha.

Tenoreno mit le casque de radio et se tourna vers l'avant de l'avion.

Mack, lui, se pencha et passa les chaînes aux chevilles de Josh, l'attachant ainsi à l'appareil.

— Je ne sous-estime jamais le pouvoir des émotions, confia-t-il. Surtout celles d'un père. Je l'ai dit à mes employeurs, mais ils tenaient à ce plan ridicule pour se venger. Ils ne m'ont pas écouté.

Josh acquiesça, cependant perplexe. Mack se vantait-il d'avoir prédit son comportement ?

— C'était un conseil intelligent, observa-t-il. Dommage que votre employeur ait été trop bête pour le suivre.

Puisque Mack et lui pouvaient parler sans que les autres hommes les entendent, il poursuivit :

— Vous savez que cet échange échouera, pas vrai ?

— Vous, les rangers, vous êtes tellement fiers qu'on ne peut pas vous acheter. Heureusement, on peut vous tuer.

— Vous avez enlevé mes enfants pour pouvoir tuer Oaks ?

— Non, major. Nous avons fait tout ça pour libérer Paul. Et le seul moyen pour que Oaks le laisse en paix… c'est de le tuer.

Mack braqua son arme sur Josh et fit mine de tirer.

— Tu vois… Vous, les gars, vous ne renoncez jamais. On peut corrompre ou faire chanter certains types de personnes… Comme Bart, par exemple. Mais les rangers ? Impossible.

— En somme, s'il y avait des précédents de corruption parmi les rangers, mes enfants seraient sains et saufs à la maison ?

— Dit comme ça, c'est un peu ironique, non ?

Mack se renfonça dans son siège, son pistolet-mitrailleur sur les genoux. Il n'avait pas besoin de surveiller Josh de près. Entravé comme il l'était, il ne pouvait rien tenter.

— Avant que je perde mon temps à essayer de vous

convaincre que je ne suis pas important, dites-moi pourquoi vous m'avez laissé monter à bord. Et ne répondez pas que c'est parce que vous vouliez voir si j'étais capable de passer la porte.

— Je dois dire que j'admire ta façon de ne jamais abandonner. Tu es ici parce que tu peux me servir d'otage. Ni plus, ni moins.

— Servez-vous de moi autant que vous le voulez. Mais passez ce coup de fil et faites relâcher mes enfants, implora Josh, la gorge nouée.

— Nous avons tous les deux vu le fiasco à l'aéroport. Il ne faudra pas longtemps pour que les rangers appellent Oaks et que tout l'État soit à nos trousses. En te gardant avec moi, j'ai un moyen de pression.

— Je ne suis personne. Ils ne négocieront pas pour me sauver.

— C'est ce que nous verrons.

Mack laissa aller sa tête contre le haut du dossier de son siège et ferma les yeux.

En cet instant, Josh ne devait compter que sur lui pour sauver ses enfants. Sur lui… et sur Tracey. Il lui faisait entièrement confiance.

Pendant un moment, il prit plaisir à imaginer ce qu'elle avait peut-être été sur le point de lui dire. Pendant un moment, il se prit à espérer : elle savait exactement ce qu'il ressentait pour elle.

17

Tracey continuait de faire semblant de dormir alors que la fourgonnette ralentissait. Elle jeta un regard par les vitres. Ils se garaient. Le paysage ressemblait à celui qu'elle avait vu pendant tout le reste du trajet. Le soleil effleurait tout juste les cimes des arbres et soulignait les ondulations des champs environnants. Quelle que soit la suite des événements, il semblait n'y avoir aucun endroit où se cacher à proximité.

Les deux Mack échangèrent quelques mots à voix basse puis descendirent silencieusement de la fourgonnette.

Tracey se redressa vivement, à hauteur des vitres. Ils se trouvaient sur un petit aérodrome, plus petit encore que celui de Waco, sans terminal ni tour de contrôle.

La fourgonnette était garée loin de tout bâtiment.

— Écoute-moi, Sage. Tu as peut-être une chance de t'enfuir et de te cacher sans que ces hommes te voient. Si tu peux le faire, fais-le. Cours, sans te retourner. C'est important. Cours aussi vite que tu peux. D'accord ?

— Toute seule ?

— Oui, mon cœur.

Elle prit la fillette dans ses bras et la souleva jusqu'aux vitres arrière.

— Tu vois ces bottes de foin de l'autre côté de la route ?

Sage hocha la tête.

— Est-ce que tu peux courir aussi loin ?

— C'est important ? chuchota Sage.

— Oui, ma chérie. Très important. Quelqu'un viendra te chercher. C'est promis.

— Je veux rentrer à la maison, insista Jackson. J'ai pas envie de courir. Je veux manger des couleurs parce que ça me fera courir plus vite.

Tracey examina les yeux du petit garçon. Elle n'avait pas vérifié son taux de sucre depuis plusieurs heures et n'avait pas le matériel nécessaire sous la main. Elle devait se baser exclusivement sur l'expérience acquise ces douze derniers mois.

Des caprices, de la colère, de la léthargie, des phrases qui n'avaient ni queue ni tête — autant de signes indubitables que son taux de sucre était trop bas. Elle passa à l'avant de la fourgonnette. Pourquoi n'y avait-elle pas pensé plus tôt ? Les clés n'étaient pas sur le contact, mais elle verrouilla les deux portières.

— Sage, verrouille les portes de derrière, vite !

La fillette s'empressa d'obéir, et la fourgonnette oscilla légèrement. Pendant ce temps, Tracey chercha un double de la clé, ou quelque chose à manger. Mais il n'y avait rien, sinon des emballages vides et des détritus.

La fourgonnette bougea de nouveau — parce que quelqu'un ouvrait la portière arrière, cette fois.

— Je t'avais bien dit qu'elle mijotait quelque chose.

— Pas grave. J'avais les clés.

Le Mack blond les lui agita sous le nez comme s'il s'agissait de bonbons.

Tracey rejoignit les enfants et les serra contre elle, sans chercher à s'expliquer ni à raisonner les ravisseurs. Ils les firent descendre du véhicule. Tracey prit Jackson dans ses bras et le cala sur sa hanche. Le petit garçon posa la tête sur son épaule.

— Tu es sûr que c'est leur avion, mec ?

— Qui d'autre pourrait attendre sur cette piste au milieu de nulle part ?

— Alors, qu'est-ce qu'ils font ?

Les deux hommes grommelaient. Peut-être qu'ils les utilisaient, les enfants et elle, comme un bouclier humain. Elle ne savait pas. Elle serra les vingt kilos de Jackson contre elle et fut saisie de l'envie de prendre Sage aussi dans ses bras. Mais elle se borna à tenir fermement la main de la fillette, qui pressait toujours l'ours en peluche miteux contre sa poitrine.

Il n'y avait aucun mouvement dans le Cessna.

— Qu'est-ce qui se passe ? demanda-t-elle. Qui est dans cet avion ? Est-ce que nous devons monter à bord ?

Ses pensées bondirent vers le pire scénario. Celui où des choses horribles se passaient dans une cave où personne ne pourrait jamais les découvrir…

Les deux hommes ne lui répondirent pas.

— J'ai un sale pressentiment, vieux, lâcha enfin l'un d'eux. Tu piges ?

Tracey crut reconnaître la voix du blond, mais cela n'avait aucune importance. Ils étaient armés tous les deux, et le seul endroit proche où elle pouvait mettre les enfants à l'abri était l'intérieur de la fourgonnette. Mais jamais elle n'y parviendrait en portant Jackson, qui était encore plus léthargique que quelques minutes auparavant. Il fallait absolument qu'il mange.

— Que dit le texto ? demanda le second ravisseur.

— Je me fiche de ce qu'il dit, rétorqua le Mack blond. Remontez dans la fourgonnette.

Tracey hocha la tête et poussa doucement Sage vers le véhicule, priant pour que son intuition ne la trompe pas.

Josh était certainement à bord de cet avion et il attendait de voir si les enfants et elle étaient relâchés. Autrement dit, le FBI, la police ou les rangers étaient aussi quelque part, non loin de là, et attendaient.

Les hommes discutaient toujours, sans lui prêter attention. Elle lâcha la main de Sage qui leva la tête vers elle en arquant les sourcils pour lui demander si elle devait se mettre à courir. Tracey acquiesça. Sage semblait si petite, mais aussi tellement plus âgée que deux jours plus tôt encore… De toute évidence, elle se rendait compte du danger. La fillette pressa sa main une dernière fois, se glissa sur la pointe des pieds le long de l'arrière de la fourgonnette et se mit à courir.

La discussion s'arrêta net.

Tracey se retourna aussitôt, sa main libre derrière le dos, espérant faire ainsi croire aux deux Mack que Sage se cachait derrière elle. Elle planta son regard dans celui des deux hommes. Sous le poids de Jackson, son bras était gagné par les crampes.

— Où est la fillette ?

— Elle est juste…

Les deux hommes firent un pas vers elle, et le Mack blond tendit les bras pour lui prendre Jackson. Elle se retourna, mais ne put leur échapper. Le blond s'empara de Jackson tandis que l'autre type la poussait dans la fourgonnette, dont les portières étaient restées ouvertes, et y montait derrière elle.

Sage était-elle parvenue à gagner l'autre côté de la route ? À en juger par les jurons et les coups de poing qui s'abattirent contre la fourgonnette, puis la précipitation avec laquelle l'homme reprit place derrière le volant, oui : la fillette avait réussi à leur échapper.

Dieu merci !

L'avion avait atterri cinq ou dix minutes plus tôt. Mack avait semblé surpris et Tenoreno, plutôt ravi. Ils avaient échangé quelques mots à voix trop basse pour que Josh puisse déterminer ce qui se passait. Mais ils avaient fait allusion à un point de rencontre et à l'augmentation des risques qu'ils couraient.

Tenoreno occupait toujours le siège du copilote et Mack était occupé à envoyer un long texto. Aucun d'eux ne prêtait la moindre attention à ce qui se passait près de la fourgonnette. Josh, en revanche, ne la quittait pas des yeux. Tracey et les enfants en furent sortis sans douceur, puis Sage se mit à courir. Josh s'obligea à surmonter sa panique. Il ne voulait pas attirer l'attention sur elle.

— Est-ce que votre cœur s'est arrêté de battre pendant une minute ? demanda Bart, le pilote. Parce que le mien, oui. C'est la gamine du type, pas vrai ? Mon vieux, votre petite fille est vraiment courageuse.

Comme Josh n'était pas certain de pouvoir émettre le moindre son, il se borna à acquiescer. Les hommes ne rattraperaient pas Sage ! Enfin une bonne nouvelle.

Mais ce soulagement ne fut que de courte durée : les ravisseurs poussèrent de nouveau Tracey et Jackson à l'intérieur de la fourgonnette. Elle ne s'était pas enfuie. Quant à Jackson, il était presque flasque dans ses bras. Son fils n'allait pas bien, songea Josh avec angoisse.

— Qu'est-ce que tu racontes ? cria Tenoreno au moment où Sage disparaissait derrière une botte de foin. Dis-leur d'aller la chercher. Pourquoi est-ce que tu n'as rien dit quand elle s'est enfuie ?

— Mec, je n'ai pas signé pour faire du mal à des enfants. Débrancher le transpondeur, piloter l'avion, toucher ma récompense, d'accord. Mais faire du mal à des enfants ? Ce n'était pas dans le contrat, et ça n'y sera jamais.

— Si on n'avait pas besoin d'un pilote, tu serais déjà mort.

Le visage de Tenoreno virait au rouge brique.

— On n'a pas besoin de la fille, reprit le pilote. Pas plus

qu'on avait besoin d'otages supplémentaires dans l'avion. J'ai essayé de vous le faire comprendre.

— Vous n'avez pas votre mot à dire ! hurla Tenoreno. Vous travaillez pour moi.

L'homme avait perdu tout contrôle. Bart se colla contre sa portière tandis que Mack s'enfonçait dans le siège en cuir. Un muscle tressaillait dans sa mâchoire. Le canon de son pistolet-mitrailleur restait braqué sur la tête de son patron. Pur hasard, ou geste délibéré ?

Josh ne voulait pas que Mack ouvre le feu. Pas alors que lui-même était désarmé et ne pouvait rien faire pour neutraliser les hommes qui détenaient encore Tracey et Jackson.

— Ça n'a plus d'importance maintenant, reprit Tenoreno. Les voilà. Ouvre la porte et dis aux hommes d'amener la femme à bord.

18

— Ça ne marchera jamais !

En tant qu'agent du FBI, George se sentit obligé d'exprimer ses pensées à voix haute.

— Une seule raison peut les pousser à vouloir que vous soyez ici, capitaine Oaks. Paul Tenoreno veut vous tuer.

— Nous avons un plan solide.

— Pas vraiment, répliqua George. Et aucune solution de repli. Ce plan peut profiter à Tenoreno. Vous descendez de voiture, ils vous abattent. Point. Ils n'ont aucune raison de libérer les otages.

George était accroupi à l'arrière d'une petite berline. Il avait déjà tenu des conversations dans des positions plus agréables… Et plus désagréables, aussi. Au moins, on ne l'avait pas fourré dans le coffre comme l'année précédente.

Il écarta ces pensées inutiles de son esprit et se concentra.

Aiden Oaks avait garé la voiture à côté du Cessna. À l'origine, son plan, qui visait à satisfaire les exigences des ravisseurs et du prisonnier en cavale, n'incluait pas le FBI. Mais George coordonnait les équipes qui encerclaient l'aérodrome.

Contraint de sauter dans une voiture, il avait été pris au dépourvu. Il n'avait sur lui que son téléphone portable et son Glock, sans autres munitions que celles qui étaient dans le chargeur.

— Personne ne vous a demandé de venir, maugréa Aiden.

— Non, monsieur, vous ne me l'avez pas demandé. Mais j'ai beaucoup d'expérience en matière d'enlèvements. Le saviez-vous, capitaine ?

— Je ne pense pas que vous soyez un expert de ce genre d'enlèvement, rétorqua Oaks. Ces enfants sont encore en danger parce que mes supérieurs ne m'ont pas autorisé à escorter Tenoreno sur son vol. Il est sacrément revanchard, ce fils de...

— Je sais pourquoi nous attendons, coupa George, mais eux, qu'est-ce qui les retient ? Est-ce que la fourgonnette où se trouvent Tracey et Jackson est toujours sur la route ? Bon sang, Tracey a fait preuve d'un sacré courage en faisant fuir l'un des enfants !

Le flic qui avait trouvé la fillette l'avait mise en sécurité dans sa voiture de patrouille.

— Heureusement que la police de Hearne a attrapé Sage avant qu'elle aille se cacher derrière la paille, commenta Oaks. La petite chérie a clamé qu'elle devait rester là jusqu'à ce que son père vienne la chercher.

Aiden partit d'un petit rire avant de reprendre :

— La fourgonnette avance vers nous à une vitesse d'escargot. Tout le monde semble être dans l'expectative. Est-ce que les hommes sont en place ?

— Encore trois minutes, monsieur.

Juste avant qu'ils arrivent à Hearne pour leur rendez-vous avec Tenoreno, George avait arraché le rétroviseur du pare-brise et l'avait posé sur l'appuie-tête de la banquette arrière pour voir l'avion. Mais seule la porte, ouverte, était dans son champ de vision, pas l'intérieur.

— La fourgonnette accélère. Je sors et je vous laisse la portière ouverte, agent Lanning.

George lut à voix haute le texto que son équipe venait de lui envoyer :

Nous voyons Parker. Il est menotté au siège derrière le pilote. Tenoreno occupe la place du copilote.

George se tourna vers Oaks.

— Vous avez bien la clé pour ouvrir les menottes ?

— Je l'ai, répondit le capitaine en descendant de la voiture.

George composa le numéro de Kendall, qui était prête à ordonner à ses hommes d'intervenir. Ensuite, il déplaça le rétroviseur : des armes étaient-elles pointées vers eux ? Ils savaient déjà que deux ennemis se trouvaient à bord de l'avion, peut-être même trois.

Les rangers de Huntsville avaient spécifié que, des ravisseurs, seul celui qui donnait les ordres était à bord. Bart Temple, le pilote, était déjà sous le coup d'une enquête visant ses activités suspectes. Le compte rendu de l'incident à l'aéroport indiquait qu'il avait fourni des renseignements aux ravisseurs et qu'il était volontairement monté à bord de l'avion.

George étouffa un juron. Le trafic aérien avait été détourné. Un hélicoptère attendait en cas de besoin.

La fourgonnette s'arrêta dans un crissement.

— Où allez-vous ? cria un homme.

George tourna le rétroviseur.

— Un individu, armé d'un Glock. Nerveux. Imprévisible. Je ne vois ni Tracey, ni le garçon, indiqua-t-il à Kendall par téléphone.

— Avancez vers l'avion, Oaks, dit une voix depuis l'intérieur du Cessna.

— Je ne suis pas un bleu. Relâchez Parker et les autres otages.

— Le major est bien installé. Il reste là où il est.

— Alors, moi aussi.

Oaks se rassit sur son siège.

George savait ce que faisait le capitaine, mais il ne lui

fut pas plus facile pour autant d'attendre la réponse des ravisseurs.

Soudain, Tracey poussa un cri. George ne put qu'imaginer ce qu'avaient fait les gangsters pour lui arracher cette réaction. Bon sang, il détestait être ainsi aveugle ! Il tourna de nouveau le rétroviseur : le conducteur de la fourgonnette tirait Tracey derrière le volant pour la faire descendre de son côté. Son complice les rejoignit, Jackson dans les bras.

— Le garçon a l'air malade. Je répète, le garçon a l'air malade et ne pourra pas courir seul, annonça George.

— Hé vous, les gars dans l'avion !

Le conducteur enfonça le canon de son arme sous le menton de Tracey.

— Hé ! ceux qui sont dans la voiture, si vous tenez à cette femme, vous feriez mieux de nous laisser partir d'ici, sinon le gamin et elle vont y passer.

— Ouais ! renchérit celui qui portait Jackson. Nous voulons notre propre avion. À moins que vous viriez ces salopards et que nous prenions celui-là.

— Je peux faire venir un autre avion, annonça Oaks, cherchant à négocier. Pourquoi vous ne me remettez pas le garçon pour prouver votre bonne foi ?

— Oh non ! Pas question ! Nous les gardons tous les deux.

Les deux ravisseurs commencèrent à se quereller. Celui qui portait Jackson agita son pistolet en tous sens avant de se donner un coup de crosse dans le front. Il était en train de perdre les pédales.

Pourvu qu'il ne s'en prenne pas à l'enfant… , songea George. Sinon, il devrait sortir de sa cachette à l'arrière de la voiture.

Comme tous les hommes de son équipe, il détestait avoir affaire à l'un de ces ravisseurs imprévisibles, qui paniquaient, suaient à grosses gouttes, étaient probablement camés jusqu'aux yeux et rendaient son métier extrêmement dangereux.

— C'est dommage, dit Oaks d'une voix assez forte pour se faire entendre malgré le bruit du moteur du Cessna. Nous avons un jet privé, pas loin d'ici. Il pourrait être là dans dix minutes.

— Faites-le venir.

— Désolé, mais d'abord il me faut l'un des otages.

— Je veux juste me barrer, mec.

L'homme fourra Jackson dans les bras de Tracey et remonta dans la fourgonnette.

— Ron, qu'est-ce que tu… Hé, hé !

L'autre homme se mit à crier dans son téléphone alors que la porte de l'avion commençait à se refermer.

— On va monter dans cet avion, que tu le veuilles ou non !

Il enfonça le canon de son arme dans la gorge de Tracey, qui portait toujours Jackson, et la força à avancer vers l'avion.

Que ce soit leur intention ou non, les deux ravisseurs avaient garé la fourgonnette dans le chemin du Cessna. Pour l'atteindre, ils devaient passer tout près de la berline. Les forces de l'ordre, cachées derrière la façade est du bâtiment, envoyaient des instructions.

— Capitaine, s'il y a une possibilité de sauver Jackson, McCaffrey veut que nous la saisissions.

— Est-ce qu'ils voient la même chose que nous ? demanda Oaks à voix basse. Les ravisseurs paniquent. Il ne faut pas les effrayer.

McCaffrey saisissait-il bien la situation ? George ne le savait pas trop. Derrière l'agent du FBI, les hommes semblaient discuter de ce qu'ils pensaient être la meilleure tactique.

Tracey trébucha parce que le ravisseur lui enfonçait toujours le canon de son arme dans la gorge, ce qui la forçait à relever la tête. Dans ses bras, Jackson semblait avoir perdu connaissance. George jeta un regard derrière lui grâce au rétroviseur. Il se sentait aussi impuissant que Josh Parker.

Le portable vibra contre son torse, lui signalant un nouveau message de son coéquipier. McCaffrey était sur le point de péter les plombs parce qu'il n'avait pas jailli de la voiture pour intervenir. George se laissa rouler sur le côté, se cachant derrière les vitres teintées pour avoir une meilleure vue.

Les deux hommes furent accueillis à la porte de l'avion par un pistolet-mitrailleur.

— Envoyez d'abord le garçon. La femme ensuite.

— Espèce d'enfoiré ! Tu ne vas pas nous laisser là pour qu'on aille pourrir en prison.

L'homme qui tenait Tracey se déplaçait sans cesse, s'arrangeant toujours pour qu'elle se trouve entre lui et ceux qui auraient pu lui tirer dessus.

— Prenez-moi, dit alors le capitaine Oaks.

Il sortit lentement de l'abri que fournissait la portière de la voiture, les mains en l'air.

— Déposez le garçon dans la voiture et emmenez-moi. Ils vous laisseront monter à bord de l'avion si vous me menez à eux.

George, qui était prêt à passer à l'action, protesta :

— Ce n'est pas le plan dont nous avons convenu !

Josh se pencha un peu vers la porte ouverte de l'avion pour mieux voir. Tracey trébuchait, mais il ne pouvait rien entendre de ce qui se disait à cause des cris qui résonnaient dans le Cessna.

— Donne-moi le flingue pour que je le tue moi-même.

Tenoreno tendit la main. Comme Mack ne lui remettait pas son arme, il se glissa entre les sièges avant et tendit de nouveau la main.

— Bouclez votre ceinture, Paul, ordonna Mack. Bart, fais décoller cet avion.

— Oaks est juste là, bon sang ! dit Tenoreno en tendant le doigt. Tue-le.

— Il y a aussi le FBI et d'autres rangers. Même si vous ne les voyez pas, ils sont forcément là. Oaks n'est pas idiot. Il ne serait pas venu seul.

Mack avait raison, mais Josh n'allait pas renchérir. Il garda la tête basse et la bouche close, continuant à chercher un objet grâce auquel il pourrait se libérer. Malheureusement, l'avion avait justement été inspecté pour que ce genre d'objet en soit retiré avant de transporter un prisonnier.

— Je le veux mort. C'est pour ça que nous sommes ici.

— J'aurais pu m'en charger, répondit Mack. J'avais des hommes à Waco qui auraient pu l'exécuter après s'être débarrassés des otages. Mais il a fallu que vous fassiez un détour et que vous vous serviez des gamins une fois de plus, ce qui rend mes hommes nerveux.

— Ces crétins incompétents !

Tenoreno désigna les hommes qui tenaient Tracey.

— Quelqu'un les a embrouillés, répliqua Mack en fixant Tenoreno. Maintenant, ils croient qu'on les a doublés. Leur réaction est plutôt normale.

— Ne prends pas ce ton avec moi, Vince. Je sais où habite ton gamin, n'oublie pas.

Vince, Mack, ou quel que soit son nom, n'aimait vraiment pas Paul Tenoreno. Ses doigts se crispèrent sur la crosse du pistolet-mitrailleur avec tant de force qu'ils blanchirent.

L'avion s'inclina légèrement sur le côté. Quelqu'un gravit les marches. C'était le blond qui montait à bord à reculons, lentement. Son bras enserrait le cou de quelqu'un. Josh ôta ses jambes du passage. Il ne voulait pas que l'homme tombe et étrangle… Aiden ?

Un brusque soulagement le gagna. Il aurait préféré que

personne d'autre ne monte à bord de cet avion mais, si Tracey n'y était pas, il pouvait espérer que Jackson et elle sortiraient vivants de cette histoire.

— C'est bon de vous voir en vie, fiston, dit Aiden à Josh alors que le blond le poussait sur un siège libre.

— Capitaine Oaks.

Tenoreno avait passé le torse entre son siège et celui du pilote.

— Quelle joie de vous voir ici, Paul, railla Aiden.

Il se tourna vers Josh pour demander, d'une voix plus basse :

— Ça va, petit ?

Les poings de Tenoreno s'abattirent sur les deux dossiers.

— Fermez-la avant que je vous descende. Si nous ne devions pas partir, votre sang aurait déjà éclaboussé les sièges.

— Vous avez peur qu'ils ne vous laissent pas faire ? le nargua Aiden.

Le teint de Tenoreno vira de nouveau au rouge brique. Cet homme était vraiment incapable de se contrôler... Et Aiden savait indubitablement comment l'exaspérer. Tenoreno le poussa, et Aiden bascula vers l'avant... Un peu trop, peut-être. Mais Josh comprit immédiatement pourquoi : quelque chose venait de tomber dans sa main. Une clé pour ouvrir ses menottes. Surpris, il écarquilla les yeux. Aussitôt, Aiden grimaça et secoua la tête.

Josh se ressaisit et se renfonça dans son siège. Si Aiden retenait l'attention de tous les hommes, il libérerait rapidement ses mains et ses pieds. Du moins pensait-il pouvoir le faire.

L'avion s'inclina de nouveau alors que quelqu'un d'autre commençait à monter les marches. C'était le deuxième homme, qui poussait Tracey. Elle portait Jackson dans ses bras.

Avant ces derniers rebondissements, l'évasion s'annonçait déjà compliquée. Là, elle devenait presque impossible, réalisa Josh. Était-il prêt à risquer que quelqu'un tire une rafale de pistolet automatique dans cet avion alors que deux personnes qu'il aimait s'y trouvaient ?

Tenoreno hurlait toujours.

— Sortez-nous de là !

Bart démarra le moteur.

Tracey tendit Jackson à Josh. Il se saisit de son fils et, tandis que l'avion bondissait en avant, Tracey tomba à genoux.

— Attendez ! Non !

L'homme qui se tenait sur la première marche tomba sur la piste.

— Ferme la porte, Tommy, qu'on puisse partir, ordonna Mack.

Tommy rit au nez de l'homme qui avait été son coéquipier et empoigna la corde pour remonter l'escalier. Il y eut alors une détonation, et l'odeur de la poudre emplit les narines de Josh qui tourna la tête : Tommy s'effondrait de tout son poids.

Mack se pencha et tira de nouveau — sans doute sur l'autre homme, celui qu'ils avaient laissé derrière eux. Ensuite, il referma et verrouilla la porte.

— Merde ! hurla Bart. On fait quoi, maintenant ?

Josh s'était posé la même question, encore et encore, au cours de ces quarante dernières heures...

19

Les occupants de l'avion avaient à peine remarqué Jackson depuis que Josh l'avait rendu à Tracey. Il avait hurlé quand la détonation avait retenti dans l'appareil, mais elle en était certaine : il n'avait rien vu de ce meurtre de sang-froid. Il plaquait son visage contre son épaule et se bouchait les oreilles.

— Ne bouge pas et garde les yeux fermés, chuchota-t-elle.

Elle aurait tant voulu être assise à côté de Josh — ou, mieux encore, ailleurs que dans cet avion. Mais ils étaient là, et ils avaient survécu une heure de plus.

— Fais-nous décoller, Bart, mon vieux.

Mack saisit une paire de menottes et désigna l'homme d'un certain âge qui était assis face à Josh.

— Passez ceci, capitaine Oaks. Et enroulez la ceinture autour de la chaîne de sorte que vous ne pourrez pas vous lever et vous emparer d'une arme.

Une fois que les mains du capitaine furent menottées, Mack s'installa sur le dernier siège libre et boucla sa ceinture. L'avion roula jusqu'au bout de la piste avant de faire demi-tour. En plus de la fourgonnette, une rangée de voitures de patrouilles et de SUV barrait la piste.

— Je repose ma question, dit le pilote. Qu'est-ce qu'on fait maintenant ?

— Tu ne peux pas les écraser avec ce truc ? demanda l'homme assis à l'avant.

C'était probablement Tenoreno, songea Tracey.

Mack intervint :

— Essayons plutôt la diplomatie. Allumez la radio, Paul.

Soudain, elle reconnut la voix de cet homme. C'était celui qui l'avait frappée le vendredi. Une vie entière semblait s'être écoulée depuis cet instant, mais jamais elle ne l'oublierait. Cet homme était le Mack en Chef, celui qui avait donné tous les ordres.

Le siège qu'elle occupait, tout au fond de l'avion, lui permettait d'avoir un large champ de vision. Le capitaine Oaks tapait le sol du bout du pied. Mack semblait crispé, le visage tendu.

Quant à Josh… Les regards qu'il lui jetait la rassuraient : tout allait bien se terminer. Il avait un plan. Il retint son regard et baissa les yeux vers ses genoux. Elle comprit ce qu'il voulait dire. Il n'y avait qu'une ceinture pour Jackson et elle. Aussi discrètement que possible, elle la boucla autour de sa taille. Elle consacrerait son dernier sursaut d'énergie à tenir Jackson s'il arrivait quelque chose à l'avion. Elle était prête.

Tenoreno s'empara du micro, certainement pour s'adresser par radio au FBI.

— Exposez-leur notre situation, lança Mack. Soit nous décollons, soit quelqu'un meurt. À commencer par ce cher papa.

L'homme braqua son arme vers le siège qu'occupait Tenoreno.

— De quoi est-ce que vous parlez ? C'est une blague ? Vous travaillez pour moi. À moins que…

Le mafieux comprit soudain.

— Qui vous a engagé ? Mon fils vous paiera le double pour me mettre en sécurité.

— C'est justement votre fils qui veut vous voir disparaître. Et pour toujours, sans retour. Tout aurait été bien plus simple si j'avais pu vous tuer à Huntsville. Ou même maintenant. Mais Xander insiste pour assister à votre mort.

Mack donna un coup de pied rageur dans le sol.

— Espèce de vieil idiot ! Vous pensiez vraiment qu'il vous pardonnerait d'avoir tué sa mère ?

— Ici l'agent spécial en chef McCaffrey, tonna soudain une voix dans la radio.

— Ils menacent de me tuer ! s'époumona Tenoreno. Vous devez me sauver. C'est votre boulot ! Ne déplacez pas les véhicules ! Ne dégagez pas la piste.

— Qui parle ? Qu'est-ce qui se passe ? Coupez le moteur et descendez de l'avion.

Mack approcha le canon de son arme de la tempe de Tenoreno. L'homme essaya de s'écarter, mais il n'avait aucun endroit où aller. Tracey cacha les yeux et les oreilles de Jackson.

— Trace Trace, tu me serres trop fort.

— Il n'acceptera pas ! hurla Josh, probablement pour que les agents du FBI l'entendent. Vous ne l'avez pas vu abattre l'un de ses propres hommes ? Il ne bluffe pas. Il ne négociera pas.

— Il ne renoncera pas ! cria Oaks en même temps.

Le collègue de Josh parlait-il de l'agent McCaffrey, ou de Mack ? se demanda Tracey. Josh la regarda, puis regarda Mack. Le visage de l'assassin se tendit. Les muscles tressaillirent dans sa mâchoire.

— Si vous ne faites rien, vous venez de signer notre arrêt de mort, lança Tenoreno en partant d'un rire de dément.

— Vous pensez que je vais me laisser prendre ? répliqua McCaffrey. Si c'est vous qui retenez nos hommes en otages, vous n'irez pas loin. Nous avons des hélicoptères prêts à vous suivre, quelle que soit votre destination. Nous savons que vous n'avez pas assez de kérosène pour quitter le pays. Rendez-vous immédiatement. C'est votre seule option.

— Je pense qu'il ne plaisante pas, renchérit Josh.

Tenoreno se pencha en avant pour regarder par les vitres.

— Pourquoi avoir organisé cette évasion compliquée si vous vouliez seulement sa mort ? continua Josh.

— Il va tirer ! lança Tenoreno dans la radio d'une voix tremblante.

Mack était-il vraiment sur le point de presser la détente de son arme ? Tracey n'aurait su le dire. Jusque-là, une seule chose lui avait semblé limpide : le regard que lui avait adressé Josh pour lui faire comprendre qu'elle devait boucler sa ceinture. Et voilà que l'avion semblait sur le point de décoller.

— On ne va pas rester plantés là éternellement ! s'emporta le pilote.

Il poussa ce qui devait être la commande des gaz parce que le moteur vrombit plus fort et qu'ils avancèrent. Et vite.

Tandis que l'avion gagnait de la vitesse, Tracey s'approcha de son hublot : des hommes pointaient leurs armes dans leur direction. Puis ils les braquèrent vers une autre cible. Il y eut des coups de feu en partie noyés dans le vacarme du moteur de l'avion.

Le jeune homme qu'ils avaient laissé vivant sur le tarmac avait dégainé son arme et tirait. Pas sur le FBI, mais sur l'avion !

Enfin, l'appareil s'éleva brusquement dans les airs en frôlant les SUV stationnés sur la piste.

Les cahots cessèrent, mais l'inclinaison était toujours aussi forte. Plusieurs secondes passèrent avant que l'avion ne se stabilise dans les airs. Et plusieurs autres encore avant que les passagers cessent de retenir leur souffle. Tracey déglutit avec peine pour se déboucher les oreilles.

Jackson était dans ses bras, sans ceinture. S'ils s'écrasaient, serait-elle capable de le retenir ? Non. Elle avait déjà failli le lâcher pendant le décollage. Elle ne se faisait plus aucune illusion sur sa capacité à assurer la sécurité du garçonnet, d'autant qu'il battait des jambes en criant et en la frappant de ses petits poings.

— Faites taire cet enfant.

— C'est son diabète, dit-elle.

Jackson n'avait aucune conscience de ses actes. Quand son taux de sucre serait revenu à la normale, il ne se souviendrait de rien. Ce genre d'incident ne s'était pas produit souvent, mais toute la famille avait appris à en reconnaître les signes.

Il régnait dans l'appareil une tension intense et un bruit assourdissant. Josh et Oaks semblaient communiquer par le regard. Ils allaient faire quelque chose. Seulement, elle ne savait pas quoi, ni quand.

Elle se leva à demi et détacha la ceinture de sa taille pour la boucler autour de celle de Jackson. Ensuite, elle s'assit sur le bord du siège, le coinçant entre elle et la paroi de l'avion. Ce que le petit garçon n'apprécia pas du tout.

— S'il te plaît, mon cœur. Nous devons faire ça pour que tu sois en sécurité, lui dit-elle à l'oreille.

Mais il pouvait actionner le loquet de la porte et se mettre en danger. Pour le distraire, elle lui montra comment se déboucher les oreilles, soulageant ainsi une partie de la pression.

— Et maintenant, Mack ? lança Josh.

— Tu ne veux pas dire Vince Deegan ? demanda Oaks en souriant. Oui, je sais qui vous êtes. Des boulots comme celui-ci ne sont généralement pas votre fort. Vous êtes plus un… une brute. Pas vrai ?

De sa nouvelle position, Tracey n'avait plus le même champ de vision. L'avant de l'avion lui échappait. Josh tira sur ses chaînes. Il voulait probablement empêcher Oaks de contrarier l'homme qui tenait un pistolet-mitrailleur. Elle détestait ne rien voir de ce qui se passait. Elle n'en avait qu'encore plus peur.

— Bart, amène-nous au terrain d'aviation. On nous attend !

Mack ne semblait se préoccuper que de ce qui se passait à l'avant de l'avion. Mais surveillait-il le pilote, ou Tenoreno ? En tout cas, il semblait avoir oublié qu'elle n'était pas attachée, et que son seul obstacle était l'espace réduit qui séparait les sièges. Elle tendit le bras pour toucher celui de Josh.

— Je peux faire quelque chose.

— Non, articula-t-il silencieusement.

— Papa ! Papa !

Jackson bourrait le siège de coups de pied.

— Emmène-moi à la maison.

— Tout va bien, Jackson. Tout va bien. Je parie que tu es fatigué. Essaie de faire une sieste, tu veux bien ?

Josh posa un regard autoritaire sur son fils, qui appuya aussitôt la joue contre la paroi de l'avion. Mais les cris avaient attiré l'attention de Mack, qui se retourna et dévisagea Tracey.

Se rendait-il compte qu'elle n'était pas attachée ? Pour la première fois de sa vie, elle espéra sembler insignifiante aux yeux de quelqu'un. Et peut-être y parvint-elle, parce qu'il reposa aussitôt les yeux sur son téléphone.

Josh tourna de nouveau légèrement la tête vers elle et lui fit un clin d'œil. Elle lui sourit malgré l'angoisse qui faisait battre son cœur un peu plus vite. Elle n'était pas seule. Il était là, et il saurait quoi faire.

Jackson se mit à respirer plus calmement. Pourtant, Tracey préférait le voir bien réveillé. Même si le diabète le transformait en petit monstre, au moins savait-elle qu'il n'était pas en train de glisser dans un profond sommeil susceptible de se transformer en coma diabétique. Ils n'avaient plus beaucoup de temps avant que l'état de santé du petit garçon empire.

Au risque que Mack remarque qu'elle n'était pas attachée, elle cria :

— Où est-ce que vous nous emmenez ?

— Ouais, Vince, où est-ce que tu nous emmènes ? renchérit Tenoreno.

— Pas loin.

— L'agent a dit qu'ils nous suivaient, enchaîna le mafioso.

Sa voix de ténor portait jusqu'au fond de l'avion.

— On s'est débarrassés du transpondeur, répondit Mack. Hé, toi !

Le bandit plongea dans l'espace réduit qui séparait les sièges et frappa Oaks. Ensuite, il fouilla dans les poches du ranger et le força à se rasseoir. Oaks poussa un gémissement de douleur.

— Alors, comment peuvent-ils nous suivre ? cria Tenoreno.

— Il leur suffit d'avoir des yeux. Quand le gars du FBI parlait d'un hélicoptère, il ne bluffait pas.

Le pilote tendit le doigt vers la droite de l'avion, et toutes les têtes se tournèrent dans cette direction. Une espèce de placard empêchait Tracey de voir ce qu'il montrait, mais il ne semblait pas mentir.

Elle se pencha en avant et, d'une voix forte, demanda :

— Si le FBI sait où nous allons et nous voit atterrir, comment avez-vous l'intention de vous échapper ?

Elle était sincèrement perplexe.

Mack la regarda. Ses yeux noirs, qui s'étaient à jamais gravés dans sa mémoire à l'instant où il avait levé le poing pour la frapper, se vidèrent de toute expression. Cet homme était empli d'une noirceur qui semblait tellement insondable… Tellement dénuée d'âme…

— Cela n'a jamais été mon intention.

— Bon sang, qu'est-ce que ça veut dire ? maugréa Tenoreno.

Le visage d'Oaks se fit soucieux, et la même inquiétude

devait se lire sur les traits de Josh, supposa Tracey. Elle se renfonça dans son siège et toucha le front de Jackson. Il était moite, elle n'avait rien à lui donner. Pas de jus de fruit, même pas d'eau... Rien. Elle ne pouvait qu'attendre, et espérer.

Après quelques minutes, le pilote se mit à décrire des cercles au-dessus d'une piste encore plus petite que celle d'où ils avaient décollé. Le bruit du moteur décrut avant de reprendre de la force quand il aligna l'avion en vue de l'atterrissage.

— Ça ne va pas être joli, lança l'homme. Les coups de feu ont sans doute touché quelque chose parce que les commandes ne répondent pas correctement. Alors, accrochez-vous bien. Ça va secouer.

Oaks, toujours menotté à la ceinture, se carra dans son siège et cala l'une de ses longues jambes contre le siège qui lui faisait face. Mais Josh, enchaîné au plancher comme il l'était, ne pouvait se retenir à rien, remarqua Tracey.

— Vous ne pouvez pas lui détacher les pieds ? demanda-t-elle.

Mack lui répondit par un vague grognement. Elle-même n'avait aucune prise.

— Merde, Mack ! pesta le pilote. Laisse-la changer de place pour qu'elle puisse s'attacher.

Le cœur de Tracey bondit. Qu'on soit dans le camp des bons ou dans celui des méchants, cela n'aurait dû avoir aucune importance dans un avion qui était sur le point de s'écraser. Mais Mack fit la sourde oreille. Il finit de taper quelque chose sur son téléphone et le remit dans sa poche.

Elle ne pouvait s'agripper nulle part. Alors, elle se laissa glisser par terre, entre les sièges, et se cala entre le placard et la cloison. Mack la vit faire, mais ne chercha pas à l'en empêcher. Pour sa part, Jackson avait sombré dans l'inconscience. Même les cris ne l'avaient pas réveillé. Au moins, cela lui éviterait d'être fou de terreur.

— Je t'aime, avoua Josh alors que l'avion piquait du nez avant de reprendre de l'altitude.

Mais il n'avait pas besoin de le lui dire. Elle avait su qu'il l'aimait quand il avait pris sa main dans la voiture des gardes du corps. Ce moment avait tout changé pour elle.

Quelques secondes plus tard, l'avion heurta violemment le tarmac et rebondit. Elle ne quittait pas Jackson des yeux.

Tout allait se passer très vite. Au moins, Sage était saine et sauve… C'était déjà ça.

— Tiens-toi bien, mon cœur.

Seul Jackson aurait pu l'entendre s'il avait été réveillé, mais ces paroles s'adressaient aussi à Josh.

20

Josh s'accrocha du mieux qu'il put. Mack était enfin assis droit dans son siège et ne guettait plus le moindre de ses mouvements. Jusque-là, l'homme ne l'avait jamais quitté des yeux, lui interdisant de prendre la clé des menottes là où il l'avait cachée — entre sa joue et ses dents.

Une fois au sol, il aurait besoin des armes qui devaient être rangées dans le petit placard, à côté de Tracey. Il ne pouvait laisser à Mack le temps de se remettre de l'atterrissage, ni de comprendre ce qui se passait. Il devait être prêt. Rapide.

Il recracha la clé des menottes dans l'une de ses mains et tordit ses poignets jusqu'à pouvoir atteindre la serrure. Il introduisit la clé, la tourna, et son autre main fut libre. L'avion remit les gaz, cherchant à reprendre de l'altitude et plaquant Josh contre le dossier de son siège. Il dut lutter contre la force d'accélération pour se pencher en avant et libérer ses chevilles.

— Tenez-vous prêts ! cria Bart.

Le pilote lâcha un chapelet de jurons. Josh se cala dans son siège. Il n'avait pas le temps d'attraper Tracey pour la retenir. D'ailleurs, il était évident que Bart ne contrôlait plus rien. L'avion perdait rapidement de l'altitude. Il allait s'écraser.

— Tiens-toi bien, Tracey. On va s'en sortir. Tiens-toi bien, c'est tout.

Il ne pouvait la voir, seulement ses bottes, qui dépassaient dans l'allée, près de lui. Il aurait aimé pouvoir rassurer son fils, mais le vacarme était tel que Jackson ne l'aurait pas entendu.

Les roues de l'avion touchèrent de nouveau le sol et l'appareil vibra violemment dans une cacophonie de bruits sourds et de claquements. Soudain, le Cessna vira brusquement sur la droite et bascula. Josh fut à demi assommé par le choc de l'atterrissage, mais comprit : l'appareil se retournait.

Il resta un moment pendu la tête en bas, retenu par sa ceinture. Il ne voyait plus rien du tout. Il leva la main à son visage ; il ne la voyait pas vraiment non plus. Quelque chose flottait dans l'air… Était-ce de la fumée ou de la vapeur d'eau ?

— Josh ! Josh ! Vous êtes conscient ? cria Aiden.

— Oui. Je… Ça va.

Ses oreilles bourdonnaient encore.

À côté de lui, Mack semblait avoir perdu connaissance. Ses bras pendaient mollement au-dessous de sa tête.

— Tracey ? Jackson ?

Aucun des deux ne répondit.

— Le garçon est encore attaché, précisa Aiden. La fille a l'air évanouie.

Josh ramena à grand-peine ses bras sur son torse et posa les deux pieds sur le siège d'Aiden.

— Attendez, Josh ! cria celui-ci. Je suis aussi coincé qu'un haricot dans un burrito. J'ai une jambe amochée. Est-ce que vous pouvez sortir par la porte ? Et le pistolet-mitrailleur, vous le voyez ?

— Laissez-moi une seconde.

Il était toujours plié en deux, et son esprit désorienté refusait de s'adapter et d'assimiler que c'était l'avion qui était à l'envers, et pas seulement lui. Il réussit à détacher sa ceinture et tomba, mais de quelques centimètres seulement. Sous la force de l'impact, la cabine avait été tellement comprimée que les hublots avaient volé en éclats.

— Tracey ? Jackson ? Vous m'entendez ?

Elle lui apparut enfin : allongée sur le plafond, les pieds pointés vers lui. Il la secoua par les jambes, autant qu'il l'osa. Il ne pouvait s'approcher davantage d'elle. Son siège lui barrait le passage.

— Josh, fiston, vous devez prendre le pistolet.

— Oui.

Il savait qu'il devait trouver l'arme. C'était ce que lui disait la voix de la logique. Mais son cœur voulait d'abord dégager Tracey et Jackson. Ils devaient être blessés tous les deux… Voire pire.

Mack, lui, pendait toujours, retenu par la ceinture qui lui enserrait la taille. Ses bras oscillaient piteusement.

Josh scruta la cabine : pas d'arme.

Soudain, il y eut un bruit de coup à l'avant de l'avion. Il se retourna si vivement qu'il se cogna la tête contre un objet fixé au sol. Il restait un minuscule espace, en forme de triangle, par lequel le tableau de bord était visible. Il s'en approcha prudemment en essayant de ne pas bousculer Aiden, ce qui aurait ajouté à sa souffrance.

Le pilote était toujours attaché mais il semblait grièvement blessé. Tenoreno donnait des coups de pied dans sa portière, qui était presque entièrement ouverte. Quant au pistolet, il était là, accroché à quelque chose par la sangle. Il pendait tout près du pilote, juste hors de sa portée.

Tenoreno se retourna et suivit des yeux la direction dans laquelle Josh tendait la main. Un sourire mauvais gagna son visage et, soudain, il ne parut plus aussi pressé. Le bandit se saisit nonchalamment du pistolet-mitrailleur, écarta le câble de la radio de l'ouverture en triangle, et donna un dernier coup de pied dans sa portière.

Elle s'ouvrit enfin, et l'homme s'enfuit.

Josh poussa sur le dossier du siège jusqu'à ce que des gouttes de sueur lui coulent dans les yeux. En vain. Le siège ne bougeait pas d'un pouce.

— Josh ? demanda Aiden d'une voix étouffée, comme s'il souffrait. Essayez l'autre porte, fiston.

D'abord, il alla se pencher sur Tracey et la secoua doucement.

Ensuite, il posa la main sur le cou de Mack : son pouls battait encore.

Enfin, il essaya d'ouvrir la porte qui se trouvait à côté de son siège. Mais elle était coincée. Ce côté-ci de l'avion reposait contre le sol.

Ses idées commençaient à s'éclaircir un peu, ainsi que sa vision. Il se pencha sur Aiden, qui s'était évanoui. Il avait perdu la clé des menottes dans le crash, mais un couteau lui suffirait pour le libérer. En revanche, s'il voulait atteindre Tracey et Jackson, il aurait besoin d'un pied-de-biche, ou d'outils pour démonter le dossier du siège. Pour se les procurer, il devait sortir de l'avion.

— Il y a quelqu'un ? lança une voix à l'extérieur.

On tapait contre le fuselage, plusieurs personnes parlaient.

Enfin, la porte s'ouvrit et la lumière rentra à flots dans la cabine.

— Vous allez bien ?

— Moi oui, mais il y a des blessés et un enfant. Est-ce que vous avez un couteau ? demanda Josh à l'homme qui se tenait à la porte.

Ses oreilles bourdonnaient toujours, ce qui ne lui permettait de comprendre qu'un mot sur deux environ. Il devait laisser son esprit deviner le reste de la réponse.

Il aurait voulu pouvoir s'asseoir et laisser quelqu'un d'autre s'occuper de tout, mais son fils avait besoin de lui. Tracey avait besoin de lui. Il n'abandonnerait pas.

— Ma fille en a un… Jeannie, passe-moi le couteau.

Je pense que nous pouvons sortir tout le monde de là. Les secours sont en route. Laissez-moi rentrer.

En n'échangeant que quelques mots, ils travaillèrent ensemble à libérer Mack. Le sauveteur descendit de l'avion et Josh lui fit passer le ravisseur par la porte, avant de lui lancer les menottes qui enserraient ses poignets quelques minutes plus tôt.

— N'oubliez pas de lui passer ceci, dit-il. Accrochez-le à quelque chose de sorte qu'il ne puisse pas s'enfuir.

— Vous pouvez sortir, annonça l'homme qui était venu à son aide. Je peux dégager les autres.

— Je ne sortirai pas avant eux. D'ailleurs, vous aurez besoin de moi là-dedans.

Josh commença à déplacer des débris dans l'espoir d'atteindre Jackson et Tracey. L'étranger examina le siège.

— Je regarde quels outils il nous faut, expliqua-t-il. Je vais aller les chercher.

Quand il revint, Josh et lui se mirent au travail.

— Commence à enlever la terre de la vitre du pilote, ordonna l'homme à une personne qui venait juste d'arriver.

Un adolescent monta dans l'avion, qui bascula un peu plus.

— Les secours ne sont pas encore arrivés ? demanda Josh.

— On est au milieu de nulle part, ici, répondit l'adolescent.

— Ils ne seront sans doute pas là avant encore un quart d'heure, précisa l'homme en avançant prudemment vers Aiden. Votre ami a la jambe cassée. Dégageons-le de tous ces débris.

— Le garçon d'abord, ordonna Aiden.

— Le garçon ?

— Mon fils est à l'arrière, avec Tracey. Il est diabétique. Ils sont inconscients tous les deux.

L'homme n'eut pas besoin d'explications supplémentaires. Il se mit aussitôt au travail et démonta le siège derrière lequel Tracey était coincée. L'espace était tellement restreint que Josh crut le gêner plus qu'il ne l'aidait jusqu'à ce que l'homme ait ôté quelques boulons et lui demande de retenir le siège. Il le maintint en place avec une épaule pendant que l'homme le démontait et l'aida à le transporter à l'avant de l'appareil.

— Tracey ?

Josh aurait aimé pouvoir se trouver en deux endroits à la fois. Mais il laissa leur sauveteur s'occuper de Tracey pendant qu'il libérait son fils.

— Combien de temps est-ce que je suis restée inconsciente ? demanda-t-elle d'une voix haletante. Et où est Jackson ?

— Il va bien, répondit Josh. Et nous nous sommes écrasés il y a cinq bonnes minutes.

— C'est peut-être à cause de son diabète qu'il est encore évanoui.

L'homme appela l'une des personnes qui se tenaient à la porte, et Josh lui confia son fils. Ensuite, il se pencha vers Tracey pour l'aider à se relever. Elle ouvrit les yeux.

— Je pense que vous n'avez rien de cassé, annonça leur sauveteur. Est-ce que vous pouvez sortir de là-dedans ?

— C'est fini ? demanda-t-elle en regardant Josh.

Ce fut Aiden qui répondit.

— Tenoreno est dehors, quelque part. Faites attention à vous.

Josh se tourna vers le capitaine des rangers.

— Je reviens vous aider dans une minute. Laissez-moi seulement aller voir comment va Jackson.

— Restez avec votre fils, répondit Aiden. Ces types peuvent s'occuper de moi.

Josh aida Tracey à passer la porte. Elle se précipita aussitôt vers Jackson. L'agent Kendall Barlow la rejoignit en courant.

— Est-ce que vous pensez que son taux de sucre est trop haut, ou trop bas ?

— Il n'a rien mangé aujourd'hui mais, comme la pompe est réglée sur le débit de base, il devrait...

Elle tourna Jackson sur le flanc et regarda l'endroit où aurait dû se trouver son port d'injection.

— La canule est toujours en place mais le cathéter et le réservoir ont disparu, observa-t-elle. La canule pourrait être bouchée. Peut-être qu'il y en aura une dans l'ambulance.

Josh prit l'information beaucoup moins sereinement que Tracey. Il était de nouveau en proie à une incertitude totale. Heureusement que Tracey examinait son fils consciencieusement.

— Ces gens ont appelé les secours, indiqua-t-il. Ils auront tout ce qu'il nous faut.

Tracey posa la main sur l'épaule du petit garçon et le secoua doucement.

— Jackson, tu m'entends ? Réveille-toi, mon bébé.

Elle souleva ses paupières, l'une après l'autre, pour voir sa réaction. Jackson gémit.

Josh commençait à s'impatienter.

— Sa peau est moite, dit-il. Que font les secours ? Il faut qu'ils testent son taux de sucre et lui fassent une piqûre de Glucagon. Ça devrait le remonter.

— On ne peut pas attendre l'ambulance. Il nous faut du miel.

Tracey se tourna vers les badauds que le crash avait attirés et cria :

— Est-ce que l'un d'entre vous a du miel dans sa voiture ? Il faut que nous fassions remonter son taux de sucre le plus vite possible.

Une femme accourut depuis l'autre côté de l'avion.

— J'ai tout ce qu'il faut à la maison, répondit-elle. Notre petit-fils est diabétique. J'ai envoyé quelqu'un chercher le matériel.

Josh avait été trop occupé jusque-là à secourir son fils

pour remarquer le petit groupe de bâtiments qui se dressait à une centaine de mètres de là. Sur le flanc de l'un d'entre eux se lisait, peint en grandes lettres :

SKY HIGH SKYDIVING.

— Non ! Attendez !

Un adolescent fonça dans Josh. Hors d'haleine, il ne put que lui plaquer un flacon de miel et un kit de test de glycémie contre le torse.

— Ça ira plus vite.

Josh ouvrit le flacon de miel et le tendit à Tracey. Elle en fit couler quelques gouttes sur son doigt et en frotta les gencives, la langue et l'intérieur des joues de Jackson.

Les forces de l'ordre faisaient reculer les curieux attroupés autour d'eux. Un peu plus loin, l'agent McCaffrey parlait à un autre homme.

— Remonte, remonte, remonte…, psalmodiait Tracey.

Elle reproduisait exactement les mêmes gestes qu'en cette terrible journée de l'année passée. Quand toute l'histoire avait commencé, le vendredi après-midi, Josh avait été incapable de se rappeler précisément quel jour il avait emmené Jackson à l'hôpital. Il savait que c'était arrivé, mais son esprit n'avait pu lui fournir plus de détails.

En cet instant, les souvenirs et les émotions lui revenaient avec la force d'un jet au décollage. Ce jour-là, Jackson ne parvenait plus à parler et restait éveillé à grand-peine.

Tout s'était passé tellement vite… Jackson, son petit garçon plein de vie quelques minutes plus tôt encore, avait frôlé la mort. Mais c'était un gamin merveilleux. Il s'était vite remis et avait accepté les soins sans protester. Le diabète faisait partie de sa vie — de leurs vies à tous — et jamais son fils ne laisserait cette maladie devenir un obstacle.

Jackson avait passé quatre jours en soins intensifs. Patiemment, minutieusement, les médecins avaient rééquilibré ses taux de sucre, d'électrolytes et de potassium. S'ils étaient allés trop vite, son fils n'aurait pas survécu. S'ils étaient allés trop lentement non plus.

Ce souvenir raviva en Josh la peur primale qui l'avait habité tout au long du trajet qui les avait menés aux urgences. Son cœur se mit à battre avec plus de force encore qu'au cours de ces deux derniers jours.

Il s'en remettra. Il le faut.

— Qu'est-ce qu'elle fabrique ? demanda un badaud.

— Elle essaie de faire remonter son taux de sucre, répondit Kendall Barlow.

L'agent s'agenouilla auprès d'eux avant de poursuivre :

— Je voulais vous dire que Sage est saine et sauve. Nous l'avons emmenée dans un hôpital, près de Hearne. C'est une petite fille courageuse, et elle n'arrête pas de parler de ce qui s'est passé. Si cela vous dérange…

— Vous êtes sûre qu'elle va bien ? s'enquit Josh.

L'agent Barlow lui tapota l'épaule.

— Vous n'avez aucune raison de vous inquiéter. Les rangers sont arrivés pour la ramener chez vous. Bryce Johnson restera avec elle. Je vais l'appeler pour lui demander de l'amener jusqu'à Round Rock.

— Round Rock ?

— C'est l'hôpital le plus proche, expliqua Barlow. L'agent McCaffrey a donné l'ordre à notre hélicoptère de vous évacuer.

Elle se leva, sortit son arme et demanda :

— Est-ce qu'on peut déplacer votre fils ?

Josh observa les alentours. La police avait fait monter Mack à l'arrière d'un camion et lui passait les menottes.

Josh aurait préféré ne pas déplacer Jackson avant que son taux de sucre ait été évalué, mais leur petit groupe constituait une cible trop facile à atteindre.

— Qu'est-ce qui se passe ? demanda Tracey. Il n'est qu'à

quarante. Il nous faudrait du jus de fruit. Je préférerais que son taux de sucre remonte avant que nous prenions cet hélico.

— On ferait mieux de se mettre à l'abri, estima Josh. Tenoreno s'est enfui quand nous nous sommes écrasés et il a emporté le pistolet-mitrailleur.

— Est-ce que Jackson a vraiment besoin de ce jus de fruit, ou est-ce qu'il est assez stable pour aller jusqu'à l'hôpital ? questionna Kendall. Nous y serons en vingt minutes. À moins que vous préfériez le ramener chez vous ?

— Non, nous ne pouvons pas courir ce risque, répondit Tracey. Il faut d'abord qu'il boive quelque chose pour que son taux de sucre remonte un peu. Il n'y a pas de Glucagon dans ce kit.

Elle se leva en portant Jackson. Josh tendit les bras pour le prendre mais elle secoua la tête.

— Tenoreno est dans le coin, pas vrai ? Tu penses qu'il va tenter quelque chose ?

Elle avait baissé la voix de façon à n'être entendue ni des badauds, ni des personnes qui dégageaient Aiden et le pilote de l'épave de l'avion.

— Agent Barlow, est-ce que vous avez une arme à confier à Josh ? reprit-elle. Il est meilleur tireur que moi.

Kendall porta la main à sa jambe, détacha son pistolet de secours et le tendit à Josh, qui la remercia d'une inclinaison de la tête. Son esprit s'éclaircit soudain, et il se souvint d'un détail qui l'avait troublé au moment de l'atterrissage.

— Comment notre pilote a-t-il su où il devait aller ?

— Que voulez-vous dire ?

Kendall décrivait des cercles autour d'eux, l'arme à la main, prête à intervenir en cas de danger.

— Qu'ils ont toujours eu l'intention de venir ici ? poursuivit-elle. Vous en êtes certain ? Cet endroit est une école de parachutisme. Pourquoi Tenoreno aurait-il choisi d'atterrir sur un terrain où ne se trouve aucun avion qui pourrait l'emmener au Mexique ?

— Merde ! lâcha Josh. Tenoreno ne savait pas où l'avion devait atterrir. C'est Mack qui a tout organisé. Il a été engagé pour amener papa jusqu'à son fils afin qu'il puisse assouvir sa vengeance. Pas pour le libérer.

Josh scruta de nouveau le terrain tandis que le petit groupe se dirigeait vers les bâtiments, à l'ouest du lieu du crash. Non, les Tenoreno père et fils n'étaient pas bien loin. L'avion s'était écrasé dix minutes plus tôt. Un homme à pied pouvait parcourir une certaine distance en dix minutes, mais l'instinct de Josh lui soufflait que leur prisonnier évadé était tout près.

— Vous pensez donc que Xander Tenoreno veut la mort de son père ? Et qu'il est ici et attend de le tuer ?

Kendall semblait aussi étonnée qu'il l'avait été plus tôt.

— Il ne vous semble pas logique que le fils veuille venger la mort de sa mère ? répliqua Josh. Et conserver le pouvoir qu'il détient depuis que Paul a été mis en prison ?

Il fermait la marche, de sorte que Tracey et son fils se trouvent entre l'agent Kendall et lui.

— Nous devrions peut-être aller voir si Mack est réveillé pour nous en assurer.

Tout comme il se fiait entièrement à Tracey pour s'occuper de son fils, Josh se fiait aussi de nouveau à son propre jugement. Il devait se libérer du carcan de doute qui s'était abattu sur ses épaules parce qu'il n'avait rien pu faire pour empêcher ces événements de se produire.

Jackson bougea légèrement dans les bras de Tracey. Le petit garçon était encore en hypoglycémie, mais il était costaud. Il s'en sortirait.

Quant à Josh, s'il était devenu Texas Ranger, c'était parce

qu'il excellait dans son travail. Il avait lu sur le visage de Mack — alias Vince Deegan — toute la haine que l'homme éprouvait pour Paul Tenoreno. Il était bien possible que Xander le haïsse tout autant.

21

Quand le petit groupe passa auprès de l'avion, où les volontaires continuaient à travailler, l'agent McCaffrey, qui montait la garde, leur adressa un signe de la tête. Tracey portait Jackson, sous la protection de l'agent Barlow et de Josh. Elle ne cherchait pas à savoir de quoi discutait son escorte armée. Sa seule préoccupation était d'assurer la sécurité de Jackson. Autrement dit, de le stabiliser avant de le faire monter à bord de l'hélicoptère qui l'emmènerait à Round Rock.

L'agent Barlow s'arrêta sous un abri où se trouvait toute une foule de gens en train de plier des parachutes. L'hélicoptère du FBI attendait, de l'autre côté de la route, à côté d'un camion. Mack était assis à l'arrière du véhicule. L'une de ses mains était menottée à une barre métallique qui courait sur toute la longueur du plateau du camion. Le conducteur montait la garde, un fusil à la main.

Josh se tourna vers la femme qui semblait être la propriétaire de l'école de parachutisme, et qui avait déjà fourni le miel et le kit de mesure.

— Madame, vous disiez que vous aviez du jus de fruits ? Il est chez vous ?

— Oui, j'ai envoyé quelqu'un le chercher. Est-ce que vous voulez amener votre petit garçon à la maison ?

Mais Tracey secoua la tête. Elle se posa sur un tabouret

et se mit à bercer Jackson. Elle ne voulait pas perdre l'hélicoptère de vue.

— Non merci, répondit Josh. Je veux que nous soyons prêts à partir dès que Tracey le décidera.

Il se mit à tourner en rond, comme s'il cherchait quelqu'un, ou quelque chose. Il ne s'inquiétait pas uniquement pour la santé de Jackson, devina Tracey.

— Si tu penses qu'il faut vraiment que tu interroges cet homme, je peux attendre seule, dit-elle. Surtout si les autres sont susceptibles de revenir et de s'en prendre de nouveau aux enfants.

— Le FBI s'en chargera.

— On dirait qu'ils manquent un peu de personnel. Vas-y. Tu peux aussi dire au pilote de l'hélico que nous serons prêts à partir dans cinq minutes.

Jackson se remettrait rapidement, elle n'en doutait pas.

Un peu plus loin, on installait le ranger blessé à bord de l'hélicoptère.

— Tu dois t'assurer qu'il n'y a aucun danger, poursuivit-elle. Je peux attendre ici que cette femme apporte le jus de fruits.

— Je reviens tout de suite.

Il embrassa Jackson sur le front, effleura les lèvres de Tracey des siennes et courut interroger Mack.

Pendant ce temps, l'agent Barlow notait les noms des personnes présentes et leur demandait ce qu'elles faisaient là. Soudain, Jackson donna un coup de pieds et Tracey manqua le laisser tomber de ses genoux.

— S'il n'est pas allergique, vous pouvez l'allonger ici, lui dit une jeune femme. C'est de la paille toute fraîche.

La femme étendit un tissu à carreaux sur une botte de foin défaite.

— Aucun des animaux n'y a encore touché. Je l'ai rentrée ce matin.

— Merci.

Tracey allongea Jackson sur la couverture.

— Est-ce qu'il va bien ?

— Je crois qu'il va se remettre rapidement. Vous vivez ici ?

Tracey passa la main sur le front de Jackson, qui était redevenu sec et frais. Aucun doute, le petit garçon allait mieux.

— Pas du tout. Je prends des cours de parachutisme et j'aide les propriétaires à s'occuper de leurs animaux. Ils sont tellement adorables !

Il était rare que Tracey ressente de mauvaises vibrations en présence d'un inconnu et, après les deux journées qu'elle venait de vivre, elle ne se fiait pas vraiment à celles qu'elle éprouvait devant cette femme. Elle paraissait gentille, et comment quelqu'un qui essayait d'apporter un peu de confort à un petit garçon malade aurait-il pu être mauvais ? Pourtant…

Tracey se releva.

— Vous savez, il va mieux. Nous devrions sans doute rejoindre Josh.

Elle se pencha pour prendre Jackson dans ses bras, mais le canon d'une arme s'enfonça aussitôt dans ses côtes.

— Waouh, vous avez pigé vraiment vite, chuchota la femme. Maintenant, nous allons laisser l'enfant ici et nous en aller. Compris ? Et si vous tentez quoi que ce soit, quelqu'un d'autre sera blessé.

D'où sortait cette femme ? Personne ne semblait l'avoir remarquée, et personne ne semblait surpris de la voir s'en aller. Pourtant, le soleil venait à peine de se lever.

Quand ce cauchemar allait-il se terminer ?

— Je vais venir avec vous, acquiesça Tracey, uniquement pour éviter que la femme ne mette sa menace à exécution.

Elle essaya d'attirer l'attention de l'agent Barlow. En vain.

La femme attendit que l'agent soit passé de l'autre côté

du bâtiment. Ensuite, en gloussant, elle força Tracey à contourner le hangar, puis à en traverser un autre, qui abritait de grandes tables.

Sans cesser d'enfoncer le canon de son arme dans les côtes de Tracey, la femme pressa le pas. Elles s'élancèrent d'un énorme chêne à un hangar métallique, puis un autre, et encore un autre. On ne pouvait plus les voir, ni depuis l'endroit où s'était écrasé l'avion, ni depuis l'abri où Tracey avait laissé Jackson.

— Ils vont soupçonner quelque chose, reprit-elle. Jamais je n'abandonnerais Jackson. Pas volontairement, du moins.

— On se fiche pas mal qu'ils partent à votre recherche. Plus ils vous chercheront, plus ils forceront Paul à sortir de sa cachette, répondit un homme d'environ trente-cinq ans, qui se tenait derrière une meule de foin.

La femme, qui semblait sensiblement du même âge que Tracey, rejoignit l'homme et lui offrit ses lèvres pour qu'il l'embrasse — sans oublier de lever son arme et de la pointer en direction de Tracey.

— Pourquoi diable pensez-vous avoir besoin de moi pour vous aider à trouver votre père ? Vous êtes Xander Tenoreno, c'est bien ça ?

Bizarrement, elle n'avait pas peur. Elle avait traversé bien trop de péripéties ces deux derniers jours, et il y avait à peine une demi-heure qu'elle avait repris conscience. Soit toute cette histoire l'avait changée, soit elle était exténuée. Quoi qu'il en soit, ces deux personnes ne l'effrayaient même pas.

— Vous savez, j'ai peut-être un traumatisme crânien et, pourtant, je me sens parfaitement bien.

Elle traversa l'appentis et se laissa tomber sur une botte de foin.

— Ou alors, c'est que j'ai une confiance totale en Josh. Je sais qu'il va me retrouver rapidement. Donc, je vais rester assise ici et attendre. Vous pouvez faire ce que vous voulez. Moi, je vais attendre.

C'était elle, en fait, qui était un peu effrayante. Un peu délirante aussi, peut-être à cause de la fatigue ou du choc.

Elle s'installa confortablement, sans demander son reste.

Xander Tenoreno se comportait comme si elle était insignifiante. Mais cela faisait des heures qu'elle observait le langage corporel des hommes qu'elle côtoyait. Tous les muscles du gangster étaient tendus. Il se tenait prêt à bondir si elle venait à esquisser un mouvement dans la mauvaise direction.

— C'est ridicule, poursuivit-elle. Votre père doit être loin, maintenant. Il a sans doute volé une voiture pour s'enfuir pendant que tout le monde se précipitait vers le lieu du crash.

— Ferme-la !

La fille — elle avait perdu le droit d'être considérée avec respect — leva de nouveau le pistolet d'une taille assez imposante à son épaule.

— Xander sait ce qu'il fait.

Tracey hocha la tête et scruta les lieux, en quête d'un objet qui pourrait lui servir d'arme ou d'un endroit où se cacher quand la fusillade éclaterait.

Parce que les secours étaient en chemin, elle en était certaine. Josh ne permettrait pas qu'il lui arrive quelque chose. Ce qui l'inquiétait, c'était qu'ils soient tous deux loin de Jackson. Le petit garçon avait besoin de jus de fruit et était à peine assez conscient pour déglutir.

Xander prit une lunette de visée et tourna sur lui-même pour fouiller les champs du regard. Il s'arrêta plusieurs fois mais ne fit rien d'autre que retirer le bras qu'il avait passé autour des épaules de la fille.

— Pourquoi ne pas laisser tout simplement votre père finir ses jours en prison ?

Tracey était sincèrement curieuse de connaître la réponse de Xander Tenoreno. En outre, si elle détournait l'attention de l'homme, il serait plus facile pour Josh de le prendre par surprise.

— Mon père n'était pas sur le point d'aller en prison, ni même de passer en jugement.

L'homme inclina la tête de côté avant de poursuivre.

— On l'emmenait à Austin pour conclure un marché. Pour m'entuber et faire tomber mon business. Et en échange de quoi ? De l'abandon des poursuites pour le meurtre de ma mère. Grâce à ce marché, il aurait bénéficié du programme de protection de témoins. Alors, j'ai décidé de m'occuper moi-même de son cas.

À ces mots, Tracey fut, cette fois, gagnée par la peur.

— Où est Tracey ?

Josh fit asseoir Jackson et s'assura qu'il arrivait à boire un peu de jus de fruit. Quelques gouttes de liquide coulèrent sur le menton du petit garçon, mais il n'avala pas de travers.

Josh testerait de nouveau sa glycémie d'ici deux ou trois minutes.

— Je pensais qu'elle vous avait suivie, dit Kendall. Je suis allée surveiller le flanc ouest du bâtiment et, quand je suis revenue, elle n'était plus là.

L'agent posa la paume de la main sur la joue de Jackson.

— Il a meilleure mine. Est-ce que vous êtes prêt à le faire évacuer ?

— Je...

Il observa son fils et chercha de nouveau Tracey des yeux avant de répondre.

— Il y a quelque chose qui cloche. Jamais Tracey n'aurait laissé mon fils seul comme ça.

L'instructeur et les autres personnes présentes avaient-ils remarqué quoi que ce soit ? Tous répondirent par la négative.

— Peut-être que vous réfléchissez trop, suggéra Kendall.

— Appelez le central de police.

— Nous n'avons que trois agents sur place, Josh. Nous ne pouvons pas surveiller tous ces bâtiments jusqu'à ce que les renforts arrivent.

— Elle pourrait être à des kilomètres d'ici à l'heure qu'il est, ou même morte... Madame ?

Il tapota l'épaule de la propriétaire de la maison.

— Vous m'avez dit que votre petit-fils était diabétique. Vous connaissez donc bien cette maladie ?

— Oh oui... Je suis navrée que nous n'ayons pas eu tout ce dont votre épouse avait besoin.

Josh ne prit pas la peine de rectifier sa méprise. Il avait des préoccupations bien plus importantes.

— Cela vous dérangerait de rester avec Jackson ?

— Non, au contraire. J'en serais heureuse.

Tout en s'éloignant, Josh suivit d'une oreille la fin de la conversation téléphonique de Kendall.

— Il ne va pas rester sans rien faire, disait-elle. Tenoreno se cache quelque part dans le coin. Je peux au moins le retrouver.

Elle raccrocha et rattrapa Josh.

— Est-ce que tout le monde se met toujours en quatre pour vous ?

— Je ne sais pas trop quoi vous répondre, mais je vous remercie.

Une adolescente, qui tenait un chien en laisse, s'approcha de Josh.

— Excusez-moi. Vous cherchez la femme qui était dans l'avion ?

Comme Josh acquiesçait, elle poursuivit :

— Shawna est partie, elle aussi.

— Shawna ?

— Elle prend des cours de parachutisme et, ce matin, elle a voulu nourrir les animaux.

— Est-ce qu'elle a déjà demandé à le faire ? s'enquit Kendall en ressortant son téléphone.

— Non, c'est la première fois.

— Avez-vous une photo de Shawna et son nom de famille ? interrogea Kendall.

Josh hésitait. Devait-il rester là ou partir ? Jackson avait besoin de lui, mais Tracey aussi. Son fils était capable d'avaler. Il avait meilleure mine, et ce n'était pas un effet de son imagination.

— Kendall, je vais encore vous demander de vous mettre en quatre pour moi.

Elle arqua les sourcils d'un air interrogateur.

— Encore cinq minutes et vous pourrez emmener Jackson à l'hôpital.

— Mais il est…

— Mon instinct me dit qu'il va mieux, oui, mais je dois en être certain. Je ne peux pas risquer de perdre un être que j'aime pour en sauver un autre.

— J'ai une meilleure idée, annonça Kendall. Montez dans cet hélico. Moi, je retrouverai Tracey. C'est mon boulot. Allez-y. Occupez-vous de votre fils.

Tandis que Kendall rassemblait les informations nécessaires pour faire son rapport et lancer une alerte à toutes les patrouilles, Josh chercha comment sortir du hangar. Pas pour essayer de semer l'agent du FBI : parce que s'il trouvait le meilleur moyen de quitter ce hangar sans se faire remarquer, peut-être qu'il retrouverait Tracey.

Il se tourna vers un jeune homme.

— Est-ce que je peux emprunter votre téléphone ?

Le jeune homme acquiesça.

— C'est bien votre mère qui veille sur mon fils ? Est-ce

que vous pouvez lui demander de m'appeler sur ce téléphone s'il y a un changement dans l'état de Jackson ?

Le jeune homme hocha de nouveau la tête, rejoignit sa mère et lui dit quelques mots en montrant Josh du doigt.

Bon, il pouvait partir à la recherche de Tracey et Kendall se chargerait de faire transférer son fils à l'hôpital ! Il se concentra.

Par où allait-il s'éloigner ? Par là. Pour rester à l'abri des regards, elles s'étaient forcément dirigées vers cet arbre, sous lequel était garé un tracteur. Elles ne pouvaient être allées nulle part ailleurs. Il courut dans cette direction et, en effet, perdit de vue le pilote de l'hélicoptère.

Il progressa en zigzag dans la propriété, suivant toujours la même logique. S'il ne pouvait voir personne derrière lui, personne ne pouvait le voir. De toute façon, l'important n'était pas ce qu'il laissait derrière lui, mais ce qu'il avait juste devant.

Tracey !

Avec Xander Tenoreno.

Elle ne semblait courir aucun danger immédiat, estima Josh. Il pouvait toujours appeler Kendall ou McCaffrey et, avec leur aide, encercler le vrai responsable de l'enlèvement de ses enfants. Un tourbillon d'émotions le gagnait. Il ne devait pas débouler devant Xander Tenoreno sans avoir réfléchi à un plan qui lui permettrait de sauver la femme qu'il aimait.

Les frontières qui séparaient son sens logique de ses émotions se brouillèrent dans son esprit tandis qu'il se demandait quel chemin emprunter pour se rapprocher de Xander. L'homme scrutait l'orée du bois dans une lunette de visée.

Josh se dissimula derrière une mangeoire à bétail, assez près pour entendre ce que Xander disait à la fille qui l'accompagnait — la dénommée Shawna, donc.

— C'était à prévoir. Je me doutais bien qu'il chercherait un véhicule après s'être éloigné de l'avion. Dommage que je ne me sois pas attendu au crash. Mais j'ai été pris par surprise et je l'ai raté.

— Pas grave, mon chéri.

La fille voulut prendre Xander dans ses bras mais il se dégagea pour tendre la main vers un objet posé sur une botte de paille. Un fusil. Mack avait dit vrai : le fils voulait tuer son père. Il le traquait comme il l'aurait fait d'un cerf en pleine saison de chasse.

Josh jura intérieurement. Il était dans une position peu favorable, n'avait aucun renfort et n'était armé que d'un pistolet de petit calibre. Mais…

— Éloigne-toi de ce fusil, ordonna-t-il en sortant de sa cachette. Pose les mains sur la tête et mets-toi à genoux.

— Voyez-vous ça ! railla Xander. Le major Josh Parker vole encore une fois au secours de la femme !

L'homme n'obtempéra pas, au contraire. Il effleura la gâchette de son fusil. La fille se rapprocha de lui.

— Ne fais pas l'idiot, Tenoreno, insista Josh. Je ne te laisserai faire de mal à personne. Pas même à ton propre père.

Il se rapprocha de Xander, trop peu pour que le bandit puisse en retirer un quelconque avantage, mais assez pour qu'il lui soit plus difficile de braquer son arme sur lui ou sur Tracey.

Celle-ci se leva de la botte de paille qui lui servait de siège et dit :

— La fille a un pistolet.

— Et elle sait s'en servir, compléta Xander.

— Laisse tomber. Tu ne t'en sortiras pas.

— Tu vois, Josh, le désir de vengeance est un sentiment étrange. Je préférerais voir mon père souffrir pour ce qu'il a fait. Il a assassiné ma mère. Tout ce qu'elle voulait, c'était partir vivre ailleurs, n'importe où du moment qu'il n'y serait pas. Après avoir passé quarante ans avec lui, elle le méritait sans doute.

— Et donc tu as enlevé Jackson et Sage et monté tout ce coup pour te venger de ton père ?

Discrètement, Tracey recula d'un pas, vers le fond de l'appentis. Elle n'avait besoin que d'une diversion, comprit Josh.

Il reprit :

— Tout ça parce que tu es en conflit avec l'image du père !

— Tu crois vraiment que je vais me laisser piéger par ce genre de question ?

Xander braqua son arme vers Tracey.

— Je vais demander à ma petite amie de surveiller la tienne pendant que je m'occupe de mes affaires.

— Tu sais que je ne peux pas te laisser presser sur la détente.

— Tu n'es pas en service pour le moment, ranger Parker. Tu peux me laisser faire tout ce que je veux.

Ce fut Tracey qui répondit pour lui.

— Peut-être, mais il n'en a pas envie.

Elle respirait avec tant de force que ses épaules se soulevaient à chacune de ses inspirations.

— Votre degré de perversion n'a pas plus d'importance que l'identité de la personne qu'a tuée votre père, reprit-elle en montrant Josh du doigt. Cet homme est un homme bon. Il donnerait sa vie pour vous protéger tous les deux. Mais, bien sûr, vous ne pourrez jamais le comprendre.

Le cœur de Josh se gonfla de bonheur. Aucun doute, elle l'aimait. Ses mains se raffermirent. Il se campa solidement sur ses jambes. Quoiqu'il puisse arriver, il était prêt. Mais Tracey se trompait sur un point : ce serait elle qu'il protégerait, parce qu'il l'aimait.

Xander fit la sourde oreille et porta de nouveau la lunette de visée à son œil.

— Pour la dernière fois, lâche ton arme, mets-toi à genoux et mets les mains sur la tête ! lança Josh en braquant sur lui son petit pistolet de secours. J'ai six balles. Trois pour chacun de vous deux. Il n'y aura pas de sommations. Je ne vous raterai pas.

— Xander ? Qu'est-ce que je fais, chéri ?

Les mains de la jeune femme tremblaient, sans doute autant sous l'effet de la nervosité qu'à cause du poids du gros revolver. Xander ne lui accorda pas plus d'attention qu'il n'en avait accordé à Josh.

Shawna regarda Tracey, adossée aux bottes de paille, puis Josh qui la tenait en respect. Le pistolet lui glissa des mains. Elle se laissa tomber à genoux et fondit en larmes.

Pendant un instant, Josh crut avoir gagné, qu'il allait pouvoir retourner auprès de Jackson et Sage et parler avec Tracey. Il voulait tant que toute cette histoire ne soit plus qu'un souvenir.

Mais, soudain, Xander Tenoreno appuya sur la gâchette de son arme. Josh pressa aussitôt la sienne.

Shawna hurla, et Tracey s'effondra au sol.

D'un bond, Josh franchit l'espace qui le séparait de Xander, tout à la fois poussé par l'amour qu'il avait entendu dans les paroles de Tracey et mort de peur qu'elle ait été blessée. Shawna s'était relevée et partait en courant, mais elle n'était plus son problème.

Tracey s'était en fait laissée tomber au sol quand Xander avait fait feu. Elle se mit à chercher l'arme qui avait glissé des mains de la femme.

Josh luttait farouchement contre Xander. Il devait se sentir obligé d'éliminer la menace que représentait cet homme. Xander était fou. Il avait abattu son père sous les yeux d'un Texas Ranger.

Mais où était ce pistolet ?

À quatre pattes, elle continua à chercher l'arme dans

la poussière et les brins de paille jusqu'à ce que Xander trébuche sur elle, la projetant en arrière. Josh se jeta aussitôt sur l'homme, lui décocha un violent coup de poing dans l'abdomen et le regarda s'écrouler.

— Laisse tomber, dit-il.

Tracey n'avait plus besoin de chercher le pistolet. C'était fini. Xander Tenoreno ne se relevait pas. Josh l'avait terrassé.

Kendall et McCaffrey apparurent à cet instant.

— On a entendu des coups de feu.

— Je n'en suis pas certain, mais Paul Tenoreno pourrait se trouver par là-bas, répondit Josh en indiquant la direction dans laquelle Xander avait tiré.

— Tu vas bien ? s'enquit Tracey. Tu peux retourner à la maison ?

Josh prit une profonde inspiration et se redressa en grimaçant.

— Aussi longtemps que tu seras à mes côtés, j'irai bien. Allons chercher notre fils.

Tous deux marchèrent jusqu'à l'hélicoptère, tandis que Kendall et McCaffrey filaient dans la direction indiquée par Josh.

Le pilote était en train de poser un casque de radio sur la tête de Jackson. Le petit garçon semblait parfaitement réveillé, constata Tracey avec soulagement.

Enfin, ils étaient de nouveau ensemble. Ne manquait plus que Sage.

Kendall et son collègue réapparurent.

— Les secours emmènent Tenoreno Junior à Round Rock, ainsi que Vince Deegan. Nous allons les accompagner, annoncèrent-ils.

— Et Tenoreno senior ? demanda Josh.

— Nous sommes arrivés trop tard. La balle l'a atteint en plein poumon.

— Jamais je n'aurais cru qu'il irait jusqu'au bout.

— Ce n'est pas vous qui l'avez tué, Josh.

McCaffrey lui tapota l'épaule.

— Aiden et Jackson sont prêts, à ce que je vois. Malheureusement, le pilote de l'avion n'a pas survécu. Il reste une place dans l'hélico. Qui la prend ?

Sans la moindre hésitation, Tracey poussa doucement Josh vers l'avant. Jackson était son fils. Sa place était à ses côtés.

— Je vais chercher Sage et je vous rejoins, dit-elle. Même si je dois voler une voiture pour y arriver.

Josh monta à bord et la regarda, comme s'il s'apprêtait à dire quelque chose. Tracey esquissa un sourire, qui mourut aussitôt. Comment aurait-elle pu sourire alors que la porte de l'hélico se refermait et les séparait ?

Elle se plaqua une main sur la bouche pour retenir ses larmes.

— Attendez ! lança Josh en rouvrant la porte.

Il se pencha et lui tendit la main.

— Elle vient avec moi.

L'un des agents qui se trouvaient dans l'hélico en descendit sans même chercher à discuter. Une fois encore, Josh montrait à tous ceux qui l'entouraient qu'elle n'était pas seulement la nounou.

22

Jackson ne mit pas longtemps à se remettre de son hypoglycémie. Heureusement ! se félicita Tracey. Mais au lieu de les envoyer chez eux dormir dans leurs propres lits, le FBI les installa dans une suite d'hôtel à Waco en prétextant qu'il serait plus facile d'y assurer leur protection. Josh ne discuta pas, et elle non plus. Après tout, peu importait où ils passaient la nuit. L'essentiel était qu'ils soient tous réunis. Epuisés mais en vie, et combien.

Quand McCaffrey les eut laissés seuls, Josh attira Tracey dans ses bras pour lui voler un baiser.

— Est-ce qu'ils n'ont pas arrêté toutes les personnes impliquées ? lui demanda-t-elle.

— Ils prennent toutes les précautions qu'ils jugent nécessaires. Vois le bon côté des choses : tu ne vas pas avoir besoin de faire la cuisine, ni de rentrer chez toi pour revenir demain.

Elle devait bien le reconnaître : la présence du room service et d'une femme de chambre qui ferait son lit à sa place présentait un énorme attrait. Quant au nouveau tour qu'avait pris leur relation, il était inutile d'en discuter.

De son côté, Sage dessinait sans relâche. Elle avait demandé un rouleau de scotch et tapissait les murs de ses dessins pour distraire Jackson. Par deux fois, elle courut jusqu'au lit où son frère était au repos forcé pour une petite séance de communication entre jumeaux — un dialogue sans paroles, uniquement fait de longs regards.

Aucun doute, les enfants étaient redevenus eux-mêmes, observa Tracey.

Jackson et Sage ne la mirent pas dans la confidence, mais leur discussion muette concernait leur père, devina-t-elle. Il était sorti dans le couloir pour passer plusieurs coups de fil, sans doute en lien avec son travail de ranger.

À son retour, il prit chacun de ses enfants sous un bras et les serra contre lui. Quel spectacle magnifique…, songea Tracey. D'un regard, il l'invita à venir le rejoindre, mais ce n'était pas le moment. Pas encore.

Un jour, incessamment, ils parleraient de ce qu'ils ressentaient. Pour le moment, ils avaient seulement besoin de repos et de la certitude que plus rien ne leur arriverait.

Sûre de sa décision, elle alla se coucher.

Deux jours plus tard, elle se rendit à la maison avec Sage. Un ranger les escortait. Elle voulait faire un peu de ménage et prendre de quoi dessiner. En outre, Josh apprécierait certainement de pouvoir se changer. Alors qu'elle se dirigeait vers sa chambre, Bryce en sortit.

— Oh ! Bonjour.

Il se plaqua contre le mur du couloir pour la laisser passer.

— Je prenais juste… Il m'a demandé de passer chercher… Je me suis même souvenu de prendre sa brosse à dents.

Bryce souleva le sac de sport qu'il tenait à la main. Celui-ci devait être plein de vêtements pour Josh, supposa Tracey. Elle n'avait donc plus à lui en apporter d'autres. Mais pourquoi Bryce avait-il un air aussi coupable ?

— Parfait. Je n'ai plus qu'à prendre quelque chose à manger pour Sage, et nous serons prêts à repartir. Est-ce qu'il y a un problème ?

— Non. Tout va bien.

Sage sortit de la chambre qu'elle partageait avec son frère en annonçant :

— J'ai les affaires de Jackson.

Bryce prit la fillette dans ses bras et descendit les escaliers en la faisant rire jusqu'au rez-de-chaussée.

L'homme mentait, c'était évident. Surtout, il insista pour les accompagner. Ils quittèrent la maison des Parker, passèrent rapidement chez elle, et ils furent prêts à retourner à l'hôtel.

— Sage, ma chérie, dit Tracey, est-ce que tu peux mettre tes écouteurs pendant un petit moment ?

Bryce attendit que la fillette obéisse avant d'inspirer profondément et de remarquer :

— Je ne sais pas ce que vous allez me demander, mais cela ne présage rien de bon.

— Il faut que je sache ce qui se passe, dit-elle. Est-ce qu'il y a eu de nouveaux rebondissements ? Nous sommes sous protection vingt-quatre heures sur vingt-quatre, et vous vous comportez de façon extrêmement suspecte.

Et Josh acceptait tout ce que suggérait l'agent McCaffrey avec une docilité étrange.

— Non, il n'y a rien de nouveau. Xander Tenoreno a sans doute corrompu le pilote mais, puisque l'homme est mort, le FBI n'en fait pas grand cas.

Pour autant, Tracey avait toujours la même impression : on lui cachait quelque chose. Tout le monde se comportait de façon tellement… différente.

Quand la voiture s'engagea dans le parking de l'hôtel, les deux hommes qui avaient été ses gardes du corps apparurent, debout devant l'entrée principale.

— Oh ! Super ! Juste au moment où je pensais que tout revenait à la normale, mon oncle frappe de nouveau.

— Vous voulez que je me débarrasse d'eux ? proposa Bryce.

— Non. Je m'en occupe. Pouvez-vous ramener Sage auprès de Josh ?

Elle marcha vers celui des deux hommes qui lui avait au moins adressé la parole et tendit la main, paume en l'air.

— Votre téléphone, s'il vous plaît.

— Pas besoin, mademoiselle. Votre oncle est à l'intérieur. Nous l'attendons ici.

La chute de la famille Tenoreno, le sauvetage spectaculaire des jumeaux… Toute cette affaire valait des articles élogieux à l'État et aux rangers. Mais elle mettait aussi la famille Bass sous les projecteurs. Tracey s'était bien attendue à recevoir un coup de fil de son oncle, mais pas à ce qu'il se présente en personne.

Elle rentra dans le hall de l'hôtel.

À son grand étonnement, Carl n'était pas entouré d'une escorte mais seul, assis dans un coin, en train de téléphoner. Quand il remarqua sa présence, il continua à parler affaires et elle se prépara à patienter. Mais il conclut :

— La voilà. Je dois y aller. Je rappellerai plus tard.

Et son oncle remit son téléphone dans sa poche — geste inhabituel et parfaitement inattendu de sa part.

— Tu as l'air fatiguée, ma chérie. Tu te reposes assez ? Est-ce qu'il faut que je fasse garder tout l'étage pour que tu puisses avoir une vraie nuit de sommeil ?

— Je vais bien, dit-elle. Ma vie a été un peu agitée ces derniers temps, c'est tout. Alors, qu'est-ce que tu veux de moi ? Si tu es venu me reprocher l'intérêt des médias, sache que mon changement de nom figure dans les archives publiques, et que je ne peux rien faire pour empêcher les journalistes de découvrir mon histoire familiale.

— Toujours la même, Tracey…

Il se leva, la saisit par les épaules et l'attira contre lui pour l'embrasser.

— Mais tu es adulte maintenant, pas vrai ?

Quand il la relâcha, elle fit deux pas en arrière et scruta son visage.

— Qu'est-ce qui se passe ?

— J'avais besoin de m'assurer par moi-même que tu allais bien. Vraiment bien. Et aussi...

Il sortit de son portefeuille un chèque, qu'il lui tendit.

— Dépense cet argent comme tu l'entendras. Fais poser une clôture électrifiée ou un système de sécurité, engage des gardes du corps pour quelque temps... Non, ne discute pas. Tu as appris par toi-même qu'il y a des gens vraiment mauvais dans le monde. Il faut que ces enfants soient en sécurité. Et, au fait, si je suis ici, c'est parce que j'ai été invité.

Il la prit par le bras et l'escorta comme s'ils se trouvaient au palais de Buckingham. Elle réfléchit à leur dialogue. Elle appréciait qu'il la voie enfin comme une adulte, mais pourquoi avait-il été invité ? Et par qui ?

Ils atteignirent la porte de la suite, devant laquelle attendait Bryce. Carl s'effaça, et Bryce tendit à Tracey un diadème que Sage avait fabriqué et décoré le matin même.

— Je pense que vous êtes censée mettre ceci.

Elle obtempéra et entra dans la suite. Le salon était plein à craquer d'amis et de parents. Tout le monde portait soit une couronne soit un diadème.

— Ma dame...

Carl prit sa main, la posa sur la sienne et fit deux pas en avant.

Un silence total régnait dans la pièce. Les gens retenaient littéralement leur souffle. Tracey écarquilla les yeux, tandis que Carl allait rejoindre les parents de Gwen, qui tenaient Sage et Jackson debout sur deux chaises, à côté de Josh. Les deux enfants s'étaient drapé une serviette autour des épaules comme s'ils jouaient les personnages de l'un de leurs contes. Sage tenait même la baguette magique qu'elles avaient confectionnée ensemble des mois plus tôt.

Josh s'avança et s'inclina cérémonieusement. Il haussa les sourcils et prit la main de Tracey dans la sienne.

— J'espérais passer un moment seul avec toi avant tout ceci, chuchota-t-il, mais j'ai été mis en minorité.

Il se racla la gorge avant de poursuivre, d'une voix plus forte :

— Avant que nous ayons une audience avec le prince et la princesse Parker, il faut que tu saches que leur père…

— Le roi, dirent les enfants à l'unisson.

— Le roi, répéta docilement Josh, t'aime de tout son cœur et de toute son âme. Alors… Tracey Cassidy…

Il plongea la main dans sa poche et mit un genou à terre.

— Veux-tu nous épouser ? conclurent-ils tous trois.

Josh ouvrit la main, dévoilant un solitaire étincelant entouré de pierres multicolores. Quand il se releva, elle encadra son visage de ses mains et l'embrassa en guise de réponse.

Des applaudissements s'élevèrent dans la pièce.

— Ça veut dire oui ! crièrent les jumeaux.

Épilogue

Deux semaines plus tard

— Attendez que je comprenne… Tout ce que vous avez à faire, c'est attendre vos trente ans pour avoir la pleine jouissance de votre argent ! dit Bryce à Tracey. La perspective est intéressante. Vous êtes déjà parée jusqu'à la fin de vos jours.

L'un de ses bras était passé autour de la taille de sa petite amie et l'autre, autour d'un seau de lanières de poulet Bush.

C'était au moins la dixième fois que l'un des hommes de Josh lui posait cette question et, comme les fois précédentes, Tracey hocha la tête. Mais Josh craignit qu'elle ne se mette en rogne si elle découvrait que Bryce était un gosse de riches, lui aussi, et qu'il la taquinait. Il fallait qu'il vole à son secours — mais cette fois, il n'avait pas besoin d'arme.

— Est-ce que Josh vous a dit que j'ai dû aller chercher ce caillou et le lui apporter avant que vous arriviez ? continua Bryce en désignant le solitaire. Donc, vous n'avez vraiment pas besoin de travailler…

— Elle le devra si elle veut manger, coupa Josh.

Il chipa le seau de poulet frit de son expert en informatique et entraîna Tracey dans un coin de la cuisine, loin de tous ses hommes et de leurs compagnes.

— Désolé, fit-il.

— Tu avais dit que tu n'en parlerais à personne !

— Ce n'est pas moi qui en ai parlé, assura-t-il en haussant les épaules. Ce sont des enquêteurs, tu sais. Ils ont tous suivi différentes pistes afin de découvrir qui pouvait avoir enlevé les enfants, bien qu'on leur ait dit de ne pas s'occuper de l'affaire. Voilà le genre de choses qui peuvent se produire dans ma compagnie, madame Parker.

Il prit un bâtonnet de poulet dans la boîte et le fit disparaître de deux coups de dent. Elle éclata de rire.

On ne pouvait pas dire que leur vie était redevenue normale. D'ailleurs, peut-être qu'elle ne le redeviendrait jamais. Et peut-être que la normalité n'existait pas. Mais ils étaient là, mari et femme. Lui avait-il fait une cour romantique ? Il n'avait pas pu attendre aussi longtemps. Il l'avait demandée en mariage et elle avait répondu : « Oui. N'attendons pas. »

Donc, ils n'avaient pas attendu.

Deux semaines plus tard, la compagnie avait organisé une fête surprise en leur honneur.

— Tu ne penses pas que tu devrais mettre le poulet sur la table avec les autres plats ? demanda Tracey en plongeant la main dans la boîte.

Josh prit un autre bâtonnet, se le fourra dans la bouche et commenta :

— On pourrait nourrir tout un pays du tiers-monde avec ce qu'il y a sur cette table. Ces petits morceaux de volatile ne manqueront à personne.

— Si, à Bryce. Tu aurais dû voir sa tête quand tu les lui as volés.

— Ah. Et tu devrais voir la tienne maintenant que tu ne peux plus les attraper.

— Oh ! Mais je n'essayais pas d'attraper le poulet. Je veux seulement que tu aies les mains libres. Je commence à m'habituer à ce qu'elles me touchent. Mais si tu préfères tenir un seau de poulet frit, alors...

Elle haussa les épaules à son tour.

— D'accord, d'accord. J'ai compris.

Il suivit Tracey jusqu'à la table, où elle prit deux assiettes qu'elle remplit de portions réduites.

— Je pensais que les parents de Gwen emmenaient les enfants dîner ?

Tracey acquiesça.

— Ils voulaient les emmener manger du poulet frit. Alors, puisqu'il y en a ici…

— Ça t'ennuie un peu de les laisser sortir de la maison ? demanda Josh en lui prenant les assiettes des mains. Je comprends. Je vais monter ces assiettes et leur expliquer.

— Non, j'y vais. Ils sont vraiment gentils et je crois qu'ils comprendront.

— Oui. Tu as raison.

Il reposa les assiettes, l'enveloppa de ses bras et l'attira contre lui pour l'embrasser, mais la porte s'ouvrit et il releva la tête. Aiden Oaks faisait son entrée, chapeau blanc dans une main, béquille dans l'autre, jean déchiré jusqu'au genou, jambe dans le plâtre, insigne sur le cœur.

— Est-ce que je peux entrer ?

— Bien sûr.

— Besoin d'une bière ?

— Tenez, prenez cette chaise.

Les hommes de la Compagnie F s'empressaient autour de leur commandant.

Aiden, qui maniait sa béquille comme un pro, s'installa confortablement. Josh pressa la main de Tracey et l'embrassa pour se porter chance. L'avenir incertain qui se dressait devant eux pouvait s'éclaircir dans les minutes à venir.

— Bonjour, capitaine.

— Major.

Oaks posa la béquille contre sa chaise et y accrocha son chapeau.

— Comment vont les enfants, Tracey ?

— Physiquement, ils se portent à merveille. Nous travaillons lentement sur le traumatisme de l'enlèvement. Mais je pense que nous revenons tous à la normale.

Josh mêla ses doigts aux siens. Elle aussi savait pourquoi Aiden était là, ainsi que toutes les personnes présentes. La plupart des conversations s'étaient interrompues. Le match de base-ball qui se déroulait dehors s'était arrêté. Tout le monde s'attendait depuis plusieurs jours à savoir quelle décision avait été prise concernant sa mise à pied, et cette soirée était peut-être le moment parfait pour l'entendre.

Parce qu'en cet instant Josh et Tracey célébraient le début d'une nouvelle vie.

— Quelques décisions sont arrivées d'en haut aujourd'hui, commença Oaks. Xander Tenoreno a été inculpé de racket, d'enlèvement et de toutes les charges que le bureau de l'attorney général a pu trouver. L'opération qui visait à libérer les familles des hommes qui travaillaient pour lui a été couronnée de succès. Et, avant que vous vous mettiez à applaudir, la nouvelle que vous attendez tous…

Il s'interrompit tandis que les invités se rapprochaient de lui.

— Je rends le commandement de la Compagnie F au major Parker.

Des éclats de rire et des cris de soulagement résonnèrent dans la maison. On lui tapa dans le dos, on le félicita, mais il ne voyait rien, sinon la joie de Tracey.

Leur relation avait commencé par une tragédie, et l'adversité les avait rapprochés. Une fois toute cette affaire réglée, son épouse aurait légitimement pu lui demander de démissionner des Texas Rangers. Son oncle Carl les avait informés qu'il allait prendre les dispositions nécessaires pour qu'elle ait accès à son héritage. Contrairement à ce qu'il avait dit à Bryce, ni lui ni elle n'avaient besoin de travailler.

Pourtant, elle le soutenait avec toujours la même ardeur. Elle venait de lui en fournir une nouvelle preuve. Il ne put résister à l'envie de l'attirer contre lui pour l'embrasser, une fois, puis deux, puis trois... Il aurait volontiers continué si quelques toussotements ne s'étaient pas élevés derrière lui, ainsi que la voix de Sage.

— Est-ce qu'on doit rester en haut, papa ?

Sa fille lui fit signe de se pencher afin qu'elle puisse lui chuchoter à l'oreille.

— Comment est-ce que je dois appeler Trace Trace maintenant ? Grand-père m'a dit que c'est notre belle-mère. Est-ce qu'elle va devenir méchante et avoir des verrues comme dans les contes ?

Josh éclata de rire et prit sa petite fille dans ses bras.

— Et toi, comment est-ce que tu veux appeler Trace Trace ?

— Est-ce que ça peut juste être « maman » ?

Le regard de Josh se riva à celui de la femme qui avait été présente à ses côtés tout au long des années les plus sombres de sa vie. Ses yeux brillaient de larmes difficilement retenues.

— Je pense que ça lui plairait.

Tracey acquiesça et épongea rapidement les larmes qui avaient roulé sur ses joues.

— Tu sais, ma chérie, ce nom me semble parfait. Personne ne m'a jamais appelée maman. Vous serez les premiers, tous les deux.

Jackson dévala les escaliers et se jeta dans ses bras.

— Ils ont dit qu'il fallait qu'on te demande, mais je savais que tu aimerais ça.

Tracey plaqua deux baisers très bruyants sur les deux petites joues.

— Je n'aime pas juste ça. J'adore ça.

Son regard plongea dans celui de Josh.

— Presque autant que je vous adore, tous les trois.

Une fois ce point réglé, les enfants coururent à la rencontre de leurs grands-parents, qui descendaient l'escalier à leur tour.

— Il y a assez à manger ici pour cinq compagnies de rangers ! plaisanta la mère de Gwen.

À ces mots, Tracey éclata de rire.

Ensuite, les enfants remontèrent, et la mère de Gwen vint chercher leurs assiettes.

Elle étreignit Josh et Tracey avant d'éponger une larme.

— Je veux que vous sachiez combien nous sommes heureux pour vous. Vous voyez, Tracey, nous commencions à nous demander si Josh vous demanderait en mariage un jour, après ce qu'il avait dit à Noël l'an dernier.

Tracey fronça les sourcils.

— Qu'est-ce qu'il a dit ?

— Il nous a confié ce qu'il ressentait pour vous et son désir de se remarier. Vous avez été une vraie bénédiction pour notre Gwen, Tracey. Elle n'est plus là pour élever ses enfants, mais je sais qu'elle serait heureuse que vous la remplaciez. Bienvenue dans notre famille !

Leur belle-mère s'engagea dans l'escalier, et ils la suivirent des yeux. Tracey était radieuse, remarqua Josh.

— Je voulais t'en parler, confia-t-il.

— Est-ce que tu avais changé d'avis ?

— Apparemment pas... Je me suis dit que je devais sans doute commencer par te demander de sortir avec moi. J'avais l'intention de le faire le jour de ton anniversaire.

Elle ouvrit grand les yeux.

— Arrête... Pourquoi est-ce que tu ne l'as pas fait, alors ? Pourquoi est-ce que tu as trop bu ce soir-là ?

— Je n'avais pas trop bu. Je me suis juste dégonflé.

— Toi ? L'homme qui a couru pour sauter à bord d'un avion au milieu des rafales d'armes automatiques ?

— Oui, je sais, c'est difficile à croire. Mais un sage m'a dit un jour de ne jamais poser à une femme une certaine question à moins de connaître sa réponse. Je pensais la connaître… Mais ensuite, je me suis rendu compte que la seule chose dont j'étais certain, c'était de tout aimer de toi. Je ne pouvais pas être sûr que tu ressentais la même chose.

Elle lui donna une tape, comme s'il avait tout faux. Mais elle ne lui reprochait probablement seulement d'avoir un peu gâché sa fête d'anniversaire. Pour autant, il passerait le reste de l'avenir incertain qui se dessinait devant eux à se racheter auprès d'elle.

Chaque jour était précieux. Il le savait mieux que la plupart des gens. Et jamais il ne tiendrait la vie pour acquise.

— Est-ce que tu penses que les enfants vont seulement remarquer que je me suis installée ici ?

Josh profita de ce qu'elle tendait le visage vers lui pour l'embrasser de nouveau, tendrement, attirant les regards de leurs invités et des membres de leur famille. Quand il releva la tête, ce fut en souriant largement.

Il était heureux. Heureux que Tracey, Jackson et Sage représentent la normalité qu'il désirait.

Il chuchota sa réponse de sorte que seule son épouse puisse l'entendre.

— S'ils ne le remarquent pas, il faudra leur expliquer que nous organisons un sacré nombre de soirées pyjama.

JULIE MILLER

Le bébé de l'inconnu

Traduction française de
PASCALE DOMÉJEAN

HARLEQUIN

Titre original :
APB: BABY

Ce roman a déjà été publié en 2017

Prologue

Niall Watson aurait mille fois préféré être à la morgue en train de pratiquer une autopsie qu'au pied de l'autel à surveiller ses deux frères.

Mais il n'était pas envisageable de dire non à sa petite sœur le jour de son mariage. Et c'est ainsi que, vêtu de son costume de garçon d'honneur, il se retrouvait face à la foule émue qui emplissait l'église. Sa présence était un cadeau au moins aussi précieux que la ménagère en argent massif qu'il avait choisie sur la liste mise en ligne par les futurs mariés.

Si Olivia, la plus jeune de la fratrie Watson, voulait qu'il s'assure que son frère aîné Duff et son frère cadet Keir se tiendraient convenablement aujourd'hui, alors Niall le ferait.

Il devait d'ailleurs bien reconnaître que c'était tout particulièrement habile de la part d'Olivia : non seulement elle pouvait ainsi espérer que ses deux frères ne se laisseraient pas emporter par leur tempérament bagarreur, mais elle s'assurait en même temps de la participation de Niall à la cérémonie.

Ainsi, il ne serait pas tenté de repenser au cadavre qu'il avait autopsié hier matin à la morgue du sud-ouest de Kansas City, au rapport qu'il avait l'intention de faire, ou à cette victime de noyade suspecte qu'il voulait examiner une seconde fois avant de livrer ses conclusions aux policiers chargés de l'enquête.

Dans cette famille soudée où trois générations de policiers se côtoyaient, il était pratiquement impossible de ne pas attraper le virus, et de ne pas être voué corps et âme à son travail. Pour les Watson en général et pour Niall en particulier, il n'y avait que ça : la famille et la police.

Mais il fallait bien reconnaître qu'ils lui tapaient parfois sur le système, comme Duff en ce moment, qui n'arrêtait pas de tripoter le nœud de sa cravate, ou Keir qui était en train de faire glousser de rire la demoiselle d'honneur qu'il escortait. Keir se retourna pour faire un clin d'œil à Millie, l'employée de maison qui les avait élevés, lorsqu'il passa devant le banc où elle était assise. La vieille dame rougit, et Keir lui envoya un baiser.

Niall réajusta ses lunettes tout en lançant un regard menaçant à Keir, lui intimant silencieusement l'ordre d'arrêter d'attirer l'attention sur lui et de distraire la demoiselle d'honneur.

— Natalie est l'épouse du coéquipier de Liv, murmura Niall.

— Du calme, espèce de rabat-joie ! rétorqua Keir avec un large sourire en lui donnant une tape sur l'épaule. Que les femmes soient jeunes ou vieilles, mariées ou non, je ne vois pas pourquoi on ne serait pas agréable avec elles !

Olivia était la plus jeune des quatre enfants, qui tous avaient perpétué la tradition familiale et travaillaient dans la police. Et elle était également la seule femme du clan Watson depuis la mort de leur mère, assassinée lorsque Niall était encore adolescent. Mais il était indéniable que c'était elle qui menait la famille. Malgré le caractère bourru de Duff et le charme enjôleur de Keir, Olivia Mary Watson — qui allait devenir Olivia Knight — tenait les rênes de la tribu Watson plus sûrement que leur père ou leur grand-père. Si elle voulait que Niall veille sur la bonne conduite du clan irlandais le jour de son mariage, il le ferait.

Keir étant momentanément calmé, Niall se rapprocha

du marié et de Duff, son garçon d'honneur. Il n'eut pas besoin d'ajuster ses lunettes pour remarquer une bosse sous la veste de son frère.

— Non, mais je rêve, ou tu as pris ton pistolet ?

Duff se retourna pour murmurer :

— Eh, tu as bien mis tes lunettes ! Pourquoi je n'aurais pas mon arme ?

Keir gloussa :

— Ce n'est pas faux !

— Ça suffit maintenant ! Fermez-la !

Niall voyait bien qu'il risquait de perdre le contrôle de la situation. Il lança un regard noir à Keir.

— Tu ne pourrais pas être sérieux cinq minutes ?

Duff, quant à lui, se remit à tripoter le col de sa chemise.

— Et toi, arrête de te tortiller comme un gamin !

Un regard interrogateur du prêtre calma les trois frères momentanément. Tout était maintenant prêt pour que leur sœur fasse son entrée dans l'église, et la musique s'éleva. Niall parcourut l'assistance du regard alors que tous se mettaient debout. Leur grand-père, Seamus Watson, était au premier rang. Il fit un clin d'œil à Niall avant de sortir un mouchoir de sa poche et de se détourner pour essuyer des larmes qu'il voulait cacher.

Puis les silhouettes d'Olivia et de leur père, Thomas Watson, apparurent dans l'encadrement de la porte, et Niall sentit son cœur se serrer d'une émotion inhabituelle.

Son père était un homme plutôt grand, robuste. Comme Niall, il était vêtu d'un smoking noir assorti d'un gilet et d'une cravate rouge, couleur de circonstance puisque Olivia avait choisi le jour de la Saint-Valentin pour son mariage. En le voyant avancer de sa démarche heurtée, mais se tenant droit malgré la blessure qui avait mis fin à sa carrière dans la police de Kansas City, Niall ressentit une pulsion de tendresse et de respect. Hormis les quelques fils d'argent qui éclairaient maintenant les cheveux bruns de Thomas, Niall retrouvait presque trait pour le trait chez lui le visage qu'il voyait lorsqu'il se regardait dans la glace le matin.

Sa sœur, ce garçon manqué devenu une policière chevronnée, la fille qui ne se laissait jamais faire par ses trois grands frères, avait grandi. Vêtue de soie ivoire, le visage couvert du voile en dentelle qui lui venait de la famille de sa mère, Olivia Watson était ravissante, avec ses cheveux bruns et ses yeux bleus semblables à ceux de Niall. Elle croisa le regard de Gabe, qui l'attendait au pied de l'autel, et lui sourit. Et soudain, Niall eut l'impression de revoir sa mère.

— Eh bien, marmonna Duff en donnant un coup de coude au marié debout à côté de lui, tu es un sacré veinard !

Gabe semblait hypnotisé par la vision d'Olivia s'avançant dans l'allée.

— Je sais !

— Tu as intérêt à la rendre heureuse, grommela Duff.

Keir, bien entendu, n'allait pas rester en dehors de la conversation.

— De toute façon, chuchota-t-il, vous connaissez Liv : du moment qu'elle a choisi Gabe, rien ne peut la faire changer d'avis !

Le prêtre les fit taire d'un regard, alors que la mariée et son père s'approchaient.

— Bon sang ! grommela Duff, levant les yeux au ciel.

Il cligna des paupières et se pinça le nez.

— Je ne vais tout de même pas pleurer !

— J'ai l'impression de revoir maman, souffla Keir d'une voix étrangement douce.

Enfin, ils ressentaient la solennité du jour et commençaient à se laisser prendre par la cérémonie. Niall tapota le coude de Duff.

— Tu as un mouchoir ?

— Les alliances sont dedans.

— Tiens.

Niall glissa son mouchoir à Duff, qui se tapota les yeux en vitesse. Il hocha sèchement la tête pour le remercier et fourra le carré de coton dans sa poche, serrant les dents pour contrôler son émotion.

Lorsque Olivia arriva devant l'autel, elle embrassa leur père, le serrant dans ses bras avant de se retourner vers ses frères et de leur sourire. Duff renifla encore. Keir leva le pouce. Niall hocha la tête. Olivia tendit son bouquet à sa demoiselle d'honneur, Ginny Rafferty-Taylor, prit la main de Gabe et se tourna vers le prêtre.

Le reste de la cérémonie se déroula sans encombre, jusqu'au moment où le prêtre déclara Gabe et Olivia unis par les liens du mariage et ajouta :

— Vous pouvez maintenant embrasser la mariée.

— Je t'aime, murmura Olivia.

Gabe l'embrassa.

— Et moi encore plus.

Alors que l'assistance applaudissait et que les premières notes de la musique de sortie s'élevaient, Niall réfléchit à la cérémonie dont il venait d'être témoin. Il avait du mal à comprendre l'utilité de tout ce cérémonial pompeux et teinté de sentimentalisme. Au fond, il ne pouvait s'empêcher de trouver tout cela un peu ridicule. Mais si c'était ce que voulait Olivia, il la soutenait de tout son cœur et ferait tout ce qui était en son pouvoir pour que les choses se passent bien.

Il suivit Duff jusqu'à l'allée centrale et tendit son bras à Katie Rinaldi, une des demoiselles d'honneur. Thomas Watson avait les yeux rouges, mais il regardait ses quatre enfants d'un air radieux. Niall lui sourit en retour.

A ce moment, il aperçut du mouvement dans la tribune au fond de l'église. Une silhouette masculine vêtue de noir sortit de l'ombre et s'avança devant un des piliers encadrant le buffet d'orgue.

En moins d'une seconde, Niall prit conscience d'une multitude de détails. L'organiste continuait à jouer, sans prêter la moindre attention à l'intrus qui ne se trouvait qu'à quelques mètres de lui. L'homme portait un passe-montagne et un long manteau noir. Que voulait-il ? Que faisait-il ici ? Près de deux cents personnes étaient présentes dans la nef, pour la plupart des policiers et des confrères de Gabe, journaliste connu pour ses éditoriaux au ton mordant. Etait-ce un individu ivre de vengeance, ou un déséquilibré qui voulait crier son désespoir en commettant un acte fou ?

L'homme sortit un fusil de son manteau. Un Mauser. Cinq balles de huit millimètres. A la ceinture, il portait également un pistolet semi-automatique. Assez d'armes à feu pour faire un carnage.

Toutes les années d'entraînement de Niall, médecin légiste à la police, reprirent leurs droits. *Fais quelque chose !*

Niall poussa Katie à terre et s'élança vers son père alors que l'homme mettait son fusil en joue.

— Un homme armé ! cria-t-il en désignant la tribune, tout en saisissant Thomas Watson par la manche de sa veste. Tout le monde à terre !

Les détonations retentirent sous les voûtes. L'orgue se bloqua sur une note stridente puis se tut. Des éclats de bois volèrent. Un vase au pied de l'autel éclata, et des pétales et de la poussière de marbre jaillirent en l'air.

— Tout le monde à terre ! ordonna Duff, saisissant le pistolet qu'il portait dans le dos.

Il se mit sur un genou et leva son arme :

— Lâchez ce fusil !

— J'appelle la police ! s'écria Keir.

Il se jeta entre les bancs, entraînant Natalie Fensom et

Millie Leighter pour les mettre à l'abri, puis il sortit son téléphone de sa poche.

Niall vit Gabe prendre Liv par la taille et la pousser à terre, la protégeant de son corps. Les invités appelaient leurs proches. Un enfant hurlait de peur, et sa mère accourut pour le réconforter. Des exhortations à ne pas paniquer, à ne pas courir se mêlèrent aux cris et aux bruits de pas de ceux qui faisaient exactement le contraire.

— Je ne vois rien ! Je ne peux pas faire feu ! hurla Duff en s'allongeant à terre alors que le tireur lâchait son fusil déchargé pour se saisir de son pistolet.

Niall entendit Keir expliquer la situation à la police d'une voix sèche. Katie lui fit un signe de tête pour lui signifier qu'elle allait bien, et lorsque Niall aperçut son mari qui passait par la travée latérale pour venir à son aide, il se mit à genoux pour évaluer la situation. Il vit Duff et quelques autres policiers partir à l'assaut, courant en zigzag dans la nef pour éviter une autre rafale de balles.

— Tout le monde à terre !

Niall pressa le bras de son père. Il allait bien. Il regarda le prêtre accroupi derrière l'autel. Il n'avait pas été touché, lui non plus.

Le tireur n'avait pas prononcé le moindre mot. Il finit de vider le chargeur de son pistolet, reprit son fusil et commença à descendre l'escalier menant à la sortie. Il avait fait beaucoup de bruit, beaucoup de dégâts, et avait semé la panique. Mais malgré le chaos, il n'avait touché personne. Quel fou pouvait avoir agi ainsi sans raison particulière ?

— Niall !

Il entendit la canne de son grand-père tomber sur le sol en marbre.

Niall enlevait déjà sa veste pour en faire une compresse alors que Thomas Watson prenait le vieil homme dans ses bras et l'allongeait précautionneusement sur le sol.

— Aide-moi, fiston. Mon père a été touché.

1

Lorsque Niall sortit de l'ascenseur pour se diriger vers son appartement, il entendit un bébé pleurer.

Il s'immobilisa avec un soupir alors que les portes coulissantes se refermaient derrière lui et vérifia l'heure sur son téléphone : 2 heures du matin. Bien !

Il n'avait rien contre les bébés : la plupart d'entre eux devenaient un jour des adultes fort agréables, mais cela faisait vingt heures qu'il n'avait pas dormi. Il avait dû attendre dans des couloirs d'hôpital, répondre aux questions de la police et n'avait même pas eu le temps de quitter son smoking, maintenant bon à jeter… Sans compter qu'il s'était déjà levé fatigué ce matin, car il avait dû travailler très tard la veille pour pouvoir être libre le jour du mariage de Liv. Si ce bébé continuait à pleurer, il n'arriverait jamais à prendre les quelques heures de sommeil dont il avait besoin avant de retourner à l'hôpital le lendemain matin.

Il remit son téléphone à l'oreille et termina sa conversation avec Duff.

— Tu sais que nous ne pouvons pas nous charger personnellement de l'enquête : il y a un conflit d'intérêts, puisque la victime fait partie de la famille.

— Alors, je vais me renseigner pour savoir qui sont les policiers qui s'en occupent et je vais leur demander de me tenir au courant.

— D'accord. Et moi, je guette tous les éléments que la police scientifique pourrait trouver…

— Nous allons coincer ce type.

Duff parlait d'une voix implacable.

— Va dormir, Niall.

— Toi aussi.

Niall raccrocha, tout en sachant qu'il n'allait pas pouvoir suivre la recommandation de son frère.

Mais ce n'étaient pas les pleurs du bébé qui allaient l'empêcher de dormir. C'était plutôt la perplexité qu'ils provoquaient en lui : d'où venait cet enfant ? Comme si les événements de la journée — avec son grand-père en soins intensifs et un tireur en cavale — ne suffisaient pas à le tenir éveillé, un nouveau-né désespéré et la curiosité de Niall allaient probablement ruiner chez lui tout espoir de sommeil. Tout en maudissant son besoin de toujours vouloir tout comprendre, Niall se frotta la nuque et commença à avancer dans le couloir.

Dans la mesure où trois des six appartements de cet étage étaient vides et que les trois autres étaient occupés par lui-même, un couple de personnes âgées et Lucy McKane — une jeune femme célibataire —, entendre un bébé pleurer ici était pour le moins surprenant. Peut-être les Logan gardaient-ils un de leurs nombreux petits-enfants dont ils parlaient avec tant de fierté… A moins que Lucy McKane ait de la compagnie ce soir… Qu'elle s'occupe du bébé d'une amie ? Ou qu'elle sorte avec un jeune papa qui avait emmené son enfant ?

Même si Lucy et lui conversaient volontiers à chaque fois qu'ils se croisaient sur le palier ou dans la buanderie du sous-sol, ils n'étaient jamais allés au-delà de considérations polies sur le temps et les marques de lessive qu'ils utilisaient. Ce n'était pas parce qu'elle ne portait pas d'alliance qu'elle ne sortait pas avec quelqu'un…

Alors, c'était certainement de son appartement que provenaient les pleurs du bébé.

Bien. Le mystère était résolu. Niall sortit ses clés de sa poche tout en retournant vers sa porte. Maintenant, il allait pouvoir dormir.

Ou pas.

L'éclat de quelque chose de rouge et brillant sur la moquette du couloir attira son regard. Il se baissa et ramassa ce qui semblait être un petit morceau de verre rouge. Pourtant, la personne qui entretenait la résidence passait l'aspirateur cinq jours par semaine. Ce morceau de verre n'était pas là ce matin et il était trop petit pour que Niall puisse comprendre d'où il venait. Une bouteille cassée ? Un morceau de vitrail ? Un autre mystère… Le bébé hurlait de l'autre côté de la porte, et Niall tourna la tête. En fait, il n'avait rien résolu du tout : le mystère restait entier.

Oublions le verre cassé. Depuis quand Lucy McKane avait-elle un bébé ?

Il ne l'avait jamais vue rentrer chez elle en compagnie d'un homme et encore moins d'un homme avec un bébé. Et il était certain qu'elle n'était pas enceinte, même si elle avait pu cacher une grossesse, que ce soit intentionnellement ou non. Il la voyait généralement dans l'ascenseur, emmitouflée dans son manteau d'hiver, ou dans la salle de sport en bas, où elle venait vêtue de T-shirts amples ornés d'un message le plus souvent stupide… Et il y avait aussi les soirs où il l'avait croisée dans la buanderie du sous-sol. Ces fois-là, sa silhouette était cachée par les tables et paniers à linge qui se trouvaient entre eux. Maintenant qu'il y pensait, Lucy McKane portait des vêtements très amples. Ses choix vestimentaires tendaient à mettre en valeur sa poitrine et à camoufler le reste de son corps. Il se dit qu'il était parfaitement possible qu'elle ait été enceinte et qu'il ne l'ait pas remarqué. Si c'était le cas, cependant, pourquoi n'avait-il pas vu l'enfant, ou ne l'avait-il pas entendu pleurer avant ce soir ? Lucy conversait volontiers. Elle lui aurait tout de même annoncé la naissance prochaine de son bébé, non ?

Il fallait peut-être qu'il réévalue la situation. Lucy gardait peut-être le bébé d'une amie qui était sortie pour la Saint-Valentin. Mais dans ce cas, pourquoi n'aurait-elle pas elle-même célébré cette fête ? Elle était très belle avec ses longs cheveux bruns bouclés, ses yeux verts en forme d'amande, ses joues roses et ce petit nez retroussé qui lui donnerait à jamais un air ingénu. Elle était tout particulièrement sociable, à en juger par sa capacité à entraîner quelqu'un comme lui dans des causeries anodines. Et elle maîtrisait parfaitement l'art de la conversation, du moins lorsqu'il s'agissait de parler du temps, de linge et des dernières nouvelles de la résidence. Alors pourquoi une femme comme elle n'aurait-elle pas de compagnon ?

Et pourquoi était-il ici, à genoux dans le couloir, dans un smoking sale, froissé, les yeux picotant de fatigue, à se torturer l'esprit pour analyser la situation ? Il avait désespérément besoin de sommeil.

— Ça suffit, Watson, soupira-t-il en se remettant debout.

Niall se retourna vers la porte 8 C et introduisit sa clé dans la serrure. Au moins maintenant, il arrivait clairement à identifier d'où provenaient les pleurs du bébé. Il hurlait tellement fort derrière la porte de Lucy McKane que Niall en avait les nerfs à vif. D'ordinaire, il retrouvait le silence de son appartement avec joie lorsqu'il rentrait après son service du soir au département de médecine légale. La plupart des résidents dormaient déjà. Il respectait leur désir de calme d'autant plus qu'il en avait besoin lui-même. Il n'allumait jamais la radio ni la télé. Il se préparait une tasse de café décaféiné et s'asseyait avec un livre jusqu'à ce qu'il cesse enfin de penser à son travail, pour pouvoir ensuite prendre quelques heures de sommeil. Il envoya mentalement quelques ondes censées calmer le bébé et leur permettre à tous deux de dormir, puis il entra chez lui et referma la porte.

Niall rangea son manteau dans le placard, alluma, et se dirigea droit vers le bar. Là, il jeta l'éclat de verre sur le comptoir, défit le premier bouton de sa chemise et se servit un verre de whisky. En voyant les taches de sang séché sur les manches de sa veste et les poignets de sa chemise, il porta mentalement un toast à l'homme qu'il avait laissé à l'hôpital Saint Luke. Ce n'était que lorsque Keir était venu prendre la relève, après avoir conduit Liv et Gabe dans un hôtel de charme en lieu et place du voyage de noces qu'ils avaient prévu, que Niall avait quitté le chevet de Seamus Watson.

— A ta santé, grand-père !

Niall avala son whisky d'un coup, savourant la brûlure de l'alcool coulant dans sa gorge. La journée avait été plus qu'éprouvante. Son grand-père était solide, et Niall avait réussi à stopper l'hémorragie et à lui prodiguer les premiers soins dans l'église. Il avait ensuite suivi les urgentistes à l'hôpital, où il avait fallu opérer le vieil homme de quatre-vingts ans pour enlever la balle qui l'avait touché à la tête et avait failli le tuer.

Même si le chirurgien et le neurologue avaient affirmé que l'état de Seamus était maintenant stable et qu'il avait besoin de sommeil, la balle avait fait des dégâts, et son cerveau avait été touché. A cause de sa blessure ou d'une attaque consécutive, il avait perdu l'usage de son bras et de sa jambe gauche, parlait difficilement et avait un champ de vision rétréci. L'âge et le traumatisme avaient eu raison de son corps, et Seamus avait une longue convalescence devant lui. Niall était resté auprès de lui pour surveiller le travail des médecins, des infirmières et des aides-soignantes et, pendant tout ce temps, il n'avait cessé de repasser en boucle dans son esprit les derniers instants de la cérémonie de mariage.

Seamus était-il la cible du tireur ? Et puisque le vieil homme semblait bien décidé à vivre, le tireur allait-il venir finir son travail ? Son grand-père était-il en sécurité ? Ou alors, le vieil homme qu'il adorait n'était-il que la tragique victime d'une balle perdue ?

Si c'était le cas, qui l'homme si bien armé visait-il ? Pourquoi choisir l'église comme théâtre de l'attaque ? Le jour de la Saint-Valentin avait-il une signification particulière pour le tireur ? Son but était-il de déranger le mariage, de s'en prendre à la police de Kansas City, ou simplement de créer le chaos et d'avoir un sentiment de toute-puissance ? Même si d'autres personnes avaient été légèrement blessées, et qu'un des invités avait fait un malaise cardiaque causé par le stress, la présence de policiers entraînés dans l'assistance avait permis de limiter la panique. Mais surtout, qui était le tireur ? Duff disait qu'il l'avait repoussé vers le toit de l'église, mais que l'homme avait disparu avant qu'il puisse le rattraper. Le tireur avait visiblement bien planifié sa sortie et n'avait touché personne, si ce n'était le patriarche du clan Watson. Mais si Seamus était bien celui qu'il visait, à quoi bon toute cette mise en scène dans l'église et tous ces dégâts ?

Niall se demandait également s'il aurait pu éviter la tragédie s'il avait remarqué l'homme dans l'ombre quelques secondes plus tôt. Il se passa la main dans les cheveux, qui se dressaient en épi après toute une journée passée à répéter inconsciemment le même geste. Niall se flattait de remarquer les détails. Mais aujourd'hui, il n'avait vu le plus important de tous que lorsqu'il avait été trop tard.

Ses frères allaient ressortir tous les anciens dossiers de Seamus et enquêter sur toutes les personnes dont il aurait pu se faire des ennemis au cours de sa carrière, même si cela faisait maintenant quinze ans qu'il était à la retraite. Duff et Keir avaient demandé à être informés immédiatement de tous les nouveaux développements de l'enquête. Quant à Niall, il ne pouvait rien faire de plus, à moins qu'un de ses frères ne lui apporte un indice qu'il puisse analyser dans son laboratoire… Et même dans ce cas, sa spécialité étant les autopsies, il faudrait qu'il fasse des pieds et des mains pour pouvoir s'en occuper lui-même. Même s'il lui en coûtait de ne pas être personnellement associé à l'enquête, tout indiquait qu'il servirait mieux les intérêts de sa famille en prenant soin de la santé de son grand-père, pour que ses frères puissent se concentrer sur la traque de l'assassin.

Niall saisit la bouteille de Bushmills pour se verser un second verre, mais les pleurs étouffés du bébé dans l'autre appartement lui rappelèrent qu'il n'était pas le seul à passer un mauvais moment, et il reposa le whisky à sa place. Il voulait avoir les idées claires demain matin lorsqu'il retournerait à l'hôpital pour prendre des nouvelles de son grand-père. Il sentait déjà son corps céder à la fatigue, et même s'il aurait bien voulu oublier pour un temps les pensées dérangeantes qui lui occupaient l'esprit, ce n'était pas le moment de boire. Alors, il posa son verre dans l'évier et alla dans la cuisine se faire un décaféiné.

Pendant que la machine sifflait et crépitait, il ôta sa veste de smoking tachée et la posa sur le dossier d'une chaise. Il sortit sa cravate qu'il avait mise dans sa poche et commença à déboutonner le gilet rouge qu'il portait. Ce matin, il n'avait pas pris son arme, qu'il ne portait qu'en service. Mais avec la menace qui pesait sur sa famille, il avait demandé à Duff de la lui apporter à l'hôpital et il avait fixé l'étui à sa ceinture. Niall s'interrompit alors qu'il était en train de l'ôter. Jusqu'à ce qu'il comprenne vraiment ce qui se passait, il était préférable de la garder à portée de main.

Les pleurs du bébé semblèrent se calmer, et Niall s'appuya contre l'évier en fermant les yeux, sentant soudain la fatigue s'abattre sur lui.

Les cris perdaient de leur intensité, comme si le bébé n'avait plus l'énergie nécessaire pour continuer à hurler. Peut-être les tentatives de Mlle McKane pour calmer l'enfant finissaient-elles par être couronnées de succès ! Malgré sa propension à parler, elle semblait être particulièrement sensée : Niall avait remarqué qu'elle avait accroché une petite bombe lacrymogène avec la clé de sa voiture, et qu'elle la tenait à la main à chaque fois qu'elle sortait du garage. Elle portait un chapeau sur ses cheveux bruns quand le temps était froid et humide. Lorsqu'elle faisait sa lessive, elle séparait bien ses jeans, ses serviettes et sa lingerie... Bon, d'accord, elle n'avait peut-être pas l'esprit si pratique : pourquoi une femme avait-elle besoin de tant de sous-vêtements différents ? Elle avait des slips en coton, des panties de soie, des soutiens-gorge en dentelle blanche ou chair, d'autres de couleurs pastel ou en imprimé léopard...

Niall ouvrit soudain les yeux en se rendant compte qu'il était en train de détailler les sous-vêtements de Lucy McKane. Et dans son esprit, il ne les voyait ni pliés dans son panier à linge, ni rangés dans un tiroir...

Bon sang ! Imaginer la peau claire de sa voisine mise en valeur par cet ensemble en imprimé léopard qu'il avait trouvé si curieusement troublant lorsqu'il l'avait aperçu sur le haut de sa pile de linge n'était pas très approprié ! La fatigue devait lui jouer des tours. Il se redressa et réajusta ses lunettes sur son visage, comme s'il pouvait ainsi recentrer ses pensées sur l'essentiel. C'était irritant de constater qu'il pouvait être si aisément distrait par des courbes et des bouts de tissu, comme par des éclats de verre ou de mystérieux bébés — choses qui ne le concernaient en rien — alors qu'il aurait voulu se concentrer sur les événements qui venaient de se produire, avant, pendant ou après la fusillade dans l'église. Peut-être aurait-il dû éviter de se servir ce verre de whisky et passer directement au café décaféiné, dont il se versa une tasse.

Il y ajouta quelques gouttes de lait et apporta le mug fumant dans le salon. Il sortit un ouvrage de médecine de sa bibliothèque et y vérifia quelques détails liés à l'état de santé de son grand-père. Puis il huma les arômes de café qui s'élevaient de sa tasse avant d'en prendre une gorgée et de s'installer dans un fauteuil.

Niall s'était à peine plongé dans la lecture de l'ouvrage que le bébé eut un regain d'énergie et poussa des cris aigus qui faillirent lui faire renverser sa tasse de café.

Ça suffisait ! Le bébé était peut-être malade, et Niall se faisait peut-être des illusions sur les supposées capacités de Lucy McKane.

Il posa son livre sur la table basse et se mit debout. En temps normal, il n'aurait certainement pas réagi ainsi. Mais il avait été si près de perdre un être cher aujourd'hui qu'il n'avait pas la patience nécessaire pour supporter qu'un voisin ne respecte pas son besoin de calme et de silence.

En quelques enjambées, il se retrouva de l'autre côté du couloir, en train de frapper à la porte de Lucy McKane. Personne ne répondit, aussi frappa-t-il plus fort.

— Mademoiselle McKane ? cria-t-il. Vous savez l'heure qu'il est ? Vous avez des voisins qui voudraient dormir !

A vrai dire, il n'avait même pas essayé. Mais il n'aurait jamais pu avec ces pleurs qui traversaient les murs.

— Mademoiselle McKane ?

Niall posa les mains sur les hanches, attendant quelques secondes avant de recommencer à frapper.

— Mademoiselle McKane ?

Pourquoi ne venait-elle pas ouvrir ? Elle ne pouvait tout de même pas s'être endormie avec le vacarme que faisait le bébé ! Instantanément, l'irritation de Niall se transforma en inquiétude. Peut-être Lucy McKane ne *pouvait-elle pas* aider l'enfant. Cela expliquait peut-être pourquoi il continuait à pleurer. Il aplatit la paume de la main contre la porte et se remit à frapper.

— Mademoiselle McKane ! C'est Niall Watson, votre voisin. Vous êtes là ? Tout va bien ?

Il voulut secouer la poignée, mais le bouton de métal froid tourna aisément dans sa main, et la porte s'ouvrit.

Niall se raidit immédiatement : quelque chose n'allait pas. Quelle était la femme vivant seule à Kansas City qui ne fermait pas sa porte à clé ?

Il appela à nouveau :

— Mademoiselle McKane ?

Pour toute réponse, il n'eut que les pleurs redoublés du bébé. Il remarqua des griffures sur la poignée de la porte et sortit son téléphone de sa poche pour les prendre en photo. Un éclat de verre rouge coincé entre le cadre de la porte et la gâche ressemblait en tout point à celui qu'il avait trouvé par terre dans le couloir.

La situation commençait à s'éclaircir… Et elle ne lui plaisait pas du tout.

Il y avait des entailles plus profondes dans le cadre en bois autour de la gâche, indiquant que la serrure avait été forcée. Niall devait vraiment avoir l'esprit ralenti pour ne pas s'être douté plus tôt que quelque chose ne tournait pas rond. Il prit une seconde photo.

— Mademoiselle McKane ? Vous allez bien ?

Pendant quelques secondes, il hésita, passant les différentes options en revue. Son frère Duff entrerait en force sans la moindre hésitation, alors que Keir tenterait d'obtenir en urgence un mandat de perquisition. Mais le bébé continuait à pleurer et Lucy ne répondait pas. Son inquiétude pour la sécurité de l'occupante était une raison valable pour entrer dans l'appartement sans risquer de se retrouver dans l'illégalité. Ce soir, il oublierait la prudence et suivrait l'exemple de son frère aîné.

— Tiens bon, mon petit ! murmura-t-il, sortant son arme de service de son étui.

Même s'il avait plus l'habitude de tenir un scalpel qu'un Glock, comme tous les membres de la police criminelle de Kansas City, il avait suivi un entraînement et savait se servir d'une arme.

Il la tint fermement et poussa la porte entrebâillée.

— Mademoiselle McKane ? C'est Niall Watson, du laboratoire de police de Kansas City. Je me pose des questions sur votre sécurité. J'entre chez vous.

Les pleurs du nourrisson, qui semblait exténué, augmentèrent immédiatement en intensité. Niall s'adossa à la porte, la referma derrière lui tout en tenant son pistolet à deux mains. Une petite lueur tamisée venant de la cuisine éclairait l'appartement et lui permettait de se diriger. Niall attendit quelques secondes pour laisser sa vision s'ajuster et prendre ses repères. Il vérifia le placard et les toilettes près de l'entrée, avant de s'avancer dans les pièces de séjour. Elles étaient vides. Pas le moindre signe de Lucy McKane. Il n'y avait pas non plus de sang ni de traces de lutte. Seul un panier à ouvrage avait été renversé, et les pelotes de laine et catalogues de tricot qu'il contenait étaient éparpillés sur le canapé et sur le sol.

Il trouva le bébé dans la cuisine, dans un transat posé sur la table, avec pour toute compagnie la lueur d'une veilleuse fixée dans une prise électrique. Un carré en laine grise pendait sur ses pieds, comme s'il en avait été recouvert mais l'avait fait glisser en s'agitant.

Niall alluma et, s'approchant du bébé, ôta ce qui faisait office de couverture pour le déposer à côté de lui sur la table.

— Tu es bien petit pour faire tant de bruit. Tu es seul ici ? Tu sais où est ta maman ?

Le visage écarlate du bébé se tourna vers Niall. Il trembla et agita ses petits poings avant de se remettre à pleurer. A en juger par l'odeur qui régnait dans la cuisine, une des causes de sa détresse était évidente. Mais Niall eut beau regarder autour de lui, il ne vit pas de sac à langer, ni rien qui puisse lui permettre de changer le nourrisson. Lucy McKane avait-elle laissé l'enfant seul pour aller acheter des couches ?

Niall remit le pistolet dans son étui et posa la main sur le front du bébé. L'enfant était fiévreux. Etait-il malade ? Ou étaient-ce ses pleurs qui l'avaient mis dans cet état ?

Les cris de l'enfant se turent un instant alors que Niall posait la main sur son torse. Son cœur tambourinait dans sa poitrine, un peu comme celui de son grand-père, plus tôt dans l'après-midi. Une rapide vérification un peu plus bas lui permit d'avoir la réponse à une autre question qu'il se posait.

— Tu vas bien, mon petit gars ?

Combien de temps était-il resté seul ainsi ?

Et où était Lucy ? Il n'y avait pas le moindre signe d'elle dans la cuisine, malgré la vaisselle sale dans l'évier et ce qui semblait être de la pâte desséchée dans le robot. Elle semblait avoir tout quitté alors qu'elle était en train de cuisiner. Pourquoi n'avait-elle pas terminé son plat ? Où était-elle partie ? Et, songea-t-il avec irritation, pourquoi n'avait-elle pas pris le bébé avec elle ?

Le regard de Niall fut attiré par un tournevis qui n'avait rien à faire parmi les ustensiles de cuisine.

Tout en essayant de ne pas prêter attention aux cris du bébé qui reprenaient de plus belle, il ouvrit deux tiroirs avant de trouver un sac en plastique, qu'il utilisa pour ramasser l'outil. La poignée était d'un rose surprenant avec des pierreries collées tout autour. Il fit tourner l'objet dans la paume de ses mains jusqu'à ce qu'il trouve ce qu'il cherchait : un espace vide dans le cercle formé par les fausses pierres. Le regard de Niall se tourna vers la porte d'entrée. Il comprenait soudain pourquoi une perle était coincée dans le cadre de la porte. Pourtant, même si sa voisine avait perdu ses clés et avait dû forcer sa porte, elle aurait dû allumer l'appartement lorsqu'elle était entrée... Il y aurait des signes de son passage... Et elle s'occuperait du bébé !

A moins que ce ne soit pas elle qui ait forcé la porte.

— Je reviens tout de suite, déclara-t-il — fort inutilement — à l'attention du bébé.

Il entoura soigneusement le tournevis avec le sac en plastique, glissa le tout dans sa poche et reprit son arme à la main.

Une rapide inspection de la chambre et de la salle de bains lui confirma que Lucy McKane n'était pas ici. Il ne vit pas son sac, et son manteau n'était pas dans le placard de l'entrée. Il n'y avait aucun matériel de puériculture nulle part.

Avait-elle été enlevée ? Mais quel ravisseur laisserait une pièce à conviction comme ce tournevis derrière lui ? Avait-elle été cambriolée ? Rien dans l'appartement ne semblait dérangé, à l'exception de la corbeille à ouvrage renversée, et tous les objets qui auraient pu intéresser un voleur — une télévision à écran plat, un ordinateur portable — se trouvaient encore dans l'appartement.

C'était de plus en plus mystérieux. L'inquiétude de Niall se teinta à nouveau d'irritation.

L'enfant avait été abandonné. Lucy McKane était partie et elle avait des explications à donner.

Niall était surpris et déçu de constater que sa voisine pouvait laisser un nourrisson seul pour aller faire des courses ou pour sortir. Certes, elle avait une aisance peu commune à lier conversation avec des voisins qu'elle connaissait à peine et elle possédait beaucoup trop de sous-vêtements, mais elle lui avait dit qu'elle était assistante sociale, bon sang ! Il n'aurait jamais cru qu'elle puisse être égoïste et négligente au point de laisser un bébé dans un appartement qui n'était pas fermé à clé...

En tant que policier, médecin et digne héritier d'une lignée d'hommes qui avaient consacré leur vie à protéger les autres, Niall ne pouvait décemment pas sortir d'ici en laissant l'enfant livré à lui-même. Alors, avec pour toutes connaissances en puériculture celles qu'il tirait de ses livres de médecine, il remit l'arme dans son étui, sortit son téléphone de sa poche et prit l'anse du transat. Il jeta un coup d'œil aux éclats de bois tendre autour du verrou et se demanda si oui ou non il devait déloger la perle coincée là, ou appeler la police pour signaler l'absence de Lucy. Mais il préféra faire de l'enfant sa priorité et, refermant la porte derrière lui, il se dirigea vers son appartement et appela la personne la plus compétente qu'il connaisse en matière d'enfants.

On décrocha le téléphone à la troisième sonnerie.

— Niall ?

— Papa ?

Il posa le transat sur le plan de travail de sa cuisine et ouvrit un tiroir pour en sortir deux torchons propres. Un rapide coup d'œil à sa montre lui indiqua qu'il aurait peut-être dû réfléchir avant d'appeler.

— Je t'ai réveillé ?

— Il est 3 heures du matin, fiston. Bien sûr que tu m'as réveillé !

Thomas Watson essayait de parler d'une voix claire.

— Tu es encore à l'hôpital ? Il y a du nouveau pour papa ?

— Non. Les médecins l'ont mis sous sédatifs légers. Keir va rester avec lui jusqu'à ce qu'un de nous vienne le remplacer dans la matinée.

— Heureusement qu'un de mes enfants est médecin et

se trouvait là pour donner les premiers soins à mon père ! Nous pouvons dire que nous avons eu de la chance qu'il ait survécu et que personne d'autre n'ait été sérieusement blessé. Mais savoir que l'ordure qui lui a tiré dessus est toujours...

L'énervement que l'on percevait clairement dans la voix de Thomas Watson se mua en perplexité.

— C'est un bébé que j'entends pleurer ?

Niall allait et venait dans son appartement, rassemblant une serviette, un gant, sa trousse d'urgence et un T-shirt propre.

— Oui. Keir doit m'appeler s'il y a une évolution dans l'état de grand-père. Je lui ai dit que je reviendrais dans la matinée et qu'il y aurait toujours l'un d'entre nous à ses côtés, mais je ne suis pas sûr qu'il m'ait entendu...

— Je suis certain que si.

Niall entendit son père bouger. C'était signe qu'il était bien réveillé et prêt à écouter Niall.

— Et maintenant, dis-moi : pourquoi y a-t-il un bébé qui pleure chez toi ?

Niall était retourné dans la cuisine pour faire couler de l'eau chaude dans l'évier.

— Je peux te demander un service ?

— Bien sûr, fiston.

— Je voudrais que tu montes au grenier pour chercher des affaires de bébé et un siège auto. Je sais qu'Olivia a rangé là-haut quelques affaires que maman gardait de quand nous étions petits.

Son père gardant le silence, Niall poursuivit :

— Et il faudrait que tu passes à la pharmacie de garde. J'ai besoin de couches pour un nouveau-né, de biberons et de lait en poudre. Je te rembourserai tout, bien sûr.

Niall mit le haut-parleur et étendit une serviette en éponge épaisse sur le comptoir, s'arrêtant un instant pour regarder comment le bébé était attaché dans son siège avant de le détacher et de le soulever.

— Mon Dieu, que tu es léger !

— Ce bébé, Niall… Tu as quelque chose à me dire ?

Niall connaissait bien ce ton menaçant.

— C'est le fils de la voisine. J'irais bien acheter tout cela moi-même, mais je n'ai pas de siège auto et je ne peux pas le laisser seul. Oh ! Et prends une crème contre les irritations aussi : il a la peau des fesses toute rouge. Il a besoin d'un bain. Je vais lui mettre un torchon propre en guise de couche jusqu'à ce que tu arrives, mais je n'ai pas d'épingles pour la fixer. Tu penses que du sparadrap fera l'affaire ?

— Tu fais du baby-sitting ? Je n'aurais jamais pensé voir ça !

— Apporte-moi les affaires, papa, c'est tout ce que je te demande.

Une autre heure s'écoula avant que Thomas Watson n'arrive. Il grommela que les biberons ne ressemblaient plus du tout à ce qu'ils étaient lorsque Olivia était née, et qu'il y avait beaucoup trop de choix maintenant. Mais à eux deux, ils arrivèrent à changer le bébé, le nourrir et l'habiller d'un pyjama qui lui allait beaucoup mieux que le long T-shirt de Niall.

Niall s'inquiéta en voyant l'enfant s'endormir avant d'avoir fini son biberon. Mais il se réveilla pour pousser un rot retentissant avant de remettre à tétouiller. Niall était soulagé de voir que sa température était revenue à la normale : son état fiévreux était certainement dû au stress.

Le bébé dormait sur les genoux de Thomas Watson qui sommeillait dans un fauteuil, et Niall lisait un chapitre sur la pédiatrie lorsqu'il entendit le tintement de la sonnerie de l'ascenseur. Il referma le livre et le posa sur la table basse, tout en recommandant à son père de rester assis.

Il entendit Lucy McKane marmonner quelque chose en s'approchant, puis s'exclamer d'une voix forte :

— Mon Dieu, ma porte a été forcée !

Niall sortit de chez lui et s'avança dans le couloir. Lucy McKane était debout, immobile devant l'entrée de son appartement. Quant à lui, il savait exactement ce qu'il avait à lui dire.

— Mademoiselle McKane ? Il faut que nous parlions.

2

— Il ne me suivait pas… Il ne me suivait pas…

Lucy répétait ces paroles en boucle depuis qu'elle avait garé sa voiture dans le parking du sous-sol.

Elle sortit de l'ascenseur pour s'avancer dans le couloir sombre, essayant de se convaincre que l'homme très imbibé qui lui avait proposé de l'emmener au septième ciel alors qu'elle était dans le quartier de Carmody n'était pas le conducteur de la voiture de sport gris métallisé qu'elle avait remarquée dans son rétroviseur quelques minutes plus tôt, alors qu'elle était presque arrivée à sa résidence.

— Il ne me suivait pas…

Peut-être n'aurait-elle pas été aussi angoissée si elle n'avait pas remarqué un véhicule semblable zigzaguant derrière elle sur l'autoroute. D'autant plus que, sur son lieu de travail, elle avait reçu un message téléphonique plutôt inquiétant de son ancien petit ami Roger.

« Devine, ma jolie : je suis sorti. Et j'arrive… »

Et puis, il était tard, elle s'était sentie en danger dans ce quartier difficile de Kansas City et elle se faisait du souci pour Diana Kozlow, la jeune fille qu'elle avait recueillie et élevée pendant plusieurs années. Diana l'avait soudainement appelée hier, après plus d'un an de silence. Pourtant elle n'avait pas daigné décrocher son portable lorsque Lucy avait essayé de la rappeler aujourd'hui une bonne dizaine de fois. Peut-être tout cela expliquait-il pourquoi elle se sentait si seule, si effrayée et si désemparée.

Heureusement, la voiture gris métallisé avait poursuivi sa route lorsque Lucy était entrée dans le parking de la résidence. Mais la peur et le souvenir des mains moites de l'homme de Carmody sur sa peau et ses vêtements ne la quittaient pas.

— Il ne me suivait pas.

Elle regarda la photo floue qu'elle avait réussi à prendre par la lunette arrière de sa voiture la seconde fois que le véhicule avait doublé inconsidérément pour pouvoir rester juste derrière elle. Son cœur battait furieusement alors qu'elle mordait dans un doigt de son gant pour l'ôter et tentait ensuite d'agrandir l'image : peut-être pourrait-elle mieux voir le conducteur, ou lire sa plaque d'immatriculation…

Non. Elle ne pourrait jamais prouver que l'homme soûl ou Roger, ou qui que ce soit d'autre, l'avait suivie lorsqu'elle avait quitté ce taudis de Carmody, qui était apparemment la dernière adresse de Diana. La visite n'avait pas été très productive : le gardien avait refusé de lui parler et la seule personne qui avait accepté de répondre à ses questions était une vieille femme qui ne se rappelait pas avoir eu Diana pour voisine et ne l'avait pas reconnue sur la photo que Lucy lui avait montrée. L'ivrogne, par contre, était prêt à lui dire n'importe quoi — pour peu qu'elle accepte de le suivre dans la petite allée sombre.

Rien de tout cela n'était de bon augure concernant la vie que Diana s'était construite depuis qu'elle était devenue majeure et avait quitté la maison de Diana. Lucy promena son doigt sur l'écran de son téléphone portable et fit apparaître la photo d'une très jolie jeune fille brune dont elle avait espéré rester proche.

— Ma chérie, dans quoi t'es-tu fourrée ? murmura-t-elle, tenant toujours son gant entre ses dents.

Elle regarda de nouveau la porte de l'ascenseur et se souvint que l'on ne pouvait pas pénétrer dans la résidence sans une carte magnétique.

— Bon, il ne m'a pas suivie, dit-elle avec toute la conviction dont elle était capable. Et je vais te retrouver, Diana.

Elle allait seulement prendre quelques heures de sommeil pour pouvoir recommencer ses recherches demain matin avec les idées plus claires.

Lucy s'arrêta net lorsqu'elle arriva devant sa porte, la 8 D, et elle sentit son cœur se glacer.

— Mon Dieu, ma porte a été forcée !

Et dire qu'elle se croyait en sécurité !

Le bois autour de la serrure était éraflé et entamé, et elle n'eut qu'à pousser légèrement la porte métallique pour que celle-ci s'ouvre. Lucy fit un pas en arrière et s'apprêta à prévenir la police. Elle leur avait déjà téléphoné deux fois pour signaler que Diana ne répondait à aucun de ses appels, et ils allaient certainement penser qu'elle était folle pour les déranger ainsi trois fois en moins de vingt-quatre heures.

— Mademoiselle McKane ? Il faut que nous parlions.

Toute la peur que Lucy essayait de contenir remonta lorsqu'elle entendit cette voix grave. Elle sursauta et se retourna en levant instinctivement le coude.

Elle sentit une main se refermer sur son poignet comme un étau, et quelqu'un de grand la poussa contre le mur. Elle lâcha son téléphone, qui tomba à terre. Son cœur tambourinait dans sa poitrine alors qu'elle se retrouvait coincée contre la chaleur d'un corps. Le gant qu'elle tenait entre ses dents était tombé entre sa poitrine et un large torse sur laquelle se tendait une chemise blanche. Que se passait-il ? Diana était introuvable, et elle n'avait pas la moindre idée de la raison pour laquelle son voisin la maintenait ainsi en la dévisageant avec ce regard réprobateur.

— Eh bien ! souffla-t-elle lorsqu'elle parvint à surmonter

sa première réaction de peur et de surprise. Je suis désolée de vous avoir donné ce coup de coude, docteur Watson.

Elle ne ressentit pas l'amusement habituel lorsqu'elle prononça son nom, qui lui évoquait invariablement le comparse du célèbre détective. Cette étreinte embarrassante se prolongea pendant quelques secondes.

— Je ne vous ai pas fait mal, j'espère ?

— Non.

Lorsque Niall Watson sembla certain qu'elle avait compris qu'il ne lui voulait aucun mal, il lui lâcha le bras et fit un pas en arrière. Elle fut surprise par la sensation de froid qu'elle ressentit soudain.

— Je suis désolé de vous avoir fait peur.

— Je croyais que vous étiez quelqu'un d'autre.

— Qui ? Vous attendiez quelqu'un ?

— Je… Euh…

Elle n'allait tout de même pas lui raconter tout ce qui l'inquiétait en ce moment même : l'homme qui l'avait abordée ce soir, cette voiture gris métallisé qui semblait la suivre, ou le coup de fil de Roger. Alors, elle préféra cacher sa nervosité en se penchant pour ramasser son gant et son téléphone.

— Je suis désolée si je vous ai réveillé. Ma porte a été fracturée. Je pensais que cette résidence était sûre, mais j'imagine qu'on ne peut jamais être à l'abri de quelqu'un de mal intentionné. C'est certainement pour cela que j'ai eu le réflexe de donner un coup de coude. Je crois que je ferais mieux d'appeler tout de suite la police.

Les longs doigts de Niall Watson se refermèrent avant elle sur son téléphone. Il le ramassa en disant :

— Ça ne sera pas nécessaire.

Lucy fronça les sourcils et leva le menton devant cette attitude autoritaire.

— Pourquoi ?

C'est alors qu'elle remarqua les taches de sang sur la manche de sa chemise. Elle fourra son gant dans sa poche, avec son téléphone, et désigna du doigt les traces rouges qui étoilaient le tissu tendu sur le bras musclé de son voisin. Il y en avait sur l'autre manche, aussi. Lucy sentit son irritation disparaître, et une autre source d'inquiétude s'ajouta à toutes celles qui l'avaient rongée au cours de la journée.

— Vous êtes blessé ? Vous avez réussi à stopper celui qui est entré chez moi ?

Elle lui attrapa le poignet, un peu comme il l'avait fait pour elle quelques instants plus tôt, et le retourna pour trouver la blessure. Même s'il lui était impossible d'ignorer la chaleur de sa peau sous ses doigts froids, elle voulait surtout savoir ce qui s'était passé. Elle savait qu'il travaillait pour la police. Etait-il intervenu pour empêcher qu'un intrus ne mette son appartement à sac ? Roger était-il venu à Kansas City après sa libération ? Diana était-elle passée ici pendant qu'elle la cherchait ailleurs ? Elle leva le visage vers lui et croisa ses beaux yeux bleu sombre.

— Vous avez déjà appelé quelqu'un pour vous aider ? Vous voulez que je vous emmène à l'hôpital ?

Il leva les sourcils, visiblement surpris, puis il regarda son avant-bras pour découvrir quelle était la cause de son inquiétude.

— Ce n'est pas mon sang, dit-il en dégageant son poignet.

— Alors, c'est celui de qui ?

C'est alors qu'elle remarqua le pistolet attaché à sa ceinture. L'avait-elle déjà vu avec une arme ? Avec son badge, oui. Mais ce soir, il semblait différent de l'homme qu'elle connaissait... Il était plus sombre, plus dangereux. Peut-être revenait-il tout juste d'une scène de crime...

— Vous portez un smoking pour travailler ?

Attends... Si ce n'est pas son sang, ça veut dire... Lucy

sentit soudain tout son corps se glacer. Etait-ce le sang de Diana ?

— Oh mon Dieu !

Avant qu'il puisse lui répondre, elle pivota et poussa la porte de son appartement.

— Diana ?

Niall Watson était un médecin. Mais il n'était pas blessé. Cela voulait dire que quelqu'un d'autre l'était.

— Diana ? Tu es là ?

Elle appela encore, se disant que la jeune femme qu'elle avait passé la journée et une partie de la nuit à chercher se trouvait peut-être ici.

Une poigne de fer se referma à nouveau sur son bras et la tira en arrière.

— Mademoiselle McKane…

— Lâchez-moi !

Elle retira son bras et se précipita vers le salon, où les pelotes de laine étaient éparpillées.

— Diana ?

Elle s'arrêta un moment pour fouiller dans les pelotes et les tricots avant de retourner le panier et d'en inspecter le fond. Lucy gardait toujours un ou deux billets de vingt dollars cachés dans ses ouvrages. La seule autre personne qui savait cela était Diana.

— Elle est venue ici ! Elle a pris l'argent, murmura-t-elle, alors qu'une peur panique s'emparait d'elle.

— Alors, c'était un vol ?

Elle sursauta en entendant la voix grave près d'elle.

— Quoi ? Non. Je lui aurais donné l'argent avec plaisir.

— Donné l'argent à qui ?

— Diana ? appela Lucy en reposant le panier pour se diriger vers la lumière qui venait de la cuisine.

Elle n'avait pas fait deux pas qu'elle sentit Niall Watson la prendre par la taille et la plaquer contre son torse.

— Mademoiselle McKane, il n'y a rien à voir ici. Venez plutôt avec moi.

Elle retint son souffle, surprise par la chaleur réconfortante qui sembla instantanément l'entourer et s'infiltrer en elle.

— Rien ? Il faut que je...

Pendant une seconde, elle resserra la main sur le bras qui lui encerclait la taille, comme pour absorber sa force. Elle avait eu un mauvais pressentiment tout au long de la journée. Diana Kozlow n'était pas venue pour ce déjeuner qu'elles devaient prendre ensemble, et puis ce coup de fil...

Si la réponse à ses questions était ici — et même si cette réponse n'était pas du tout celle qu'elle aurait souhaitée —, il fallait qu'elle la voie. Elle repoussa le bras du médecin et se retourna vers lui.

— Il faut que vous arrêtiez de me retenir. J'apprécie votre sollicitude, mais il faut que je...

Elle le repoussa, mais au lieu de la laisser partir, il lui lâcha la taille pour la prendre par les épaules. Il la serra assez pour la secouer légèrement et baissa le visage vers elle.

— Lucy ! Si vous vouliez bien m'écouter...

« Lucy » ? Elle cessa de débattre et s'immobilisa pour considérer l'expression sévère de ses traits nets. Son taciturne voisin ne s'était jamais adressé à elle autrement qu'en l'appelant mademoiselle McKane. Cela ne présageait rien de bon. La fermeté de sa poigne sur ses épaules et l'intensité de ses yeux bleus qui plongeaient dans les siens n'étaient pas rassurantes non plus. Elle hocha la tête et se prépara à entendre une nouvelle qu'elle redoutait.

— Il y a quelque chose qui ne va pas ? Que s'est-il passé ? Vous avez vu une jeune femme ici ? Elle...

Lucy avala sa salive et réussit à demander :

— Elle va bien ?

Il la lâcha et se redressa. Il passa la main dans ses cheveux bruns en prenant une inspiration. Mais il garda l'autre main sur son bras comme s'il craignait qu'elle ne lui échappe.

— Si vous voulez bien venir avec moi, dit-il en la poussant dans le couloir et en refermant la porte de son appartement derrière eux, il faut que je vous pose quelques questions.

Il voulait lui parler maintenant ? Après toutes les ouvertures discrètes qu'elle avait faites à ce voisin si séduisant, qui semblait ne rien comprendre à ses avances, c'était ce soir qu'il voulait avoir une conversation privée avec elle ? Se préparant au pire, Lucy s'immobilisa avant de le suivre dans son appartement.

— Dites-moi, vous avez trouvé un cadavre ici ? Vous m'avez dit un jour que vous étiez médecin légiste. Je me souviens que je vous avais répondu que j'étais assistante sociale et que j'avais vu moi aussi des choses difficiles. Mais les personnes que je vois sont bien vivantes. Seulement un peu abîmées...

Elle s'égarait.

— N'essayez pas de m'épargner, vous pouvez me dire les choses. C'est une scène de crime ? C'est pour cela que je ne peux pas entrer chez moi ?

Elle toucha de nouveau le sang sur sa manche. Même s'il était sec, c'était dérangeant de voir ces taches brunâtres.

— C'est Diana ? Vous n'avez pas à me protéger. J'ai été malade d'angoisse toute la journée. J'ai besoin de savoir ce qui se passe. Je peux tout supporter, du moment que je ne reste pas dans l'incertitude.

— Vous pouvez tout supporter ?

Il pencha la tête sur le côté et la considéra en plissant les paupières, comme s'il doutait fort de cette affirmation. Puis il secoua la tête.

— Il n'y a pas de cadavre, répondit-il sombrement. Je ne sais pas qui est Diana. Ce sang est celui de mon grand-père. On lui a tiré dessus cet après-midi, pendant le mariage de ma sœur.

— On lui a tiré dessus ? Oh mon Dieu !

Lucy posa la main sur son bras, ressentant instinctivement l'envie de le toucher pour le réconforter, pour combattre la dureté du monde.

— Il va bien ? Pardon, ma question est stupide : s'il a été blessé par balle, il ne va pas bien. Ce n'est pas trop grave ?

Elle comprenait maintenant pourquoi son voisin portait une arme et avait des taches de sang sur cette chemise qui devait être impeccable ce matin. Mais elle ne voyait pas en quoi cela avait un rapport avec sa porte fracturée ou Diana.

Lucy referma la main sur la bandoulière de son sac, et fit un pas en arrière.

— Vous ne devriez pas vous soucier de mes problèmes. Vous devriez être avec votre famille.

— Mademoiselle McKane...

Il ne l'appelait plus par son prénom ? Bon...

— Je suis désolé si ces taches de sang vous ont surprise. Je n'ai pas eu le temps de me changer depuis que je suis rentré de l'hôpital.

Il se passa la main sur le visage, puis dans les cheveux.

— Je n'ai pas eu le temps de m'expliquer. J'apprécie votre sollicitude, mais pour l'instant, ce n'est pas ce dont j'ai besoin. L'état de mon grand-père est très préoccupant, mais avant que vous ne passiez à autre chose, vous voulez bien entrer chez moi ? J'ai un problème qui vous concerne directement.

Il jeta un coup d'œil vers l'extrémité du couloir.

— Et je ne pense pas que nous devrions avoir cette conversation ici.

Elle se souvint soudain du couple de retraités qu'ils avaient pour voisins et hocha la tête.

— Les Logan... Effectivement, il vaudrait mieux ne pas parler trop fort à cette heure-ci.

Un homme avec un grand-père blessé, une arme et cet air déterminé, méritait bien quelques minutes d'attention, et ce malgré sa peur pour Diana, qui n'était d'ailleurs peut-être pas fondée. Lucy ne l'avait plus vue depuis des mois. Peut-être qu'elle avait surinterprété le message téléphonique qu'elle avait reçu au bureau ce matin. Elle se faisait certainement des idées en s'imaginant que Diana avait besoin d'elle. Roger Campbell, quant à lui, ne s'était intéressé à elle que lorsqu'il s'était agi de sexe ou qu'il avait eu besoin d'un exutoire à sa colère. Et la seule raison pour laquelle sa mère avait voulu la revoir était qu'il fallait que quelqu'un s'occupe d'elle. Combien de fois allait-elle répéter cette même erreur : croire que l'on pouvait avoir envie d'être avec elle pour ce qu'elle était vraiment ?

Prenant une profonde inspiration, Lucy enleva son gant gauche, son bonnet, et les fourra dans sa poche eux aussi, alors que Niall ouvrait la porte de son appartement et s'effaçait pour la laisser entrer.

— Je me demande bien ce qui peut me concerner ici...

Elle s'interrompit et essaya de discipliner ses boucles derrière ses oreilles.

— Oh ! Bonjour !

A cette heure de la nuit, elle fut surprise de voir un autre homme — une version plus trapue de Niall Watson, avec des fils argentés dans ses cheveux noirs — se relever péniblement du fauteuil dans lequel il était assis lorsqu'elle entra dans le salon.

Elle lui tendit la main, ne pouvant réprimer sa nature chaleureuse.

— Je suis Lucy McKane. J'habite sur le même palier. Je suis désolée de faire irruption ainsi, mais M. Watson m'a demandé d'entrer.

L'homme se redressa pour lui faire face, et elle vit qu'il tenait quelque chose dans ses bras.

— C'est un bébé..., murmura-t-elle.

— Vous êtes perspicace, répliqua ironiquement l'homme à voix basse, pour ne pas réveiller l'enfant qui dormait contre lui. Je suis Thomas Watson.

Il prit l'enfant au creux de son bras pour pouvoir lui serrer la main.

— J'ai élevé trois fils et une fille, et j'ai pas mal de pratique. Je suis le père de Niall.

— Je m'en serais doutée : vous vous ressemblez tellement ! Vous avez effectivement l'air très à l'aise avec les bébés.

Lucy s'approcha pour remettre la couverture autour de la petite tête de l'enfant. Elle inspira l'odeur de lait et de savon du nouveau-né, et sentit se lever en elle une émotion qu'elle réprima soigneusement. Malgré l'envie qu'elle eut de dégager la mèche de cheveux bruns qui tombait sur le front du bébé, elle se contenta de refermer la main et se força à sourire.

— Comment s'appelle-t-il ?

Elle entendit la voix sèche de Niall derrière elle.

— J'espérais que vous pourriez nous le dire.

Lucy tourna la tête vers lui alors qu'il s'approchait.

— Je ne comprends pas. Ce n'est pas votre bébé ?

Elle regarda le père de Niall. Il était plus âgé, certes, mais encore dans la force de l'âge.

— Veuillez m'excuser : ça doit être le vôtre.

— Non, madame.

Thomas Watson sourit, mais Niall n'avait pas l'air du tout amusé lorsqu'il tendit la main pour réajuster la couverture qu'elle venait tout juste d'arranger.

— Je suis rentré dans votre appartement, mademoiselle McKane.

— Vous ? Pour voler vingt dollars ? Mais pourquoi auriez-vous fait ça ?

— Je n'étais pas le premier à m'introduire chez vous. La porte avait déjà été fracturée avec un tournevis.

Il sortit une petite pierre rouge de sa poche et la lui montra :

— Elle est tombée du tournevis.

— Un tournevis ?

Lucy agrippa la lanière de son sac, et la joie pleine de tendresse qu'elle avait ressentie en regardant le bébé s'évanouit. Diana avait donc bien des problèmes.

— Un tournevis rose avec des pierres sur le manche ?

Il prit un sac en plastique transparent qui était posé sur la table basse et lui en montra le contenu.

— Oui. Celui-ci.

— Oh ! Mon Dieu !

Lucy prit le sac, le tourna et le retourna. Elle avait l'impression qu'elle allait défaillir. Diana ne voulait jamais ni bijoux ni poupées pour Noël ou ses anniversaires. Elle avait toujours été un garçon manqué et lui avait réclamé des ballons, des chaussures de course ou une caisse à outils, même si elle avait semblé apprécier la décoration plus féminine de celle que Lucy lui avait offerte. Lucy retint les larmes qu'elle sentit perler et leva la tête vers Niall.

— Où avez-vous trouvé cela ?

— C'est le vôtre ?

— Répondez-moi !

— Non. C'est vous qui répondez à mes questions.

— Niall…, intervint doucement Thomas.

Niall Watson poussa un soupir et posa les mains sur les hanches, dans cette posture qui faisait ressortir sa grande taille et ses épaules larges. S'il n'avait pas porté ses lunettes et eu les cheveux tout ébouriffés, elle l'aurait soupçonné de le faire exprès pour l'impressionner.

— Apparemment, quelqu'un a fracturé la serrure de votre porte plusieurs heures avant que je ne revienne chez moi, et j'ai l'impression que cette personne a utilisé ce tournevis pour le faire. Je suis rentré dans votre appartement quand j'ai entendu cet enfant hurler. Je me suis dit que vous étiez partie en le laissant seul…

— Comment avez-vous pu penser ça ?

Lucy ne savait pas si elle devait éclater en pleurs ou le gifler.

— Jamais je n'agirais ainsi ! C'est mon métier de protéger les enfants !

— Je le sais.

Elle sentit sa colère retomber un peu lorsqu'il lui expliqua :

— Je me suis dit que vous deviez avoir un problème. Alors, je suis entré chez vous pour m'assurer que vous alliez bien.

Il lui reprit le sac avec le tournevis et le reposa sur la table, à côté d'un autre qui semblait contenir l'écharpe grise qu'elle tricotait pour une de ses collègues. Elle voyait maintenant des chiffres et sa signature sur ces sacs : c'étaient des pièces à conviction.

— J'ai trouvé ça sur la table de la cuisine, près du bébé. J'ai pris l'enfant puisqu'il semblait n'y avoir personne pour s'occuper de lui. Nous l'avons nourri, lavé, changé et habillé avec des vêtements propres. A part un érythème fessier, il semble être en parfaite santé.

— C'est un garçon ?

Elle se retourna vers l'autre homme qui tenait l'enfant endormi dans ses bras et hocha la tête en signe d'assentiment.

— Il était dans mon appartement ? Tout seul ?

— C'est ce que je viens de vous expliquer.

Niall Watson ne faisait pas le moindre effort pour cacher son irritation.

Lucy pressa sa main sur sa bouche et essaya de retenir les larmes qui menaçaient de rouler sur ses joues. Des larmes qui n'arrangeraient rien. Le message sibyllin de Diana, celui qui l'avait envoyée à sa recherche dans tout Kansas City, prenait enfin tout son sens.

— C'était donc ce qu'elle voulait me montrer ! J'ignorais qu'elle avait eu un bébé. Elle voulait que je m'en occupe. Mais pourquoi n'est-elle pas restée, elle aussi ?

— De quoi parlez-vous, mademoiselle McKane ?

Les paroles de Lucy lui revinrent en mémoire : « J'ai un service à te demander. Je ne sais pas qui appeler d'autre. Je dois te confier quelque chose et je voudrais que tu en prennes soin... »

— Pourquoi ne m'a-t-elle rien dit ? murmura Lucy.

Elle ne put s'empêcher de tendre la main pour caresser la joue de l'enfant. Sa peau était douce comme de la soie, et elle tomba instantanément sous son charme.

— Mon chéri...

— Vous connaissez la personne qui a la responsabilité de cet enfant ? demanda Niall.

— Je pense.

Lucy tendit les mains en regardant le père de Niall.

— Je peux le prendre ?

— Bien sûr !

Lucy poussa un soupir où se mêlaient la tendresse et la tristesse lorsqu'elle serra contre elle le petit corps si léger.

— Il est si petit ! Vous pensez qu'il a quel âge ?

— Je dirais quelques semaines, pas plus, répondit Niall derrière elle. La pédiatrie n'est pas ma spécialité. Il faudrait l'emmener chez un spécialiste pour qu'il l'examine. Et maintenant, que pouvez-vous nous dire sur ses parents ?

Niall s'écarta pour la laisser aller s'asseoir sur le canapé, afin qu'elle puisse mieux tenir le bébé. Elle sentit soudain le coussin à côté d'elle s'affaisser sous le poids de son voisin et fut déséquilibrée vers lui. Il lui soutint le bras qui tenait le bébé.

— Attention ! Ne le lâchez pas !

— Impossible.

La main de Niall resta sous son bras. Elle sentait son corps contre son épaule et, pendant une seconde, elle se dit qu'ils présentaient l'image de cette famille qu'elle n'avait jamais eue et qu'elle n'aurait jamais : une mère, un père, un enfant à aimer à deux. Elle en eut presque mal.

Elle cligna des paupières comme pour éloigner l'image de ce beau médecin et d'elle avec leur petit bébé parfait, et s'écarta pour rompre le contact avec Niall Watson, même si elle ressentait toujours sa chaleur qui l'attirait presque irrésistiblement.

— Comment s'appelle-t-il ? demanda-t-elle.

Elle avait autant envie de le savoir que besoin de mettre à distance ses rêveries dangereuses.

— Il n'y avait absolument rien avec lui, répondit Niall, pas même une couche de rechange. Si vous pouviez répondre à quelques-unes de mes questions…

— Je l'ai appelé Tommy, intervint Thomas d'une voix réconfortante, tout en regardant Niall d'un air réprobateur. Mais c'est simplement pour trouver autre chose que « petit bout ». Nous espérions que vous pourriez nous aider. Mais à ce que je vois, vous n'êtes pas la mère.

Ses yeux verts étaient bienveillants, mais Lucy ressentit pourtant la douleur habituelle lorsqu'elle répondit :

— Non. Je… Je ne peux pas avoir d'enfants.

— Je suis désolé. Vous semblez pourtant douée avec les bébés, vous aussi.

Elle réussit à lui sourire.

— Merci.

Mais un regard jeté à l'homme assis à côté d'elle suffit à la convaincre que rien ne pourrait l'adoucir, à part les réponses qu'il attendait.

— Tommy…

Elle caressa doucement les lèvres du bébé et il se mit instinctivement à téter dans son sommeil.

— Je ne sais pas qui est son père. Mais je pense que Tommy est l'enfant d'une jeune fille que j'ai recueillie, Diana Kozlow.

Niall sembla se détendre un peu, même si son visage demeura de marbre.

— La femme que vous ne cessiez d'appeler.

Lucy hocha la tête.

— En fait, je l'ai élevée pendant six ans, jusqu'à sa majorité, et je la considère comme ma fille adoptive. Elle a vingt ans maintenant. Nous sommes restées en contact pendant un ou deux ans. Mais ensuite, elle a cessé de répondre à mes appels. Elle a changé de numéro de téléphone, d'emploi... Je ne savais pas qu'elle avait eu un enfant.

Elle désigna le tournevis d'un signe de tête.

— Je le lui avais offert avec une boîte à outils pour Noël quand elle était adolescente. Je suppose qu'elle s'est introduite dans l'appartement pour me laisser son enfant. Elle a probablement pris le billet de vingt dollars que je garde toujours dans ma corbeille à ouvrage. Elle m'a appelée hier alors que je n'avais plus de nouvelles d'elle depuis longtemps, en me disant qu'elle voulait me confier quelque chose. Je l'avais invitée à déjeuner aujourd'hui, mais elle n'est pas venue. J'ai essayé plusieurs fois de la rappeler, mais je n'ai eu que sa boîte vocale.

Elle se balança doucement pour calmer l'enfant qui s'était mis à bouger.

— Je suis retournée à mon bureau pour vérifier sa dernière adresse et j'ai découvert qu'elle avait laissé un message inquiétant sur mon répondeur. Je me suis rendue à son ancienne adresse et une de ses voisines m'a dit que Diana avait un ami qui était venu vivre avec elle six mois plus tôt. Elle ne savait pas son nom. Mais elle pensait qu'ils avaient déménagé et qu'ils habitaient à Carmody.

— Carmody ? murmura Thomas Watson. Ce n'est pas un quartier très sûr. J'espère que vous n'êtes pas allée la chercher là-bas ! La police dit que cette partie de la ville est une zone de non-droit.

— Je veux bien le croire !

Les deux hommes échangèrent un regard sombre.

— Personne n'a reconnu Diana et n'a été capable de me donner le nom de son ami, là-bas. Je ne savais pas où chercher après ça. Comment une jeune femme peut-elle disparaître de la sorte ?

Lucy repensa à toutes les éventualités qui lui avaient traversé l'esprit alors qu'elle cherchait Diana.

— Pourquoi n'a-t-elle pas gardé Tommy avec elle ? Pourquoi n'est-elle pas venue vivre chez moi si elle a des ennuis ?

— Pour le moment, nous ne pouvons pas être certains qu'elle est la mère du bébé, intervint Niall. Il faudrait faire une analyse ADN sur lui et sur elle pour le savoir.

Lucy n'avait pas besoin d'un test ADN pour avoir la certitude que le nouveau-né était le fils de Diana.

— Il lui ressemble tellement... La forme de son visage, ses cheveux bruns... De quelle couleur sont ses yeux ?

Thomas haussa les épaules.

— Je ne m'en souviens plus...

— Marrons, répondit Niall.

Lucy leva les yeux vers lui alors qu'il prenait dans sa main le petit poing qui était sorti de la couverture. Cette fois, elle ne se formalisa pas du ton sec de Niall.

— Diana a les yeux marron elle aussi.

Elle croisa le regard si impressionnant de Niall. Puis il cligna des paupières et se leva. Il se dirigeait vers la cuisine lorsqu'il se retourna pour lui demander :

— Vous avez toujours le message de Diana ?

Lucy acquiesça.

Les deux hommes échangèrent un regard avant que Thomas prenne un calepin et un stylo posés sur la table à côté de lui. Niall ajusta ses lunettes, puis il posa la main sur sa taille et se retourna pour lui faire face.

— Vous devriez peut-être m'en dire un peu plus sur votre amie Diana... Et sur ce qui vous faisait craindre qu'elle soit en danger.

3

Lucy ajouta quelques pièces de monnaie dans le séchoir à linge.

— Oups. Désolé, mon petit.

Elle se pencha sur l'enfant, installé dans un transat posé sur le séchoir. Mais il était inutile qu'elle s'inquiète : Tommy était encore endormi et son petit corps était bercé par les secousses de la machine. Elle sourit et se retint pour ne pas déposer un baiser sur ses joues rondes, de peur de le réveiller. Il avait pleuré pendant près d'une heure avant qu'elle se souvienne du conseil donné par une de ses collègues pour endormir les bébés insomniaques, et elle avait eu l'idée d'emmener Tommy dans la buanderie, où elle avait lavé tous ses habits.

Au lieu de le déranger à nouveau, elle choisit de prendre une couverture ornée de camions rouge, bleu et jaune dans la panière à linge et de la draper pour former un cocon autour de lui. Puis elle prit la panière et la posa sur l'autre séchoir pour pouvoir plier le reste des pyjamas, des serviettes et des brassières. Elle avait ainsi trouvé la solution à plusieurs problèmes en même temps : elle avait emporté le bébé qui pleurait hors de l'appartement de son énigmatique voisin pour qu'il puisse enfin prendre un peu de sommeil.

Enfin, à cette heure si matinale, avant que les autres habitants de la résidence ne se réveillent, elle avait trouvé refuge dans un endroit tranquille où elle pouvait réfléchir sans être dérangée par des voisins sexy qui avaient l'étrange manie de la toucher, et s'occuper d'un nouveau-né alors qu'elle manquait de sommeil elle-même et s'inquiétait de ne pas avoir de nouvelles de Diana.

Lorsque la machine serait terminée, dans une vingtaine de minutes, elle ramènerait Tommy dans l'appartement de Niall Watson en veillant à ne pas le réveiller et s'installerait sur le divan en cuir pour essayer de dormir une heure ou deux, en s'efforçant de ne pas trop penser à son propriétaire. Il n'y avait rien de pire que de tomber amoureuse de quelqu'un qui vous remarquait à peine. Niall Watson était certainement un excellent parti selon les critères de sa mère — même si elle ne voyait pas quelle leçon sa mère avait à lui donner lorsqu'il s'agissait de juger les hommes. Même s'il était distant, on pouvait lui faire confiance et c'était une qualité à laquelle Lucy accordait beaucoup plus de valeur que la position sociale. Elle s'efforçait d'être amicale avec son voisin si renfermé, mais elle savait qu'il valait mieux oublier vite le souvenir de son torse contre elle, alors qu'il la plaquait contre le mur. S'il avait été un autre homme, il en aurait profité pour l'embrasser. Et, très certainement, elle aurait répondu à ce baiser avec tout son instinct de femme.

Mais Niall Watson n'était pas ce genre d'hommes. Ce n'était pas un beau parleur. Il parlait d'ailleurs peu, de manière générale. Mais il avait des idées précises sur ce qui était bien, ce qui était mal, et il s'y tenait... Cela le lui rendait beaucoup plus attirant que toutes les qualités matérielles que sa mère aurait pu lui trouver.

Le stress, la fatigue, le ronronnement du séchoir et la chaleur de la petite pièce commençaient à avoir le même effet hypnotique sur Lucy que sur Tommy. Elle se mit à cligner des paupières, ses pensées commencèrent à vagabonder, et ses mains s'immobilisèrent sur une pile de brassières en coton chaudes et douces. Elle commençait même à piquer du nez lorsqu'elle fut tirée de sa somnolence par des bruits de voix.

— En bas…, dit quelqu'un.

— C'est sûr ? demanda une autre personne.

— Si sa voiture est dehors et qu'elle n'est pas chez elle, c'est qu'elle est là.

— Je te dis qu'on n'aurait pas dû venir.

— Il faut que je sache…

— Non. Partons !

Lucy redressa la tête dans un sursaut lorsque la lourde porte claqua à l'étage au-dessus. L'échange qu'elle venait de surprendre à l'extérieur de la buanderie était bien réel. Elle posa la main sur la poitrine de Tommy qui se levait et s'abaissait régulièrement, pour s'assurer qu'il allait bien, et elle cligna des yeux pour reprendre ses esprits.

— Je sais que vous êtes là ! s'écria soudain une troisième voix avec un fort accent. Vous n'avez pas le droit de prendre ce qui m'appartient !

Lucy crut entendre une sonnerie. Quelqu'un qui sortait de l'ascenseur ?

Ou qui y entrait.

— Va-t'en ! Il ne faut surtout pas qu'il te voie ! dit une voix d'homme.

— Où est-elle ? cria la voix avec l'accent.

Lucy écoutait la dispute, mais ne parvenait pas à tout comprendre.

— Ne t'approche pas d'elle !

— Mêle-toi de tes affaires !

Alors, elle entendit un grognement, puis les bruits de pas de quelqu'un qui montait l'escalier.

Etait-ce Diana ? Avait-elle entendu une voix de femme, ou l'avait-elle rêvée ? Lucy posa la main sur le téléphone qui était dans la poche de son jean, mais les voix s'éloignaient, et elle ne voulait pas déranger son voisin là-haut, et le tirer d'un sommeil bien mérité.

— Ne t'approche pas d'elle !

Etait-ce la voix de Niall ? Se pouvait-il que quelqu'un l'ait suivie jusqu'ici et que son voisin soit descendu pour lui faire face ?

Si Niall était attaqué et blessé, ce serait sa faute : c'était elle qui l'avait attiré dans cette affaire.

Après s'être assurée que Tommy dormait toujours, Lucy s'aventura dans le couloir. Il était vide maintenant. Les personnes qu'elle avait entendues se disputer n'étaient plus là. L'ascenseur était en train de monter vers les étages supérieurs, et celui qu'elle avait entendu monter l'escalier était sorti soit par la porte donnant sur le parking, soit par le hall de l'immeuble.

— Niall ? C'est vous ? Qui était…

Lucy sursauta en entendant la porte métallique en haut des escaliers claquer. Apparemment, ceux qu'elle avait entendus étaient allés poursuivre leur dispute dehors, sur le parking.

— Niall ?

Lucy grimpa les marches quatre à quatre et poussa la porte alors que s'élevaient les bruits d'un moteur qui vrombissait et de pneus qui crissaient. Elle vit la silhouette d'un homme qui courait entre les voitures.

— Niall ? Ne lui faites pas de mal !

Elle entendit la porte s'ouvrir. Quelqu'un venait-il l'aider ? Ou étaient-ce d'autres ennuis qui arrivaient ? Il fallait qu'elle appelle la police. Elle prit son téléphone.

Mais elle vit la silhouette de l'homme qui courait s'immobiliser et tituber comme si une force invisible l'avait arrêté, et elle s'élança pour l'aider.

— Stop !

Il y avait deux hommes qui se battaient. Visiblement, l'un d'eux avait attiré l'autre dans un guet-apens.

— Lucy !

Elle entendit à peine l'avertissement. Elle vit l'homme tomber à terre une seconde avant que des phares ne l'aveuglent.

Elle fut forcée de se détourner et recula d'un pas. Elle crut entendre une autre portière s'ouvrir. Puis un moteur rugit, et la lueur des phares s'agrandit, emplissant tout l'espace. Elle ne voyait plus rien d'autre. Le véhicule fonçait sur elle comme un prédateur fondant sur sa proie. Le vrombissement du moteur était devenu assourdissant.

— Lucy !

Deux bras se refermèrent sur son corps et la tirèrent en arrière. Elle tomba, roula sur elle-même une ou deux fois avant de se retrouver sur le dos. Niall Watson était allongé sur elle, la protégeant de son corps.

Elle vit une voiture de sport gris métallisé sortir du parking et disparaître dans la nuit. Puis elle prit conscience des cuisses solides de Niall et de son torse musclé pressés contre elle, de son halètement contre son cou.

— Je savais que cette voiture me suivait…

Elle sentit soudain une douleur lui transpercer la poitrine.

— Mon Dieu, j'ai mal !

— Pas autant que si cette voiture vous avait roulé dessus !

Elle posa les paumes sur ses épaules et essaya de se dégager, mais il resta allongé sur elle. Il la regardait d'un air furieux.

— A quoi pensiez-vous ? Vous n'avez pas vu qu'il fonçait droit sur vous ?

Elle prit une inspiration et réussit à parler alors que la douleur dans ses poumons s'atténuait.

— Je pensais que vous étiez blessé… J'ai entendu une dispute à l'extérieur de la buanderie. Je suis allée voir ce qui se passait et j'ai vu un homme qui en frappait un autre. Je croyais que c'était vous.

— Eh bien, non.

— Bon…

Elle reprenait peu à peu sa respiration.

— Et que faites-vous ici ?

— Je vous sauve, apparemment.

— Vous êtes censé dormir.

— Et vous êtes censée être dans mon appartement.

Lucy avait conscience de la chaleur du corps de Niall, de son torse moulé dans un T-shirt noir qui laissait peu de place à l'imagination. Mais le moteur d'une autre voiture se mit à rugir sur le parking, et Niall la plaqua à nouveau contre le sol, alors que le second véhicule passait à vive allure à côté d'eux. Ce ne fut que lorsqu'il se fut engagé dans la rue à la poursuite de la Chevrolet Camaro gris métallisé que Niall releva la tête.

— Vous avez reconnu cette voiture aussi ?

Lucy secoua la tête. Elle ne l'avait même pas regardée. Décidément, elle n'était pas d'une grande aide ! Elle repoussa Niall.

— Vous pouvez me laisser partir maintenant.

Sans même s'excuser de l'avoir maintenue ainsi à terre, il se releva et lui tendit la main pour l'aider à se redresser. Elle se frotta les cuisses et les genoux pour en enlever les traces de terre, pendant qu'il se penchait pour ramasser sa carte d'accès à la résidence et son téléphone. Il les lui posa dans la main en demandant :

— Vous êtes blessée ?

— Non.

Malgré sa réponse, il lui fit tourner les mains vers le haut et inspecta soigneusement la trace qu'elle avait sur le coude.

— Que faisiez-vous ici à cette heure ?

Lucy enleva les brins d'herbe qu'il avait dans les cheveux.

— Et vous, vous êtes blessé ? demanda-t-elle.

— Lucy, insista-t-il, répondez-moi.

Elle s'éloigna en haussant les épaules, en se demandant pendant combien de temps elle allait continuer à sentir ce pincement à la poitrine. Et s'il venait du fait qu'elle avait touché le sol un peu trop brutalement, ou qu'elle avait maintenant une connaissance un peu trop intime du corps de Niall.

— J'ai entendu des gens parler. Ils se disputaient, et ils sont sortis. J'ai eu l'impression que l'un d'eux prenait l'ascenseur. Je ne sais pas bien. J'étais à moitié endormie. Je me suis dit que vous étiez peut-être pris dans une bagarre et j'ai voulu voir ce qui se passait.

— Où est le bébé ?

— Tommy !

Lucy sentit son sang se glacer en songeant qu'elle faisait une bien mauvaise mère de substitution. Elle se précipita vers la porte, glissa la carte magnétique et l'ouvrit.

Niall était juste derrière elle.

— Je me suis réveillé et j'ai vu que Tommy et vous étiez partis.

Cela expliquait les pieds nus et les habits faisant office de pyjama.

— J'ai vu que le sac avec les affaires du bébé avait disparu lui aussi. Comme vous n'étiez pas non plus dans votre appartement, je suis descendu vous chercher. Puis j'ai entendu un bruit de moteur dehors. Pendant une seconde, j'ai pensé…

— Quoi ? Que je m'étais enfuie avec Tommy ?

Elle descendit rapidement l'escalier, Niall juste derrière elle.

— Je ne ferais jamais cela ! Vous êtes aussi important pour lui que moi.

La porte de la buanderie était fermée, et elle l'ouvrit rapidement avec sa carte pendant que Niall regardait les chiffres s'allumer sur le cadran de l'ascenseur derrière eux. Mais il tint le battant de la porte et la suivit lorsqu'elle se précipita vers le transat qui se balançait toujours sur le séchoir à linge. Elle sentit le soulagement l'envahir lorsqu'elle vit de petits yeux marron suivre leurs mouvements dans la pièce.

— Dieu merci, il va bien ! Il était si agité. Je l'ai nourri et je l'ai changé, mais il n'arrêtait pas de pleurer, et vous aviez dit que vous n'aviez pas dormi depuis quarante-huit heures. Alors, je me suis souvenue de ce qu'une de mes collègues faisait lorsque ses enfants n'arrivaient pas à s'endormir. D'ailleurs, il fallait laver tous ces vieux habits avant qu'il puisse les porter.

— Vous l'avez laissé tout seul ?

— J'étais en train de sommeiller quand j'ai entendu des gens se disputer dans le couloir.

Lucy détacha le bébé et le caressa.

— Coucou, mon chéri ? Vous voyez ? Il va bien. Il est de nouveau réveillé.

— Attendez…

Elle sursauta lorsque Niall posa la main sur son bras.

— Ne le touchez pas.

Elle le regarda. Il était en train de fixer le bébé.

— Que se passe-t-il ?

— Vous vous êtes absentée longtemps ?

— Je ne sais pas. Quelques minutes…

C'est alors qu'elle vit ce qui avait attiré l'attention de Niall : il y avait une marque de rouge à lèvres sur le front de Tommy. Sans rien demander, Niall lui prit le menton et lui leva le visage, puis il passa son pouce sur ses lèvres. Elle se sentit trembler des pieds à la tête.

Malgré la réponse traîtresse de son corps, ce n'était pas une caresse. Niall la lâcha et approcha son pouce de la marque sur le front de Tommy. Elle portait un gloss rose. La trace sur le visage du bébé était orangée.

— Oh mon Dieu !

Elle avait effectivement entendu une voix de femme. Cette autre femme était entrée dans la buanderie lorsque Tommy était seul. La querelle n'était peut-être qu'une mise en scène destinée à l'attirer au-dehors, pour que quelqu'un d'autre puisse s'introduire dans la pièce. Et cette personne avait embrassé le bébé pendant que Lucy poursuivait des ombres et évitait des voitures.

— Quelqu'un est entré ici, dit Niall.

Pas « quelqu'un ».

— C'est Diana.

Lucy regarda autour d'elle et remarqua ce qu'elle aurait dû voir plus tôt : la couverture avec laquelle elle avait recouvert Tommy n'était plus là.

— Elle a pris la couverture que j'avais posée sur lui. Elle est venue ici.

Et maintenant, elle était partie.

Une fois encore…

4

Niall clipsa son badge sur la ceinture de son jean, hésita un instant et décida de prendre également son arme. Si — ainsi que le prétendait Lucy — Diana Kozlow avait des ennuis et que la jeune fille n'avait pas tout simplement décidé d'échapper aux responsabilités auxquelles elle avait à faire face en tant que mère, alors il ferait mieux de se tenir prêt à tout pour défendre Tommy et Lucy si nécessaire.

Ce n'était pas seulement son sens inné du devoir qui le poussait à jouer activement ce rôle protecteur : il y avait encore trop de questions sans réponses concernant le bébé. Avant de partir, Thomas Watson avait conseillé à Niall de se tenir sur le qui-vive, afin de repérer toute activité suspecte autour de la résidence.

Niall ne savait pas encore si Lucy McKane attirait les ennuis ou si elle disait vrai lorsqu'elle affirmait que Diana avait disparu. Il faisait confiance au sixième sens de son père, qui avait la certitude que quelque chose de louche se passait. Il avait d'ailleurs bien vu par lui-même que la porte de Lucy avait été fracturée et qu'elle avait failli se faire renverser par une voiture à deux reprises hier soir.

S'il n'avait pas fait un cauchemar où il revivait la fusillade qui avait eu lieu lors du mariage de sa sœur et ne s'était pas réveillé en sursaut, il ne se serait pas rendu compte que Lucy et Tommy n'étaient plus dans son salon. Il ne serait pas parti à leur recherche et n'aurait pas vu sa jolie voisine aveuglée par les phares de la voiture fonçant droit sur elle. Il n'aurait pas ressenti cette impression de ne pas être à la hauteur pour protéger une femme impulsive et un bébé innocent.

Et Niall avait besoin de prendre soin de Lucy et Tommy. Hier matin, il n'avait pas remarqué le tireur assez vite. Il n'avait pas pu épargner à son grand-père d'être blessé. Et il ne pouvait absolument rien faire pour aider sa famille à découvrir qui avait voulu s'en prendre à Seamus. Mais au moins, il pouvait veiller sur Lucy et Tommy. En les aidant à trouver Diana Kozlow et à comprendre ce qui se passait, il s'occuperait l'esprit. Là, il était en mesure d'agir.

D'ailleurs, il y avait quelque chose chez ce petit bébé, qui se calmait au son de sa voix ou au contact de sa main, qui éveillait en lui des émotions étranges, et lui faisait revenir à la mémoire les paroles presque oubliées de sa mère. Lorsque, enfant, il était arrivé à Kansas City, il avait eu beaucoup de mal à se faire à sa nouvelle école. Duff, le sportif et Keir, toujours très sociable, n'avaient pas tardé à se faire de nouveaux amis. Mais Niall, sérieux, timide, s'était senti très seul lors des premières semaines.

Un jour, sa mère avait grimpé dans la cabane que ses frères et lui avaient construite dans un arbre et où il avait pris l'habitude de se réfugier. Là, elle l'avait serré dans ses bras et lui avait longuement parlé.

— Il y a des personnes dans ce monde, Niall, qui sont destinées à avoir des liens très forts avec toi. Tu n'as pas besoin d'avoir beaucoup d'amis. Seulement un ou deux qui te comprennent... Qui te protègent... Qui ont besoin de toi eux aussi.

Peut-être pensait-elle à ses frères et sa sœur en prononçant ces mots. Mais le jour suivant, il avait rencontré un autre élève à l'école. Ils étaient devenus très proches et ne s'étaient plus quittés pendant toutes leurs années de collège et de lycée. Même s'ils avaient ensuite poursuivi leurs études dans des universités différentes et n'avaient pas fait le même choix de carrière, Jack Riggins et lui étaient toujours en contact.

Lorsqu'il avait pris Tommy dans ses bras, Niall avait eu la sensation étrange que cet enfant et lui seraient liés à jamais. Tommy semblait être bien avec lui. Tommy avait besoin de lui. Qu'il soit pour lui un médecin, un sauveur, ou simplement une présence pour calmer ses pleurs, Niall Watson avait l'intention d'être là pour Tommy Kozlow — si tel était son nom.

La véritable identité de Tommy était l'un des mystères que Niall avait l'intention de résoudre aujourd'hui. Et il le ferait dès qu'il aurait rendu visite à son grand-père et transmis des nouvelles du vieil homme à toute la famille. Il avait prévu de retrouver Diana Kozlow, de voir si elle était en mesure d'assumer son rôle de mère et de vérifier si le danger que suspectait Lucy était réel.

Si Diana refusait de leur révéler le nom du père de Tommy ou s'il ne trouvait pas de certificat de naissance, Niall avait l'intention de se renseigner sur les aspects juridiques de la garde d'enfants et de déterminer ce qui était le mieux dans l'intérêt du bébé. S'il le fallait, il demanderait l'autorisation de pratiquer une analyse ADN sur Tommy. Il avait donc du pain sur la planche…

Cela devrait suffire à le garder occupé jusqu'à ce qu'il retourne travailler au laboratoire ce soir.

Son programme bien établi pour la journée, Niall peigna ses cheveux humides, prit sa tasse de café décaféiné froid et se dirigea vers le salon, où il avait laissé Lucy et Tommy en train de dormir quelques heures plus tôt.

Son planning subit une première altération lorsqu'il vit que la lampe à côté du canapé était allumée et que ses hôtes étaient réveillés. Niall s'arrêta et observa les boucles brunes de Lucy McKane descendant en cascade sur ses épaules, alors qu'elle se penchait vers le bébé assis sur ses genoux. Il commença à ressentir des picotements dans tout le corps, alors que la sensation de ses courbes douces contre lui revenait avec une acuité étonnante. Il était également fasciné par ses mains. Elle tricotait de la laine couleur bleu de Prusse qui glissait souplement sur ses doigts. Ses boucles soyeuses ondulaient sur ses épaules alors qu'elle jouait à faire coucou à Tommy.

Elle fit quelques points supplémentaires, puis s'arrêta et lança à Tommy un « Coucou, je te vois ! ».

Le bébé gazouillait alors qu'elle lui caressait le nez, mais il se calma lorsqu'elle recommença à tricoter d'un air sérieux.

Niall les regarda jusqu'à ce que Lucy lève les yeux et lui sourie.

— Vous savez, quand on se concentre sur les détails, on risque de ne pas remarquer l'essentiel.

Il avait tout remarqué : un bébé abandonné, une femme qui s'avérait beaucoup plus intéressante à étudier qu'elle n'aurait dû l'être et qui séjournait dans son salon… Apparemment, bien qu'il ait essayé de la convaincre que Tommy et elle ne seraient pas en sécurité dans son appartement jusqu'à ce que la serrure soit remplacée, elle s'y était rendue une seconde fois.

— Pardon ?

Lucy essaya à Tommy le bonnet qu'elle était en train de lui tricoter.

— La couche. Vous ne sentez pas ? Je m'apprêtais à changer Tommy, mais je craignais de salir votre canapé en cuir. Ce salon n'est pas vraiment étudié pour les bébés !

Niall jeta un coup d'œil sur les articles de puériculture que son père lui avait apportés et traversa la pièce pour lui apporter ce dont elle avait besoin.

— Ce canapé n'est pas important : on pourra le nettoyer.

Vous auriez dû m'appeler si vous aviez besoin d'aide pour le bébé.

— Vous étiez sous la douche.

Il retourna vers le canapé et désigna la corbeille emplie de pelotes qu'elle était allée chercher chez elle.

— Ça a duré plus longtemps que je ne le pensais, apparemment... Vous êtes retournée dans votre appartement ? Après cet incident dans la buanderie hier soir, je pensais que nous étions d'accord pour que vous restiez chez moi pour être en sécurité.

— Non. Vous l'avez suggéré et j'ai promis de faire attention, précisa-t-elle. Tommy était endormi, alors je me suis dit que je pouvais aller dans mon appartement chercher de quoi tricoter. J'aime avoir les mains occupées... Surtout lorsque j'ai des soucis.

Elle le remercia de lui avoir apporté le sac et le matelas à langer, et installa Tommy avant de se mettre à genoux devant le canapé.

— Je ne voulais pas vous réveiller parce que je sais que vous avez besoin de sommeil.

Elle leva le visage vers lui et lui sourit.

— D'ailleurs, vous avez toujours l'air fatigué.

— Je vais très bien, répliqua Niall en prenant la couche usagée pour aller la mettre à la poubelle. J'ai l'habitude de faire des nuits blanches. Je vais bien.

— Non, insista-t-elle en mettant une couche propre au bébé. Et comment pourriez-vous aller bien après tout ce que vous avez eu à affronter au cours des dernières quarante-huit heures ? J'imagine que votre travail est déjà stressant mais, d'ordinaire, vous n'avez pas un mariage qui se termine en fusillade, un grand-père à l'hôpital et une voisine un peu fofolle avec un bébé qui campent dans votre salon !

Un peu fofolle ? Si on lui avait demandé de décrire Lucy McKane, il aurait dit bienveillante, pleine d'énergie, sensuelle… Bien que têtue et imprévisible soient également des termes adéquats.

Niall secoua la tête, étonné de constater à quel point ses pensées semblaient s'égarer lorsqu'il s'agissait de cette femme. Peut-être que la douche ne l'avait pas réveillé autant qu'il l'aurait voulu et qu'il aurait eu besoin d'un véritable café pour s'éclaircir les idées. En l'occurrence, ce qu'il retenait, c'est que Lucy avait pris un risque inutile, alors qu'il avait insisté pour que Tommy et elle restent bien à l'abri dans son appartement. Il choisit un des pyjamas de bébé qu'elle avait lavés et soigneusement pliés et le lui apporta.

— Et si les intrus étaient revenus ?

— Vous voulez dire Diana ? Alors, je l'aurais fait entrer ici et je l'aurais aidée, elle aussi.

— Et si ce n'était pas Diana qui avait pénétré dans votre appartement ? Et si ce n'était pas sa voix que vous aviez entendue hier soir ?

— Qui d'autre aurait embrassé Tommy…

— Et si quelqu'un profitait du lien qui vous unit toutes les deux et avait pénétré chez vous pour y laisser un bébé sans être légalement inquiété ?

— Quelqu'un qui aurait su où je laisse toujours un billet de vingt dollars ?

Bien… Si Lucy était persuadée que Tommy était le fils de Diana, alors il avait un argument sensé pour lui prouver qu'elle était plus en danger qu'elle ne le pensait.

— Et si celui que Diana voulait éloigner de Tommy l'avait suivie jusqu'à votre appartement ? Et si ces hommes que vous avez entendus hier soir étaient revenus pour vous, pour terminer ce qu'ils avaient commencé ? Vous auriez pu être sérieusement blessée !

Les mains de Lucy restèrent suspendues en l'air et tout son corps se figea. Puis elle secoua la tête, et ses longs cheveux caressèrent l'encolure de son sweat-shirt.

— Je vous remercie de vous soucier ainsi de moi, mais je ne suis sortie que quelques minutes, juste le temps de nettoyer la pâte à gâteau qui était restée dans la cuisine et de prendre mon tricot. Si j'avais eu l'impression que quelque chose n'allait pas, je serais revenue immédiatement. Il ne s'est rien passé.

— Cette fois, répliqua Niall en ajustant ses lunettes.

Il détourna le regard, surpris par la réaction de Lucy lorsqu'il avait suggéré que c'était peut-être elle — et non Tommy ou Diana — qui était en danger. Il aurait bien voulu savoir pourquoi elle avait soudain hésité ainsi. Il se demanda aussi si elle avait remarqué qu'elle avait une mèche de cheveux accrochée sur le tissu de son sweatshirt. Il aurait facilement pu la dégager. Lorsqu'il l'avait plaquée à terre hier soir pour l'écarter de la trajectoire de la voiture, il avait découvert par inadvertance que ses cheveux étaient aussi doux qu'ils en avaient l'air. Il brûlait d'envie d'enfouir à nouveau les doigts dans ses boucles pour les sentir sous sa peau et confirmer ses observations. Niall cligna des yeux pour éloigner cette pensée. Ce n'était pas à l'ordre du jour. Lucy était en train de changer Tommy, bon sang, pas de le séduire !

— Lucy, il faut que je sois sûr que vous compreniez bien que la situation est sérieuse. Tommy était en grand danger hier. Cela veut dire que vous l'êtes peut-être aussi. Il faut que vous soyez en mesure de vous occuper de lui pour que je puisse mener mon enquête.

— Pour que *nous* puissions mener *notre* enquête, corrigea-t-elle.

Elle prit Tommy dans ses bras et se redressa, tenant le bébé contre sa poitrine.

— Je vous suis très reconnaissante — à vous et votre père — d'avoir promis de m'aider à retrouver Diana et à rendre Tommy à sa maman. Et c'est très aimable à vous d'avoir proposé que nous restions ici jusqu'à ce que la serrure de mon appartement soit réparée. Je ne me serais pas sentie en sécurité.

— Vous ne l'auriez pas été. Vous ne l'êtes toujours pas.

Elle leva les yeux lui et déclara :

— Je vous remercie aussi de m'avoir probablement sauvée hier soir... Ne pensez pas un seul instant que je n'ai pas conscience de la gravité de la situation ! Mais si Tommy et moi sommes en danger, alors Diana doit être dans une situation pire encore... Et vous avez besoin de mon aide pour la retrouver.

— Et si je refuse, vous allez repartir pour ratisser la ville toute seule, c'est ça ?

Lucy eut un sourire ironique.

— Voilà une bonne déduction, docteur Watson.

Niall ne comprit pas bien pourquoi elle se mit à rire et se contenta de hocher la tête. Il devait bien reconnaître qu'avoir à ses côtés quelqu'un qui connaissait bien Diana Kozlow pourrait l'aider à déterminer si oui ou non Tommy était le fils de cette jeune femme. Il était également heureux de savoir que — puisque Lucy assurait temporairement la garde de Tommy — le bébé resterait près de lui.

— C'est d'accord : nous allons travailler ensemble. Pour le bien de Tommy.

— Pour le bien de Tommy.

Elle s'approcha de lui, et Niall sentit le parfum du talc, mêlé à un autre plus troublant qui n'avait rien à voir avec le bébé qu'elle portait dans ses bras.

— Puisque j'ai réussi à vous convaincre que nous devons travailler ensemble, accepteriez-vous de surveiller Tommy pendant une dizaine de minutes ? J'aimerais aller me rafraîchir et enfiler des vêtements propres pour que nous puissions partir.

Lorsqu'elle lui déposa le bébé dans les bras, Niall sentit

ses doigts contre son torse à travers le tissu de sa chemise et son ventre se serra. Mais elle s'éloigna de lui, n'ayant apparemment pas conscience de la réaction que son parfum et son contact provoquaient en lui.

— Vous voulez toujours que nous allions ensemble à mon bureau pour y prendre un couffin et d'autres accessoires de puériculture ? demanda-t-elle en se saisissant de ses bottes, de son sac et de son manteau.

— C'est moi qui ai le siège auto, donc oui, je vais vous y conduire.

Niall tenta de se ressaisir et reporta le poids du bébé sur un bras, retenant la porte d'entrée de son appartement alors qu'elle sortait dans le couloir.

— Je voudrais également écouter le message de Diana lorsque nous serons là-bas. Puis je vous raccompagnerai ici.

Il la suivit jusque chez elle et fronça les sourcils en constatant à quel point il lui avait été facile d'ouvrir la porte endommagée. Il ne se rendit pas compte qu'elle s'était arrêtée et la heurta.

— Que faites-vous ? demanda-t-elle en le retenant. Vous me suivez ?

Niall jeta un coup d'œil par-dessus son épaule pour s'assurer que tout allait bien.

— Je voudrais vérifier votre appartement avant de vous laisser seule ici, même pour quelques minutes.

Elle hocha la tête et alla allumer une lampe pour éclairer la pièce. Puis elle ouvrit la porte de la salle de bains pour qu'il constate que tout allait bien.

— Votre père a dit qu'il fallait attendre vingt-quatre heures avant de signaler la disparition de Diana à la police. Je suis soulagée que vous ayez tous les deux décidé de commencer les recherches plus tôt.

Il la suivit dans la cuisine et vit que, à part les plats

qu'elle avait lavés, rien n'avait changé ni n'indiquait que quelqu'un d'autre était passé par là.

— Tommy a besoin de sa maman, répondit-il. Si nous pouvons la retrouver et le lui rendre…

— Et nous assurer qu'elle va bien…

— Et qu'elle a les capacités nécessaires pour s'occuper de lui…

— Les capacités ?

Lucy s'immobilisa, et Niall faillit une fois encore la bousculer. Mais elle leva la main d'un air exaspéré, et il fit un pas en arrière.

— Diana n'abandonnerait jamais Tommy à moins qu'il ne se soit passé quelque chose de grave ! Les gens comme elle et moi ont une histoire compliquée. Lorsque vous n'avez jamais eu de famille et que vous commencez à en construire une, vous la protégez de toutes vos forces. Je suis certaine que, quelle que soit la situation, elle a laissé Tommy ici pour le protéger.

— Alors, pourquoi revenir le voir ? Si, bien entendu, c'est elle que vous avez entendue hier soir…

— J'imagine que c'est très difficile de laisser quelqu'un que l'on aime, surtout un nouveau-né. Je ne sais pas si j'aurais eu le courage de dire au revoir à ce petit bout.

Lucy caressa les cheveux de Tommy comme si elle était convaincue que Tommy était le fils de Diana et faisait partie de sa famille maintenant… Certitude qui n'avait d'autre fondement que l'émotion.

Niall, lui, avait besoin de preuves.

— Tout à l'heure, lorsque vous parliez à mon père qui vous demandait quelles étaient les personnes que Diana avait pu contacter, vous lui avez dit que votre mère était toujours vivante. Vous avez de la famille.

— Croyez-moi si je vous dis que non. La famille, ce sont les personnes que vous aimez inconditionnellement, des personnes en qui vous avez confiance et sur lesquelles vous pouvez compter. Mon père m'a abandonnée avant ma naissance, et ma mère et moi n'avons plus aucun contact depuis ma majorité. Elle ne fait plus partie de ma vie. Et n'en fera plus jamais partie.

— Que s'est-il passé ?

Lucy se retourna.

— Beaucoup de choses… Par exemple le défilé constant des hommes avec lesquels elle essayait de bâtir une relation. Mais le point de rupture a été notre différence d'opinions à propos de mon petit ami.

Niall sentait bien qu'il n'y avait pas la moindre joie dans le sourire ironique qu'elle arborait.

— Ce n'est pas ce que vous croyez… Je n'étais pas une adolescente rebelle qui voulait sortir avec un mauvais garçon. En fait, elle a fait tout ce qu'elle pouvait pour m'encourager à rester avec celui auquel j'essayais d'échapper.

— D'échapper ?

Niall fut surpris par sa réaction : il ressentait soudain la même sensation que lorsqu'il découvrait un indice sur sa table d'autopsie.

— Pourquoi ? Que vous avait-il fait ?

Lorsqu'elle se retourna vers lui, ses yeux verts étaient comme voilés.

— C'est étrange que vous me demandiez cela… Ma mère était surtout préoccupée par ce que *je* lui avais fait.

Niall attendit qu'elle s'explique, ce que Lucy fit sans tarder.

— Roger était le play-boy de Falls City. Vous savez comment les choses se passent dans les petites villes : il était le champion de base-ball du coin, et son père possédait l'entreprise dans laquelle travaillait la moitié de la ville. Mais nous n'étions pas faits l'un pour l'autre.

— Pourquoi donc ?

— Aucune question n'est trop personnelle pour vous ?

Lucy baissa les yeux. Au lieu de lui répondre, elle alla prendre une serviette de bain dans le placard et la serra contre elle, avant de se retourner et de lever son regard franc vers lui.

— Tout ce qui comptait pour ma mère, c'était que Roger était riche. Il devait reprendre l'entreprise familiale. Et s'il s'intéressait à moi, même si cette relation me détruisait, je n'avais qu'à me taire et continuer...

Elle s'arrêta au milieu de sa phrase pour se pencher et déposer un baiser sur le front de Tommy qui sommeillait dans ses bras. Niall eut presque la sensation que c'était sur sa peau qu'elle déposait ce baiser. Avant qu'il ne puisse s'interroger sur sa réaction, Lucy secoua la tête et se dirigea vers la salle de bains. Elle déposa la serviette sur le bord du lavabo.

— J'ai compris qu'elle se servait de moi. Alors je suis partie et je suis allée à Kansas City. Ça a été plus facile que je ne l'aurais cru. Je vis seule depuis... Si l'on excepte Diana, bien entendu. Il n'y a aucun lien de sang entre nous, mais j'ai l'impression qu'elle fait beaucoup plus partie de ma famille que ma mère.

Niall la suivit dans la petite pièce, tout en s'interrogeant sur la véhémence avec laquelle elle avait fait cette déclaration : il n'y décelait aucune trace de mélancolie ni de regret.

— Et Roger ?

Il la vit se voûter imperceptiblement mais elle se redressa.

— J'ai témoigné contre lui. Il a fait de la prison au lieu d'aller à l'université.

— Pourquoi ?

Elle croisa son regard dans le miroir.

— C'est terminé pour les questions, d'accord ?

Niall avait besoin d'un nom de famille. Il avait l'intention de suivre la trace de ce voyou de Roger pour décider s'il avait quelque chose à voir avec l'abandon de Tommy, ou même s'il était possible qu'il soit le père de l'enfant. Mais il décida de poursuivre sur une voie différente en attendant que Lucy décide à nouveau de se confier à lui.

— Je donnerais n'importe quoi pour pouvoir revoir ma mère.

— J'ai le sentiment que nous n'avons pas été élevés de la même manière ! Votre père est amusant et gentil, et il me semble qu'il se soucie vraiment de Tommy et de Diana, et peut-être même de moi. Il m'a beaucoup parlé de vos frères, de votre sœur, et de son père.

Elle se retourna et s'appuya contre le lavabo. Elle souriait de nouveau et, sans qu'il comprenne pourquoi, le simple fait de voir la courbe douce de ses lèvres lui fit du bien.

— Il est clair que Thomas est très fier de chacun de vous. Et il vous aime et vous soutient. Tout le monde n'a pas un père qui est prêt à se lever au beau milieu de la nuit pour faire des courses pour lui… Surtout quand on est adulte. Vous avez de la chance !

Niall acquiesça.

— Je le sais.

Elle éclata d'un rire léger.

— Vous êtes surprenant ! Vous voyez tout sous l'angle de la raison, non ? J'envie votre capacité à ne pas prêter attention à vos émotions.

C'était étrange : il était en train de se dire qu'il comprendrait mieux ses réactions envers elle et ce mystérieux Roger qu'il n'avait jamais rencontré s'il parvenait à maîtriser ses sentiments. Etait-ce la fatigue ou le fait qu'il n'ait plus été aussi proche d'une femme depuis ses études de médecine qui brouillait sa perception des choses ?

— Je suis désolée pour votre mère. Si un homme comme votre père l'aimait, je suis certaine que c'était quelque de bien.

— Elle l'était.

— Diana n'a jamais rencontré ma mère… Je n'aurais

jamais laissé Alberta McKane s'approcher de quelqu'un que j'aime. Cette femme est toxique… Et maintenant, laissez-moi. J'en ai pour dix minutes.

Lucy ressortit neuf minutes plus tard, vêtue d'un jean et d'un sweatshirt des Royal de Kansas City, et ils partirent immédiatement à son bureau. La journée allait être remplie : il fallait retrouver Diana Kozlow, identifier les parents de Tommy, ainsi que l'homme qui avait failli écraser Lucy avec sa voiture de sport.

Ils s'arrêtèrent en chemin pour faire des courses et nourrir Tommy, et ce ne fut que bien plus tard que Lucy put enfin s'asseoir à son bureau pour écouter son répondeur.

Après un premier bip, la voix d'un homme vraisemblablement alcoolisé retentit.

« Lucy, c'est moi. Je sais que j'ai eu tort. Il faut que je te voie, ma jolie. Je veux m'excuser… Arranger les choses entre nous. Je t'en prie ne… »

Lucy rougit et appuya sur le bouton, interrompant le message.

— Passons à la suite.

— C'est un client ?

Il fut presque surpris de constater qu'elle n'essaya même pas de mentir pour échapper à sa question.

— Roger Campbell. Mon ex-petit ami. Je ne sais pas comment il a réussi à mettre la main sur mon numéro. Mais j'imagine que ce n'est pas difficile : il suffit de regarder dans l'annuaire, de téléphoner au standard et de demander à être mis en relation avec moi.

— Il pourrait avoir d'autres informations plus personnelles ? Votre adresse, par exemple. Si vous avez témoigné contre lui, il…

Elle secoua la tête et poursuivit avec le message suivant. Pas de mensonges, mais pas de réponses non plus.

— Voici ce que je voulais vous faire entendre.

« Lucy ? C'est Diana. Je ne vais pas pouvoir te retrouver à midi. Je sais que tu ne vas pas comprendre pourquoi je t'ai contactée hier après tout ce silence. Je suis désolée… J'ai tant de choses à te dire mais… Ce n'est pas possible en ce moment… »

La voix de la jeune femme était déjà précipitée et haletante, mais elle se transforma soudain en un murmure si faible que Niall s'assit sur le bureau et se pencha vers le répondeur pour l'entendre.

« Il vient de se passer quelque chose et je dois m'en occuper… Je pensais que je pourrais me débrouiller seule mais… J'ai un service à te demander, Lucy. Je ne sais pas qui appeler d'autre. Je dois te confier quelque chose, et je voudrais que tu en prennes soin pendant que je… »

On entendit renifler. Diana pleurait. Niall regarda de l'autre côté du bureau et vit que les yeux de Lucy se remplissaient de larmes.

« Nous faisons partie de la même famille, non ? J'ai besoin que tu m'aides, même si je ne le mérite pas. J'ai de gros ennuis cette fois-ci. Mais je vais arranger les choses… Il le faut… »

Il y eut un autre sanglot, et Lucy se mit à caresser le dos de Tommy. On entendit Diana retenir son souffle, et les cris étouffés de quelqu'un qui appelait à travers une porte ou un mur, suivis d'un bruit de pas précipités.

« Je dois raccrocher. Je passe chez toi dès que possible, mais je ne pourrai pas rester. Je t'expliquerai tout quand j'aurai plus de temps. Tu es la seule personne sur laquelle je peux compter. Je t'en prie. »

Puis, d'une voix plus forte, Diana ajoutait :

« Je suis là. Oui, je suis seule. A qui je parlais ? Attends un ins… »

On entendit un bruit assourdi à la fin du message, comme si Diana avait caché son portable dans son sac ou dans sa poche avant de raccrocher. Même une personne avec l'imagination limitée de Niall ne pouvait manquer de percevoir la détresse de la jeune femme.

Lucy appuya sur un bouton pour sauvegarder le message.

— J'ai attendu à mon appartement qu'elle m'apporte cette chose mystérieuse et, comme elle n'est pas venue, je suis partie la chercher. Bien entendu, je ne savais pas où la trouver. Je me suis rendue au salon de coiffure où elle travaillait, mais ils m'ont répondu qu'ils ne l'avaient plus vue depuis longtemps… J'ai essayé son ancien appartement. Le petit ami que je connaissais m'a appris qu'elle était partie depuis des mois. Puis je me suis rendue chez elle, dans le quartier de Carmody. Je n'ai rien trouvé. Comment une jeune femme de vingt ans peut-elle disparaître ainsi ?

— Vous avez essayé le numéro du portable avec lequel elle a appelé ? Vous avez dit que sa boîte vocale était pleine ?

Lucy hocha la tête.

— J'ai raison de me faire du souci, n'est-ce pas ? Tommy est ce qu'elle voulait me confier… Et j'ai l'impression qu'elle ne voulait pas que celui qui était près d'elle l'entende me téléphoner.

Lorsque Lucy éloigna sa chaise du bureau et se mit debout, Niall l'imita.

— Je n'ai pas reconnu l'autre voix mais j'ai l'impression qu'il s'agissait d'un homme, non ? Je n'ai pas non plus réussi à comprendre ce qu'il disait… Comme lors de la dispute que j'ai surprise hier soir.

— C'est parce que cet homme ne parle pas anglais.

Niall avait écouté l'enregistrement avec attention.

— Diana connaît une langue étrangère ? demanda-t-il.

— Elle a appris l'espagnol au collège, mais ce n'était pas de l'espagnol.

Il faudrait faire quelques recherches, mais Niall avait l'impression qu'il s'agissait de russe ou d'allemand… L'homme semblait en colère, et Diana Kozlow avait manifestement peur. Même si Niall pensait que le dossier de Diana était maintenant archivé, il allait voir s'il pouvait le consulter pour essayer de déterminer s'il y avait un élément pouvant la lier avec un homme parlant une langue étrangère.

Lucy le regardait fixement, comme suspendue à ce qu'il allait dire. Elle se ressaisit soudain et essuya ses larmes, puis s'affaira à attacher Tommy dans son transat et à le protéger d'une couverture. Elle remit le capuchon sur le biberon et le glissa dans le sac à langer avec le bavoir.

— A quoi pensez-vous, Niall ?

Il saisit la main de Lucy qui s'apprêtait à refermer le sac.

— Vous ne pouvez pas retourner seule chez vous jusqu'à ce que nous en sachions plus. Il faut que j'aille faire analyser cet enregistrement par la police. J'ai un ami qui est ingénieur du son et qui sera prêt à me rendre service. Je vais l'appeler, et nous irons le voir ensemble lorsque nous serons passés à l'hôpital.

Elle leva les yeux vers lui, puis s'éloigna, en finissant de fermer le sac.

— Tommy et moi, nous vous avons déjà assez embêté comme ça. Il faut que vous alliez à Saint Luke pour rendre visite à votre grand-père et passer du temps avec lui et votre famille. Je vous ai déjà gardé loin d'eux plus longtemps que je ne l'aurais voulu ce matin. Je peux prendre le siège auto et appeler un taxi : vous n'aurez pas à nous raccompagner. Tout ira bien pour Tommy et moi, si vous acceptez que nous restions encore un peu chez vous. Le syndic a promis qu'ils essaieraient d'envoyer quelqu'un pour changer les serrures aujourd'hui.

— Et ils ont ajouté que cela ne serait peut-être pas avant lundi matin…

Non, en ce moment Tommy avait besoin du soutien de Niall Watson. Et, si indépendante que Lucy prétende être, elle aussi avait besoin d'aide. Et c'était lui qui allait la lui apporter. Niall haussa les épaules et prit le manteau qu'elle avait déposé sur le dossier de sa chaise.

— Je travaille rapidement et méthodiquement, Lucy. Je vais vite trouver ce que nous cherchons. Mais je ne pourrai pas me concentrer et avoir l'esprit libre si Tommy et vous êtes loin de moi et que je ne peux pas veiller sur vous.

— Vous êtes en train de me dire que je vous empêche de vous concentrer ?

Absolument pas. Ne sachant trop si elle flirtait ou si elle désirait seulement obtenir un éclaircissement, Niall choisit de ne pas répondre. Il lui tendit son manteau et souleva le transat où était installé Tommy.

— Allons-y.

5

— Je suis vraiment désolée que votre fille adoptive ait disparu. Mais si Niall dit qu'il va la retrouver, il le fera. Je ne l'ai jamais vu abandonner ! Ne perdez pas espoir.

— Je vais essayer...

Lucy imagina un instant ce qu'aurait pu être sa vie si Millie Leighter avait été sa grand-mère, ou même simplement sa grand-tante ou sa voisine à Falls City.

Elle avait passé l'heure qui venait de s'écouler en sa compagnie, dans la salle d'attente de l'hôpital Saint Luke. Tommy semblait lui aussi être tombé immédiatement sous le charme de cette vieille dame aux cheveux blancs, qui comme Lucy était passionnée de tricot.

Millie avait été embauchée par Thomas Watson lorsque Niall était adolescent, juste après le meurtre de Mary Watson. Seamus était lui aussi venu vivre avec la famille, pour essayer d'apporter à son fils et ses petits-enfants durement éprouvés le sentiment que les choses rentreraient dans l'ordre, et qu'ils étaient en sécurité. Tout à tour émue ou amusée, Lucy écoutait les anecdotes que lui rapportait Millie sur la propension de Duff à se retrouver aux urgences, la timidité de Niall, la vive imagination de Keir, ou la capacité d'Olivia à régenter des frères qui faisaient deux fois sa taille. Mais pendant tout ce temps, Lucy ne cessait de se remémorer sa propre enfance et son adolescence, comme le jour où sa mère l'avait envoyée mendier pour qu'elles puissent s'acheter à manger. Ou plus tard, les fois où sa mère l'envoyait jouer dehors pour l'éloigner du camping-car, afin qu'elle puisse coucher avec le shérif local et échapper à une poursuite pour vol à l'étalage. Lucy éclata de rire lorsque Millie lui raconta comment elle avait dû rentrer de vacances pour soigner toute la famille frappée par une intoxication alimentaire, après que Seamus avait réchauffé des restes du réveillon du nouvel an pour les nourrir. Mais en même temps, elle ne pouvait s'empêcher de ressentir un pincement au cœur et comme un soupçon de jalousie.

Elle n'avait aucune anecdote joyeuse à partager sur son enfance, aucun ami qu'elle avait pu appeler lorsqu'elle avait besoin de quelqu'un. Elle était allée à l'hôpital toute seule la nuit où Roger Campbell l'avait rouée de coups. Et la seule raison pour laquelle sa mère était venue lui rendre visite après l'opération pendant laquelle elle avait failli mourir était de lui conseiller d'accepter les excuses de Roger, et de retourner avec lui.

Il lui était presque impossible de s'imaginer faisant partie d'une famille qui, malgré les tragédies auxquelles elle avait dû faire face, était aussi unie que celle de Niall. Mais elle n'avait aucun mal à penser qu'elle aurait aimé être l'amie d'une femme aussi généreuse que Millie Leighter.

— Eh bien ! Le petit Tommy s'est de nouveau endormi !

Millie leva les yeux alors que la porte de l'ascenseur s'ouvrait avec un tintement.

Une aide-soignante en sortit, poussant un chariot chargé de plateaux-repas, et salua l'employé qui était assis à la réception.

— Je suis surprise que tout ce bruit ne le tienne pas éveillé !

Lucy sourit en voyant le bébé blotti contre la poitrine de Millie.

— Vous ne vous lassez pas de lui !

— Jamais !

— Il a l'air très bien. Et je suis certaine qu'il a aimé vos histoires autant que moi.

Millie rougit.

— Vous êtes bien gentille de supporter mon bavardage !

— Ça m'aide à passer le temps en attendant que nous ayons des nouvelles de Seamus.

Le sourire de Millie s'évanouit.

— Je vis dans une maison remplie de policiers et je sais qu'ils font un métier dangereux. J'ai vécu beaucoup de choses avec eux et j'ai fait avancer le navire par beau temps comme dans la tempête, pour ainsi dire. Mais je n'avais jamais été moi-même prise dans une fusillade et j'ai du mal à m'en remettre. Je n'oublierai jamais ces détonations, les cris, le spectacle de Seamus s'affaissant sur le sol. Il y avait tant de sang. J'ai pensé… J'ai cru…

Lucy tendit la main vers la vieille dame pour la réconforter.

— Ça a dû être très difficile pour vous.

Millie essuya les larmes qui perlaient à ses yeux. Elle tapota la main de Lucy avant de relever la couverture pour protéger le visage de Tommy de la lumière vive.

— Il n'y a rien de tel qu'une vie nouvelle comme ce petit bébé pour vous faire oublier des expériences aussi horribles ! Cette conversation me fait beaucoup de bien. Et maintenant, vous pourriez me parler de vous. Quelle sorte de petite fille étiez-vous ?

Ce n'était pas le sujet favori de Lucy. Elle s'appuya sur le dossier de sa chaise et passa mentalement en revue les souvenirs qu'elle était prête à partager.

— Eh bien… J'avais une voisine qui m'a appris à tricoter quand j'avais dix ans. Pour Noël, j'ai fait un cache-pot en tricot à tous les gens que je connaissais cette année-là. L'année suivante, ils ont eu une écharpe.

Une porte s'ouvrit dans le couloir et Lucy se retourna alors que Millie s'avançait sur son siège pour voir qui arrivait.

— C'est Thomas et les garçons. Je me demande s'ils ont des nouvelles.

Duff fut le premier à sortir de la chambre.

— Cet homme s'est envolé comme par magie. J'étais en train de le suivre sur le toit et, l'instant d'après, il a sauté sur l'immeuble d'à côté et a disparu.

Keir Watson le suivait.

— Il y avait certainement quelqu'un qui l'attendait pour l'aider.

Lucy se redressa lorsque Niall apparut. Les trois frères se rassemblèrent dans le couloir. Ils étaient assez près d'elle pour qu'elle puisse entendre leur conversation.

— Alors, ça ne doit pas être un illuminé : la plupart d'entre eux opèrent en solo. Ils cherchent la notoriété, et il leur importe peu d'être pris ou pas. J'ai demandé à quelques-uns de mes hommes de passer en revue les réseaux sociaux pour voir si quelqu'un a posté une revendication, ou un message annonçant un suicide. Cet homme se trouvait là pour une raison bien précise.

— Pour tuer grand-père ? demanda Keir.

Duff poussa un juron.

— Pour tuer quelqu'un, c'est certain. Mais soit c'est un mauvais tireur et grand-père n'est qu'un dommage collatéral…

— Soit il a touché sa cible, compléta Niall.

Thomas Watson rejoignit ses fils dans le couloir.

— Et le seul qui serait capable de nous dire pourquoi on pourrait lui en vouloir n'est pas en mesure de parler pour le moment…

Les hommes furent soudain rappelés à l'ordre par une femme vêtue d'une veste et d'un pantalon verts, qui leur fit signe de parler moins fort. Elle referma la porte derrière elle et passa près d'eux sans s'arrêter.

— Je pensais que le médecin avait été clair, monsieur Watson, l'entendirent-ils maugréer. Pas plus de deux visiteurs à la fois dans la chambre, et seulement pour quelques minutes. Et je vous trouve tous ici en train d'essayer de faire parler votre père ? Vous allez l'épuiser !

Thomas allongea le pas pour rattraper la femme.

— Mais il voulait nous voir. Nous avons des décisions à prendre concernant les soins à lui donner et je voulais son avis.

— Son avis ?

L'infirmière s'arrêta, nullement impressionnée par le cercle des Watson qui s'étaient rassemblés autour d'elle.

— Vous lui avez posé une seule question pour lui demander s'il souhaitait que vous m'embauchiez, puis vous avez de suite embrayé sur votre enquête ! Votre père ne peut pas parler, et le simple fait d'avoir à vous serrer la main une ou deux fois pour dire oui ou non le fatigue beaucoup. Vous avez bien vu à quel point il était agité !

— Nous voulions qu'il sache que nous faisons tout pour retrouver le tireur, expliqua Thomas. C'est un policier en retraite. Il avait besoin de l'entendre.

L'infirmière ne sembla pas le moins du monde affectée par ses arguments.

— Il a surtout besoin de se reposer.

Millie se leva, le bébé dans les bras.

— Comment va Seamus ?

Thomas posa la main sur sa hanche, dans cette attitude que Lucy avait déjà remarquée chez Niall.

— Je pense qu'il se sent surtout frustré, Millie. Visiblement, il a conservé toute sa lucidité et son entêtement, mais il n'arrive pas à communiquer.

L'infirmière, dont le badge indiquait qu'elle s'appelait

Jane Boyle, inclina la tête sur le côté et s'adressa à Thomas avec sévérité.

— Il faut aller doucement, monsieur Watson. Vous ne devez pas lui demander trop d'efforts maintenant si vous voulez qu'il récupère totalement. Et si vous avez l'intention de m'embaucher, alors nous suivrons les ordres du médecin et il faudra que vous m'obéissiez. Cela veut dire : pas d'interrogatoire.

Le frère aîné de Niall, Duff, se croisa les bras.

— Le contrat n'est toujours pas signé, chère madame.

D'une voix timide, Millie demanda :

— Vous avez embauché quelqu'un pour s'occuper de Seamus lorsqu'il sera sorti de l'hôpital ?

Thomas hocha la tête.

— Koelus, le médecin, a dit que papa avait besoin d'une surveillance ininterrompue pendant une quinzaine de jours et de séances de kinésithérapie. Il m'a recommandé Mme Boyle. Mais nous sommes en train de déterminer si Seamus et elle réussiront à s'entendre. Si elle reste chez nous, il faut que…

Millie tourna son regard bleu vers Lucy et murmura :

— Je crois que Tommy a besoin d'être changé. Ça vous ennuie si j'y vais ?

— Pas du tout, mais je peux m'en occuper.

— Laissez-moi faire.

— Merci.

S'en remettant à l'expérience de Millie, Lucy lui tendit le sac à langer. Lorsque la vieille dame se leva pour se diriger vers les toilettes, son regard brillait d'une étrange lueur.

Peut-être la fatigue et le stress avaient-ils entamé les capacités d'observation de Niall, ou peut-être les hommes ne prêtaient-ils tout simplement pas attention à ce qui était évident pour Lucy.

Mais avant qu'elle puisse leur signaler la détresse de Millie, Jane Boyle déclara :

— Je sélectionne mes missions avec beaucoup de soin, monsieur Watson. Si je ne me sens pas bien dans l'environnement du patient, alors je refuse.

— L'environnement du patient ? répéta Thomas Watson avec agacement. Etes-vous en train d'insinuer que…

— Je resterai dans le bureau du docteur Koelus pendant dix minutes. Vous pourrez venir m'y trouver si vous voulez poursuivre cet entretien. Sinon, j'irai chercher une autre mission.

Le frère cadet de Niall, Keir, était un petit peu plus petit que lui, mais ils se ressemblaient comme deux gouttes d'eau. Il émit un sifflement sourd entre ses dents, alors que l'infirmière s'éloignait et se dirigeait vers le bureau du médecin.

— Regardez-moi cette femme ! Elle ne se prend pas pour rien !

— Le fait qu'elle n'ait pas succombé à ton charme est le seul élément qui plaide en sa faveur, répliqua Duff.

— Eh, je m'entends très bien avec les femmes mûres, n'est-ce pas Millie ? Millie ?

Keir se retourna pour découvrir que la nouvelle amie de Lucy avait disparu.

— Où est-elle partie ?

— Tommy va bien ? demanda Niall, remarquant l'absence du bébé.

Lucy croisa les regards inquiets des quatre hommes. Mais ce fut à Niall qu'elle s'adressa.

— Le bébé va bien, dit-elle. Mais aucun d'entre vous n'a vu ce qui vient de se passer ? Millie est très préoccupée par Seamus. Elle parle de cette famille comme si c'était la sienne.

Keir plissa les paupières.

— Mais *c'est* sa famille.

Lucy haussa les épaules.

— Elle a peut-être d'autres sentiments pour votre grand-père.

— D'autres sentiments ?

Niall ajusta ses lunettes, d'un air perplexe.

— Je pense qu'elle a un faible pour lui, ou ce qu'une femme de soixante-dix ans peut ressentir pour un homme de quatre-vingts… Appelez cela comme vous voudrez.

Duff se gratta le menton.

— Elle en pince pour grand-père ?

Thomas lui intima d'un regard l'ordre de se taire, et encouragea Lucy à poursuivre.

— Elle tient certainement à lui.

Lucy désigna le couloir menant à la chambre où se trouvait Seamus, à quelques mètres d'eux.

— Elle n'a pas eu le droit de le voir parce que — au sens strict du terme — elle ne fait pas partie de la famille.

— Bien sûr que si ! répliqua Thomas en secouant la tête, comme si ce qu'elle disait n'avait aucun sens. Nous vivons tous sous le même toit depuis plus de vingt ans. Mais j'ai été tellement préoccupé par l'état de santé de papa, par Olivia et Gabe que je voulais persuader de partir en lune de miel et par cette fusillade que j'essayais de comprendre…

— Tu n'es pas le seul, papa. Aucun de nous n'a pensé à conduire Millie auprès de Seamus.

Niall tendit la main et pressa l'épaule de son père. Mais ce fut Lucy qu'il regarda en demandant :

— Que pouvons-nous faire pour arranger les choses ?

Lucy n'était pas sûre d'être vraiment à sa place en intervenant ainsi, mais elle commençait à avoir l'habitude d'expliquer à son voisin comment comprendre les gens et les émotions.

— Elle a toujours pris soin de vous tous, non ? Je pense qu'elle est blessée parce que vous voulez embaucher quelqu'un d'autre pour le faire maintenant.

Thomas marmonna d'un air contrit :

— Mme Boyle est une infirmière diplômée. Elle sera là uniquement pour s'occuper des soins et de la kinésithérapie. Je ne m'attends pas à ce qu'elle fasse quoi que ce soit d'autre. Et ce n'est certainement pas une manière d'éloigner Millie…

— Ce n'est pas à moi qu'il faut le dire, mais à elle. Dites-lui qu'elle est importante pour chacun d'entre vous, que vous avez besoin d'elle, même si ce n'est que pour cuisiner ou faire le ménage, ou pour remplacer l'infirmière si elle veut prendre une pause. Et elle a certainement envie d'être auprès de Seamus. Elle a l'impression de ne rien pouvoir faire pour aider en ce moment.

Duff murmura :

— Je connais ce sentiment…

Thomas hocha la tête.

— Nous le connaissons tous.

Lucy sursauta lorsque Keir se pencha pour planter un baiser sur sa joue avant de donner un coup sur le bras de Niall et de s'éloigner en lançant :

— Merci. Vous savez, je suis très content de voir que Niall a enfin une petite amie !

— Mais je ne suis pas…

— Pardon ? demanda Niall en fronçant les sourcils.

Keir ignora leurs protestations et poursuivit son chemin.

— Je commençais à me dire que le docteur Frankenstein allait devoir en fabriquer une dans son laboratoire.

— Où vas-tu ? demanda Thomas.

— Retrouver Millie. Je vais l'emmener déjeuner et lui demander pardon, pendant que vous vous entendez avec cette mégère de Boyle pour savoir comment les choses vont se passer à la maison.

Il se retourna et continua à avancer à reculons.

— Vous allez l'embaucher, non ? Je veux dire, qui d'autre pourrait faire l'affaire ? Elle a réussi à nous tenir tête à tous, et ce n'est pas facile, n'est-ce pas, Lucy ? Vous nous avez dit ce que nous avions besoin d'entendre.

— Je faisais juste remarquer…

Keir fit un clin d'œil à Lucy et se retourna, avant de se planter devant la porte des toilettes des femmes.

— Il faut que tu apprennes à la fermer, Lucy McKane. Aucun homme ne voudra d'une femme qui ne sait pas quand il faut se taire. Et maintenant, tu vas retourner chez les Campbell et présenter tes excuses à Roger.

— Mais maman, il m'a battue !

— Il n'aurait pas à le faire si tu savais te taire quand ce ne sont pas tes affaires. Et mets ce jean moulant quand tu iras le voir. Ça va l'aider à regretter de t'avoir fait ça. C'est un Campbell. C'est le meilleur petit ami que tu trouveras dans ce trou.

Lucy ferma les yeux pour essayer d'échapper à ses souvenirs. Elle n'avait jamais réussi à garder ses opinions pour elle. Et, si elle n'avait jamais regretté de défendre ceux qui en avaient besoin, il lui était souvent arrivé de se dire qu'elle aurait mieux fait de tourner sa langue sept fois dans sa bouche avant de parler.

Lucy baissa la tête et retourna vers sa chaise, faisant semblant de chercher quelque chose dans son sac pour s'occuper les mains. Elle essayait d'oublier les souvenirs pénibles qui étaient revenus à sa mémoire pour se concentrer à nouveau sur le présent. Elle se demandait comment présenter ses excuses aux Watson pour s'être occupée de leurs affaires, quand ils avaient déjà tellement de problèmes à régler.

Ayant conclu une sorte d'accord tacite, Duff et Thomas allèrent rejoindre Mme Boyle dans le bureau du docteur Koelus pendant que Keir passait un appel téléphonique tout en faisant les cent pas dans le couloir. Lucy sortit un tube de baume et le passa sur ses lèvres avant de se rendre compte que Niall était toujours debout derrière elle et la regardait. En voyant l'expression de son visage, elle eut soudain l'impression d'être un spécimen qu'il observait au microscope.

Elle remit le tube dans son sac et se retourna, levant le menton pour rencontrer son regard attentif.

— Quoi ? demanda-t-elle, sur la défensive.

— Keir vous a contrariée avec ses commentaires ? Il ne peut pas s'empêcher de taquiner tout le monde.

Son regard bleu était calme. Rien ne le perturbait donc jamais ? Cet homme avait peut-être fait des études de médecine et parvenait à résoudre des énigmes compliquées pour la police, mais il n'avait toujours pas compris qu'il lui plaisait depuis leur première rencontre. Elle n'allait certainement pas le lui avouer et risquer de compromettre l'alliance qu'ils avaient conclue pour aider Diana et Tommy.

— Ne vous inquiétez pas : je sais que nous sommes seulement des amis. J'espère que je ne suis pas allée trop loin en intervenant dans vos problèmes familiaux. Peut-être que ce n'était pas le moment de vous parler de ce que j'avais senti concernant Millie.

Niall hocha la tête, même si Lucy ne savait pas très bien pourquoi.

— Keir avait raison pour une chose : vous nous avez dit ce que nous avions besoin d'entendre. Vous savez comprendre les gens comme jamais je ne le pourrai.

— Ce n'est pas vrai ! Je sais que vous faites plus confiance à la raison, mais vous avez de bons instincts.

Lucy coinça une mèche rebelle derrière son oreille et sourit.

— Vous avez su où me trouver hier soir quand j'ai eu besoin de vous. Et regardez le lien que vous avez avec Tommy ! Vous savez quand il a besoin de vous, et j'ai l'impression qu'il vous est déjà très attaché. Il sent que vous vous souciez de lui.

Niall suivit sa main du regard. Puis il la surprit en prenant une mèche de cheveux qui s'était coincée dans l'encolure de son sweatshirt. Elle essaya de ne pas remarquer qu'il ne la lâchait pas tout de suite et l'arrangeait derrière son épaule. C'était probablement l'impulsion d'un scientifique qui aimait l'ordre et la netteté. Mais cela n'empêcha pas son cœur de battre à tout rompre.

— Je suis une présence rassurante, c'est tout, répliqua Niall. J'ai l'impression que, malgré son tout jeune âge, Tommy a déjà eu une vie compliquée.

Une vie compliquée… Oui, elle savait ce que c'était. Lucy sentait son cœur battre après ce contact intime, et les paroles qu'elle prononça étaient valables pour elle également.

— Certaines personnes trouvent du réconfort dans le calme.

— J'espère que Tommy saura un jour tout ce que vous avez fait pour lui, dit Niall.

Sa main frôla la joue de Lucy.

Si sentir ses doigts dans ses cheveux n'avait pas été assez déstabilisant, la caresse chaude de son pouce sur sa peau lui envoya un frisson dans tout le corps. Elle parvint à bredouiller :

— Vous faites énormément pour lui, vous aussi.

La main de Niall resta sur sa joue. Lorsqu'elle vit ses yeux se plisser derrière ses lunettes et son visage s'approcher, elle retint son souffle, le cœur battant.

Lucy perdit conscience du monde autour d'elle, des allées et venues des infirmières, des bips des écrans de contrôle et de l'odeur de désinfectant qui flottait dans l'air… Elle ne sentit plus que la douceur des lèvres chaudes de Niall sur les siennes. Elle posa la main sur son torse et pencha la tête en arrière. Ils s'embrassèrent doucement, profondément, et Lucy sentit la chaleur se répandre dans tout son corps.

Elle ne sut pas quand elle s'accrocha à sa chemise, ni quand elle ouvrit les lèvres et glissa avec audace sa langue dans sa bouche. Mais elle avait la sensation que le monde ne tournait plus comme avant, et que le rêve qu'elle faisait depuis deux ans était en train de réaliser… Quelque chose d'aussi dangereux que désirable était en train de naître en elle : Niall Watson l'embrassait. Et son baiser était doux, plein de retenue, parfait… Il était d'autant plus sexy que Niall n'avait pas conscience de son pouvoir de séduction. Son baiser était un mélange irrésistible de tendresse et de passion, et elle était aussi attirée par sa chaleur qu'un papillon de nuit par la lumière.

Elle eut soudain froid lorsque les lèvres de Niall s'éloignèrent. Elle sentit sa poitrine se gonfler sous la paume de sa main lorsqu'il prit une profonde inspiration et poussa un soupir. Mais ses yeux bleu foncé demeuraient rivés sur elle.

— Je me suis trompé ? Vos pupilles se sont dilatées. J'ai mal lu le signal que vous avez envoyé ?

— Le signal ? Non. Vous ne vous êtes pas trompé.

Lucy s'éloigna de sa chaleur, qu'elle sentait à travers le tissu de sa chemise. Elle aurait aimé qu'il n'y ait pas cette chaise derrière elle et pouvoir mettre un peu de distance entre eux, et reprendre ses esprits. *J'ai mal lu le signal ?*

— C'était une expérience pour tester votre capacité à deviner les pensées des gens ? demanda-t-elle.

— Une expérience ?

Il secoua la tête.

— Je voulais vous remercier. Millie est très importante pour moi… Pour nous tous.

— Oh… Bien sûr. Je suis heureuse d'avoir pu vous aider.

Lucy réussit à sourire, conservant un semblant de dignité en apprenant que son premier et certainement unique baiser avec Niall Watson n'avait pas été donné au nom de la science. Mais cette tendre exploration n'était pas l'aveu d'une attraction mutuelle : il voulait seulement lui exprimer sa gratitude, alors qu'elle était en train de tomber amoureuse de cet homme. Il pensait certainement que ses pupilles traîtresses et la chair de poule qu'il sentait sous ses doigts étaient une réponse involontaire à l'air froid de l'hôpital.

— C'est mon métier d'améliorer les relations familiales. Je ne pouvais pas faire moins après toute l'aide que vous m'avez apportée.

— Lucy…

Il ouvrit la bouche pour dire autre chose, mais Thomas Watson apparut alors dans le couloir et fit signe à son fils de le rejoindre.

— Niall, j'aimerais ton avis. Oh ! Pardon…

Lucy s'écarta au moment où Niall se retournait pour voir le sourire surpris de son père.

— Oui ? De quoi s'agit-il ?

— Je pensais que tu aurais peut-être une meilleure idée pour stocker le matériel médical pour papa. Il y a de la place dans la chambre d'amis, mais Mme Boyle risque de rester plusieurs semaines et elle va avoir besoin d'une salle de bains pour elle.

— Vous feriez mieux d'y aller, dit Lucy en poussant doucement Niall vers son père. C'est important.

Il lui lança un coup d'œil par-dessus son épaule.

— Tout comme la conversation que nous avions. Je pense qu'il y a eu un malentendu entre nous.

— Pas du tout. Vous m'avez remerciée, et j'ai répondu « avec plaisir ».

Ils étaient amis, alliés, et elle s'en réjouissait. Mais s'éloigner de lui pendant quelques minutes l'aiderait à s'ôter de l'esprit les rêves fous qui enflammaient toujours son imagination.

— J'ai l'impression que nous risquons de rester un peu plus longtemps à l'hôpital. Je peux vous emprunter vos clés et aller chercher mon tricot dans votre voiture ? Ça va m'aider à passer le temps. Millie veillera sur Tommy jusqu'à ce que je revienne.

Il attendit quelques secondes avant de mettre la main dans la poche de son jean et de lui tendre les clés.

— Vous revenez tout de suite, d'accord ? Et si vous entendez des gens se disputer, appelez-moi avant d'aller voir toute seule ce qui se passe !

— J'en ai pour moins de dix minutes. Et je reviendrai prendre la relève pour Tommy.

— Dix minutes, répéta-t-il.

— C'est d'accord.

Elle fit cette promesse de l'air le plus désinvolte qu'elle put, ne voulant pas qu'il puisse soupçonner combien elle avait besoin de s'éloigner un peu de lui.

Il ne lâcha pas tout de suite les clés lorsqu'elle les eut dans la main.

— Je n'ai pas oublié pour Tommy et Diana. Nous irons au laboratoire juste après.

— Je le sais.

Elle ne pouvait pas remettre en cause son implication dans cette enquête.

Lucy glissa les clés dans sa poche et se dirigea vers l'ascenseur. Elle avait conscience que Niall la suivait du regard et qu'il essayait de comprendre sa réponse passionnée à un simple baiser de remerciement. Mais elle refusa de se retourner et de le laisser voir la confusion et l'embarras qui — elle en était certaine — se lisaient clairement sur son visage. La nuit dernière, à chaque fois qu'il l'avait touchée, elle avait senti tout son corps s'enflammer. Et maintenant il l'avait embrassée. Avec n'importe quel autre homme — comme cet ivrogne qui l'avait abordée à Carmody —, elle aurait pensé qu'elle l'attirait. Mais Niall Watson ne comprenait pas ces sentiments, et tous ces contacts intimes qui jouaient avec son cœur et ses hormones n'étaient pour lui rien de plus que de la gratitude ou des nécessités pratiques.

Lorsque la porte de l'ascenseur s'ouvrit, Lucy se précipita à l'intérieur et pressa le bouton pour descendre dans le hall d'entrée. Quand elle osa enfin lever les yeux, elle vit que Niall continuait à la regarder avec attention. Il ne se détourna pour se diriger vers le bureau du médecin que lorsque les portes se refermèrent. Alors seulement, elle put enfin pousser un soupir de soulagement.

L'ascenseur descendit et, au fur et à mesure que les étages défilaient, son bon sens lui revenait. Elle était stupide de laisser ses sentiments pour Niall grandir en ce qui devenait bien plus qu'une simple attirance. Peut-être était-elle le jouet de son imagination : il était logique qu'une femme avec son histoire tombe amoureuse d'un homme qui était tout le contraire d'un beau parleur comme Roger Campbell, un homme pour lequel la famille était visiblement si importante. Elle avait des soucis bien plus pressants que sa vie sentimentale, d'ailleurs… Comme retrouver Diana. S'assurer que Tommy allait bien. Ou même terminer le bonnet bleu qu'elle lui tricotait.

Lorsque les portes en verre de l'hôpital s'ouvrirent sur l'extérieur, Lucy fut frappée par une rafale de vent qui traversa son sweatshirt. Elle était tellement pressée de partir pour éviter de subir le feu roulant des questions de Niall qu'elle avait oublié son manteau. Le printemps allait arriver, mais n'était pas encore là, et ce temps morne ne contribua pas à lui remonter le moral. Elle croisa les bras et parcourut du regard le spectacle déprimant qui s'offrait à elle : la neige sale fondait contre le rebord du trottoir, et l'herbe boueuse entourait quelques arbres nus. Même les bosquets d'ifs avaient une teinte grisâtre qui rappelait celle des nuages bas.

Peut-être la pluie annoncée allait-elle emporter la poussière et rafraîchir le paysage. Elle n'aimait pas penser que Diana était peut-être dehors par ce froid. Etait-ce un problème d'argent qui l'avait poussée à lui laisser Tommy ? Le bébé n'avait rien d'autre avec lui que les vêtements qu'il portait. Thomas Watson, Niall et elle avaient acheté ou emprunté tout ce dont le bébé avait besoin. Mais Diana avait-elle seulement un manteau chaud ? Un toit pour se protéger du froid ? A manger ? Savait-elle combien Lucy aurait aimé voir son beau sourire et la serrer dans ses bras ?

Lucy sentit les larmes perler à ses yeux et elle les essuya d'un revers de main. Pleurer ne servirait à rien. Et elle n'allait certainement pas rester plantée ainsi devant les portes de l'hôpital, à se morfondre… Surtout après l'erreur de jugement humiliante qu'elle venait de faire avec Niall.

Lucy décida d'essayer de ne plus y penser et se dirigea vers le parking de l'hôpital. Elle retrouva facilement le véhicule de Niall, prit son sac à tricot et referma la portière.

Elle aperçut un mouvement sur la vitre et se retourna. Elle poussa un soupir de soulagement et fit un signe de tête au couple âgé qui passait à côté d'elle. C'était certainement leur reflet qu'elle avait vu sur le carreau, alors qu'ils s'approchaient de la voiture de Niall. Après ce qui lui était arrivé hier soir, elle devenait un peu paranoïaque, surtout quand il s'agissait de voitures gris métallisé et de parking. Mais elle eut du mal à se défaire du sentiment que quelque chose avait échappé à son attention.

Elle frissonna, et cela n'avait rien à voir avec le froid. Elle parcourut du regard l'allée du parking. Quelqu'un l'observait-il ? Elle avait une sorte de sixième sens lorsqu'il s'agissait de Niall et sentait sur elle le poids de son regard. Elle leva les yeux vers le cinquième étage de l'hôpital.

Etait-il en train de la surveiller ? Lucy fronça les sourcils. La façade en verre du bâtiment réfléchissait une mer de nuages, et il lui était impossible de distinguer quoi que ce soit à l'intérieur.

Même si elle était pratiquement certaine que ni Roger ni l'ivrogne qui l'avait abordée dans ce que Thomas Watson appelait fort justement une zone de non-droit n'auraient pu la suivre jusqu'ici, elle se surprit à regarder tous les véhicules devant lesquels elle passa, s'attardant surtout sur les voitures de sport gris métallisé.

Elle était toujours habitée par ce sentiment de malaise lorsqu'elle pénétra dans le hall de l'hôpital et qu'elle le traversa pour aller prendre l'ascenseur.

Les portes s'ouvrirent, et Lucy eut un pincement au cœur lorsqu'elle vit en sortir une jeune maman tenant un nouveau-né dans ses bras, assise sur une chaise roulante poussée par une infirmière. Le papa, un grand frère et une grande sœur les suivaient, tenant à la main des fleurs et des cadeaux. Et même si elle réussit à sourire et à marmonner « félicitations », elle serra ses bras autour d'elle comme pour se réchauffer. Jamais cela ne lui arriverait. Roger Campbell et sa mère s'en étaient assurés. Malgré sa détermination à rester optimiste, elle sentit la tristesse s'abattre sur elle.

Lorsque l'ascenseur fut vide, Lucy y entra. Cinq étages plus haut, il faudrait qu'elle arbore un large sourire pour Niall, Tommy, Millie, Watson et tous les autres. Elle se poussa contre la paroi du fond, pour laisser de la place à deux hommes qui approchaient de l'ascenseur. Mais le plus jeune fonça devant celui qui avait un bouquet de fleurs à la main, se précipita à l'intérieur et appuya sur le bouton commandant la fermeture des portes.

— Pardon, je pense que ce monsieur voulait…

Le jeune homme continua à appuyer frénétiquement sur le

bouton de fermeture et faillit coincer la main de l'autre, qui recula prudemment, préférant attendre l'ascenseur suivant.

En voilà un qui est pressé.

Lucy leva les sourcils devant tant d'indélicatesse et resta à distance de l'homme. Comme il lui tournait le dos et avait relevé le col de sa veste en cuir, elle ne voyait de lui que ses cheveux d'un noir de jais. Elle se demanda s'il avait agi ainsi parce qu'il était inquiet pour un proche, excité par une nouvelle naissance, ou tout simplement parce qu'il ne prêtait pas attention aux autres. Elle n'arrivait même pas à voir le numéro de l'étage où il voulait aller. Mais il sentait bon — si on appréciait les odeurs d'épices qui flottaient maintenant dans l'ascenseur.

— C'est vous qui posiez hier des questions sur Diana Kozlow ?

Lucy fut brutalement ramenée à la réalité. Elle leva le regard vers le col retourné et sentit son cœur se mettre à cogner dans sa poitrine.

— Vous connaissez Diana ? Vous pouvez m'aider ?

Elle fit un pas en avant mais dut vite reculer à l'extrémité de la cabine lorsque — le dos toujours tourné pour qu'elle ne puisse pas voir son visage — l'homme ouvrit sa veste pour lui montrer l'étui d'un long couteau accroché à la ceinture de son jean noir.

— Où puis-je la trouver ?

— Vous devez arrêter de poser des questions.

Son accent, un mélange de consonnes gutturales et de r roulés, lui rappelait la voix qu'elle avait entendue hier soir dans la buanderie et le message sur son répondeur.

— C'est vous qui êtes venu chez moi hier ? Diana était avec vous ?

Etait-il l'homme qui semblait faire si peur à Diana lorsqu'elle avait laissé le message sur le répondeur ? Lui avait-il fait du mal ? L'avait-il menacée avec ce couteau ?

Il n'était pas beaucoup plus grand que Lucy, mais il était solidement bâti et semblait avoir une force redoutable.

Il se contenta de répondre.

— Taisez-vous. Vous ne faites qu'empirer les choses.

— Empirer quoi ?

Elle voulait désespérément qu'il lui réponde.

— Qui êtes-vous ? Comment va Diana ? Où est-elle ?

Elle commençait à comprendre Niall et son besoin de toujours tout expliquer.

— Je vous en prie ! supplia-t-elle. Elle est comme ma fille. J'ai seulement besoin de la voir et de savoir qu'elle va bien. Vous pouvez m'aider ? Il faut que je lui parle !

L'homme sembla se voûter un peu et il poussa un grognement qu'elle eut du mal à interpréter : était-ce de l'impatience ? De la frustration ?

— Et le bébé ?

Il connaissait l'existence du bébé ?

— Tommy est le fils de Diana, c'est bien ça ?

— Tommy ?

L'homme se tourna un peu vers elle, mais elle ne put distinguer que des mèches de cheveux bruns que la sueur plaquait sur la peau mate de son front.

— Dites-moi le véritable nom du bébé ! Comment Diana l'a-t-elle appelé ?

— Il est en sécurité ? Il va bien ?

Y avait-il du chagrin dans sa voix ?

Tommy ne lui était pas indifférent. Il le connaissait.

— Oui. Vous l'avez vu hier soir ? Je pense que Diana l'a vu, elle aussi. Il a besoin de sa maman. Vous pouvez me conduire à elle ?

— Tommy est un joli prénom. Quoi que vous fassiez, ne quittez pas ce bébé des yeux. Et Diana ne doit plus jamais le revoir. Cela ne doit plus se reproduire.

« Cela ne doit plus se reproduire » ? C'était donc bien

Diana qui avait laissé la marque de rouge à lèvres sur le front de Tommy !

— Comment pourrais-je lui amener Tommy ? Je ne sais pas où elle est ! Que se passe-t-il ?

L'ascenseur ralentit et s'arrêta avec un rebond élastique. Elle regarda le numéro de l'étage et constata qu'ils étaient au quatrième. L'homme allait sortir sans lui avoir rien dit de plus que des menaces qui l'inquiétaient encore plus sur le sort de Diana. Il se glissa entre les portes coulissantes avant même qu'elles ne soient complètement ouvertes. Oubliant son couteau et ses muscles, elle se rua sur lui et lui attrapa le bras pour l'arrêter.

— Je veux seulement vous parler !

Il fit une grimace et prononça un juron dans une langue étrangère avant de se dégager et de la repousser violemment dans l'ascenseur. Lucy eut juste le temps d'apercevoir ses yeux noirs et ses pommettes hautes.

— Attendez !

L'homme l'avait poussée si violemment que Lucy heurta la paroi du fond de l'ascenseur et tomba à terre. Mais elle ne prêta pas attention à sa douleur et tendit le bras pour essayer de rouvrir les portes. Elle réussit à les empêcher de se refermer et eut un choc en apercevant la trace de sang laissée par sa main.

C'était elle qui l'avait faite : elle avait du sang sur la main. Mais elle ne saignait pas…

L'homme était blessé.

Et il s'enfuyait.

— Eh ! Arrêtez-vous !

Les personnes qui se trouvaient dans le couloir se retournèrent en la voyant s'élancer hors de l'ascenseur.

— Revenez !

— Mademoiselle ?

Un homme portant une blouse blanche posa sa main sur son bras pour la retenir.

— Vous allez bien ?

Elle se dégagea, faisant un pas dans une direction, puis dans l'autre, cherchant du regard une veste en cuir noir.

— Vous avez-vous quelqu'un sortir de l'ascenseur ? Un homme brun ?

La femme qui accompagnait l'homme la regarda d'un air inquiet.

— Vous êtes blessée ?

— Je vais bien. Il y avait un homme dans l'ascenseur. Il a dû s'enfuir.

— Le docteur McBride peut peut-être regarder votre main, proposa la femme en désignant son compagnon.

— C'est inutile, répondit Lucy avec un bref sourire. C'est cet homme qui saigne, pas moi. Il faut que je le retrouve.

— Quel homme ?

— Avez-vous vu…

Un ascenseur s'arrêta à côté de celui dont elle était sortie.

— Vous savez s'il monte ou s'il descend ?

La femme marmonna qu'elle l'ignorait, pendant que le docteur McBride lui demandait :

— Quel est le nom de cet homme ?

— Je n'en ai pas la moindre idée. Je ne l'avais jamais rencontré avant.

Le médecin alla dans le bureau des infirmières et leur demanda de signaler l'homme blessé à la sécurité.

— Vous voulez vous laver la main ? proposa son assistant.

— Pas tout de suite, dit Lucy. Il faut que je trouve…

Elle vit la porte menant à l'escalier se refermer doucement et partit en courant.

— Veuillez m'excuser…

Parvenue sur le palier en béton, elle regarda vers le bas

et le haut, essayant de distinguer des bruits de pas... Oui, quelqu'un descendait.

— Attendez ! cria-t-elle en dévalant les marches quatre à quatre. Il faut que vous m'aidiez !

Lucy n'était pas championne d'athlétisme, mais elle s'entraînait régulièrement. Elle rejeta son sac derrière son dos et s'élança à la poursuite de l'homme, s'accrochant à la rampe à chaque tournant. Elle finit par déboucher sur le trottoir devant l'hôpital.

— Où...

Il y avait trop de voitures, trop de monde, trop d'arbres et de buissons où se cacher.

Lucy faillit retourner dans le hall principal pour voir si l'homme qui lui avait donné cet étrange avertissement était descendu par un autre chemin et s'y trouvait. Mais elle aperçut quelques gouttes de sang devant elle. Il y en avait d'autres de l'autre côté du trottoir, qui allaient dans la direction du parking. Elle ne remarquait même plus le froid et suivait les gouttes de sang sur le sol. Elle était presque arrivée à l'extrémité du parking lorsque la piste qu'elle suivait s'arrêta.

— Non ! s'exclama-t-elle en prenant une inspiration pour se calmer.

Si quelqu'un pouvait la conduire à Diana, c'était cet homme !

Elle scruta la pelouse du terre-plein, priant pour trouver un autre indice.

Levant alors les yeux, elle vit un pick-up orange qui avait démarré et rejetait un nuage de gaz d'échappement. Il allait sortir du parking. Elle vit le conducteur la regarder à travers le pare-brise.

Des cheveux noirs. Des yeux noirs. Un regard triste.

Le cœur de Lucy fit un saut dans sa poitrine.

— Diana !

Le comment et le pourquoi importaient peu : Diana était vivante ! Le soulagement lui donna un regain d'énergie, et elle se lança à la poursuite du véhicule.

— Diana !

La jeune femme se retourna et secoua la main. Etait-ce un au revoir ?

— Non, attends !

Lucy aperçut un mouvement entre deux voitures, une seconde trop tard.

— Je vous ai dit de nous laisser tranquilles !

Elle entrevit un éclat gris métallisé avant que quelque chose de dur ne la frappe à la tempe, et que tout se mette à tourner autour d'elle. Lucy tomba à genoux alors que l'homme à la veste de cuir partait en courant.

Elle était toujours à terre lorsqu'elle entendit des pneus crisser. Alors elle perdit connaissance.

6

Niall surveillait sa montre. Lucy avait promis qu'elle ne s'absenterait pas pendant plus de dix minutes.

Lorsque onze minutes se furent écoulées, il demanda à son père et à Jane Boyle de l'excuser. La discussion — quelque peu tendue — avait maintenant pour objet de savoir qui serait chargé de quoi lorsque Mme Boyle viendrait habiter sous leur toit, et de bien définir les responsabilités de chacun. Niall les laissa s'affronter et retourna vers la salle d'attente, cherchant des boucles brunes et un sac de tricot, mais ne trouvant rien. Il ajusta ses lunettes sur son nez et parcourut le hall du regard. Pas de Lucy. Ce n'était pas normal.

Même s'il n'avait toujours pas compris pourquoi elle s'était enfuie après leur baiser — il n'avait d'ailleurs toujours pas eu le temps d'analyser ce qui l'avait poussé à mettre les doigts dans ses cheveux et à goûter ses lèvres roses, au lieu de lui dire tout simplement « merci » —, il y avait deux choses qu'il savait avec certitude à propos de Lucy McKane : elle tenait parole et elle n'aimait pas rester loin de Tommy. Si elle avait promis de revenir vite, elle devrait être là, maintenant, avec le bébé.

Tout en se demandant ce qu'il allait faire et en passant en revue les différentes options, Niall se frottait la paume de la main sur son jean, essayant d'oublier la sensation des boucles soyeuses de Lucy autour de son doigt. Il avait besoin de se concentrer sur ce qu'il voyait pour déterminer son plan d'action. Le sac et le téléphone portable de Lucy étaient toujours sur la chaise où elle les avait laissés. Il était donc inutile d'essayer de l'appeler. Il passa rapidement au plan B.

Il se dirigea vers Keir et Millie, qui étaient en train de discuter devant la porte des toilettes.

— Lucy est là ?

Millie se balançait d'un pied sur l'autre, berçant le bébé qui gazouillait.

— Non. Je ne l'ai pas vue depuis que je suis partie changer Tommy.

— Et toi, Keir, tu sais où elle est ?

Niall fut surpris de la satisfaction qu'il ressentit en remarquant que Tommy avait réagi au son de sa voix.

— Non.

Keir lui donna une petite tape sur le bras.

— Elle me plaît bien. J'espère que tu ne l'as pas déjà fait fuir !

Son sourire moqueur s'évanouit lorsqu'il constata que Niall ne plaisantait pas.

— Eh, c'est pour rire ! Quelque chose ne va pas ?

Niall ne pouvait pas rester ici à attendre que son père et Mme Boyle réussissent à trouver un compromis. Il préféra prendre le bras de Millie pour la conduire vers la chambre de Seamus.

— Tu veux bien surveiller Tommy pendant quelques minutes supplémentaires ?

— Bien sûr. Que se passe-t-il, Niall ?

— Lucy est allée chercher quelque chose dans la voiture. Elle devrait être revenue.

— Elle m'a dit qu'elle avait eu l'impression d'être suivie hier. Tu penses que ça a un lien ?

— Quoi ?

Niall s'arrêta et regarda Millie dans les yeux.

— Qui la suit ?

— Elle ne sait pas. Quelqu'un dans une voiture de sport grise. Une Chevrolet Camaro.

— Bon sang ! Elle a failli être écrasée par une Camaro gris métallisé hier soir sur le parking de la résidence !

Avant de poursuivre, Millie enveloppa la tête de Tommy dans la paume de sa main, comme si elle ne voulait pas qu'il puisse entendre ces nouvelles inquiétantes.

— Elle m'a raconté qu'elle l'avait remarquée le jour où elle cherchait sa fille adoptive, puis de nouveau lorsqu'elle était rentrée chez elle. Mais elle ne m'a pas parlé de ce qui s'était passé sur le parking.

— Probablement parce qu'elle ne voulait pas t'inquiéter, suggéra Keir. Mais si cet homme sait où elle habite et vous a vu quitter la résidence ce matin…

— Alors, il a pu la suivre à son bureau, puis ici, termina Niall.

Il se passa les doigts dans les cheveux, se maudissant d'avoir fait une erreur de débutant.

— Je n'ai absolument pas pensé à ça !

— Tu vois surtout des morts dans ton travail, pas des criminels en action, lui fit remarquer Keir.

— Ce n'est pas une excuse !

— Il s'agit peut-être de sa fille adoptive, qui essaie d'entrer en contact avec elle, suggéra Millie.

Niall en doutait fort.

— Ou du type tordu qui essaie de s'en prendre à Diana et à Tommy !

Keir réagit en policier. Il sortit son téléphone.

— Je vais demander une liste de toutes les Camaro gris métallisé de Kansas City. Mais ça risque fort de ne rien donner…

Niall hocha la tête et se dirigea vers la chambre de son grand-père. Il se demandait pourquoi Lucy ne lui avait pas parlé de cette voiture qui l'inquiétait, alors qu'elle avait semblé si ouverte sur d'autres sujets, lui révélant même des détails intimes sur son passé. Si quelqu'un la suivait, cela pouvait expliquer pourquoi elle avait eu le réflexe de se défendre lorsqu'il l'avait abordée le premier soir.

Lorsqu'ils arrivèrent à la chambre 5017, Niall poussa la porte et les fit entrer. Il posa le sac à langer sur une chaise et se dirigea vers le lit où Seamus Watson était allongé. Les yeux d'un bleu éclatant du vieil homme brillaient dans son visage blafard.

— Grand-père, j'ai amené quelqu'un pour te tenir compagnie.

Il se pencha et embrassa Seamus sur le front, à côté de la compresse de gaze qui recouvrait sa blessure.

— Il faut que j'aille travailler. Millie va te présenter le petit Tommy. C'est le fils d'une amie. C'est…

Il caressa la petite tête chaude qui reposait sur l'épaule de Millie, et Tommy leva la tête vers lui.

— C'est un bébé.

Seamus ouvrit des yeux aussi étonnés que son état le lui permettait, et ses lèvres remuèrent sans qu'aucun son n'en sorte. Visiblement, il voulait poser une question.

Mais Niall n'avait pas le temps d'y répondre. Il se dirigea vers la porte, ne voulant surtout pas se laisser détourner de sa tâche. Avec la tendance qu'avait Lucy à se laisser guider par son instinct et ses émotions et de ne pas réfléchir aux conséquences de ses actes, elle pouvait s'être mise dans une situation délicate.

— Millie t'expliquera.

Keir l'arrêta à la porte.

— Tu veux de l'aide ?

— Non. Il vaut mieux que tu restes ici.

Ils ne savaient toujours pas pourquoi on s'en était pris à leur grand-père ni si Seamus avait été touché par accident, ou si quelqu'un allait venir finir le travail. Et il ne pouvait pas se concentrer sur les deux affaires en même temps.

— J'ai besoin de savoir que quelqu'un veille sur grand-père.

Keir ouvrit sa veste et tapota sa ceinture où étaient accrochés son badge et l'étui contenant son arme.

— Ne t'inquiète pas… Je vais essayer de me renseigner sur cette voiture.

Niall hocha la tête et sortit de la pièce.

Lorsqu'il fut dans l'ascenseur, il devint plus sûr que jamais qu'il s'était passé quelque chose de grave : l'empreinte d'une main ensanglantée se dessinait sur la porte en acier. Il prit une inspiration profonde pour calmer l'angoisse inaccoutumée qui s'emparait de lui. Ce n'était pas nécessairement la main de Lucy, et cette trace ne voulait pas forcément dire qu'elle était blessée. Il remarqua que le bouton du quatrième étage était maculé de sang, mais que la tache était trop grosse pour avoir été faite par la même main que celle que l'on voyait sur la porte.

Deux personnes étaient montées dans cet ascenseur. Un homme et une femme. Et au moins l'un d'entre eux était blessé.

Bon sang ! Niall pressa le bouton et stoppa l'ascenseur à l'étage inférieur. Lorsque les portes coulissèrent, il sortit en appelant :

— Lucy ?

Un coup d'œil rapide lui permit de constater qu'il n'y avait pas de femme brune aux cheveux bouclés. Mais deux gardes de sécurité étaient en train de se diriger vers le bureau des infirmières. Niall brandit son badge en s'approchant du médecin.

— Vous avez vu une femme brune ? Trente ans environ ? Elle porte un sweatshirt des Royal.

L'autre homme qui était en train de parler aux vigiles se retourna.

— Elle était là il y a quelques minutes. Elle a dit qu'il y avait un homme blessé dans l'ascenseur, puis elle a foncé vers...

Niall n'avait pas besoin d'en entendre plus : il avait remarqué les traces de sang menant à l'escalier. La forme des gouttes indiquait que celui qui avait été blessé courait : soit il s'enfuyait, soit il poursuivait quelqu'un... Et en toute logique, l'une des deux personnes était Lucy.

Il trouva une autre trace de sang sur la poignée de la porte menant à l'extérieur, qu'il ouvrit.

— Lucy ?

Une demi-douzaine de personnes qui passaient sur le trottoir se retournèrent en l'entendant. Mais Lucy n'était pas là.

Une goutte de pluie s'abattit sur ses lunettes. Il plissa les paupières et remarqua une autre tache sur le trottoir opposé. Malgré la pluie qui se mettait à tomber et diluait la marque, la faisant ruisseler dans le caniveau, il remarqua que les taches devenaient plus grandes, plus rondes : celui qui perdait son sang avait ralenti, vraisemblablement à cause de sa blessure. Niall eut une seconde la tentation de courir vers son véhicule pour y prendre sa trousse et prélever un échantillon du sang, mais il oublia immédiatement cette idée en voyant quatre ou cinq personnes se rassembler à l'extrémité du parking.

De bons Samaritains venant à l'aide...

A l'aide de qui ?

— Lucy ? Lucy !

Niall se mit à courir en zigzaguant entre les voitures jusqu'à ce qu'il l'aperçoive. Elle était à genoux, les vêtements maculés de boue, et on l'aidait à se mettre debout. Lorsqu'elle se retourna pour remercier quelqu'un, il vit clairement du sang sur sa tempe, tout près de sa joue veloutée.

Il brandit son badge et rejoignit le groupe.

— Police de Kansas City ! Je suis médecin !

— Niall !

Lucy tendit les mains et tomba dans ses bras alors que les autres reculaient. Il la rattrapa et la fit s'asseoir sur le bord du trottoir. Pourquoi souriait-elle ? Elle délirait ? Sa blessure à la tête était-elle grave ?

— Je l'ai vue ! J'ai vu Diana ! Elle était là. Elle est en vie !

— Je commence à me lasser de te voir pleine de boue et blessée. Tu as mal ? Que s'est-il passé ?

Elle s'accrochait à lui pour se retenir et l'exhortait à se dépêcher.

— Où est ta voiture ? Si nous ne nous dépêchons pas, nous allons à nouveau perdre Diana !

— Tais-toi.

Il évalua rapidement la gravité de ses blessures, la forçant à se rasseoir et s'agenouillant près d'elle lorsqu'elle essaya encore de s'appuyer sur lui pour se relever. Le sang qu'elle avait sur les mains fut emporté par la pluie qui tombait maintenant à grosses gouttes. Il sortit un mouchoir blanc de sa poche et le pressa contre sa blessure.

— Aïe ! Niall, écoute-moi !

— Tu vois mon doigt ? demanda-t-il en levant l'index devant son visage et en bougeant la main de gauche à droite tout en s'assurant qu'elle suivait bien le mouvement.

— Bien sûr que je le vois ! Je n'ai aucun problème de vision, Niall ! J'ai vraiment vu Diana. Elle était là !

Puisqu'elle ne semblait pas avoir eu de commotion, Niall l'ausculta rapidement, passant les mains sur ses épaules, ses coudes, ses mains, ses genoux, s'assurant qu'elle n'avait pas d'autre blessure nécessitant une attention immédiate.

— Aide-moi à me lever. Je suis trempée. Il faut faire quelque chose ! Tu as entendu ce que j'ai dit ?

Niall eut vaguement conscience que la pluie s'arrêtait de

tomber sur lui lorsqu'il entendit la voix de Duff au-dessus de lui.

— Bon sang ! Elle va bien ?

Il regarda rapidement son frère, à la fois pour le remercier et lui demander pourquoi il se trouvait là. Duff comprit.

— C'est Keir qui m'a appelé. Il m'a dit qu'il y avait peut-être un problème. Tu as besoin de quelque chose ?

— Tu as un mouchoir sur toi ?

Duff sortit un bandana de sa poche, et Niall l'enroula autour de la main de Lucy puis le dénoua, essayant de garder un peu du sang qu'il venait d'essuyer. Puisqu'elle n'avait pas de blessure à la main ni au poignet, il suspectait que cet échantillon correspondrait à l'empreinte digitale qui était dans l'ascenseur, et leur révélerait peut-être le nom du suspect qui lui avait ouvert le front.

— Regarde s'il n'y a pas une Chevrolet Camaro gris métallisé dans le parking. Quelqu'un la suivait.

Lucy secoua la tête, faisant tomber la compresse qui collait à sa tempe.

— Non, Diana est partie dans un pick-up orange ! Je veux dire, oui, j'ai été suivie par une voiture grise. Mais là… Ils ont tourné vers le nord, Diana et l'homme de l'ascenseur. Ils sont partis ensemble.

— Quel homme ? demanda Duff en sortant un calepin et un stylo.

— Il m'a dit de ne pas essayer de retrouver Diana. Mais je l'ai suivi. Ils étaient là tous les deux.

— Vous pouvez le décrire ?

— Il était blessé. Il saignait.

C'était logique. Le sang qui coulait de la blessure de Lucy était plus rouge, plus frais que celui qu'il avait remarqué dans l'hôpital. Niall prit le mouchoir qui était tombé sur la poitrine de Lucy. Il était déjà trop humide pour servir de compresse, alors il s'en servit pour tapoter la plaie.

— Il m'a avertie de ne pas essayer de retrouver Diana. Mais elle était là. Elle m'a vue… Et alors il…

Elle repoussa les mains de Niall.

— Je n'arrive pas à penser quand tu fais ça !

— Il faut que je voie si tu es blessée.

— Ce n'est pas mon sang.

Il lui montra le mouchoir tout rouge.

— Et ça alors ?

— Du calme, Niall.

Duff posa sa grosse main sur l'épaule de Niall et s'agenouilla à côté de lui pour parler à Lucy.

— Vous pouvez me donner une description du pick-up ?

Lucy regardait Niall d'un air perplexe depuis son explosion de colère. Mais elle cligna des paupières pour faire couler les gouttes de pluie accrochées à ses cils et se tourna vers Duff.

— Rouge délavé ou orange… Les jantes rouillées… Petit… Mais je n'ai pas vu de plaque d'immatriculation. Je n'ai pas eu le réflexe de lire, mais il y avait un logo et des lettres sur la portière, comme le nom d'une entreprise.

Duff nota les informations pendant que Niall remarquait malgré lui l'ironie de la situation : Lucy énonçait calmement les faits alors qu'il était celui qui avait agi avec impulsivité.

— Et le type ? demanda Duff.

— Cheveux bruns. Une veste en cuir noir et un jean noir. Type méditerranéen. Avec un fort accent. Et il sentait les épices comme s'il venait de cuisiner…

Duff se remit debout et se retourna vers les gens rassemblés autour d'eux, qui voulaient s'assurer que Lucy allait bien.

— Quelqu'un d'autre a vu le pick-up, ou l'homme qui l'a frappée ?

Il prit les dépositions d'une ou deux personnes, mais il avait bien conscience qu'elles avaient peu de choses à ajouter et se contentaient de confirmer les détails fournis par Lucy.

— L'homme a perdu beaucoup de sang, lui aussi, déclara Niall. Il ne peut pas prendre le risque de revenir dans cet hôpital, mais il va falloir qu'il aille se faire soigner quelque part très rapidement... Sinon, il est en danger de mort.

— Je vais demander que l'on vérifie tous les hôpitaux et toutes les cliniques du coin. Je te tiendrai au courant.

Duff sortit son téléphone et composa un numéro pendant que Niall aidait Lucy à se remettre debout.

— Tu veux aller aux urgences ? demanda Duff lorsqu'il eut terminé son coup de fil.

Niall hocha la tête.

— Je suis désolé pour vous, Lucy. Courage, nous allons retrouver celui qui vous a fait ça ! Et ne laissez pas cet homme vous faire peur ! ajouta Duff en désignant Niall.

Il partit en courant pendant que Niall passait le bras autour de la taille de Lucy et l'attirait contre lui, la protégeant de la pluie tout en continuant à tenir la compresse sur sa tempe.

— Allons nous mettre à l'abri.

Même s'il était assez homme pour avoir pleinement conscience des courbes douces de Lucy pressées contre lui, le médecin qu'il était s'inquiétait de sentir sa peau si froide sous le tissu mouillé. Il essaya d'accélérer le pas, mais il dut ralentir lorsqu'il sentit qu'elle cherchait à s'accrocher à sa taille pour garder son équilibre. Elle finit par glisser le doigt dans un passant de la ceinture de son jean.

— Tu sais, parfois j'oublie que tu es autant policier que médecin. Avec ton arme ici, je ne sais pas où mettre la main !

— Mets-la où tu veux. Je te tiens bien.

Elle fit trois autres pas, s'arrêta pour cligner des paupières et chasser les gouttes de pluie, puis avança d'un pas encore.

— Pourquoi ton frère pense-t-il que j'ai peur de toi ? Ce n'est pas le cas, tu sais !

Elle éclata en un rire qui se transforma en grognement et elle s'arrêta, portant la main à son front.

— Bon, c'est vrai, j'ai mal…

— Nous pouvons continuer à avancer ? demanda-t-il.

Ils dépassèrent deux autres allées avant qu'elle s'arrête à nouveau.

— Attends. Où est Tommy ? Il va bien ? Cet homme connaissait son existence. Il m'a dit de ne pas le quitter des yeux… Et je ne sais même pas où il est en ce moment !

— Tommy va bien. Il est avec Keir et Millie. Il fait la connaissance de grand-père. Il est en sécurité avec eux.

Elle sourit. Il l'attira un peu plus à lui et la fit avancer à côté de lui.

— C'est bien… Et Millie est près de Seamus… C'est une visite qui va leur faire du bien à tous les trois. Merci de m'avoir écoutée… Et d'avoir pris le temps de venir m'aider… Encore une fois ! Je sais que j'avais promis de revenir vite, mais je ne pouvais pas laisser passer la chance d'apprendre quelque chose sur Diana. Ah, mon Dieu ! Tu n'as pas de veste. Tu es trempé !

Elle était bavarde… Mais il aimait le son de sa voix remplissant le silence auquel il s'était trop habitué. Il ne put s'empêcher de remarquer que, même dans ces circonstances, elle pensait à tous les autres avant de se préoccuper d'elle-même…

Il se pencha, passa le bras derrière ses cuisses et la souleva dans ses bras.

— Tu parles trop et tu ne marches pas assez.

— Lâche-moi !

Il ignora sa protestation et accéléra le pas, la portant jusque dans le hall de l'hôpital, d'où on accédait directement aux urgences.

— Mets tes bras autour de mon cou et continue d'appuyer sur ta blessure.

Au lieu de lui obéir, elle se débattit et tenta de se libérer.

— Je ne peux pas me permettre de me laisser aller, Niall ! Diana n'a personne d'autre que moi. Je veux dire, Tommy ne peut pas faire grand-chose pour elle... Et elle n'a pas la chance d'avoir autour d'elle une famille comme la tienne. Elle n'a que moi. Il faut que je sois forte pour elle !

Et lui, se demanda Niall, quelle était sa place dans tout cela ? Oubliait-elle qu'il était trempé et qu'il la tenait tout contre lui pour faire pression sur sa blessure et qu'elle ne saigne pas jusqu'à en perdre conscience ? Qu'il avait sauvé Tommy alors que le bébé avait passé des heures seul sans nourriture et sans la moindre attention ? Et qu'il avait troué son pantalon en la sauvant de la voiture qui fonçait sur elle la nuit dernière ? Qui avait accepté de faire équipe avec elle pour le bien de Tommy ? En quoi était-elle seule ?

— Lucy, je te jure que si tu n'arrêtes pas, je vais encore t'embrasser, juste pour te faire taire.

— Quoi ? Je... Oh...

Elle cessa de se débattre.

— D'accord, docteur Watson. Je vous demande pardon.

Elle remit la compresse contre sa tempe.

— Je ne dis plus rien.

Le réceptionniste vint à leur rencontre, et une aide-soignante avec une chaise roulante les rejoignit dans le couloir qui menait aux urgences. Niall avait conscience que Lucy s'était arrêtée de parler, ainsi qu'il le lui avait demandé, et qu'elle se contentait de répondre brièvement aux questions de l'équipe médicale qui s'occupait d'elle. Elle avait le visage fermé et refusait de croiser son regard. Il décida de ne rien dire, en partie parce qu'il ne voulait pas la bouleverser un peu plus, mais également parce qu'il se sentait mal à l'aise lorsqu'il pensait à la façon dont il avait obtenu ce résultat : il s'était laissé emporter et n'aurait pas dû lui faire ce reproche.

Lui en voulait-elle ? L'avait-il blessée ? Etait-elle fatiguée ? Ne comprenait-elle pas que son seul objectif était qu'elle soit vite rétablie pour pouvoir aider Diana et Tommy ?

Niall expliqua rapidement à l'équipe des urgences ce qu'il avait fait pour soigner Lucy, puis il appela ses frères pour leur donner de ses nouvelles. Ils lui apprirent que, ainsi qu'il s'en doutait, ils n'avaient pas réussi à identifier le propriétaire de la voiture de sport ni du pick-up orange. Etait-ce cela qui avait déstabilisé Lucy : le fait qu'il ait des gens à appeler en cas de situation difficile ? Elle ne voyait donc pas que sa famille l'aidait, elle aussi ? Et pourquoi Lucy McKane l'obsédait-elle ainsi et lui emplissait l'esprit d'une multitude de questions sans réponses ?

Il éprouvait le besoin désespéré de se perdre dans son travail et de retrouver son équilibre. Pendant que Duff et Keir continuaient à passer des appels, Niall enfila une chemise sèche qu'il avait trouvée dans sa voiture. Puis il prit son kit de police et alla faire des photos et prélever des échantillons avant que l'équipe de nettoyage de l'hôpital ne désinfecte l'ascenseur et la cage d'escalier. Les indices qui se trouvaient à l'extérieur avaient déjà été dégradés par la pluie, aussi se concentra-t-il sur ceux qui étaient encore exploitables.

Lorsque Niall revint près d'une heure plus tard, Lucy était assise sur une table d'auscultation dans l'un des box des urgences, vêtue d'une chemise en coton de l'hôpital et frissonnante sous la couverture chauffante drapée autour d'elle. Il resta à l'écart pendant quelques secondes et l'observa. Elle avait la tête baissée et regardait ses orteils aux ongles vernis qui se tortillaient. Etait-elle donc incapable de rester tranquille ? Ou était-ce sa manière de supporter la douleur et l'inconfort ?

Le jeune interne aperçut Niall.

— Vous aviez raison, docteur Watson : Mme McKane

n'a pas de commotion. J'ai l'impression qu'elle a été frappée avec un objet de taille réduite, et la plaie est très localisée.

La blessure donnait une idée claire du type d'instrument utilisé. Ayant conscience que les yeux verts de Lucy avaient quitté ses pieds pour suivre ses moindres mouvements, Niall sortit son appareil photo et prit quelques clichés de la plaie avant que l'interne ne termine sa suture. Il agrandit l'image sur l'écran.

— On dirait que l'arme fait un peu moins de trois centimètres de large et que sa surface a un motif légèrement en relief.

Lorsqu'il eut terminé le dernier point de suture, l'interne posa son matériel sur une table roulante en acier et ouvrit un paquet de compresses.

— C'est peut-être la crosse d'un pistolet ?

Lucy tira vers elle le poignet de Niall, pour qu'elle puisse voir l'écran de l'appareil elle aussi.

— Ou le manche d'un couteau ? proposa-t-elle.

Elle ne faisait donc aucun commentaire sur l'énorme bosse à côté de son œil droit, ni sur la trace violacée qui ressortait sur sa peau claire ? Elle était experte en blessures maintenant ?

Niall ajusta ses lunettes.

— Ce n'est pas une coupure. C'est la force du coup qui a ouvert la peau.

Elle ouvrit la bouche pour expliquer pourquoi elle avait suggéré qu'il pouvait s'agir du manche d'un couteau, mais le médecin l'interrompit pour lui expliquer comment soigner sa blessure.

— Lorsque l'anesthésique cessera de faire effet, vous allez avoir mal. Vous pouvez mettre de la glace sur la bosse, mais veillez à ne pas mouiller la plaie. Et ne prenez ni aspirine ni ibuprofène pendant environ vingt-quatre heures.

Le jeune médecin — John Shaughnessy, ainsi que cela

était écrit sur son badge — ôta ses gants, les déposa sur la table roulante qu'il poussa jusqu'au bureau et écrivit quelque chose sur son ordinateur.

— Puisque vous avez été vaccinée contre le tétanos, je crois que vous pourrez vous passer d'antibiotiques. Mais au moindre signe d'infection, appelez-nous ou contactez votre médecin.

— Je veillerai sur elle, assura Niall.

L'interne hocha la tête et prit un sac en plastique qu'il tendit à Niall.

— Nous avons mis ses vêtements dans un sac, comme vous nous l'avez demandé. Je ne les laisserais pas là trop longtemps, sinon ils vont commencer à moisir. J'ai pris la liberté de les étiqueter et de mettre mon nom pour la traçabilité. Je vais commencer ma formation en médecine légale le mois prochain, ajouta-il avec un enthousiasme un peu enfantin.

— Merci.

Niall regarda le sac scellé et ajouta rapidement son nom sous celui de John Shaughnessy. Lucy le regarda d'un air pressant qui semblait signifier qu'il devait dire autre chose. Une fois encore, elle se souciait des autres plus que d'elle-même. Niall fronça les sourcils mais fit ce qu'elle voulait et ajouta :

— Bon courage !

— Merci ! Je vous croiserai peut-être dans les laboratoires de la médecine légale. Voilà un pantalon et une blouse propres si vous voulez vous changer, ajouta le docteur Shaughnessy en tendant un sac à Lucy. Prenez votre temps, madame. Malheureusement, j'ai beaucoup à faire et il faut que j'aille voir les patients suivants. Bon rétablissement !

— Merci, John.

Avant même que les rideaux du box se soient refermés

derrière le jeune médecin, Lucy se glissait vers le bord de la table.

— Cela fait beaucoup trop longtemps que je suis ici. Je n'arrête pas de penser à quel point les choses seraient différentes si j'avais réussi à parler à Diana !

Lorsqu'elle se mit debout, elle vacilla et Niall s'avança pour la retenir. Mais elle leva la main pour lui indiquer qu'elle n'avait pas besoin d'aide.

— Je n'ai qu'une bosse sur la tête et deux ou trois points de suture.

Techniquement, Niall en avait compté sept. Mais si elle voulait mettre un peu de distance entre eux, comme elle l'avait fait tout à l'heure, il respecterait son souhait. Il recula d'un pas et elle posa sur la table le sac contenant la blouse propre. Elle en sortit également une paire de chaussettes.

— Ça fait trop longtemps que je ne marche pas. C'est mauvais pour la circulation. Sans mentionner qu'il fait très froid ici. J'ai l'impression que mon sang s'est arrêté de circuler depuis un bon moment !

Lorsqu'elle se pencha pour enfiler la première socquette, sa blouse s'entrouvrit derrière et il eut une vision très claire de sa culotte épousant les formes de ses hanches et de ses fesses. Il se souvint de ces sous-vêtements : il les avait déjà aperçus dans la buanderie une fois. Ils étaient d'une jolie teinte lavande, et Niall sentit son sexe se durcir. Cette réaction inattendue était aussi inopportune qu'elle était forte. Il se retourna poliment pour la laisser s'habiller. Il fallait qu'il se concentre sur quelque chose d'autre que Lucy McKane, qui bouleversait son monde bien ordonné.

— Parle-moi du couteau, demanda-t-il peut-être un peu plus sèchement qu'il ne l'aurait voulu. Dis-moi tout.

Après un moment d'hésitation, Lucy cessa de se vêtir et Niall redevint un médecin du laboratoire de police. Elle lui raconta comment elle avait remarqué une Chevrolet grise à deux reprises, une première fois à Carmody lorsqu'elle cherchait Diana, puis une autre tout près de leur résidence... Et oui, elle pensait que c'était peut-être le même véhicule qui avait failli la renverser la nuit dernière. Elle lui décrivit la brute dans l'ascenseur et le couteau qu'il portait, qui pouvait expliquer la forme caractéristique de la blessure qu'elle avait à la tête.

Lorsque Niall eut l'impression qu'il contrôlait ses réactions physiques et émotionnelles, il sortit un sac de son kit, gratta le sang séché qu'elle avait sous les ongles et étiqueta l'échantillon. Puis il ausculta rapidement Lucy pour voir si elle n'avait pas d'autre blessure. Au fond de lui-même, il ne cessait de penser à quel point il était plus facile de s'occuper d'un cadavre dans son laboratoire que d'avoir à gérer l'odeur de la pluie, du sang et de l'antiseptique sur une personne en vie. Sur une amie. Sur une femme qui était la personne la plus vivante à laquelle il ait jamais eu affaire.

Sur Lucy McKane.

Niall secoua la tête et chassa la colère inhabituelle qui s'emparait de lui alors qu'il prenait en photo la contusion de son coude. Elle était en train de lui expliquer qu'elle avait suivi les traces de sang, comme il l'avait fait lui-même, pour tenter de retrouver l'homme qui venait de la menacer, lorsqu'il l'interrompit d'un ton sec.

— Attends un instant !

Lucy s'immobilisa et serra instinctivement ses bras autour d'elle.

— Qu'y a-t-il maintenant ?

Ce n'étaient pas les rondeurs de son soutien-gorge couleur lavande qui avaient attiré l'attention de Niall, mais un bleu de la taille d'un poing qui avait pris toutes les teintes possibles de violet juste au-dessus de sa poitrine.

— C'est lui qui t'a fait ça ?

Elle rougit en levant le visage vers lui.

— Je suppose. Dans l'ascenseur… Quand il m'a poussée pour pouvoir s'enfuir.

Niall saisit son appareil.

— Je ferais mieux de prendre une photo.

Elle pivota vers lui.

— Je ne suis pas une scène de crime.

— C'est ce que je sais faire, Lucy. C'est comme ça que je peux aider.

Bon, c'était peut-être le fait d'avoir passé soixante-douze heures presque sans dormir qui le rendait si irritable, mais la larme qu'elle essuya sur sa joue ne l'aida pas à se calmer.

— Apparemment, je n'arrive pas à te protéger, mais je suis capable d'analyser la taille de la main de cet homme et l'arme qu'il porte. Si j'arrive à obtenir un échantillon de sang exploitable sur toi ou sur tes vêtements, je vais peut-être pouvoir l'identifier. Si j'ai son ADN et qu'il est dans nos fichiers, je peux demander à Duff et à Keir d'aller l'arrêter, et il ne pourra plus te blesser, ni menacer Tommy et Diana.

— Et s'il n'est pas dans les fichiers ?

Niall tenta de ne pas céder à la frustration.

— Je n'en suis pas encore arrivé à cette étape de mon plan.

— De quel plan s'agit-il ?

Il leva les mains et la regarda avec colère.

— Celui où je prends soin de Tommy et toi et où des choses comme celle-ci ne se produisent pas !

Etait-ce lui qui parlait avec une telle agressivité ?

Le contact léger de ses doigts sur son menton le fit sursauter. Lucy souriait presque lorsqu'elle leva la main pour remettre en place les mèches qui se dressaient sur son front. Cette douce caresse le calma.

— Je vais bien, Niall. Il m'est arrivé bien pire que ça.

— Et c'est censé me réconforter ? Ce n'est pas vraiment ce que je ressens !

Voilà. Il venait tout juste de l'admettre à haute voix : il

ressentait. Le spectacle de la blessure de Lucy et le contact de sa main faisaient monter en lui des émotions inattendues, et clairement trop intenses pour qu'il puisse les gérer.

Et pourtant, avec le sourire qu'il aimait tant voir sur son visage, elle semblait accepter tous ses changements d'humeur.

— Tu sais, j'ai déjà fait un séjour aux urgences quand j'avais dix-sept ans. A Falls City.

— Aux urgences ? Tu as été agressée ?

Le cerveau de Niall se remit à fonctionner. Elle lui avait déjà raconté quelque chose sur ces années…

— Par le petit ami avec lequel ta mère voulait que tu restes ?

Elle sourit, mais il remarqua que ses lèvres se crispèrent et qu'elle resserra les mains sur son ventre comme pour se protéger.

— Roger Campbell. Il n'a pas supporté que je refuse de coucher avec lui. Apparemment, ma mère lui avait promis que je le ferais. C'est tout ce qu'elle avait trouvé pour le faire revenir vers moi, je suppose.

Niall ne s'était jamais senti aussi mal en ouvrant un cadavre qu'en entendant Lucy lui raconter d'un ton neutre ce qu'elle avait eu à subir.

— C'était une relation faussée dès le départ car je ne voulais pas m'engager. Pour être honnête, je ne voulais pas finir comme ma mère : être dépendante des hommes à n'importe quel prix.

Elle poussa un soupir.

— Mais cela m'a coûté cher à moi aussi, de toute façon. C'est pour cela que je ne peux pas avoir d'enfant. Il m'a cassé des côtes, a abîmé mon…

Elle passa la main sur son ventre plat.

— J'ai dû être opérée en urgence.

Chacun des jurons fleuris qu'affectionnait Duff traversa l'esprit de Niall. Mais il ne prononça que trois mots :

— Je suis désolé.

Par nature, Lucy aimait s'occuper des autres. Elle aurait dû avoir plein d'enfants et une grande famille pour partager sa vie. Que cette femme ait été ainsi utilisée, blessée par ceux-là mêmes qui étaient censés prendre soin d'elle permettait à Niall de comprendre l'obsession qu'elle avait de retrouver sa fille adoptive et de la sauver. Il allait redoubler d'efforts lui aussi. Peut-être alors se rendrait-elle compte qu'elle n'était pas seule pour aider Tommy.

— C'est du passé, tu sais. La vie continue. Roger est allé en prison et je suis partie à Kansas City. Mais je ne voulais plus me retrouver dans l'état où j'étais après mon opération, à me sentir inutile, incapable de rien faire pour moi-même ou pour les autres ! Surtout quand je sais qu'il y a des personnes que je peux aider… Des personnes qui ont besoin de moi. Il faut que je voie Tommy et que je m'assure qu'il va bien. Au moins, je peux m'occuper de lui. Comme ça, je ferai quelque chose d'utile pour aider Diana. C'est important de se sentir utile, non ?

Lucy s'interrompit, puis déclara :

— Vas-y pour la photo.

Niall lui prit les deux mains. Elle n'était pas un corps sans vie sur sa table d'autopsie, mais une belle jeune femme qui vivait, respirait, avait des peurs et des espoirs qu'il devait prendre en compte au lieu de se reposer sur les procédures et la science, le domaine dans lequel il se sentait à l'aise et capable de maîtriser les choses…

Il sentait ses mains trembler dans les siennes et remarqua combien sa peau était froide. Au lieu de prendre la photo, il reposa l'appareil et sortit sa veste de médecin de son kit. Elle était à peine plus épaisse qu'un coupe-vent avec une doublure en coton, mais il la glissa sur ses épaules, éprouvant le désir — non, le besoin — de la protéger.

— Tu es la femme la plus froide que j'aie jamais vue.

Lorsqu'elle leva les sourcils d'un air surpris, il se rendit compte du double sens de ses paroles.

— Je parle de température, pas de personnalité. D'ailleurs, on dit bien : mains froides, cœur…

— Ce n'est pas étonnant que tes frères te taquinent. Tu es si raisonnable…

L'expression de son visage avait changé : un large sourire remplaçait son air accusateur, et il se surprit à sourire lui-même.

— C'est un merveilleux compliment. Merci.

Elle posa ses mains sur ses bras.

— Je me sens mieux. Quant à toi, tu as la peau aussi chaude que la mienne est froide.

Cette fois, ce fut elle qui se sentit embarrassée.

Niall eut un petit rire et remonta le col de sa veste autour de son cou.

— C'est agréable de savoir que je peux t'offrir quelque chose que tu apprécies !

Elle lui saisit les poignets.

— J'apprécie tout ce que tu fais pour moi. Je veux seulement que tu te rappelles que c'est un travail d'équipe. Tu n'as pas à me dire si oui ou non je peux aider : je *vais* t'aider.

— C'est compris. Mais comme vous apprenez très vite, madame…

Il baissa le front contre le sien, évitant soigneusement sa blessure.

— J'ai besoin que vous compreniez que, dans vos efforts pour sauver le monde…

— Seulement ma petite partie du monde.

Niall admit l'objection, mais ne renonça pas pour autant

à sa démonstration. Sa petite partie du monde semblait être beaucoup trop dangereuse à son goût.

— Que dans vos efforts pour sauver le monde, vous ne devez pas prendre de risques. Ni pour vous ni pour Tommy.

Lucy leva ses yeux verts vers lui.

— En parlant de Tommy… Il n'a que quelques semaines, bien sûr, mais les bébés réagissent mal à la séparation. Il a déjà perdu le contact avec sa mère. Je ne veux pas être loin de lui assez longtemps pour qu'il pense que nous aussi nous l'avons abandonné.

Il la sentait trembler : c'était certainement à cause de la climatisation. Il posa les mains sur ses épaules et lui frotta les bras, pour la réchauffer comme il le pouvait, avant de relever la tête à contrecœur et de rompre le contact avec elle.

— Je ne le souhaite pas non plus. Nous allons monter et voir comment il va. J'aimerais aussi entendre ce que mon père a décidé pour mon grand-père.

— Et ensuite, nous irons au laboratoire.

Niall commença à rassembler les sacs scellés contenant des indices.

— Je pense qu'il vaudrait mieux que je te raccompagne à la maison pour que tu puisses te reposer. Tu as peut-être besoin de vêtements propres…

Il dut s'interrompre lorsqu'elle posa la main sur son bras.

— J'ai plus besoin de retrouver Diana que de repos ou de vêtements propres. Je surveillerai Tommy pendant que tu travailleras. J'ai la sensation que chaque minute compte et qu'il ne reste plus beaucoup de temps… Il faut que je sache pourquoi Diana était avec cet homme. Peut-être que son sang va effectivement nous mettre sur sa piste. Diana a dit que j'étais la seule personne sur laquelle elle pouvait compter. J'ai besoin de savoir pourquoi elle me fuit au lieu de me laisser l'aider.

Emmener Lucy et Tommy au laboratoire n'était pas la

meilleure chose à faire : s'ils étaient avec lui, Niall aurait du mal à se concentrer sur les tests qu'il avait à effectuer. Mais c'était ce que voulait Lucy.

— D'accord.

Elle prit son appareil photo, le lui tendit et l'aida à rassembler ses affaires.

— Oh ! Autre chose : ne me menace plus jamais de m'embrasser, d'accord ? J'ai pu constater que les relations humaines étaient problématiques pour toi. Du moins, c'est ce que j'ai cru comprendre. Ne réfléchis pas trop quand quelqu'un te plaît. Si tu as peur pour moi ou pour Tommy ou ton grand-père et que tu sens monter en toi des sentiments que tu ne comprends pas bien, le fait de leur trouver une explication logique ne les fera pas partir. Si tu veux m'embrasser, vas-y. Mais ne transforme pas ça en expérience scientifique et ne le fais pas pour me faire taire. Soit tu m'embrasses parce que tu penses qu'il y a une attirance mutuelle, soit tu ne le fais pas.

Et après cette leçon de vie surprenante, Lucy sortit du box, laissant Niall finir de rassembler ses affaires.

7

Leur visite au laboratoire ne donna aucun résultat concluant.

Lucy regarda Niall passer des appels téléphoniques, effectuer des tests, faire des recherches dans des bases de données mais apparemment, la médecine légale — si elle permettait parfois d'obtenir des résultats impressionnants — employait des techniques beaucoup plus lentes qu'elle l'avait pensé. Les résultats arriveraient en temps voulu, Niall le lui promit. Mais l'attention qu'il portait aux détails les plus insignifiants la faisait frémir d'impatience. C'était peut-être parce que Tommy dormait et qu'elle n'avait rien d'autre à faire qu'arpenter le couloir pendant que Niall réalisait ses tests et s'entretenait avec les techniciens de laboratoire, mais elle se sentait inutile, seule et incapable de leur apporter la moindre aide pour retrouver Diana. Elle ne pouvait même pas tricoter puisque tout le contenu de son sac avait été trempé par la pluie, et le bonnet qu'elle confectionnait pour Tommy devrait sécher avant qu'elle puisse poursuivre son ouvrage.

Le syndic de sa résidence l'appela pour lui apprendre qu'il était impossible de changer les serrures de sa porte d'entrée tant que le cadre n'était pas remplacé… Elle dut donc continuer à passer ses nuits sur le canapé de Niall, à prendre le petit déjeuner avec lui, à accepter qu'il lui refasse son pansement et à lui rappeler d'arrêter de travailler pour prendre un peu de sommeil. Ils eurent la visite surprise de Duff et Keir avec une pizza, et Lucy apprécia la façon dont Niall les battit tous au poker, dans la partie la plus disputée qu'elle ait jamais jouée. Le lendemain, ils se rendirent chez Thomas Watson et elle passa un moment très agréable dans la grande maison, aidant la famille de Niall à déménager des meubles, à installer une rampe, et goûtant au chili délicieux préparé par Millie autour de la grande table de la cuisine. Niall et elle s'occupèrent tour à tour de Tommy, lui donnant le biberon, le changeant, jouant avec lui et l'arrachant aux bras de ses pseudos oncles et grands-parents.

Elle passa deux jours à mener cette vie de famille dont elle avait toujours rêvé et elle dut constamment se rappeler que ce n'était pas la réalité. Niall et elle n'étaient qu'amis... Voisins. Deux adultes préoccupés par le bien-être d'un enfant abandonné et qui avaient décidé d'unir leurs forces.

Pourtant elle devait bien se rendre à l'évidence, ce bonheur serait de courte durée. Et cela lui faisait mal de constater qu'elle se sentait si bien dans la famille remuante de Niall, quand elle avait constamment à l'esprit l'idée que leurs rires, leur amitié et leur soutien n'étaient que temporaires. Celui lui faisait encore plus mal de sentir que son attirance pour son beau voisin s'était transformée en quelque chose de beaucoup plus profond. Elle commençait à être aussi dépendante que Tommy de la force tranquille de Niall, et son dévouement à une cause — *sa* cause — lui conférait un sentiment de sécurité et de reconnaissance qu'elle n'avait jamais ressenti auparavant.

Quelle idiote ! Elle était tombée amoureuse du brillant médecin qui habitait à côté de chez elle ! Et puisque l'amour n'était pas une chose qui pouvait être examinée sous un microscope ou expliquée en vingt questions, elle savait que Niall n'avait pas la moindre idée de la profondeur de ses sentiments pour lui. Quant à ce qu'il pouvait ressentir pour elle… Dans la mesure où il ne se permettait de penser qu'à sa famille et à son travail, c'était tout aussi mystérieux que l'endroit où se trouvait Diana, ou l'identité de l'homme qui l'avait menacée et ensuite agressée. D'ailleurs, que pouvait-elle apporter à cet inimitable docteur Watson ? Malgré leur amitié, Niall aurait certainement envie d'avoir une relation avec une femme plus sage et plus respectable, qui ne mettrait pas son nez là où elle ne le devait pas et ne sèmerait pas le désordre autour d'elle. Il aimait profondément sa famille et voudrait probablement une compagne qui puisse lui donner la même chose : beaucoup d'enfants timides et cérébraux qui, un jour, changeraient calmement le monde. Autant dire qu'elle se préparait à avoir le cœur brisé.

Ce fut donc une décision facile à prendre que de retourner travailler mardi et de rendre à sa vie un peu de sa normalité. Puisque Niall et elle avaient des horaires de travail décalés, ils avaient décidé ensemble qu'elle emmènerait Tommy avec elle au bureau : ainsi, Niall pourrait dormir un peu avant de prendre son service de nuit. Soit parce que la blessure qu'elle avait à la tête l'inquiétait, soit parce qu'il ne voulait pas que Tommy et elle restent seuls et sans protection, même pour quelques minutes — ou pour les deux raisons à la fois —, Niall avait insisté pour la conduire lui-même au bureau. Tommy pouvait passer la matinée à dormir dans l'une des salles de visite destinées aux familles pendant qu'elle travaillait.

Lucy prit Tommy contre son épaule, inspirant l'odeur si attendrissante de lotion pour bébé, tout en chantonnant une comptine et en marchant en rythme dans la petite pièce pour l'endormir. Il serait difficile de renoncer à cela aussi. C'était égoïste de regretter que Tommy ne soit pas *son* fils et que le destin ne lui ait pas confié un enfant qu'elle aimerait autant que celui-ci. Mais Diana avait été comme sa fille, elle aussi, jusqu'à sa majorité. Puis, l'attrait d'un nouveau petit ami et un métier excitant l'avaient poussée à s'éloigner d'elle. Lucy aimait encore Diana et ressentait ce besoin maternel inexplicable de la protéger aussi farouchement que ce petit enfant sans défenses dans ses bras.

Ainsi, malgré son désir humain et compréhensible de garder ce petit bébé pour elle, Lucy espérait de tout son cœur que Diana et son fils seraient bientôt réunis et que tous deux continueraient à faire partie de sa vie. Elle serait la mère dont Tommy avait besoin jusqu'à ce qu'elle puisse déposer cet enfant dans les bras de sa véritable maman... Et cela serait un bonheur pour elle. Lucy déposa un baiser sur les cheveux doux de Tommy et elle sentit ses yeux se remplir de larmes.

— Je t'aime, petit bout, murmura-t-elle. Je ferai toujours ce qu'il y a de mieux pour toi.

Un léger coup frappé à la porte interrompit ce moment d'émotion. Kim, une des collègues de Lucy, ouvrit la porte et passa la tête.

— Lucy, ton rendez-vous de 14 heures est là.

Lucy se retourna en fronçant les sourcils.

— Je ne savais pas que j'avais un rendez-vous. Madame Weaver l'a encore déplacé ?

— Non. C'est un homme. Je ne l'ai jamais vu avant. Si c'est un client, c'est un nouveau.

— Nouveau ?

Lucy serra instinctivement Tommy contre elle, en repensant à l'homme brun qui l'avait menacée de son couteau et l'avait avertie qu'elle devait arrêter d'essayer de revoir Diana.

— Il porte une veste en cuir ? Il a des cheveux bruns ?

Son amie éclata de rire.

— Pas du tout ! Il est grand et blond. Et on dirait qu'il fait de la musculation.

— Oh ! Non !

Lucy sentit son sang se glacer. Il n'était pas nécessaire qu'elle voie cet homme pour savoir de qui il s'agissait. Elle avait reçu trop d'appels téléphoniques venant de lui ces derniers jours pour en douter. Son angoisse fit place à la colère.

— Entre. J'ai besoin que tu gardes Tommy. Il ne faut pas qu'il le voie !

Elle tendit le bébé à l'autre femme et murmura des excuses lorsqu'il ouvrit les yeux et se réveilla.

— Quelque chose ne va pas ? demanda Kim en serrant le bébé contre elle. Je ne voulais pas te contrarier. Tu connais ce type ?

— Malheureusement.

— Je suis désolée : je viens de lui dire que j'allais te chercher. Il sait que tu es là.

Kim tenta de retenir la couverture dans laquelle Lucy avait enveloppé Tommy.

— Sinon, j'aurais pu inventer une excuse. Je l'ai trouvé mignon… Pas du tout inquiétant ! Je me suis dit que c'était peut-être un policier qui avait des nouvelles de Diana et que tu voudrais le voir.

Lucy attrapa la couverture et la lança sur le rebord du couffin qu'elle avait installé dans la petite pièce. Elle essaya de se raccrocher à l'espoir que Kim avait vu juste, mais c'était inutile : la description était trop précise, il ne pouvait s'agir que de Roger.

— Ne te laisse jamais tromper par un beau visage, Kim !

— Ah bon ?

Ignorant la question qu'il y avait dans le ton de son amie, Lucy leva le menton, referma la porte derrière elle et s'engagea dans le couloir. Elle n'avait pas besoin de cette visite. Pas aujourd'hui… Jamais. Mais Roger Campbell pourrait éventuellement l'aider à trouver une explication à des faits qui l'avaient troublée ces derniers temps et qui n'avaient peut-être rien à voir avec Diana.

Elle reconnut immédiatement le visage qui avait hanté ses nuits et eut un instant le souffle coupé. Roger Campbell se leva de la chaise où il s'était assis derrière son bureau et ôta la casquette de base-ball qu'il portait.

— Lucy, ça fait du bien de te voir !

Le sentiment n'était pas réciproque. Il avait les cheveux ridiculement courts et le visage un peu plus fatigué que la dernière fois qu'elle l'avait vu au tribunal. Un nouveau tatouage sur son avant-bras témoignait de son passage en prison. Un bleu sur sa pommette droite lui fit penser qu'il devait s'être battu récemment. Mais le clin d'œil taquin qu'il lui lança lui rappela qu'il pensait toujours que le monde entier lui appartenait.

— Explique-moi rapidement ce que tu fais ici et va-t'en, dit-elle en prenant un stylo. Je dois signer un papier pour l'agent de probation ? Pour prouver que tu es venu présenter tes excuses à la victime ?

Il se mit à rire et se rassit sans qu'elle l'ait invité à le faire.

— Lucy, je ne suis pas venu pour la mise en liberté conditionnelle. Je suis ici parce que c'est important pour moi, personnellement. J'ai appris beaucoup sur le pardon en prison. J'ai pris plus de cours de gestion de la colère que tu ne pourrais l'imaginer ! Je sais que je t'ai blessée. Mais maintenant, je suis en paix avec moi-même, et cela ne se reproduira plus jamais. Je suis un autre homme.

Lucy jeta le stylo sur son bureau et posa ses mains sur sa taille.

— Bien ! Mais moi, je ne suis plus la même femme qu'avant. Stérile à jamais à cause de toi. Je ne voulais plus jamais te revoir et je ne le veux toujours pas.

— Ecoute, je sais que tu ne pourras jamais avoir d'enfant.

Tu l'as dit lors du procès, je m'en souviens. Je sais que c'est important pour toi, mais je vais réparer ça.

— Réparer...

Quelle impudence ! Elle secoua la tête avec incrédulité.

— C'est impossible.

— Je suis venu pour toi tout autant que pour moi. Il faut que tu me pardonnes.

— Non.

Lorsqu'elle se rendit compte que la sécheresse de son ton attirait l'attention des personnes qui travaillaient dans la même pièce qu'elle, Lucy tira sa chaise et s'assit. Elle parla à voix plus basse, mais toujours aussi froidement.

— Je veux dire : je t'ai peut-être pardonné. Je ne veux surtout pas te laisser le pouvoir de me rendre amère. Mais je n'oublierai jamais... Et je ne te ferai plus jamais confiance. Mais maintenant, j'ai avancé, j'ai laissé Falls City derrière moi. Cela ne fait plus partie de ma vie. Ma mère non plus. Toi non plus. J'ai une nouvelle vie ici à Kansas City, une vie que j'aime. Et je ne veux pas que tu en fasses partie. Je ne te veux aucun mal, Roger. Je veux seulement que tu t'en ailles.

— Tu es toujours aussi têtue, ma jolie ! Il y a quelqu'un d'autre ?

— Pourquoi ? Tu es jaloux ?

Elle tourna sa chaise vers lui et devint encore plus méfiante lorsqu'il ne répondit pas.

— Voyons, Roger, tu ne peux pas avoir de sentiments pour moi. Je crois que tu n'en avais déjà pas lorsque nous sortions ensemble ! Tu pensais seulement tenir à moi parce que tu avais des poussées d'hormones et que tu croyais que tout t'appartenait. Tu te conduisais comme...

— Une ordure ?

Il regarda la casquette qu'il tournait dans ses mains

tout en réfléchissant. Puis il poussa un profond soupir et désigna le pansement qu'elle avait à la tête.

— Il te traite bien, le type avec qui tu es ?

— La façon dont il me traite ne te regarde pas ! Rien de ce qui me concerne ne te regarde !

Même si la relation qu'elle défendait n'existait pas, il y avait dans son cœur un homme grand, brun, et aucun de ceux qui appartenaient à son passé n'avait le droit de le critiquer. Lucy se leva et se dirigea vers la porte.

— Je vais te raccompagner.

Il se leva et la suivit jusque dans le hall d'entrée.

— Lucy, s'il t'a blessée, je peux…

Elle ne put contrôler sa réaction et le repoussa sèchement. Elle fit signe à l'agent de sécurité qui se trouvait près de la réception qu'elle n'avait pas besoin d'aide : elle se débrouillerait seule. C'était d'ailleurs toujours le cas, non ? Il le fallait bien. Elle ouvrit la porte et sortit sur le trottoir. Une rafale de vent froid souleva ses cheveux et la fit frissonner. Peut-être Roger regrettait-il sincèrement son geste maintenant, mais ce n'était pas à elle de l'aider à se sentir en paix avec lui-même.

— Tu ne peux rien faire pour moi. Seulement t'en aller, lui dit-elle.

Elle croisa les bras pour se protéger du vent froid et se dirigea vers le parking.

— Je veux te voir monter dans ta voiture et partir.

— Ecoute, je connais des types en prison qui sont tellement obsédés par leur petite amie — ou leurs enfants ou leur femme — qu'ils en viennent à tuer la personne qu'ils aiment. Je ne voudrais pas que cela t'arrive.

— Tu es le seul homme qui m'ait jamais battue et laissée pour morte, Roger. Au revoir.

— Ecoute, Lucy, j'essaie seulement de me faire pardonner !

Il pensait qu'il pouvait vraiment faire quelque chose pour

réparer le fait qu'il l'ait privée à jamais de la joie d'avoir des enfants ?

— J'ai vu un type rôder autour de ta résidence l'autre soir. J'ai eu des mots avec lui. C'était un étranger. Je veux seulement être sûr que ce n'est pas lui qui t'a fait ça.

Lucy écarquilla les yeux.

— Tu sais où j'habite ?

— Je savais où tu travaillais et je t'ai suivie jusque chez toi, la semaine dernière. Je te surveille depuis.

Et il craignait qu'un autre homme ne la suive !

— Ne refais plus jamais ça, ou j'appelle la police !

— Si c'est lui qui t'a fait du mal, il faut que ça cesse. Ecoute, j'ai appris des choses en prison, et si tu veux que j'aie une autre conversation avec ce type, je peux le persuader d'arrêter.

— Une *autre* conversation…

Lucy s'agrippa à la rampe en métal froide et s'appuya contre elle.

— Ma vie ne te regarde pas !

Il secoua les épaules, apparemment aussi peu affecté par le vent que par sa colère.

— Je suis resté dehors pendant plusieurs heures, en espérant pouvoir te parler. Je me suis endormi dans ma voiture. Et quand je me suis réveillé, je t'ai vue courir après ce type. J'ai pensé que vous vous étiez battus. J'ai essayé de lui parler. Il n'a rien voulu entendre.

Roger montra son œil enflé.

— C'est lui qui m'a fait ça. Quand j'ai repris mes esprits, je t'ai vue avec ce type à lunettes et je me suis dit…

Lucy leva la main pour l'interrompre.

— Attends… Répète… Tu l'as vu ?

— Oui. Un type grand avec des lunettes et pas de chaussures. Il…

— Non. Le conducteur de la voiture grise. L'homme que je poursuivais. Tu peux le décrire ?

— Cheveux bruns. Des yeux très noirs. Il m'a insulté dans une langue que je ne comprenais pas.

Elle avait le sang plus glacé que le vent maintenant…

— Tu as vu une femme brune avec lui ? Plus jeune que moi ?

— Non.

— L'homme était blessé ? Il perdait du sang ?

Il secoua la tête. Lucy avait besoin d'un meilleur témoin que Roger Campbell.

— Tu peux me dire comment était son véhicule ?

Cette fois, Roger fronça les sourcils d'un air perplexe.

— Ecoute, il a tourné autour de ta voiture avant d'entrer dans la résidence. Lorsqu'il en est ressorti, j'ai pris ta défense… Du moins jusqu'à ce qu'il me menace d'un couteau. Je l'ai même suivi sur une quinzaine de kilomètres, jusqu'à Independence, puis j'ai perdu sa trace au niveau de Truman Road. J'ai fait ça pour toi. Et je peux faire en sorte qu'il ne revienne plus si c'est ce que tu veux.

— Alors, si je comprends bien, tu as frappé un homme, et il t'a frappé en retour. Je n'ai pas besoin de ce genre de protection, Roger, j'ai besoin de réponses ! Si tu ne peux rien me dire d'autre, parle-moi de la voiture.

Il haussa les épaules.

— Une Chevrolet Camaro 2LS gris métallisé. Modèle récent… Deux portes.

— Tu as vu la plaque d'immatriculation. Tu t'en souviens ?

— Je n'ai pas pensé à regarder. J'ai surtout essayé de l'éviter avant qu'il ne me renverse !

Lucy sortait déjà son téléphone de la poche de sa jupe lorsque Roger tendit la main et lui pressa l'épaule.

— Dans quel guêpier t'es-tu fourrée ?

Elle se dégagea.

— Rien qui nécessite ton aide. J'accepte tes excuses. Mais n'essaie plus jamais de me rendre service.

Peut-être cette voiture grise n'essayait-elle pas de la renverser, après tout. Et peut-être le conducteur essayait-il seulement d'échapper à Roger. Pourtant Lucy avait déjà vu ce véhicule auparavant, et son propriétaire attendait sans doute quelque chose d'elle.

— Retourne à Falls City, Roger. Et n'essaie plus jamais de me contacter, ou j'appelle la police. Va-t'en.

Il resta un instant silencieux. Puis il remit sa casquette noire sur son crâne presque rasé et descendit lourdement les marches.

— Comme tu voudras... Mais je vois bien que tu as des ennuis.

— Adieu, Roger.

Lucy resta pour s'assurer qu'il partait et que ce n'était pas dans une voiture grise. Ainsi, Roger et un autre homme — peut-être plus dangereux que lui — la surveillaient et savaient où elle habitait. Cette pensée la terrifiait. Il y avait trop de menaces autour d'elle et, jusqu'à maintenant, elle n'avait pas été en mesure de les identifier avec précision. Roger ne lui avait certes pas donné beaucoup d'éléments, mais c'était déjà quelque chose.

Elle prit son téléphone et appela Niall.

Il décrocha à la première sonnerie.

— Lucy ?

Un seul mot prononcé par cette voix grave n'aurait pas dû suffire à calmer son trouble. C'est pourtant ce qui se passa.

— Je t'ai réveillé ?

— Que se passe-t-il ? Tu vas bien ? Et Tommy ?

Elle entendit du mouvement. Cherchait-il ses lunettes sur la table de nuit ? Prenait-il son arme dans la boîte métallique qu'il gardait dans son armoire ? Visiblement, il craignait qu'il n'y ait une urgence.

Elle sourit tout en retournant vers son bureau.

— Pourquoi penses-tu que quelque chose ne va pas ? Je suis donc une catastrophe ambulante ?

Comme il ne répondait pas, Lucy s'arrêta dans le hall et se sentit rougir. Elle se remit à parler, ressentant le besoin de remplir le silence.

— Bon, d'accord. Je viens d'avoir une visite de Roger Campbell.

Les bruits de fond cessèrent.

— L'homme qui t'a envoyée à l'hôpital ? Celui qui te harcèle sur ton répondeur au travail ?

Ainsi, il se souvenait de ce qu'elle avait évoqué incidemment.

— Oui. C'est lui. Il voulait s'excuser de m'avoir blessée.

— Tu veux que je vienne pour te débarrasser de lui ? Un type en liberté conditionnelle n'a généralement pas envie de croiser quelqu'un de la police.

— Non. Je m'en suis occupée toute seule. Mais merci de le proposer.

Elle zigzagua entre les bureaux pour rejoindre le couloir du fond, et la pièce où Kim surveillait Tommy pour elle.

— D'ailleurs, tu es censé te reposer.

— J'étais en train de lire un rapport d'analyse ADN que le laboratoire vient de m'envoyer.

— Une analyse ADN ?

— L'échantillon de sang de Tommy correspond à celui qui a été retrouvé sur le tournevis utilisé pour forcer la porte de ton appartement. Celui de Diana Kozlow. C'est sa mère.

Lucy ouvrit la porte et trouva Kim en train de chanter une chanson à Tommy. Elle sourit en voyant le bébé agiter la main sur les lèvres de son amie, fascinée par leur mouvement et par le son qui en sortait. Diana aimait la musique, elle aussi. Bon, peut-être dans un style différent… Mais elle en écoutait beaucoup lorsqu'elle était adolescente. Lucy n'imaginait pas qu'elle puisse aimer ce petit bout plus qu'elle ne le faisait déjà. Mais son cœur se gonfla lorsqu'elle entendit Niall.

— Tu ne m'apprends rien que je ne savais déjà.

— Mais maintenant, j'en suis certain moi aussi. Je t'ai dit que je viendrais te prendre à 17 heures, quand tu sortiras du travail. Si Campbell n'est pas un problème, pourquoi m'as-tu appelé ?

Pour entendre sa voix. Pour que sa force et sa raison lui rappellent qu'elle n'était pas la victime des machinations de sa mère et de Roger Campbell… Pour se souvenir qu'elle n'était pas seule dans sa quête pour la vérité, qu'elle avait un allié sur lequel elle était toujours sûre de pouvoir s'appuyer, même si ce n'était que temporaire. Mais elle ne pouvait pas lui dire tout cela. Il ne le comprendrait probablement pas.

Lucy fit un clin d'œil à Kim et referma doucement la porte pour terminer la conversation dans le couloir.

— J'ai une piste pour trouver Diana. Ou du moins, pour identifier l'homme qui m'a attaquée à l'hôpital.

— Une piste fournie par Roger Campbell ?

— Oui. Il… Je pense qu'il était l'un des hommes qui se sont querellés près de la buanderie le week-end dernier. Il m'a dit qu'il voulait me protéger, pour se faire pardonner ce qu'il m'avait fait. Niall, je ne veux pas de son aide.

— J'arrive.

Niall ne quitta pas Lucy des yeux pendant les heures qui suivirent. Les recherches qu'il avait faites sur Roger Campbell l'avaient conduit à la conclusion qu'il ne voulait pas que cet homme l'approche de près ou de loin, même s'il pouvait leur fournir des informations sur leur enquête. Non seulement le jeune Campbell avait battu Lucy assez violemment pour provoquer une hémorragie interne et rendre nécessaire l'ablation de sa rate — le crime pour lequel il avait été condamné — mais il avait été impliqué dans d'autres agressions en prison, et sa sentence avait été aggravée. Niall n'arrivait pas à croire que les motifs de Roger Campbell soient maintenant altruistes. Lucy avait déjà eu à subir trop de violences, trop de gens s'étaient servis d'elle. Niall ne pouvait plus les laisser faire. Pour le bien de Lucy. Pour celui de Tommy. Pour lui.

Maintenant, elle était à l'abri, bien au chaud dans son appartement, et elle donnait un bain à Tommy. Niall se demandait s'il n'allait pas téléphoner au laboratoire pour dire qu'il était malade : l'idée de la laisser seule avec Tommy alors que Roger Campbell rôdait et qu'un autre homme venait tout juste de la frapper à la tête assez fort pour qu'il faille lui faire des points de suture lui était trop pénible.

Il ne doutait plus que Diana Kozlow soit en danger. Et la situation dans laquelle elle s'était mise affectait également la sécurité de Tommy et de Lucy. Il ne savait toujours pas ce qui se passait et n'avait pas la moindre piste… Et cela était inacceptable.

Il regarda l'heure, et vit qu'il allait devoir partir travailler dans quelques minutes. Mais laisser derrière lui un bébé gazouillant avec de la mousse sur le ventre et une femme avec quelques bulles légères de la même mousse sur la joue ne lui semblait pas normal. Le laboratoire d'autopsie n'était pas vraiment un endroit où on pouvait emmener une femme et un enfant pour y passer la nuit. Et même s'il y avait un lit de camp dans son bureau pour qu'il puisse se reposer pendant les gardes particulièrement longues, il ne pouvait pas confiner Lucy et Tommy dans la pièce comme s'ils étaient en résidence surveillée.

Keir essayait de retrouver la voiture que Lucy avait décrite en détail. Duff, quant à lui, enquêtait toujours sur la fusillade à l'église et avait demandé une analyse des douilles que la police avait retrouvées dans la tribune de l'organiste.

Peut-être pourrait-on repérer le magasin où les munitions avaient été achetées et retrouver l'identité du tireur, ou au moins obtenir une image d'une caméra de sécurité. Millie et son père s'affairaient à aménager la maison pour Seamus et sa chaise roulante et préparaient l'arrivée de l'infirmière et de tout son matériel, prévue pour la semaine prochaine.

Même si un menuisier mandaté par le syndic de l'immeuble avait commencé à réparer le cadre de la porte de l'appartement de Lucy cet après-midi, Niall n'était pas prêt à la laisser se réinstaller chez elle avec Tommy avant que le travail ne soit terminé. Il n'était pas prêt à les laisser partir, point. Pas quand il la savait assez impulsive pour se lancer seule sur n'importe quelle piste, si elle pensait que cela lui permettrait de retrouver Diana Kozlow. Lucy ne semblait pas vraiment croire qu'il la considérait comme sa coéquipière à part entière, et que cela signifiait qu'ils devaient tout entreprendre ensemble. Elle ne paraissait pas comprendre pourquoi il voulait qu'elle arrête de poursuivre seule des hommes prêts à la renverser en voiture ou à la frapper à la tête. Il ne savait comment lui expliquer à quel point cela compromettait son équilibre lorsqu'il entendait qu'elle avait revu l'homme qui l'avait autrefois agressée. Il avait besoin qu'elle soit ici. En sécurité. Assez près de lui pour qu'il puisse la voir et l'entendre. Assez près pour qu'il puisse respirer l'odeur de son shampoing. Assez près pour qu'il puisse la toucher.

Sa décision prise, Niall alla prendre une couche pour Tommy que Lucy venait de sortir de son bain. Elle posa le bébé sur une serviette-éponge et le sécha.

Lorsque Lucy eut fini d'habiller le bébé, Niall essuya la mousse sur sa joue en lui demandant :

— Combien de temps penses-tu qu'il te faudrait pour mettre dans un sac ce dont Tommy et toi avez besoin pour la nuit ?

Il remarqua que sa joue rougissait là où il l'avait touchée et sentit la chaleur l'envahir lui aussi. Elle leva les yeux vers lui, et Niall se demanda si elle avait conscience de la richesse des nuances de vert qui s'y reflétaient.

— Nous partons quelque part ?

— Je ne peux pas vous laisser ici seuls tous les deux. Je vais appeler papa et voir si je peux vous déposer chez lui.

— Il ne faut pas que tu le déranges. Il ne nous arrivera rien.

Niall passa les doigts dans ses cheveux et coinça quelques boucles derrière son oreille.

— Peut-être mais moi je ne serai pas tranquille. Trop de gens savent où te trouver maintenant. J'ai besoin de savoir que quelqu'un en qui j'ai confiance veille sur toi.

Avec son pouce, il écarta quelques boucles de sa tempe, puis se pencha et déposa un baiser sur les bords de la compresse. Tommy se tourna vers Niall et se mit à gigoter contre Lucy, soit surpris, soit heureux de le voir si proche. Même s'il savait que Lucy tenait bien le bébé, Niall posa la main sur le dos de Tommy.

— Du calme, mon petit.

Il sentait Lucy trembler, elle aussi. Ses yeux brillaient comme des émeraudes alors qu'il la regardait attentivement pour voir sa réaction. Il baissa à peine la tête et il vit ses pupilles se dilater et son regard s'assombrir. Il approcha encore un peu et remarqua que sa gorge se contractait alors qu'elle avalait sa salive. Mais il n'y avait rien de simple dans la chaleur qui se diffusait en lui. Il sentait son cœur tambouriner à grands coups dans sa poitrine, au point de couvrir presque le léger soupir qu'elle poussa et qui lui fit oublier toute retenue.

Elle ouvrit les lèvres sous les siennes, et il en profita pour glisser avidement sa langue dans sa bouche et savourer la fougue avec laquelle elle répondit à son baiser. Il enfouit les doigts dans ses cheveux et de l'autre main, il épousa la courbe de sa hanche. La faisant reculer contre le comptoir, il plaqua ses cuisses contre elle, emporté par le désir qui enflammait soudain tout son corps. Il glissa la main sous son pull-over et son caraco de coton jusqu'à ce qu'il puisse sentir la peau douce de sa taille.

Une main posée sur la courbe de ses hanches, il lui tira doucement la tête en arrière pour pouvoir l'embrasser plus fort, plus profondément. Il plaqua le torse contre ses bras qui protégeaient le bébé, et quelque chose de protecteur et de possessif naquit en lui quand il sentit cette tendresse maternelle pleine de sensualité. Il prit la lèvre gonflée de Lucy entre les siennes, répondant à chacun de ses soupirs de plaisir par un grognement.

Le babillement d'un bébé et des petits doigts contre son menton firent revenir Niall à la réalité. Avec un soupir de satisfaction et de frustration mêlées, il lâcha les cheveux et la taille de Lucy. Il posa encore une fois ses lèvres sur les siennes et l'embrassa, cette fois plus calmement, plus tendrement, alors qu'il essayait de mettre fin à ce contact incendiaire. Finalement, il s'éloigna et recula d'un pas, après avoir déposé un dernier baiser sur la tête de Tommy.

Les lèvres de Lucy, gonflées et roses, se relevèrent en un sourire tremblant avant qu'elle ne s'éloigne et lui tourne le dos. Elle déposa Tommy dans son transat et réajusta sa jupe.

— Niall, tu n'avais pas à faire ça. J'irai chez Thomas cette nuit. Je serai très heureuse de revoir ton père et Millie, si je ne les dérange pas. Tu n'avais pas à me persuader avec un baiser.

— Te persuader ?

Il la prit par le coude et la tourna vers lui, scrutant l'expression neutre de son visage.

— Tu m'as expliqué que si je voulais t'embrasser, je n'avais qu'à le faire.

— Je voulais dire...

— Et tu as même précisé que je ne devais jamais *menacer* de t'embrasser, mais le faire si j'en avais envie.

Lucy rougit, et son visage reprit l'expression animée qu'il lui connaissait.

— Oui, c'est vrai, j'ai dit ça.

Elle leva la main et passa les doigts dans ses cheveux.

— J'avais oublié que tu te souvenais de tout ce que tu entendais...

Niall prit une profonde inspiration, essayant d'éteindre le feu que Lucy McKane avait allumé en lui. Il avait un sentiment d'inachevé et il ne savait trop comment l'exprimer.

— Je ne veux pas que tu aies peur de moi ou que tu te sentes mal à l'aise...

Elle lui sourit et lui caressa les cheveux.

Niall se sentit fondre de bonheur.

— Il y a des choses qu'on ne peut pas vraiment expliquer, Niall... Comme le lien qui unit une mère et son enfant, ou ce qui fait qu'on est attiré par une personne en particulier. Parfois, il suffit de toucher quelqu'un pour se sentir mieux. Tout le monde fonctionne comme ça. Je ne sais pas comment tu as appris ça, mais tu peux te vanter de savoir embrasser. Tu peux séduire n'importe quelle fille avec ça !

Ces paroles lui faisaient plaisir et il était heureux de savoir qu'il n'était pas le seul à se sentir ému à chaque fois qu'ils se touchaient.

— J'ai seulement besoin de comprendre... De savoir si cette... attirance va se développer et devenir autre chose qu'une alliance amicale. Je veux que tu aies parfaitement conscience de ce que tu veux construire avec moi, pour qu'aucun de nous deux ne soit blessé.

— De ce que je veux construire avec toi ?

Cela ressemblait un peu à une menace.

— Je ne suis pas comme Campbell. Je n'ai pas l'intention de te faire du mal ! Je ne comprends pas…

— Je sais.

Elle lui caressa encore les cheveux.

— Et je ne vais pas te souffler les mots, ni te dire ce que tu ressens. Tu es seul à le savoir.

Elle s'écarta pour aller prendre le bébé et le déposa dans les bras de Niall.

— Si tu veux bien habiller Tommy, je vais aller préparer les bagages pendant ce temps.

Les lumières de la ville éclairaient la nuit. Niall était au volant de son SUV et conduisait Lucy et Tommy vers la grande maison où ses frères, sa sœur et lui avaient grandi. Il y avait encore beaucoup de circulation, et il dut ralentir et attendre pour pouvoir tourner.

Il jeta un coup d'œil à Lucy assise sur le siège à côté de lui. Elle hochait la tête et tambourinait sur l'accoudoir avec ses doigts au rythme de la musique qu'elle avait en tête… A moins que ce soit juste un exutoire à son énergie. Elle ne s'était pas expliquée autant qu'il l'aurait voulu après ce baiser dans la cuisine. Aussi ne savait-il pas très bien quelles idées pouvaient tourbillonner dans son esprit original. Mais l'aurait-elle embrassé ainsi si elle n'avait pas ressenti quelque chose pour lui ?

Levant les yeux, il aperçut le bonnet bleu dépassant du siège auto où Tommy sommeillait à l'arrière. Il lui semblait qu'il comprenait mieux les besoins et les humeurs du bébé que ceux de la femme assise à côté de lui. Niall détestait s'en remettre à ce que la plupart des gens appelaient l'instinct, mais il avait le sentiment qu'il perdrait quelque chose d'inestimable s'il n'arrivait pas à trouver un meilleur moyen de communiquer clairement ses pensées à Lucy.

Il savait faire la différence entre le bien et le mal et il comprenait la peur et la colère : il les avait toutes deux ressenties lorsqu'il avait perdu sa mère, ou lorsqu'un de ses frères ou sa sœur avait été blessé en mission, ou lorsqu'il avait vu son grand-père s'effondrer lors de la fusillade. Mais cette fascination pour Lucy, ce besoin irrépressible de la protéger, de l'aider dans sa recherche, ce désir irrationnel de la toucher, de l'écouter parler de tout et de rien et de voir son sourire… Il avait besoin de mettre un mot là-dessus et de le comprendre, avant de dire quoi que ce soit ou faire un faux pas et qu'elle sorte de sa vie… Ou qu'un autre homme ne la prenne — une idée qu'il arrivait à peine à supporter.

— Vous avec encore ce regard fixe, docteur Watson !

Elle rit, et ce son gai et doux le fit sourire, même s'il ne comprenait toujours pas pourquoi son nom semblait l'amuser.

— Vous feriez mieux de faire attention à la route !

— C'est un feu rouge.

— Eh bien, il va passer au vert.

Pas encore.

— Pourquoi trouves-tu mon nom si drôle ?

— Docteur Watson ?

Elle souriait encore.

— Parce que cela me fait irrésistiblement penser au livre *Les aventures de Sherlock Holmes* que j'ai lu à l'école. Mais c'est là qu'est l'ironie : tu ressembles tellement plus à Holmes avec ton intellect surdéveloppé, ta façon d'être, et ton manque d'empathie pour les simples mortels comme moi !

— Mon manque d'empathie ? Je ressens des choses !

— Bien sûr ! Il est clair que tu aimes ta famille et ton métier.

Elle jeta un regard vers le siège arrière.

— Je vois aussi à quel point Tommy est important pour toi, et combien tu souhaites qu'il soit en sécurité et heureux.

Lorsqu'elle se retourna et le regarda d'un air pensif, le feu était passé au vert, et il dut se concentrer sur sa conduite.

— Mais tu comprends tout tellement plus vite que les autres que, parfois, tu ne remarques même pas ce qui en train de se passer sous ton nez. J'ai toujours cru que le docteur Watson était une sorte de monsieur Tout-le-Monde pour Holmes, et qu'il faisait office d'interprète : il comprenait les témoins lors des enquêtes qu'ils menaient ensemble et, à mon avis, il traduisait ce qu'ils disaient pour que Sherlock Holmes puisse saisir leurs émotions et leurs motivations. Et réciproquement, Watson exprimait ce que Holmes pensait, de manière à ce que les autres personnages et le lecteur le comprennent.

Elle s'enfonça dans son siège.

— J'ai l'impression d'être Watson et toi Holmes. Tu n'as pas le nom que tu devrais avoir. C'est pour cela que c'est amusant.

Niall prit le tournant et organisa ses pensées avant de répondre.

— C'est vrai que tu traduis le monde pour moi. Je vois les choses différemment lorsque je le fais à travers tes yeux. J'apprends grâce à toi des choses que l'on ne voit pas dans les livres. Je dois reconnaître que je suis plus à l'aise lorsqu'il s'agit de parler de procédures avec d'autres policiers, ou d'enregistrer les résultats d'une autopsie dans un dictaphone que lorsqu'il s'agit d'avoir une conversation avec…

— Avec des personnes réelles.

Il jeta un coup d'œil et vit son sourire bienveillant. Au bout d'un moment, il acquiesça.

— Niall Watson, je pense que vous êtes un peu timide. Vous vivez dans votre tête la plupart du temps.

Cette femme était aussi intuitive que sa mère l'avait été.

— Et toi, tu vis dans ton cœur.

Lucy ouvrit les lèvres, puis les referma en se détournant pour regarder par sa fenêtre.

— Parfois ça m'attire des ennuis.

Certainement. Mais cela lui permettait aussi de rire souvent et de ressentir de la joie et de la passion, parfois même de la peine à un degré qu'il lui arrivait de lui envier. Il s'arrêta alors qu'ils s'approchaient d'un stop.

— Ne change jamais.

Elle tourna brusquement la tête pour lui faire face, juste au moment où le téléphone de Niall se mettait à sonner.

— Tu dis parfois des choses étranges.

Niall se sentit sourire lorsqu'il lui répondit en prenant son téléphone.

— Tu n'as qu'à les traduire, d'accord ?

L'appel venait de Keir. L'expression du visage de Niall devint instantanément sérieuse. Il devait s'agir de leur grand-père ou des recherches qu'il avait demandées sur Roger Campbell et sur le propriétaire de la Chevrolet Camaro. Il tendit le téléphone à Lucy.

— Tu peux répondre pour moi et mettre le haut-parleur, s'il te plaît ?

Elle ôta son gant et prit l'appel.

— Bonjour, Keir, c'est Lucy. Niall est en train de conduire, alors je mets le haut-parleur, d'accord ?

— Bonjour, Lucy. Il te donne du fil à retordre ?

Niall mit fin à ce bavardage avant qu'elle puisse répondre.

— Que veux-tu, frérot ?

— Je t'appelle pour le boulot, Niall.

Rien qu'au changement de ton de Keir, il l'aurait compris.

— Le laboratoire m'a dit que tu étais le médecin légiste de garde. J'ai un cadavre sur Truman Road. Il a été retrouvé dans l'une des grottes de la falaise située près de l'autoroute I-435.

— Je vois. Ce sont d'anciennes carrières de calcaire.

Les grottes sont louées à des entreprises pour leur servir d'entrepôts.

— Oui, c'est là. Et je pense que tu ferais mieux d'amener Lucy.

Niall se raidit immédiatement.

Lucy leva les yeux vers lui.

— Pourquoi ?

Elle blêmit.

— Oh mon Dieu ! Faites que ce ne soit pas Diana !

Niall lui prit la main et la serra, pendant que Keir la rassurait :

— Lucy, ce n'est pas ton amie : le corps est celui d'un homme. Il n'a pas de papiers d'identité. Mais il y a deux ou trois choses sur la scène de crime que je voudrais te montrer.

Niall regarda Lucy. Elle avait les larmes aux yeux.

— Tu es sûre que tu veux venir ? demanda-t-il. Les scènes de crime sont éprouvantes... Je peux demander à un policier de garder Tommy dans la voiture.

Elle lui pressa la main.

— Ça ira... Si je peux aider...

Niall hocha la tête et lui lâcha la main pour mettre fin à l'appel téléphonique.

Il fit demi-tour.

— Dans ce cas, allons-y.

8

Certes, Lucy avait toujours froid. Elle le savait bien. Mais même avec ses gants, son bonnet et son manteau, elle fut immédiatement frigorifiée lorsqu'elle sortit de voiture, devant la falaise au-dessus de Truman Road.

— Tu es sûre que tu veux le faire ? demanda Niall, en sortant du coffre de sa voiture son kit de scène de crime et un paquet qui, à en juger par sa forme, devait très probablement contenir un sac pour transporter le corps.

Il coinça le kit et le paquet sous son bras, referma le coffre de l'autre main et se retourna vers elle.

— C'est un spectacle éprouvant. Personne ne t'en voudra si tu refuses de le voir.

Lucy serra ses bras autour d'elle.

— Malheureusement, ce n'est pas ma première scène de crime.

Il lui pressa l'épaule, puis lui caressa le bras pour la réchauffer. Elle frissonna et elle le vit plisser les paupières : il devait se demander si c'était le froid ou l'appréhension qui causaient ces tremblements. Elle ne le savait pas vraiment elle-même.

— Je resterai tout le temps avec toi. Keir aussi. Si c'est trop difficile, l'un de nous te raccompagnera à la voiture, près de Tommy. Je vais laisser le chauffage allumé pour qu'il n'ait pas froid.

Il fit un signe de tête au policier solidement bâti qui était appuyé sur le pare-chocs avant du SUV.

— Pendant ce temps, Hud — le lieutenant Kramer — va le surveiller.

Lucy jeta un coup d'œil au jeune homme : il était vêtu d'une veste en jean et, les chevilles croisées, il mâchonnait un cure-dents tout en composant un message sur son téléphone.

— Il s'y connaît en bébés ?

— Je n'y connaissais pas grand-chose moi-même il y a seulement une semaine.

Elle pouvait compter sur Niall pour lui donner des raisons logiques de ne pas s'inquiéter !

— Tu es sûr que Keir a confiance en lui ?

— C'est son coéquipier : la réponse est oui. Allons-y !

Niall passa la lanière de son appareil photo autour de son cou et fit un signe de tête à Kramer, avant de se diriger vers l'allée menant à l'entrée de la grotte.

— J'espère que l'identification ne sera pas trop longue, dit-il.

Lucy hâta le pas pour le rattraper.

— C'est mal vu de tenir la main du médecin légiste lorsqu'il se rend sur une scène de crime ?

Niall lui prit la main.

— Même si ça l'est, ça n'a aucune importance.

Lucy lui serra la main un peu plus fort lorsqu'ils passèrent une porte coulissante, dont le cadenas brisé se balançait. A l'intérieur de la grotte, elle vit tout un réseau de tuyaux serpentant contre les murs et au plafond. Niall lui expliqua qu'ils contenaient les canalisations d'eau et les conduits d'aération, ainsi que les câbles électriques et informatiques nécessaires aux bureaux, entrepôts et serveurs abrités dans les galeries.

Lucy avait déjà remarqué les cavités dans la falaise mais n'avait jamais eu l'occasion d'y pénétrer auparavant. Elle fut surprise de voir des rideaux métalliques et des barres de fer protégeant des commerces et des bureaux comme s'il s'agissait de devantures du centre-ville.

— Ça continue loin comme ça ? demanda-t-elle alors qu'ils tournaient pour pénétrer dans un autre espace plus large.

Sur un des côtés se trouvait le rideau fermant l'entrepôt d'une entreprise et deux portes de garage assez larges pour qu'un semi-remorque puisse y pénétrer. L'une des deux portes était ouverte, et les lumières que l'on voyait briller à l'intérieur baignaient la scène d'une lueur jaunâtre artificielle.

— Il y a donc tout un complexe sous-terrain ?

— Tu es claustrophobe ?

— Un peu.

Elle lui serra la main un peu plus fort, et il ne protesta pas. Ensemble, ils approchèrent du scotch barrant l'entrée de la porte de garage ouverte. Un énorme ventilateur accroché au-dessus aidait l'air à mieux circuler. Elle reconnut soudain une odeur familière et renifla en ralentissant le pas.

— Attends…

Puis elle vit le logo peint sur la porte de la devanture, et sur le rideau de l'autre garage qui était resté fermé :

« Staab Importation.
Epices et produits de la Méditerranée. »

Lucy s'arrêta net.

— C'était l'odeur de l'homme dans l'ascenseur !

Elle avait pensé qu'il était cuisinier, mais il pouvait tout aussi bien travailler pour une entreprise qui stockait et expédiait des produits alimentaires.

Elle leva les yeux vers Niall.

— Ton frère veut que j'identifie le corps ?

Le regard sombre de Niall indiquait que c'était probable.

— Nous allons procéder le plus rapidement possible

pour que tu puisses sortir d'ici pendant que je terminerai mon travail.

Levant le menton d'un air résolu, Lucy emboîta le pas à Niall, toujours en lui tenant la main.

Keir Watson apparut à l'entrée du garage et souleva le scotch jaune lorsqu'il les vit approcher. Il serra la main de Niall, et Lucy remarqua qu'il portait une paire de gants en plastique bleu. Il lui fit un clin d'œil.

— Merci d'être venue. C'est là.

Elle vit le visage de Niall changer d'expression et elle comprit qu'il n'était plus l'homme dont elle était tombée amoureuse, mais un médecin légiste s'apprêtant à examiner un corps. Keir n'était pas le même non plus et se comportait avec professionnalisme et efficacité. Il les guida dans une allée bordée de cagettes et de sacs sur lesquels on lisait « sel de mer », « romarin » ou « huile d'olive ».

— J'ai appelé une ambulance pour que l'on vienne chercher la victime, mais je voulais que tu voies la scène avant que la police scientifique ne ratisse les lieux et n'envoie le corps au laboratoire pour autopsie. Le gardien qui l'a découvert pense que notre victime a sans doute été tuée pendant une tentative de vol. Il y a un coffre dans le bureau de l'entrepôt et, vendredi étant le jour de paie, il devrait contenir de l'argent. Apparemment, ces types emploient beaucoup d'immigrants et de main-d'œuvre peu qualifiée, et leur personnel préfère être rémunéré en liquide plutôt que sur un compte en banque.

— Mais tu n'es pas convaincu qu'il s'agit d'un vol…, commenta Lucy.

— En effet, le coffre n'a pas été fracturé. J'ai tout de même fait appeler le propriétaire, pour qu'il vienne l'ouvrir et que nous puissions en vérifier le contenu ensemble.

— Le bureau est juste à côté : nous venons de passer

devant, fit remarquer Niall. Un voleur serait directement entré là, pas dans l'entrepôt… Il doit s'agir d'autre chose.

Il prit son appareil et s'arrêta pour photographier des empreintes de pas et des éraflures à la base de l'une des palettes.

— J'ai l'impression qu'il y a eu une bagarre ici…

Il désigna la sortie puis, à l'opposé, les murs de cagettes et de sacs entassés. Lucy n'avait pas besoin d'un diplôme en criminologie pour remarquer les différentes tailles et dessins des empreintes de pas sur le sol. Une des traces menait vers la sortie alors que l'autre suivait le chemin qu'empruntait Keir. Mais comment Niall savait-il que ces empreintes avaient un lien avec ce décès et qu'elles n'avaient pas été tout simplement laissées par les gens qui travaillaient ici ? Il pointa du doigt un sac en toile de jute partiellement vidé, qui se trouvait à hauteur de son torse dans la pile. Il était troué à l'un de ses coins, et un petit tas d'origan séché s'était amassé à sa base. Niall prit une photo de la tache rouge sombre sur le tissu autour du trou.

— Assure-toi que la police scientifique reçoive une photo numérotée de cette trace de sang et envoie un morceau de ce tissu au laboratoire pour analyse.

— OK, répondit Keir en prenant des notes sur son calepin et en les guidant vers la scène que Lucy redoutait de voir.

L'allée suivait une courbe, et ils arrivèrent devant un chariot élévateur. Il avait percuté un tas de caisses emplies de bouteilles maintenant brisées, dont le contenu s'était répandu par terre.

— Faites attention, les avertit Keir. Le sol est très glissant.

Mais ce ne fut pas ce qui fit sursauter Lucy et la poussa à se jeter contre le torse de Niall. Un homme était coincé entre le mur de cagettes et une palette que soulevait le chariot élévateur. Il était là, à jamais immobile, et le sang rougissait la blessure qu'il avait à la taille, là où la palette l'avait transpercé.

Maintenant, elle comprenait pourquoi Keir avait voulu qu'elle vienne avec Niall.

Un morceau de tissu était drapé sur la tête et le torse de l'homme : un carré de coton imprimé de petits camions jaune, rouge et bleu.

C'était la couverture de bébé qui avait été dérobée la nuit où Tommy se trouvait avec elle dans la buanderie.

Keir avait dû le deviner et attendait sa réaction devant cette mise en scène macabre.

— Tu reconnais la couverture ? J'ai pensé qu'elle correspondait à la description que tu avais faite à Niall.

Niall s'interposa entre elle et cette scène pénible.

— Tu n'as pas fait venir Lucy ici pour identifier une couverture volée !

Keir secoua la tête.

— Je suis désolé, Lucy, mais ce n'est pas la seule chose qui me semblait familière et qui a retenu mon attention…

Il fit signe à un officier de la police scientifique d'enlever la couverture et de la mettre dans un sac scellé. Puis il s'adressa à Niall :

— Ce crime semble avait été commis avec rage.

— Ou avec désespoir.

Niall se déplaça pour l'empêcher de voir l'homme, maintenant que la couverture ne recouvrait plus son visage.

— Qui donc peut utiliser un chariot élévateur pour tuer un homme ? murmura-t-il.

Lucy comprit où il voulait en venir.

— Quelqu'un qui n'aurait pas eu la force physique de s'attaquer à lui autrement ?

Elle secouait déjà la tête.

— Non, Diana n'a pas fait ça ! s'écria-t-elle, comprenant soudain ce que Keir sous-entendait.

Keir intervint :

— J'ai besoin que Lucy voie la victime, Niall.

Il demanda à son frère de reculer.

Niall ne lui obéit pas immédiatement et, restant entre Lucy et l'homme, il lui donna quelques détails techniques.

— Lucy, ses yeux sont ouverts. Son visage est contusionné et bouffi, en partie à cause de la bagarre qui semble avoir précédé sa mort, mais également parce que les fluides gorgent les tissus après le décès. Il n'aura pas le même aspect que le corps d'une personne que tu peux voir dans un funérarium.

Il essayait de la préparer, et d'atténuer le choc qu'elle allait ressentir lorsqu'il se mettrait de côté pour qu'elle puisse voir la victime.

Malgré cela, elle se détourna, peut-être moins à cause de l'état du corps que parce qu'elle reconnut immédiatement le visage qui n'avait cessé de la hanter pendant ces derniers jours.

Niall s'interposa une fois encore entre elle et l'homme aux cheveux bruns et à la veste de cuir.

— C'est le type qui t'a agressée à l'hôpital Saint-Luke ? Il correspond à la description que tu as donnée à Duff.

Lucy hocha la tête.

— Oui, c'est lui.

Mais elle n'était pas au bout de ses peines. Malgré tous les efforts qu'avait faits Niall pour la ménager, il ne pouvait pas la protéger de l'autre détail qui avait été jusque-là caché sous la couverture de bébé. Elle regarda par-dessus son épaule pour s'assurer qu'elle avait bien vu.

— Oh mon Dieu ! Dis-moi que je me trompe…

Niall tendit la main vers elle, mais Lucy pointait déjà le doigt vers le torse de la victime.

— Que se passe-t-il ? Pourquoi ? Ma pauvre Diana…

Elle retint son souffle et pressa une main devant sa bouche, sentant la nausée monter alors que les murs tanguaient autour d'elle. Niall la prit par les épaules et l'éloigna du corps, la faisant avancer jusqu'à ce que le tournant leur cache la scène. Alors seulement, il l'adossa à un tas de cagettes stable, baissa la tête vers elle, et la força à le regarder.

— Respire, ma chérie, respire...

Elle entendait à peine ce qu'il disait. Son esprit était tout empli de l'image de ce tournevis au manche décoré de perles plongé dans le cœur de l'homme. Il faisait partie de la même boîte à outils que celui qui avait été utilisé pour forcer la porte de son appartement, le jour où Tommy y avait été abandonné.

— Lucy...

Niall lui parlait d'une voix ferme et lui relevait le menton pour la forcer à le regarder.

— Ne t'évanouis pas. Reste avec moi !

— Je ne me suis jamais évanouie de ma vie. Je ne vais pas commencer maintenant.

La colère se mêla au choc et à la peur, lui éclaircissant les idées. Elle prit les revers de la veste de Niall et s'agrippa à lui.

— Je sais ce que tu penses, mais ce n'est pas Diana qui a fait ça !

— Ce n'est pas ce que je pense en ce moment, répondit-il calmement.

Ses yeux bleus n'exprimaient que de la sollicitude. Il lui lâcha le menton et écarta une mèche de cheveux de sa joue. Lucy serra sa veste encore plus fort et se plaqua contre lui, poussant sur le côté l'appareil-photo suspendu à son cou.

— Prends-moi dans tes bras, Niall. Juste pour quelques secondes, d'accord ? J'en ai besoin.

Il la serrait déjà contre lui, maintenant fermement son corps tremblant contre le sien. Il posa son menton sur sa tête, et elle se blottit dans sa chaleur, inspirant son odeur, absorbant sa force.

Un long moment passa avant qu'elle parvienne à encaisser le choc et à respirer normalement. Niall semblait ne pas vouloir la lâcher, et elle ne s'en plaignait pas.

Mais cette étreinte réconfortante ne dura que quelques secondes de plus avant que Keir ne s'éclaircisse la gorge à côté d'eux.

— Je n'aime pas avoir à vous demander ça, mais plus vite vous répondrez à nos questions, plus vite Lucy pourra partir. Niall, tu penses que c'est le chariot élévateur ou le tournevis qui a tué cet homme ?

A contrecœur, Lucy s'éloigna et leva les yeux vers Niall.

— Je ne vais plus craquer. Je te le promets.

— Je le sais. Mais reste ici. Tu pourras répondre à Keir pendant que je ferai mon travail.

Niall eut besoin qu'elle le pousse légèrement pour se décider à la quitter et se diriger vers la scène de crime.

Keir se mit à la questionner d'un air d'excuse, comme s'il le faisait malgré lui.

— Tu reconnais donc le tournevis ?

Lucy hocha la tête, sentant le froid envahir à nouveau son corps.

— C'est le même que celui que Niall a trouvé dans mon appartement. Il vient de la boîte à outils que j'ai offerte à Diana il y a quelques années, lorsqu'elle vivait encore avec moi.

Keir regarda vers le coin de l'allée : il échangeait probablement avec son frère un regard où l'on lisait la compassion et le scepticisme. Il se trompait. Lucy l'avait déjà dit à Niall. Elle le répéterait à qui voudrait l'entendre.

— Ce n'est pas Diana qui a fait ça ! Quelqu'un a peut-être volé sa boîte à outils. On veut sûrement la faire accuser à tort !

Keir posa les mains sur les hanches, dans une posture

plus amicale et qui rappelait moins celle d'un policier interrogeant un témoin.

— C'était peut-être de la légitime défense. Si cet homme la battait, alors il pourrait être logique qu'elle ait voulu protéger Tommy et l'éloigner de lui.

— Non. Elle n'est pas capable de tuer !

Niall réapparut soudain, tenant ce qui semblait être un thermomètre et un portefeuille dans sa main gantée de bleu.

— Tu ne pourrais pas tuer pour défendre Tommy ? Ou pour te protéger de quelqu'un comme Roger Campbell ?

— Ce n'est pas pareil. Je ne me suis pas vengée de Roger.

— Tu as témoigné contre lui. Peut-être Diana pensait-elle qu'elle serait tuée avant d'avoir cette possibilité.

Keir feuilleta son calepin.

— Campbell est le type de Falls City qui est allé en prison après t'avoir agressée ?

Lucy lança un regard de reproche à Niall : elle n'était pas certaine de vouloir que chaque détail sordide de son passé soit révélé à sa famille…

— C'est Keir qui enquête, Lucy. Il faut lui donner tous les éléments dont tu disposes.

Niall poursuivit à l'attention de Keir :

— Campbell voulait que Lucy lui pardonne ce qu'il avait fait. S'il savait que ce type l'avait agressé, il s'en est peut-être pris à lui ? Il a pu considérer ça comme une façon de payer sa dette envers elle ?

— Tuer quelqu'un n'est pas une façon de payer une dette ! s'écria Lucy.

— Tu ne penses pas comme un criminel, objecta Keir. Je vais l'ajouter à la liste des suspects.

Il nota quelque chose dans son calepin, puis se tourna vers Niall.

— Tu as trouvé des papiers d'identité sur notre victime ?

Niall ouvrit le portefeuille qu'il avait à la main et en sortit un permis de conduire qu'il lui tendit :

— Antony Staab.

Pendant que Keir notait les informations fournies par le document, Niall continuait à donner ses premières constatations.

— Apparemment, il est mort depuis environ huit heures. Mais comme la température est basse ici, le corps a dû refroidir plus rapidement, et je situerais plutôt l'heure du décès vers 19 heures.

— Ce qui expliquerait pourquoi personne ne l'a découvert avant l'arrivée du gardien de nuit…

Keir prit encore quelques notes.

— Le décès a donc eu lieu entre 17 et 20 heures. Tu ne penses pas que le fait de recouvrir son visage laisse penser qu'il y avait un lien entre la victime et son meurtrier ? Comme s'il ne voulait pas voir le visage d'une personne qu'il connaissait bien ? Ou qu'il avait eu des remords ?

— Ce n'est pas Diana, répéta Lucy.

Niall avait d'autres détails pénibles à signaler.

— En plus des bleus au visage, il a les phalanges égratignées. J'ai l'impression qu'il a une autre plaie plus ancienne, vraisemblablement faite à l'arme blanche, sur le flanc. Cela expliquerait la trace de sang qu'il a laissée à l'hôpital. Elle a été bandée, mais il n'y a pas eu de points, et elle commençait à s'infecter.

— Alors, ce type était de toute façon en train de mourir ? demanda Keir.

— Peut-être… Il faut que j'analyse les autres blessures avant de me prononcer sur la cause du décès. Il faut que je voie ce qu'elles nous disent. M. Staab semble s'être bien défendu.

Lucy fit une suggestion :

— La cause de la mort pourrait être une de ces autres

blessures ? Et le tournevis pourrait être une tentative pour attribuer le meurtre à Diana ?

— Comme je l'ai dit, j'en saurai plus après l'autopsie.

Les pleurs d'un bébé résonnèrent dans les couloirs. Lucy sentit son ventre se serrer instinctivement et elle se retourna. Elle vit le policier arriver, portant Tommy dans ses bras et plusieurs sacs sur son épaule, et courut aussitôt à sa rencontre.

Niall la rejoignit.

— N'amène pas le bébé ici, Hud !

Hud Kramer s'arrêta près de la porte du garage.

— Quelque chose ne va pas ? demanda Lucy en prenant dans ses bras l'enfant qui tremblait. Allons, mon petit, maman est là…

Elle s'interrompit en remarquant son erreur et déposa un baiser sur le bonnet de Tommy.

— Lucy est là, mon bébé. Qu'y a-t-il ?

Le visage de Tommy se crispa et il se mit à hurler.

— Du calme, mon chéri, dit Niall en se rapprochant pour capter le regard de Tommy. Tu fais beaucoup de bruit pour quelqu'un de si petit !

Les pleurs de Tommy s'arrêtèrent progressivement et il tourna la tête vers Niall avant de se remettre à hurler.

Hud leva les mains d'un air désemparé.

— Il s'est mis à pleurer de plus en plus fort. J'ai essayé de lui donner un de ses doudous, mais il ne s'est arrêté que quelques secondes. Je n'ai pas l'impression qu'il faille le changer, mais je n'ai pas vérifié…

Il fit glisser de son épaule le sac à langer, ainsi que le sac à tricot de Lucy et son sac à main.

— Comme je ne savais pas trop de quoi vous aviez besoin, j'ai tout apporté. J'ai pensé que je serais plus utile ici qu'à le porter en faisant les cent pas devant la voiture pour essayer de le calmer.

Keir les avait rejoints et faisait des grimaces pour essayer de distraire Tommy, sans trop de succès.

— Je pensais que tu avais une demi-douzaine de nièces et de neveux ! dit-il à Hud.

Son coéquipier secoua la tête.

— Je leur fais faire du cheval sur mon dos et je leur offre des tambours à Noël. Mais je ne sais rien faire d'autre !

— Il fait trop froid pour qu'il reste ici, dit Niall en enlevant ses gants.

Il prit le petit poing du bébé et le guida vers sa bouche.

— Tout doux, mon petit…

Dès qu'elle entendit le bruit de succion sur les petits doigts, Lucy comprit le problème.

— Il a faim.

Niall lâcha Tommy.

— Il commence à grossir. Il a peut-être besoin de manger plus… Ou plus souvent.

— Eh, papa et maman, les interrompit Keir avec un sourire, c'est une scène de crime, vous vous souvenez ?

Il désignait du pouce le fond de la galerie.

Lucy ne s'en souvenait que trop. Le bébé, qui gémissait en tétant son petit poing, devait se sentir aussi désemparé qu'elle en ce moment. Elle regarda Niall et les deux autres hommes, heureuse d'avoir quelque chose à faire.

— Je vais m'occuper de lui.

— Ne retourne pas seule à la voiture, l'avertit Niall, le meurtrier est peut-être encore dans les parages. Et si Campbell te surveille, je ne veux pas qu'il te voie seule avec Tommy.

— Même s'il est trop petit pour savoir ce qui se passe, Tommy ne peut pas rester ici. Ne t'en fais pas pour nous.

— Je ne veux pas…

— Niall…

— Vous pourriez aller dans le bureau à côté, proposa Hud Kramer en désignant la pièce.

C'était un bon compromis.

— Il y a une salle de repos et elle n'est pas fermée à clé. Jusqu'à ce que le propriétaire de l'entrepôt arrive, nous l'avons inclus dans le périmètre de la scène de crime. Il y a assez de policiers dans les parages pour que nous puissions vous surveiller !

Lucy le remercia et s'éloigna aussi vite qu'elle le put, pressée de mettre un peu de distance entre elle et le cadavre d'Antony Staab.

Lorsqu'elle poussa la porte, le bruit de la sonnette au-dessus la fit sursauter, et Tommy se remit à pleurer.

— Pauvre petit !

Elle parcourut rapidement l'endroit du regard et déposa ses sacs sur le bureau en métal gris qui se trouvait au centre de la pièce. Puis, tout en tenant le bébé d'un bras, elle ouvrit le sac à langer et en sortit ce dont elle avait besoin pour préparer un biberon. Elle fut étonnamment efficace, même si les choses auraient été beaucoup plus rapides si le lieutenant Hud Kramer avait pensé à apporter le transat de Tommy. Les policiers semblant très occupés, elle n'osa pas demander à l'un d'entre eux d'aller le lui chercher dans la voiture. Elle frotta son nez contre celui de Tommy, réussissant à lui faire oublier sa faim pour un temps avant que ses pleurs ne reprennent.

— Ne t'en fais pas, mon petit, nous allons y arriver !

Lorsqu'elle eut un peu réchauffé le biberon sous le robinet d'eau chaude de la petite pièce à côté, Lucy installa Tommy au creux de son bras et se mit à le nourrir. Dès que les lèvres du bébé se refermèrent autour de la tétine, ses pleurs se muèrent en de petits grognements de satisfaction. Lucy embrassa ses joues ruisselantes de larmes et le laissa se rassasier. Pendant que Tommy tétait, elle allait et venait dans le bureau, laissant son regard glisser sur les récompenses accrochées sur les murs, sur les fleurs artificielles aux couleurs éclatantes arrangées sur un classeur métallique, et sur un pot à crayons pailleté posé sur le bureau, qui ajoutaient une touche féminine à cette pièce par ailleurs austère.

Tommy souriait, repu, et jouait avec ses cheveux, lorsque Lucy reconnut une écriture familière sur le calendrier posé à côté du pot à crayons. Elle vit que plusieurs semaines du premier trimestre avaient été marquées d'un trait et reconnut une écriture familière

« Congé maternité »

« Congé maternité » ? Le penchant de Diana pour les objets brillants ? Cette écriture ? Le fait que l'homme retrouvé mort ici connaisse Diana ?

— C'est le bureau de ta maman.

Pourtant Lucy savait que Niall allait avoir besoin de preuves formelles attestant que Diana était venue dans cette pièce, et qu'elle était liée à cette entreprise et à l'un de ses employés : Antony Staab.

Espérant trouver quelque chose qui pourrait la conduire jusqu'à la jeune femme et lever les soupçons qui pesaient sur elle, Lucy se mit à genoux, prit le matelas à langer dans le sac de Tommy et l'étala par terre sous le bureau pour en faire une sorte de nid pour Tommy. Lorsqu'il sembla confortablement installé, elle lui donna un doudou en peluche et commença à examiner les lieux. Elle ouvrait les tiroirs et feuilletait les dossiers, regardait dans les fournitures de bureau... Elle pensa un instant allumer l'ordinateur, mais décida de garder cela pour la fin. Elle préféra plutôt éplucher les noms et les numéros du carnet d'adresses, qui semblaient être ceux d'entreprises partenaires — comme des épiceries ou des restaurants. Mais rien ne semblait être lié à Diana de près ou de loin…

Elle essaya ensuite d'ouvrir le tiroir du milieu, mais il était fermé à clé. Elle se souvint de ses longues aiguilles à tricoter et tenta de s'en servir pour forcer la serrure, poussant et tordant la tige de fer jusqu'à ce que quelque chose bouge à l'intérieur.

Elle retint un cri de victoire, posa l'aiguille sur le bureau et ouvrit largement le tiroir, pour y trouver quelques pièces de monnaie et deux ou trois billets, ainsi qu'une calculatrice et une tablette. Elle s'apprêtait à le refermer lorsqu'elle remarqua le coin de ce qui semblait être une vieille photo dépassant de dessous la tablette. Mais lorsqu'elle la tira vers elle, elle découvrit qu'il s'agissait d'un cliché d'échographie qui avait été déchiré en morceaux soigneusement recollés. Elle regarda les lettres et les chiffres imprimés en bas. *Bébé Kozlow*. Elle avait une preuve !

Elle trouva une autre photo sous la tablette. Contrairement à celle de l'échographie, celle-ci était très claire.

— Oh mon Dieu !

C'était un cliché de Diana, enceinte, debout à côté de l'homme qui venait d'être assassiné dans l'entrepôt. Antony Staab. Il avait passé son bras autour de ses épaules et ses dents blanches régulières brillaient dans son visage à la peau mate. Ils étaient tous les deux sur leur trente et un pour la photo : il portait un costume et Diana, une robe de grossesse. Elle avait les mains serrées sous son ventre. Mais elle ne regardait pas l'objectif. Et elle ne souriait pas. Cet homme était-il le père du bébé ? La police avait-elle raison ? Diana avait-elle confié son enfant à Lucy pour l'écarter de cet homme qui lui avait volé son sourire ? Avait-elle tué Antony Staab en état de légitime défense ? Etaient-ce les empreintes de pas de Diana que Niall venait de photographier sur les lieux où il pensait qu'une bagarre avait eu lieu ?

Il fallait qu'elle montre cela à Niall et à Keir. Diana travaillait — ou avait travaillé — là et, d'une manière ou d'une autre, elle était liée à Staab Importation. Et maintenant, Niall allait avoir des éléments dont il pourrait se servir pour découvrir ce qui s'était passé. Il allait pouvoir déterminer si l'homme retrouvé mort dans l'entrepôt était le père de Tommy.

Lucy fourra l'échographie et la photo dans son sac et referma le tiroir. Mais elle sursauta lorsque la sonnette fixée à la porte retentit et elle s'empara de son aiguille à tricoter comme si elle allait pouvoir s'en servir pour se défendre.

Son cœur se mit à battre très vite et elle heurta la chaise de bureau en reculant lorsqu'un homme brun, trapu, portant un jean et une veste en cuir entra dans le bureau. Il ressemblait comme deux gouttes d'eau à la victime.

— Vous… Comment… ?

— Que faites-vous dans mon bureau ?

L'homme qui posait la question avait un fort accent étranger.

— Qui êtes-vous ? Et pourquoi fouillez-vous dans mes affaires ?

— Vos affaires ?

Il n'avait pas l'air d'être du genre à aimer les fleurs et les objets à paillettes. Mais elle était sous le choc et ne put rien faire de plus que lui répondre sur le même ton accusateur :

— Je sais que ce ne sont pas *vos* affaires !

Comment un homme pouvait-il être vivant et mort à la fois ?

— Qui êtes-vous ?

Il s'avança vers elle, baissa les yeux sur l'aiguille qu'elle brandissait comme une épée, puis les releva vers elle. Ses traits anguleux étaient plus durs que ceux de l'homme qu'elle avait vu à l'hôpital.

— Je suis Mikhail Staab — Mickey Staab —, le propriétaire de cette entreprise.

Connaissait-il Diana ? Lucy aurait besoin de preuves supplémentaires pour convaincre Niall, mais elle était certaine qu'elle se trouvait dans le bureau de sa fille adoptive.

— Je vous ai demandé ce que vous faisiez ici : vous êtes dans un endroit privé. Vous n'avez rien à faire ici !

Mickey, pas Antony. Etait-ce son frère ? Son cousin ? Elle poussa un soupir alors qu'une explication rationnelle lui venait enfin à l'esprit.

— Je suis Lucy McKane. La police m'a dit d'attendre ici.

Elle laissa retomber la main tenant l'aiguille et toute sa compassion naturelle lui revint.

— Il y a un homme mort dans votre entrepôt. Niall — le docteur Watson, le médecin légiste — a dit qu'il s'appelait Antony Staab. C'est un de vos parents.

L'expression agressive de l'homme disparut instantanément. Les lignes dures de ses paupières s'adoucirent.

— Anton…

Il s'écroula sur une chaise en face du bureau et cacha son visage dans ses mains. Il haussa les épaules comme s'il n'arrivait pas croire ce qu'il venait d'entendre, avant de relever les yeux vers elle.

— C'est mon frère…

— Je suis désolée.

— Anton est mort ?

— Il a été tué, en fait. Je suis vraiment désolée, monsieur Staab.

— Il a été tué ? Quand la police est venue chez moi pour m'annoncer que quelqu'un était entré par effraction dans l'entrepôt, je n'avais pas la moindre idée de ce dont il s'agissait…

Il fit un signe de croix et marmonna quelque chose dans une autre langue. Puis il se releva.

— Que s'est-il passé ? Qui a fait ça ?

— C'est ce que la police et le médecin légiste sont en train d'essayer de déterminer.

Mickey Staab parcourut le petit bureau de long en large avant de s'arrêter à nouveau devant elle.

— Vous n'êtes pas de la police. Pourquoi êtes-vous là ?

Malgré son caractère têtu et indépendant, Lucy se sentait beaucoup plus prudente que d'ordinaire. Elle fit un pas vers Tommy, ressentant le besoin de le protéger.

— Je suis un témoin.

— Un témoin ? Vous avez vu quelqu'un pénétrer ici ?

Il serra les poings avant de pointer le doigt en direction de l'entrepôt.

— Vous avez été témoin... ?

— Non. Mais j'ai déjà rencontré la victime. C'est une longue histoire...

Lucy se baissa pour ramasser son sac et y ranger l'aiguille à tricoter. Elle vérifia que Tommy, confortablement installé dans son lit de fortune sous le bureau, allait bien. Elle lui envoya un message par la pensée avant de se redresser rapidement : *Je t'en supplie ne fais pas de bruit, mon petit.*

— Vous feriez peut-être mieux d'aller parler à la police...

— Oui, je vais aller les voir. Je sais qui l'a tué !

Il allait et venait à nouveau, les joues rouges de colère.

— C'est cette sorcière ! Elle n'a créé que des problèmes ici ! Je savais qu'elle ne nous apporterait rien de bon. J'ai dit à Anton de ne pas s'approcher d'elle !

Lucy essaya de rester imperturbable alors que la femme que cet homme insultait était probablement Diana.

— La police pense qu'il y a peut-être eu un vol. En tout cas, la victime et son meurtrier se sont battus.

— Un vol ?

Il cessa d'aller et venir et se dirigea vers le coffre derrière le bureau.

— Elle connaissait la combinaison. Je pense qu'elle aurait été tout à fait capable de…

Tommy se mit à pleurer et Mickey Staab s'interrompit soudain. Il plissa les paupières et regarda d'où provenait le cri.

— Vous avez un bébé ici ?

— Oui.

Tommy se mit à geindre, alors que son mécontentement grandissait. Lorsque l'homme s'accroupit devant lui en faisant mine de le toucher, Lucy se baissa précipitamment pour prendre l'enfant dans ses bras et se réfugia de l'autre côté du bureau. On pouvait difficilement s'attendre à ce qu'il s'attendrisse devant le bébé, vu la façon dont il avait parlé de sa mère.

— Il s'appelle Tommy.

— Tommy ?

— Oui.

— C'est un garçon ? Vous avez un fils ?

Il les rejoignit derrière le bureau, tout souriant, semblant vouloir admirer le bébé.

Les cris de Tommy redoublèrent. Lucy lui parlait d'un ton rassurant tout en le berçant, mais rien n'y faisait. Il devait ressentir la tension ambiante.

— Vous avez de la chance !

Mickey Staab caressa les cheveux de Tommy sans lui demander la permission, et Lucy s'écarta brusquement.

— Qui est son père ?

Soudain, une silhouette massive s'encadra dans l'embrasure de la porte restée ouverte.

— Si vous avez des questions, vous pouvez me les poser.

Lucy poussa un soupir de soulagement alors que Niall prenait Tommy dans ses bras et s'interposait entre elle et Staab. Elle ne fut même pas jalouse de constater que le bébé s'était immédiatement calmé en entendant sa voix. Elle était heureuse de le voir, elle aussi.

— Watson, médecin légiste du laboratoire de police de Kansas City, dit Niall en tendant la main à l'homme. Vous êtes monsieur Staab ?

L'homme recula sans saisir sa main. La joie momentanée qu'il avait manifestée en voyant le bébé fit place à une expression résignée.

— Oui. C'est mon frère Anton qui est la victime ?

— En tout cas, c'est ce que dit le permis de conduire qu'on a trouvé sur lui.

Niall désigna la porte du menton.

— Le lieutenant Keir Watson est dans l'entrepôt. Il va certainement vous demander d'identifier le corps.

Il fit un signe de tête en direction de Hud Kramer, qui attendait devant la porte.

— Le lieutenant Kramer va vous conduire à lui.

Mickey Staab hésita, regardant le bébé avant d'acquiescer brièvement.

— Vous avez de la chance.

Il se pencha vers Lucy.

— Vous aussi. Félicitations.

Il était presque sorti lorsqu'il s'arrêta pour glisser les mains dans les poches de sa veste.

— Vous amenez toujours votre famille sur les scènes de crime ? demanda-t-il d'un ton soupçonneux.

— Nous ne sommes pas vraiment…, commença Lucy.

Niall l'interrompit et fit signe à Hud d'entrer dans la pièce.

— Lieutenant Kramer ?

Le sourire de Hud était plutôt chaleureux, mais ses larges épaules et ses bras musclés croisés devant sa poitrine montraient qu'il pouvait être très persuasif lorsque c'était nécessaire.

— C'est par là, monsieur Staab.

Lorsque les deux hommes eurent disparu, Niall referma la porte et, prenant Lucy par la taille, les attira tous deux, le bébé et elle, contre lui.

— Hud m'a dit que tu étais en train de parler avec un homme qu'il ne connaissait pas, et j'avais besoin de m'assurer que tu…

Elle sentit sa poitrine se gonfler et il murmura :

— Je craignais que ce ne soit Roger Campbell qui t'importune encore. Qu'il t'ait suivie…

— Je vais bien, Niall.

Elle l'enlaça et se blottit contre lui.

— J'avais besoin de te voir, moi aussi.

— Staab t'a fait peur ?

Lucy hocha la tête.

— Il est perturbé, et c'est bien naturel. Normalement, c'est le genre de chose que j'arrive à gérer. Mais il ressemble tellement à son frère… Pendant un instant, j'ai cru voir un fantôme ! Ils pourraient être jumeaux.

— Il lui ressemble beaucoup, en effet.

Elle sentait ses lèvres bouger contre son front.

— Je suis désolé qu'il t'ait effrayée. Kramer n'aurait pas dû vous laisser seuls.

— Je vais mieux maintenant. Le simple fait d'entendre ta voix, de sentir ta chaleur…

Lucy souriait, savourant la sensation de sécurité qu'elle éprouvait en sa présence.

— Je suis comme Tommy : tu as le même effet apaisant sur nous deux.

— J'en ai encore pour une demi-heure avant d'avoir terminé. Tu veux que je demande à Hud ou à quelqu'un d'autre de te raccompagner à l'appartement ?

— Non. Je ne veux pas être loin de toi. D'ailleurs, il faut que quelqu'un reste pour prendre la défense de Diana.

— Il y a une différence entre examiner des possibilités et accuser…

— Attends.

Lucy se dégagea, se rappelant soudain ce qu'elle avait découvert quelques minutes plus tôt. Elle prit son sac et en sortit l'échographie chiffonnée ainsi que la photo qu'elle avait trouvée.

— Regarde ça ! C'était dans un tiroir du bureau. Et c'est l'écriture de Diana sur le calendrier. Je pense qu'elle travaillait ici… Ça doit être l'échographie de Tommy.

— Donc, elle connaissait Antony Staab.

— Je suis certaine qu'ils sont partis de l'hôpital dans le même véhicule.

— Tu étais presque inconsciente !

— Non, écoute…

Lucy en avait assez du scepticisme de Niall. Il fallait qu'il la croie ! Elle se dirigea vers la porte d'entrée du bureau et désigna le logo sur la vitre.

— C'est ce que j'ai vu sur le camion : Staab Importation. Il faudrait vérifier que leur entreprise utilise bien des camions rouge orangé… Et que tu analyses le sang d'Antony pour prouver qu'il est le père de Tommy. Ensuite, nous essayerons de découvrir qui pouvait vouloir sa mort…

— Non.

En secouant la tête avec son calme habituel, Niall la rejoignit vers la porte et lui glissa le bébé dans les bras.

— *Je* vais essayer de le découvrir. Toi, tu restes là avec Tommy. Ferme cette porte à clé derrière moi pour ne plus avoir d'invité surprise. Je vais demander à Keir de rester jusqu'à ce que nous soyons partis. Il faut voir de quelle manière tout ceci est lié à la disparition de Diana.

— Elle n'a pas tué Anton ! insista Lucy.

— Pour le moment, il est impossible de rien affirmer. Mais je veux bien prendre cela comme hypothèse de travail.

— Niall ?

Lucy glissa la main derrière son cou et se haussa sur la pointe des pieds. Lorsqu'elle toucha ses lèvres, il l'embrassa fermement, mais beaucoup trop brièvement.

— Tu vas bien ? demanda-t-il lorsqu'elle retomba sur ses talons et s'éloigna.

Lucy sourit, se demandant si cet homme si intelligent saurait un jour à quel point elle l'aimait. Et soudain, elle comprit la réalité de ses sentiments pour Niall : ce n'était pas une simple attirance, de l'amitié ou de la gratitude.

— Oui.

Pourtant, cette révélation était également douloureuse. Elle essaya de ne pas se demander si Niall était capable de comprendre cette sorte d'amour, et encore moins s'il pourrait un jour le ressentir pour elle.

— Vas-y. Va découvrir la vérité. Nous t'attendrons ici.

9

Lucy boutonna un gilet sur son jean et son T-shirt, et enfila une paire de chaussettes chaudes avant d'ôter la serviette dans laquelle elle avait enveloppé ses cheveux en sortant de la douche.

Elle la suspendit à côté de celle de Niall et prit un peigne pour démêler ses cheveux humides. La bosse qu'elle avait à la tempe avait désenflé, mais avec son bleu et ses points de suture, elle ressemblait à une catcheuse.

Elle ne savait plus depuis combien de jours elle s'était installée chez Niall. Elle se sentait tellement à l'aise chez lui qu'elle avait l'impression de vivre un rêve... Ou peut-être était-elle dans un univers parallèle, avec un homme fort, attentionné, un bébé, une grande famille et toute la sécurité qui allait avec.

Parce que ce n'était pas sa vie. Niall n'était pas son mari, ni son fiancé, ni même son compagnon. Et Tommy n'était pas son enfant.

Elle n'était que cette femme un peu fofolle, qui parlait trop, se mêlait de ce qui ne la regardait pas et ne pouvait pas avoir d'enfants.

Même si la porte de son appartement avait été réparée et était maintenant équipée de serrures de sécurité, Lucy n'avait pas envie de retourner chez elle. Elle n'était pas prête à laisser derrière elle cette vie qui était celle dont elle rêvait. Niall avait insisté pour pouvoir veiller sur elle et

Tommy jusqu'à ce que Diana soit retrouvée, et qu'ils aient déterminé quel était son lien avec Antony Staab, mais il ne lui avait pas proposé de rester ensuite. Pas pour des raisons personnelles.

D'une certaine manière, elle avait l'impression que, si elle avouait à Niall l'amour qu'elle ressentait pour lui, elle le mettrait mal à l'aise ou lui ferait peur. Confusément, elle sentait aussi que si elle taisait ses sentiments pour ce beau médecin qui l'avait tant aidée, son cœur ne se briserait peut-être pas lorsque leur alliance pour aider Tommy n'aurait plus lieu d'être.

Elle se regarda bâiller dans le miroir. Elle avait du mal à s'adapter aux longues heures de travail de Niall. Même si Tommy et elle s'étaient reposés dans son bureau pendant qu'il autopsiait Antony Staab, elle se sentait épuisée ce matin. Elle avait téléphoné pour annoncer qu'elle ne viendrait pas travailler, invoquant le contrecoup de son agression pour expliquer sa fatigue. Mais il était peut-être préférable qu'elle essaie de mettre un peu de distance entre Niall et elle. Cela aurait été le genre de conseils que sa mère lui aurait prodigué.

« Ne donne pas ton cœur et ton temps à un homme, Lucy, ma chérie. Du moins, pas avant qu'il te passe la bague au doigt. Sinon, tu passeras le reste de ta vie à le payer. »

Sa mère pensait bien entendu aux difficultés financières qui — du plus loin que Lucy s'en souvenait — avaient motivé toutes ses décisions. Mais elle-même était beaucoup plus inquiète de ce qu'il lui en coûterait émotionnellement si elle révélait ses sentiments à un homme qui avait du mal à comprendre le cœur humain. Il trouverait un moyen de les minimiser en soulignant leur manque de rationalité, ou peut-être déciderait-il qu'en aucun cas un homme calme et cérébral comme lui, qui avait une famille unie, une bonne situation, ne pouvait envisager une relation durable avec une femme comme elle. Lucy était consciente que Niall était physiquement attiré par elle. Elle l'avait compris lorsqu'il l'avait embrassée avec tant de fougue, mais elle avait assez l'expérience des passades sans lendemain de sa mère pour savoir que le désir n'était pas un gage de fidélité et de bonheur… Et c'était ce que voulait Lucy.

Pourtant, Niall était irrésistible. Elle se rendit compte à quel point il l'avait ensorcelée lorsqu'elle entra dans le salon et le trouva installé dans son fauteuil avec Tommy. Il aurait eu besoin de se raser après sa nuit de garde au laboratoire. Ses cheveux bruns épais se dressaient en mèches ébouriffées au-dessus de ses lunettes. Sa chemise en oxford chiffonnée, au lieu de parfaire son allure d'intellectuel, épousait de larges épaules et des pectoraux qui étaient plus ceux d'un athlète que d'un chercheur. Le bébé était confortablement installé au creux de son bras et clignait des yeux tout en levant la tête vers celui qui lui parlait de cette voix grave et chaude.

— Ton papa s'appelait Antony Staab, dit Niall, en désignant des illustrations sur le rapport qu'il avait à la main. Tu vois ces images ? Ce sont des marqueurs. Ce sont des séquences d'ADN que l'on utilise pour identifier les personnes et voir si elles ont un lien de parenté. Ça, c'est ton code. Là, celui de ton père. Si on les met côte à côte, on peut voir toutes les allèles que vous avez en commun.

Lucy les regarda un instant, ne pouvant s'empêcher de sourire. Elle prit le biberon et le bavoir posés sur la table basse à côté d'eux.

— Tu lui lis un rapport d'analyse ADN pour l'endormir ? Il arrive à peine à voir les couleurs !

— Tu as dit qu'il aimait le son de ma voix.

C'était vrai.

— En théorie, je pourrais lui dire n'importe quoi et ça aurait le même effet.

— En théorie ?

— Oui. Nous n'avons aucun livre pour enfant.

A vrai dire, il aurait pu lire la liste des courses ou l'annuaire, sa voix profonde et modulée aurait tout de même fait battre plus fort le cœur de Lucy.

— Je vous l'accorde, docteur Watson.

La fatigue avait eu raison de Tommy. Elle désigna l'enfant qui ronflait doucement dans ses bras.

— Tu l'as endormi.

Niall posa le rapport par terre et alla installer Tommy dans son couffin, le recouvrant délicatement d'une couverture. Il posa la main sur la crosse de son arme qu'il portait à la ceinture, comme pour s'assurer qu'elle était bien là. Lucy baissa les yeux sur le rapport resté ouvert.

— Donc, c'est certain ? Antony Staab est le père de Tommy ?

Elle lut le résumé au bas de la page et regarda des graphiques et des statistiques qu'elle ne comprit pas vraiment.

— Tu penses que Diana va bien ? Ou tu crois qu'elle a été blessée dans cette bagarre avec Antony ?

— Si j'en juge par les plaies que j'ai vues sur le corps de Staab, il a dû réussir à toucher celui qui l'a attaqué. Mais je peux peut-être d'ores et déjà affirmer que Diana n'est pas coupable du meurtre.

— Peut-être ?

— Il y avait des traces de l'ADN de Diana à l'intérieur de la veste de la victime.

— Tu as dit que tu pensais qu'elle n'était pas coupable. Si tu as retrouvé des traces de son ADN, cela ne prouve-t-il pas qu'elle était présente sur les lieux du crime ?

— *A l'intérieur* de la veste, répéta-t-il.

Niall traversa la pièce, alla chercher sa veste dans le placard de l'entrée et revint la lui poser sur les épaules, pour lui montrer ce qu'il voulait dire.

Lucy se blottit dedans, comme elle l'avait fait l'autre jour, aux urgences de l'hôpital.

— Elle a porté sa veste. Donc elle était son amie… Ou plus que ça, pensa-t-elle à voix haute.

— Mais il n'y avait pas de traces de son ADN près de la blessure ni nulle part ailleurs sur lui, à l'exception de celles laissées sur la veste.

Niall leva les mains devant Lucy comme s'il voulait se battre.

— Si toi et moi nous nous bagarrions…

— On retrouverait des cellules de ma peau, de mes cheveux et même de mon sang sur tes mains et sur tes vêtements…

Il remua les doigts, lui faisant signe d'approcher.

— Alors, dis-moi pourquoi tu penses pouvoir prouver qu'elle n'est pas celle qui a tué l'homme qui lui a prêté sa veste ?

— Quelle taille fait Diana ?

— A peu près la même que moi. Elle est plus mince. Du moins, elle l'était la dernière fois que je l'ai vue. Pourquoi ?

Niall lui prit la main qui tenait encore le biberon et la leva vers son torse, pour lui montrer comment Antony Staab avait été tué.

— Il était déjà coincé contre les cagettes quand on l'a frappé d'un coup de tournevis. Il n'a pas pu se jeter lui-même sur l'arme en prenant de l'élan. Recule, je vais te montrer…

Lucy fit quelques pas en arrière, et Niall avança vers la main levée jusqu'à ce que son torse touche le biberon.

— Maintenant, observe la différence si je reste immobile.

Et il lui montra ce qui se passait si elle n'utilisait que son avant-bras pour porter le coup.

— Il faut beaucoup de force pour plonger ce tournevis dans le cœur d'une victime immobile qui se tient debout. L'autopsie a montré que l'arme avait ricoché sur sa clavicule, mais il n'y a pas eu de deuxième coup. Seulement un seul, très puissant, qui a transpercé le cœur.

Les détails scientifiques étaient si dérangeants que Lucy dut se reculer pour mettre un terme à la reconstitution. Pourtant elle fut soulagée que l'analyse de Niall corrobore ce que son instinct lui disait depuis le début.

— Tu ne penses pas que Diana est assez forte pour frapper un tel coup…

Il la suivit dans la cuisine où elle rinça le biberon de Tommy et le mit à sécher.

— Ce n'est pas impossible, mais c'est peu probable… Surtout si elle est blessée.

Lucy frissonna soudain. Elle retourna dans le salon.

— Je ne supporte pas l'idée qu'elle soit blessée, effrayée et seule !

— Tu y as survécu.

Elle se dirigea vers le couffin de Tommy et regarda le bébé dormir paisiblement. Elle sentit alors la chaleur du corps de Niall derrière elle et ferma les yeux, résistant à l'envie de se blottir dans sa chaleur et sa force.

— Elle survivra elle aussi.

— Je suppose qu'il n'y a rien dans ce rapport qui nous indique *qui* a tué Antony.

— Roger Campbell est toujours un des suspects. Staab t'a envoyée aux urgences, et Campbell aurait pu le tuer pour se racheter de ce qu'il t'avait fait subir. Duff est allé à Falls City pour l'interroger et vérifier son alibi.

Elle ouvrit les yeux lorsqu'elle ne sentit plus sa chaleur. Elle se retourna et le vit qui parcourait à nouveau le rapport d'autopsie.

— Son meurtrier devait porter des gants. Je n'ai trouvé aucun transfert de cellules épithéliales ou de sang dans les blessures. D'ordinaire, il y en a dans ce type de bagarres.

— Tu avais gratté le dessous de mes ongles. Il y avait quelque chose sous ceux d'Antony ?

— Des résidus correspondant à l'entrepôt, ainsi que son propre sang et ses tissus.

— Diana doit avoir si peur !

Lucy se força à ne penser qu'à la bonne nouvelle qu'elle venait d'apprendre : Niall ne pensait pas que Diana puisse être l'assassin. Elle alla vers lui et posa la joue sur son épaule pour examiner le rapport avec lui.

— Vous voulez bien me faire la lecture, docteur Watson ?

— Tu as entendu tous les détails importants. Le reste n'est que du jargon technique. Oh…

Il reposa le dossier et la regarda en fronçant les sourcils.

— Tu es fatiguée ? Tu veux que je t'endorme, toi aussi ?

— Ta voix n'a pas le même effet sur moi.

Elle leva la main pour écarter une mèche de cheveux bruns de son front et chasser l'expression préoccupée de son regard.

— Mais je la trouve réconfortante.

— De quoi veux-tu que je te parle ?

— Ça n'a pas vraiment d'importance, à vrai dire. De tout et de rien. De ce que tu voudras, du moment que je peux prendre part à la conversation.

Il réfléchit un moment à ce qu'elle venait de lui dire. Puis défit sa ceinture pour en enlever l'arme, et alla dans la chambre pour la déposer dans l'armoire où il la gardait. Juste au moment où elle pensait qu'il avait oublié sa requête, il revint dans le salon. Il lui prit la main et s'assit dans le fauteuil, l'attirant sur ses genoux.

— Je suis désolé que tu aies eu à voir ce corps. C'est mon métier d'étudier les conséquences physiques de la violence. Mais avec l'attaque dont mon grand-père a été victime, c'est la première fois que j'en ressens moi-même les conséquences émotionnelles…

Il la tourna pour qu'elle soit face à lui, au moment où elle tentait de se lever.

— Au moins, je sais qu'il est en vie et qu'il va aller mieux. Je sais qu'il n'est pas seul.

Même si ses cuisses puissantes et son érection évidente réchauffaient le bas de son ventre, Lucy pensait que Niall avait lui aussi besoin de parler et d'être réconforté. Elle se sentit soudain pleine de compassion pour lui, quand bien même tout son corps frémissait de désir.

— Seamus sait que vous l'aimez tous. Avoir une famille comme la tienne est une telle chance, Niall !

— Diana n'a que toi ?

Lucy secoua la tête.

— Elle n'a personne d'autre.

— J'aimerais pouvoir t'aider davantage… Que tu saches au moins où elle est. Je n'aime pas te voir inquiète comme ça. Tu as tellement bon cœur !

Il lui passa les doigts dans les cheveux et écarta doucement les boucles qui recouvraient ses points de suture. Il observa les mèches qui s'enroulaient autour de ses doigts et lui posa la main sur la joue. En la regardant dans les yeux, il déclara :

— Tu n'es pas seule, Lucy. Je resterai avec Tommy et toi aussi longtemps que vous aurez besoin de moi.

Lucy essaya de ne pas sourire à cette promesse douce-amère. Elle savait que Niall était sincère et qu'elle avait de la chance de l'avoir dans sa vie. Mais s'il suspectait à quel point elle avait besoin du timbre de sa voix, de sa force, de sa chaleur, de son intelligence et de ses baisers, dirait-il la même chose ?

Caressant tendrement ses cheveux bruns indisciplinés, Lucy se surprit à rêver que chacun des jours de sa vie puisse comporter des moments de tendresse comme celui-ci. Niall avait besoin de quelqu'un pour lui traduire le monde, quelqu'un qui voie au-delà de son discours rationnel et de son obsession pour le travail, quelqu'un qui reconnaisse son grand cœur et sa passion, et qui l'aide à se les réapproprier. Elle voulait une famille comme la sienne. Elle avait besoin de sa force qui la rassurait, de la sécurité qu'il apportait à son monde chaotique. Elle voulait que cet homme si bon soit *son* homme.

Ses yeux bleus se plissèrent d'un air suspicieux derrière ses lunettes, et elle se rendit soudain compte qu'elle n'avait pas cessé de lui caresser les cheveux en rêvant.

— A quoi pensez-vous, mademoiselle McKane ?

— J'aimerais que tu m'embrasses.

— C'est une bonne réponse.

Lucy se sentit rougir.

— Et pourquoi donc, docteur Watson ?

— Je pensais la même chose... Je me disais que cela me permettrait peut-être de me débarrasser du sentiment que je laisse passer quelque chose d'important, et ferait peut-être disparaître toutes ces questions qui me préoccupent...

Elle sentit sa main s'immobiliser dans ses cheveux.

— C'est cela que l'on appelle avoir besoin de quelqu'un ? demanda-t-il soudain.

Lucy hocha la tête. C'était cela pour elle, du moins. Il resserra les doigts sur sa cuisse et dans ses cheveux, et l'attira tout contre lui en l'embrassant.

Il ouvrit les lèvres avec avidité, et elle goûta l'arôme du café lorsque leurs langues se rencontrèrent et se mêlèrent. Elle mit les bras autour de son cou et enfouit les doigts dans ses cheveux, s'abandonnant à l'assaut de ses lèvres fermes. La barbe de Niall qui commençait à repousser égratignait sa peau tendre et enflammait tout son corps. Sa langue l'excitait toujours un peu plus et faisait grandir son désir.

Il la prit par la taille et l'attira contre lui. Elle se blottit contre son torse solide et gémit en sentant la pointe de ses seins se durcir.

Niall déposait de légers baisers sur sa mâchoire, sur le lobe de son oreille, sur son cou… Il écarta le col de son T-shirt et continua à l'embrasser sur l'épaule. En même temps, il passa la main sous le tissu. Il poussa un grognement de satisfaction lorsqu'il trouva la peau nue de son dos. C'était injuste qu'il puisse la caresser alors qu'elle ne pouvait pas sentir sa peau sous ses doigts. Bien déterminée à l'explorer de la même manière, Lucy posa la main sur son épaule et se redressa, essayant de défaire les boutons de sa chemise. Un… Deux… Elle glissa la main à l'intérieur et sentit les poils de son torse sous sa main. Elle taquina les petites aréoles qu'elle voyait pointer et sentit ses muscles se tendre. Elle en voulait plus…

La main de Niall se faufila vers sa poitrine, pleine et gonflée dans son soutien-gorge, et Lucy poussa un gémissement : partout où il la touchait, elle avait la sensation que sa peau devenait brûlante. Il pinça l'aréole durcie de ses seins entre son pouce et son index, et elle se rendit compte que c'était elle qui poussait les soupirs de plaisir qu'elle entendait. Elle aurait voulu sentir sa langue goûter les seins qu'il explorait si complètement, et qu'il n'y ait plus aucune barrière entre la main de Niall et sa peau si sensible. Elle voulait que le sexe qu'elle sentait tout gonflé dans son jean se glisse en elle et prenne possession d'elle aussi complètement que ses mains et sa bouche l'avaient fait.

Elle sentait qu'il en avait envie lui aussi. Il changea de position sous elle et lui écarta les jambes. Elle se cogna le genou sur un accoudoir. Il la souleva pour l'installer plus confortablement, mais elle heurta l'autre accoudoir et fit vaciller la lampe sur la table basse à côté du fauteuil.

— Niall…

Elle ne pouvait pas bouger. Il ne pouvait rien se passer ici…

Reprenant rapidement ses esprits, il se mit debout.

— Mets tes jambes autour de ma taille.

Lucy lui obéit avec délice, et il la porta jusqu'à sa chambre.

Du moment où ils se levèrent jusqu'à ce qu'il la pose devant le lit, elle eut le sentiment que l'instant était fragile, et qu'elle ne vivrait peut-être jamais son rêve de faire l'amour avec cet homme.

Il semblait aussi impatient qu'elle de se laisser emporter par la passion, que ce soit pour y trouver du réconfort ou pour explorer le lien qui était en train de naître entre eux... Il n'arrêtait pas de venir poser des baisers sur ses lèvres alors qu'ils ôtaient leurs vêtements. Elle fit glisser la chemise de ses épaules et il saisit le bas de son T-shirt et le tira par-dessus sa tête. Soudain, il s'arrêta et regarda sa poitrine avec tant d'avidité qu'elle sentit les muscles de son bas-ventre se mettre à palpiter. Il posa le front contre le sien, lui caressa les bras et glissa les pouces sous les bretelles de son soutien-gorge.

— Mon Dieu... C'est l'ensemble léopard ?

— Quoi ?

Il passa un doigt le long de la ligne que le soutien-gorge dessinait sur son décolleté, et elle en eut la chair de poule.

— J'ai fait une étude très peu scientifique des motifs et des couleurs des sous-vêtements que tu laves chaque semaine.

Elle sentait son souffle chaud sur sa peau aussi nettement que si c'étaient des caresses. S'il avait été un autre homme, elle aurait pu croire qu'il jouait avec elle. Mais Niall était Niall, et elle savait que la façon dont il étudiait son corps et observait ses réactions faisait partie pour lui des préliminaires.

Lucy essaya de faire une réponse rationnelle, pensant que c'était ce qu'il attendait.

— C'est un peu voyeur, non ?

Il glissa la main dans le soutien-gorge et caressa son sein. Lucy retint son souffle alors que le désir l'enflammait tout entière. Elle vacilla et se retint contre son torse chaud.

— Il te plaît ?

— Oui. Beaucoup. Enlève-le !

Lucy rit en entendant sa voix rauque. Elle aimait sentir

la passion que Niall contrôlait ordinairement l'emporter. Comme il faisait glisser les bretelles sur ses épaules, elle posa la main sur l'élastique de son caleçon.

— Enlève ça, toi aussi.

Et ils ne pensèrent plus qu'à se débarrasser des vêtements qui leur restaient et à se jeter sur le lit ensemble. Elle rit en voyant ses lunettes s'embuer lorsqu'ils s'embrassèrent et elle les lui ôta pour les poser délicatement sur la table de nuit.

Elle sentit sa main ouvrir un tiroir et tâtonner à l'intérieur alors qu'il murmurait contre sa bouche.

— Un préservatif... Il faut que je trouve un préservatif...

Lucy le repoussa contre l'oreiller et vint le chevaucher, caressant son sexe dressé, prêt à la pénétrer. Elle aussi était prête pour lui.

— Ce n'est pas la peine. Je ne peux pas avoir d'enfants. Tu t'en souviens ?

Il la caressa en grognant, mais il la retint lorsqu'elle voulut s'installer sur lui.

— C'est injuste. Tu mériterais d'en avoir une douzaine.

— Injuste ? Peut-être... Mais c'est la vie. Et je ne veux pas que cela m'empêche de vivre ce moment avec toi. Ici. Maintenant. J'ai besoin de toi, Niall. Dans moi... Tout autour de moi... J'ai besoin que tu m'enflammes de toute ta chaleur.

— Techniquement, c'est la chaleur de ton corps qui augmente et qui fait...

— Niall ?

Elle se pencha sur lui, pressant le doigt sur ses lèvres pour le faire taire.

— Oui ?

— Maintenant, tu dois arrêter de parler. Tu veux vraiment que nous fassions l'amour ?

Il hocha la tête.

— Alors embrasse-moi pour me le montrer.

— Je vais faire de mon mieux.

Et son mieux la rendit presque folle de désir. Il la fit rouler sur le dos et s'allongea entre ses jambes, les écartant de ses cuisses puissantes. Il enfouit les doigts dans ses cheveux alors qu'il la pénétrait lentement, jusqu'à ce qu'ils ne fassent plus qu'un. Il lui téta un instant le sein, puis s'allongea sur elle pour prendre possession de sa bouche alors qu'il commençait à aller et venir en elle.

Ses poussées devinrent plus rapides, et Lucy céda à la tension exquise qui montait en elle. Ce qu'il lui avait refusé un moment plus tôt, il le lui donnait maintenant avec générosité, en veillant à son plaisir. Il glissa la main entre eux et la caressa à l'endroit où ils étaient si intimement liés, l'amenant au paroxysme et l'emportant dans une jouissance fiévreuse qui la laissa longtemps frémir de tout son corps. Alors qu'elle sentait encore les pulsations de plaisir, Niall se raidit sur elle. Avec un grognement de pure satisfaction, il jouit en elle.

Lorsque les battements de son cœur se calmèrent et que Lucy reprit enfin conscience du reste, elle était en train de s'endormir tout contre Niall, la tête sur son épaule. Il tira la couverture sur eux deux. Ils n'échangèrent aucune parole de tendresse, ne posèrent pas de questions, ne se firent aucune promesse. Mais elle avait le sentiment que l'homme qu'elle aimait était là avec elle. Pendant quelques minutes, par un jour sombre de la fin février, alors que le reste de son monde était tout bouleversé, Lucy eut l'impression de faire partie de quelque chose, d'avoir sa place.

Elle savoura ce don du ciel, ce moment précieux, et se blottit dans les bras de Niall, entourée par sa chaleur, protégée par sa force et sauvée — pour quelques minutes au moins — de la peur, de la vulnérabilité et de la solitude dans lesquelles elle vivait depuis si longtemps.

Lucy se réveilla au son d'un carillon lointain.

Elle était tout ensommeillée, satisfaite, pleinement heureuse et délicieusement au chaud dans le cocon du lit, contre le corps chaud de Niall. Elle remarqua à peine les rayons du soleil qui filtraient à travers les stores et savoura le parfum du savon de Niall qui imprégnait les draps, tout comme l'odeur de l'homme lui-même. Elle ne voulait rien d'autre que rester là, le dos plaqué contre le torse de Niall, qui la retenait contre lui de son bras et de sa jambe.

Mais petit à petit, la réalité du monde extérieur s'imposa.

L'éclat du soleil était fort. C'était certainement déjà l'après-midi. Elle entendit Tommy gémir dans la pièce à côté. Il ne pleurait pas encore, mais il était réveillé et commençait certainement à se rendre compte qu'il avait faim, ou que sa couche était mouillée et qu'il était seul. Elle entendit le bip de son téléphone. Appel manqué… Puis il tinta à nouveau.

Lucy poussa de côté le bras de Niall et s'assit dans le lit.

— C'est mon téléphone.

Il était réveillé, lui aussi, et remonta les draps sur elle avant de se lever. Il était debout devant elle, nu et superbe. Il prit ses lunettes.

— Il est dans le salon. J'y vais.

— Non merci. Je peux y aller.

Elle décida de ne pas prêter attention au désir qu'elle ressentit instantanément à la vue des fesses du beau médecin, et sortit de son côté du lit, retenant son souffle lorsque l'air froid enveloppa sa peau. Elle croisa les bras sur sa poitrine, chercha rapidement ses vêtements et attrapa la première chose qu'elle vit : la chemise de Niall qu'elle avait laissée tomber au pied du lit. Au fur et à mesure que les sonneries se succédaient, elle sentait un sentiment d'urgence grandir en elle. Elle glissa les bras dans les longues manches et referma quelques boutons tout en avançant.

— Reste là. Il faut que j'aille voir Tommy, de toute façon.

Mais Niall avait enfilé son jean et était juste derrière elle lorsqu'elle sortit son téléphone de son sac.

— Prends l'appel, dit-il. Je m'occupe de Tommy.

Lucy ne reconnut pas le numéro sur l'écran. Mais trop de choses avaient eu lieu au cours de la semaine passée pour qu'elle puisse ignorer l'appel.

— Allô ?

— Lucy ?

— Diana ? Oh mon Dieu !

Elle posa la main sur le bras de Niall pour se retenir alors que le soulagement l'envahissait.

— Tu vas bien ? Tu es dans un endroit sûr ? Je sais que tu travaillais à Staab Importation. Tu n'as rien à voir avec ce meurtre horrible, n'est-ce pas ? J'ai dit à la police que ça ne pouvait pas être toi !

— Même s'il avait mon tournevis planté dans le cœur ? demanda Diana.

Lucy l'entendit renifler, comme si elle refoulait ses larmes.

— Je suis tellement désolée de t'avoir entraînée dans cette galère ! Tout va si mal ! J'ai besoin de te demander encore autre chose…

Elle s'interrompit en entendant Tommy qui hurlait. Niall l'avait déposé dans le couffin pour venir écouter la conversation.

— C'est Dorian ? Il va bien ?

— Dorian ?

Diana renifla encore.

— C'est vrai : Anton m'a dit que tu l'appelais Tommy. J'aime bien ça. Je lui avais donné le nom du chanteur d'un de mes groupes rock favoris. Mais Tommy est très bien. C'est un prénom classique, normal… Et je voudrais une vie normale pour lui.

Elle s'interrompit soudain, comme si elle retenait son souffle.

— Diana ? appela Lucy. Oui, il va bien. Je l'ai emmené chez un pédiatre. Tu es toujours là ?

Une autre voix s'éleva alors au bout du fil.

— Je veux entendre mon fils !

La voix sembla familière à Lucy. Elle avait un fort accent, un timbre haut, et aurait pu être mélodieuse, si ce n'était la froideur de son ton.

— Qui est-ce ? demanda-t-elle.

La voix familière, réconfortante de Niall murmura à son oreille :

— Mets le haut-parleur. Fais-le parler.

Elle hocha la tête et le regarda s'éloigner pour téléphoner à son frère Keir et lui demander de localiser l'appel.

— Qui êtes-vous ? demanda-t-elle. Qu'avez-vous fait à Diana ?

— On s'en moque de Diana.

Cette réponse, faite sur un ton plein de suffisance, effraya Lucy, la mit en colère et l'attrista tout à la fois.

— Je suis le père de l'enfant.

Niall avait la preuve du contraire. Lucy l'avait vue de ses propres yeux.

— Diana est très importante ! Et le père du bébé est Antony Staab. Il est mort.

— Vous mentez !

Lucy sursauta en entendant cette voix pleine de colère, et elle revit un bref instant la nuit où elle avait dit non à Roger Campbell.

Mais les yeux bleus de Niall lui demandaient de se concentrer sur l'appel téléphonique, sur le présent.

— J'ai vu son corps, expliqua-t-elle. J'ai lu le rapport d'autopsie.

Elle se raidit en entendant les imprécations de l'homme et les supplications de Diana au loin.

— Je suppose que vous avez quelque chose à voir avec ce meurtre et que vous avez essayé de faire accuser Diana.

Rejetant son accusation, l'homme reprit la parole, parlant d'une voix faussement calme.

— Mon fils m'a été enlevé. Vous l'avez kidnappé.

— Non. Je le surveille à la demande de sa mère.

Les cris de Tommy baissèrent en intensité alors que Lucy se penchait sur le couffin, prenait un de ses petits poings dans la main, et le lui mettait dans la bouche pour qu'il le tète.

— Je suis responsable de lui.

— Et moi, je suis son père. Il m'appartient. Laissez-moi l'entendre.

Elle perçut la voix de Keir sortant du téléphone de Niall.

— Nous avons réussi à localiser le relais qui transmet l'appel. Il est dans le centre-ville.

— Cherche encore, petit frère ! Il faut que vous arriviez à une localisation précise.

Niall fit signe à Lucy de faire durer la conversation aussi longtemps qu'elle le pouvait.

Elle acquiesça.

— Là…

Elle ôta le poing de la bouche de Tommy et il se mit à hurler. Lucy plaça le téléphone à côté du bébé pendant quelques secondes, avant de se remettre à parler.

— C'est ce que vous vouliez entendre ? Il faut que je le change et que je lui donne son biberon. Vous êtes prêt à faire cela ? A faire face à toutes les tâches que doit assumer un vrai père ? Ou cet enfant n'est qu'un jouet pour vous ? Et maintenant, soit vous me dites qui vous êtes, soit vous me passez à nouveau Diana.

L'homme se mit à parler d'un ton très sec, puis Lucy entendit un bruit sourd.

— Diana ? Si vous lui faites du mal…

— C'est moi, Lucy. Je vais bien.

Ce n'était manifestement pas vrai : Diana pleurait. Il n'était pas étonnant que sa fille adoptive ait voulu éloigner son bébé de cet homme si violent. Mais pourquoi ne voulait-elle pas se sauver elle-même ?

— Lorsque le bébé est né, j'ai pensé que je pourrais disparaître dans les rues, comme je le faisais avant de venir vivre avec toi. Tu sais, quand je fuguais… Mais Mickey ne m'a pas laissée partir.

— Mickey ?

Elle aurait dû reconnaître son accent.

— Mickey Staab ?

— Oui.

On entendait les larmes dans la voix de Diana.

— Il était client dans le salon de coiffure où je travaillais, tu sais. C'est comme ça que nous nous sommes rencontrés… Je l'ai trouvé beau et charmeur. Il m'a proposé un emploi. Il me payait le triple de ce que je gagnais avant. Je pensais que nous serions heureux ensemble. Puis je suis tombée enceinte et tout a changé.

Lucy jeta un coup d'œil sur le couffin.

— Il voulait seulement avoir un enfant ?

Diana renifla en signe d'acquiescement et poursuivit :

— C'est culturel chez lui : les fils aînés sont élevés par leurs pères. Mais je ne pouvais pas laisser mon bébé grandir ainsi, avec toute cette violence et ce manque de respect pour les autres. Tu m'as appris comment les enfants devaient être traités. Comment *je* devais être traitée.

Niall était sorti de la pièce, pour pouvoir parler à son frère sans être entendu.

— Il m'a retrouvée. Il nous a retrouvés. Je voulais désespérément sauver Dorian… Tommy. Et alors, Anton, ce cher Anton, a essayé de m'aider à m'enfuir. J'ai été stupide. Je suis tombée amoureuse du mauvais frère. Je voulais te dire que je ne l'avais pas tué… Au cas où nous ne pourrions plus jamais nous parler.

Combien de temps devrait-elle écouter tout ce que Diana avait eu à endurer avant que la police puisse repérer d'où provenait l'appel et aille la délivrer de ce calvaire ?

— Que veux-tu dire ? Nous nous reverrons, je te le promets !

Diana poursuivit d'une voix où l'on percevait la culpabilité et le regret.

— Mickey sait que je t'ai confié Tommy. Il nous a suivis Anton et moi jusque chez toi l'autre nuit, et a essayé de l'enlever.

— Dans la buanderie !

— Keir ? demanda Niall d'un ton pressant.

Il retourna près de Lucy et lui serra la main pour l'encourager.

— Oui. Je voulais voir mon bébé encore une fois et tout t'expliquer. Mais ce type est arrivé et tout s'est précipité.

Roger Campbell.

— Mickey s'en est pris à Anton : il disait que son frère aurait dû l'aider à récupérer son fils au lieu de soutenir une…

Il n'était pas nécessaire qu'elle spécifie comment Mickey avait parlé d'elle.

— Il était tellement en colère ! Il y a eu une bagarre horrible.

Le sang à l'hôpital. Il avait frappé son propre frère ! Mickey Staab était malade.

Et maintenant qu'Antony n'était plus là pour essayer de la protéger, Diana était à sa merci.

La voix cruelle de Mickey confirma ses craintes.

— Répète-lui ce que j'ai dit. Répète-le-lui !

Diana prononça les mots suivants d'une voix paniquée.

— Ne te mêle pas de tout ça, Lucy ! Reste à l'écart et ne laisse pas cet homme s'approcher de mon bébé !

Lucy entendit le claquement d'une gifle et un cri de douleur.

Ses genoux la supportaient à peine tant sa rage était grande.

— Diana ! Quelle ordure ! Ne la touchez pas ! Diana !

Niall la prit par la taille et l'attira vers lui. Elle leva les yeux : Keir avait trouvé l'endroit d'où Diana appelait et y avait envoyé toutes les unités disponibles.

— Nous allons vous cueillir, Staab.

Pendant un moment, il n'y eut que le silence à l'autre bout de la ligne. Puis :

— Ce médecin de la police se croit si malin qu'il pense tout savoir ?

— Je sais que vous avez tué votre frère.

La voix nette de Niall n'avait rien de sa chaleur habituelle.

— C'est la seule explication logique, Mikhail. Ou devrais-je plutôt dire Mickey ? Antony et vous êtes jumeaux. C'est pourquoi tout l'ADN que j'ai retrouvé sur la scène de crime semblait lui appartenir : vous avez le même code génétique. C'est aussi pour cela que j'ai pensé qu'il était le père de Tommy.

— Il s'appelle Dorian, corrigea Staab d'une voix pleine de colère. Mon fils s'appelle Dorian !

— Aucun tribunal ne vous donnera sa garde. J'y veillerai personnellement, l'avertit Niall. Maintenant, laissez Diana partir quand la police arrivera, et peut-être vivrez-vous assez longtemps pour que Tommy vienne vous voir en prison un jour.

— Vous ne pouvez pas me prendre ce qui est à moi !

Lucy s'affaissa contre Niall lorsqu'elle entendit un cri effrayé.

— Cette conversation est finie, lança Staab. Ecoutez bien, mademoiselle McKane : je vais laisser le téléphone ici pour que vos amis de la police le trouvent. Mais vous — et vous seule — allez amener mon fils à l'adresse que je vais vous communiquer. Alors, je l'échangerai contre cette bonne à rien que vous semblez tant aimer. Si je vois la police, Diana mourra. Si vous êtes en retard, elle mourra. Si vous n'amenez pas Dorian, vous mourrez toutes les deux.

10

— On ne peut pas avoir une image plus nette ?

Lucy entendait la voix de Niall dans la minuscule oreillette qu'elle portait. Cela la réconfortait de penser qu'il serait près d'elle, même s'il devait rester avec Keir dans la camionnette où était installé le matériel de surveillance. Ils étaient garés à une centaine de mètres, à l'extrémité du parking de l'hôpital Saint Luke. Lucy, quant à elle, était en train de sortir une poussette et un sac à langer du coffre de sa voiture. Elle prenait son temps pour rassembler les affaires de Tommy avant d'aller chercher la poupée vêtue de ses habits qui était assise dans le siège auto.

La supercherie était risquée, mais il était hors de question qu'elle laisse Mikhail s'approcher de Tommy : cet homme n'avait pas hésité à tuer Antony et à enlever Diana. Pendant qu'elle suivait à la lettre toutes les autres instructions de Mickey Staab, Tommy était à l'abri chez Thomas Watson, sous la garde attentive du père de Niall et de Millie Leighter.

Elle entendit la voix de Keir dans l'oreillette.

— Les techniciens ne quittent pas Lucy des yeux, et j'ai des hommes partout dans l'hôpital. Ils repéreront Staab ou verront sa Camaro bien avant qu'il ne rejoigne Lucy.

Puis elle se rendit compte que Keir s'adressait à elle.

— Lucy, nous te voyons sur l'écran. J'ai besoin de faire un contrôle du son, aussi.

Elle sortit son sac de tricot, s'efforçant d'avoir l'air aussi normal que possible.

— J'espère que vous avez mon meilleur profil.

— Ce n'est pas le moment de plaisanter ! grommela Niall. Tu sais qu'à tout moment, cette rencontre peut mal tourner. Même si tout est minutieusement préparé, il est impossible de contrôler tous les paramètres. Staab est vicieux et imprévisible.

— Je le sais bien, Niall.

Il était manifestement très inquiet pour elle, mais elle n'était pas certaine qu'il en ait conscience. Elle aurait aimé l'aider à reconnaître les émotions qui le troublaient.

— Crois-moi, je le sais bien, répéta-t-elle.

Elle avait fait face à Roger Campbell dans un tribunal il y avait plus de dix ans, et elle n'avait reçu aucune aide de personne à part son avocat. Aujourd'hui, elle faisait encore face à un homme violent. Mais cette fois, elle avait le soutien de Niall, du clan Watson et d'une bonne partie de la police de Kansas City. Cette rencontre en face à face avec Mickey Staab serait certes beaucoup plus dangereuse qu'un témoignage contre Roger Campbell au tribunal, mais d'une certaine manière, elle se sentait protégée.

Contrairement à Niall, Keir n'avait rien contre une pointe d'humour pour détendre l'atmosphère.

— Nous te recevons cinq sur cinq, Lucy. Nous te préviendrons dès que nous aurons repéré Staab. Tu es sûre que tu veux toujours y aller ?

Keir, qui avait déjà organisé ce type d'opération, pensait que Staab avait choisi le parking de l'hôpital Saint Luke à cause de son accès facile — qui lui permettrait de quitter rapidement les lieux après l'échange d'otages —, et parce qu'il y avait tant de personnes innocentes qui allaient et venaient dans ce lieu que la police ne prendrait pas le risque d'engager une fusillade. Et s'ils établissaient un périmètre de sécurité, Staab verrait immédiatement qu'il était attendu. Il incombait donc à Lucy de faire face seule à un ravisseur et un assassin.

— J'en suis certaine.

Elle retint son souffle alors qu'une voiture sortait d'un emplacement de stationnement tout près d'elle. Elle ne respira que lorsque le véhicule fut passé devant elle et eut tourné vers l'hôpital. Il n'y avait là rien d'anormal.

— Mais j'aimerais bien emménager dans une maison : je commence à ne plus pouvoir supporter les parkings, que ce soit dans les hôpitaux ou les résidences !

Niall la surprit en répondant à son bavardage nerveux.

— Quand tout cela sera terminé, je t'emmènerai sur l'île de Mackinac, dans le Michigan. Il n'y a ni voiture ni parking.

Lucy glissa l'anse de son sac à tricot sur son épaule, près de son sac à main, et referma le coffre.

— C'est une invitation, docteur Watson ?

Elle ne rit pas en prononçant son nom, cette fois.

Il éluda la question.

— Il faut d'abord que tout cela soit terminé.

Il avait raison. Elle regarda sa montre et se dirigea vers la portière arrière. Il fallait y aller maintenant. Elle ne pouvait pas retarder les choses plus longtemps.

— J'espère que vous êtes certains que Roger Campbell n'est pas dans les parages. Je ne voudrais pas qu'il fasse irruption sur le parking et que quelqu'un soit tué par sa faute.

Niall lui répondit.

— Impossible. Campbell n'a pas respecté les termes de sa liberté conditionnelle. Duff l'a fait incarcérer.

Cela faisait au moins un danger potentiel sous contrôle.

— Donc, nous n'avons qu'à nous soucier de Mickey Staab.

— En théorie.

— En théorie ?

Lucy secoua la tête, détachant la poupée du siège auto

et relevant sur son visage la couverture dont elle l'avait enveloppée.

— Il y a un autre type dont vous ne m'auriez pas encore parlé ?

Mais un des policiers avertit Keir qu'il avait repéré la voiture de Staab.

— Tiens-toi prête : il y a une Camaro grise qui vient de pénétrer sur le parking par l'entrée nord et qui se dirige vers toi.

Lucy poussa un soupir et aperçut la voiture, maintenant familière, qui s'engageait dans l'allée où elle était garée. Elle avait peur. Peur pour elle et peur pour Diana. Mais elle n'était pas seule... Il fallait qu'elle s'en souvienne.

— Parle-moi, Niall. J'ai besoin d'entendre ta voix. Pose-moi une question, dis-moi quelque chose.

— Il faut que nous discutions de ce qui s'est passé ce matin.

— Quoi ?

Ce matin ? A quoi faisait-il allusion ? Au moment où ils avaient fait l'amour ? A celui où les conclusions de l'analyse ADN leur étaient parvenues ? Ou à quelque chose d'autre encore ? Ce n'étaient pas des sujets qu'elle voulait mélanger, surtout lorsque Keir et plusieurs policiers écoutaient leur conversation.

— Je ne peux pas en parler maintenant.

La Camaro gris métallisé de Mickey Staab ralentit et Lucy s'en approcha, portant la poupée dans les bras. L'homme qui terrorisait sa fille adoptive était assez près d'elle pour qu'elle distingue ses yeux noirs, mais elle ne vit personne d'autre que lui dans le véhicule.

— Où est Diana ? murmura-t-elle.

Elle avait plus peur de ce qu'elle imaginait que de ce qu'elle voyait.

— Attention, tout le monde, c'est parti ! annonça Keir. Ne bougez pas jusqu'à ce que je... Niall ? Où vas-tu ? Bon sang !

Elle entendit Keir jurer dans son oreillette et un bruit métallique dans le lointain.

— Restez en position jusqu'à ce que je vous donne l'ordre de charger. Il faut d'abord que nous ayons un visuel de l'otage.

Lucy ajusta la lanière de ses sacs sur son épaule et serra la poupée contre sa poitrine. La voiture qui avait failli la renverser quelques jours plus tôt, sur le parking de sa résidence, s'immobilisa dans l'allée à seulement quelques mètres. Elle se prépara à la confrontation. Mickey ne coupa pas le moteur. Elle fut surprise de le voir se pencher vers le siège du passager. Pourquoi ne sortait-il pas ? Savait-il qu'une douzaine de policiers le surveillaient ?

« Il faut d'abord que nous ayons un visuel de l'otage. » Elle ne voyait pas Diana.

— Où est Diana ? cria-t-elle.

Elle baissa la tête pour embrasser le front de la poupée, sans cesser de regarder Staab.

— J'ai fait ce que vous avez dit. J'ai amené Tommy. Où est Diana ?

La portière du passager s'ouvrit et une jeune femme en sortit avant de s'affaler par terre avec un gémissement.

— Diana ! cria Lucy en se précipitant vers elle.

Elle s'immobilisa lorsqu'elle vit le couteau ensanglanté dans la main de Mickey Staab. Il était long, comme celui que son frère portait à la ceinture. C'était peut-être le même. Staab sortit par la même portière que Diana et resta debout devant elle, alors qu'elle se recroquevillait par terre. Il resta penché pour que la portière le protège des policiers qui pourraient le tenir dans leur viseur. De toute évidence, il avait deviné que c'était une embuscade, mais il voulait désespérément revoir son fils.

Et un homme désespéré était un homme dangereux.

— Diana n'aurait pas dû me trahir !

Lucy avait les yeux pleins de larmes.

— Ordure !

Staab pointa son couteau vers Lucy.

— Donne-moi mon fils.

Lucy avança vers l'endroit où Diana s'était affaissée, pour voir si elle était gravement blessée.

— Laissez-moi l'aider, je vous en supplie. Laissez-moi l'emmener aux urgences !

Mickey la suivit attentivement du regard. Il brandit le couteau dans sa direction.

— Donnez-moi d'abord mon fils !

Le simulacre avait duré assez longtemps.

— Le voilà !

Lucy lui lança la poupée et prit la main de Diana pour la tirer vers elle.

Staab comprit tout de suite qu'il s'était fait avoir.

— Garce !

Il laissa tomber la poupée et se précipita sur elle.

Lucy entendit crier « Donnez l'assaut ! Donnez l'assaut ! » dans son oreille. Elle lâcha la main de Diana pour saisir une aiguille dans son sac, alors que Staab brandissait son couteau, s'apprêtant à la frapper.

— Vous mentez tous ! cria-t-il.

Elle lui enfonça son aiguille à tricoter dans le bras de toutes ses forces, mais réussit seulement à dévier le coup. L'homme fut emporté par son élan et la bouscula, la faisant tomber à terre. Lucy ne prêta pas attention à la douleur qui lui transperça l'épaule.

— Pars ! Pars vite !

Elle entendait des voix près d'elle à présent, des voix qui lui criaient de s'enfuir et faisaient chœur avec celle dans son oreillette.

Lucy se redressa, mais elle trébucha sur le corps de Diana. Mickey l'attrapa par les cheveux et la tira vers lui. Elle eut l'impression que des milliers d'aiguilles lui perçaient le crâne. Le couteau était si près et ceux qui pouvaient l'aider, si loin !

Lucy entendit trois coups retentissants.

La poigne de Staab sur ses cheveux se relâcha, et elle tomba à genoux. Il leva les yeux vers quelque chose qu'elle ne voyait pas derrière elle. Trois taches rouges apparurent et s'agrandirent rapidement sur le devant de sa veste, et il s'affaissa à terre.

Lucy s'écarta avant qu'il ne tombe sur elle. Elle se retourna et vit Niall, une arme à la main. Il était debout, les pieds écartés, et le canon de son pistolet était encore fumant. Elle croisa son regard. Ses yeux bleus avaient la dureté de l'acier.

A cet instant, il n'y avait en lui nulle trace du scientifique absorbé par des spéculations intellectuelles.

Mais il rengaina rapidement son arme et éloigna le couteau des mains de Mickey Staab d'un coup de pied, alors que Keir et d'autres policiers accourraient vers eux.

Il ne dit rien mais s'agenouilla auprès de Lucy, passant sans transition du rôle de policier à celui de médecin avant même qu'elle puisse le remercier ou lui demander pourquoi il ne se trouvait pas comme prévu à l'arrière de la camionnette. Il examina la pupille de ses yeux et passa les mains le long de ses bras. Elle fit la grimace lorsqu'il lui toucha l'épaule, mais cette vive douleur lui fit reprendre conscience de la réalité.

— Je vais bien.

Elle le poussa vers Diana.

— Aide-la.

— J'ai besoin d'une trousse d'urgence ! hurla Niall dès qu'il eut mis Diana sur le dos.

Elle perdait son sang par une blessure à l'abdomen.

— Diana ?

Il ôta sa veste de police et en fit une compresse pour arrêter le flot de sang.

— Diana, reprit-il, je suis médecin. Ouvrez les yeux.

Lucy s'agenouilla de l'autre côté. Elle lui prit la main et la serra entre les siennes.

— Diana, je t'en prie, ma chérie... C'est Lucy ! Ecoute Niall. Ouvre les yeux si tu peux.

Diana poussa un gémissement et leva les paupières. Mais son regard était vague et éteint.

— Lucy ? murmura-t-elle.

— Oui. C'est moi. Tu es en sécurité maintenant. Tu es en sécurité.

— Parle-moi... De... Mon bébé.

Son souffle se coinçait dans sa poitrine.

— Mickey... Je ne veux pas qu'il devienne comme Mickey !

Lucy regarda Niall, qui faisait de son mieux pour stopper l'hémorragie. Mais il secoua la tête, et elle sentit les larmes monter à ses yeux.

Elle embrassa la main de sa fille adoptive.

— Il ne deviendra pas comme lui, ne t'inquiète pas. Tommy va bien. Dorian, je veux dire... C'est un bébé extraordinaire ! Il va très bien. Tu as réussi, Diana ! Tu as protégé ton bébé. Tu as réussi à le mettre en sécurité.

Diana ferma à nouveau les yeux. Mais ses lèvres se relevèrent doucement.

— J'aime bien Tommy comme nom... Tu lui diras combien je l'aimais...

— Diana...

— Tu lui diras...

— Oui, ma chérie, je le lui dirai. Je te le promets. Il saura tout ce que tu as fait pour lui.

— Je savais que tu m'aiderais.

La main de Diana devenait lourde dans celle de Lucy.

— Il ne pourrait pas avoir une meilleure maman que toi... Parce que tu as toujours été une mère pour moi...

— Diana ?

Lucy sut lorsque Diana poussa son dernier souffle.

Elle reposa délicatement la main de Diana sur sa poitrine immobile et écarta les mèches brunes de son front pour y déposer un baiser. Le reste du monde s'estompa dans ses larmes : les policiers, les médecins arrivés sur les lieux qui prirent la suite de Niall dans un effort vain pour ranimer la jeune femme, les voitures... Elle sentit l'air lui manquer et éclata en sanglots.

Une voix chaude, réconfortante, lui murmura à l'oreille :

— Je suis là, ma chérie.

Elle eut à peine conscience de ce qui se passa pendant les minutes suivantes. Elle savait seulement qu'elle était dans les bras de Niall. Elle avait oublié le sang qu'elle avait sur ses mains et maintenant dans ses cheveux. Elle ne pensait pas au spectacle qu'elle donnait d'elle-même. La seule chose qui comptait était que Niall soit là.

Lucy McKane pouvait tout supporter. Mais pas ça. Sans Niall, elle savait qu'elle en aurait été incapable.

Lucy pleura beaucoup au cours des jours qui suivirent. A chaque fois que Niall voyait ses yeux rougis par les larmes et qu'il sentait les sanglots lui déchirer le corps, il souffrait pour elle.

Elle avait perdu une personne qu'elle considérait comme sa fille. Elle avait revécu le cauchemar qui aurait pu l'anéantir dix ans auparavant si elle ne s'était pas battue pour se relever et reprendre sa vie en main. Lucy disait parfois qu'elle se sentait coupable d'avoir perdu le contact avec quelqu'un dont elle avait été si proche et qu'elle s'en voulait de ne pas avoir pu retrouver Diana à temps pour la sauver.

Mais Niall n'avait jamais vu quelqu'un d'aussi courageux que Lucy McKane. Oui, elle pleurait... Mais elle plaisantait également avec ses frères et avait de longues conversations avec Millie et Thomas Watson. Elle s'était même trouvé beaucoup de points communs avec la sœur de Niall, maintenant que Liv et Gabe étaient rentrés de leur lune de miel. Elle riait avec Tommy lorsqu'il était réveillé et le regardait avec un sourire plein de tendresse lorsqu'il s'endormait dans ses bras.

Elle passait du rire aux larmes, et Niall ne savait comment l'aider. Mais il pouvait lui apporter un soutien pratique. Il était resté à ses côtés lors des funérailles de Diana et maintenant, il portait toutes les affaires de Tommy et les siennes dans son appartement.

Il avait failli arriver trop tard ce jour où elle s'était retrouvée en face d'un tueur. Il s'était senti trop éloigné alors qu'il veillait sur elle à partir d'un écran de contrôle dans la camionnette. Et même s'il n'avait pratiquement jamais l'occasion d'utiliser son arme en service, il n'avait pas hésité un seul instant : Mickey Staab menaçait la femme qui était la plus importante pour lui depuis que sa mère était morte. Lorsqu'il avait brandi ce couteau avec l'intention manifeste de se jeter sur Lucy pour lui faire subir le même sort qu'à Diana Kozlow, Niall avait visé et l'en avait empêché.

A présent, alors qu'il déposait le couffin de Tommy dans sa chambre, Niall avait de nouveau l'impression que le temps était compté, que Lucy et Tommy allaient désormais vivre trop loin de lui, de l'autre côté du couloir. Et que s'il ne faisait rien, il les perdrait à jamais.

Il se retourna et vit Lucy se pencher sur la table à langer et déposer un baiser sur le nez de Tommy. Elle lui sourit, le prit dans ses bras et alla l'installer dans le couffin, avec une de ses peluches.

Il allait retrouver sa tranquillité et son espace. Alors, pourquoi avait-il l'impression que Lucy l'abandonnait ? Et pourquoi une pensée si irrationnelle lui serrait-elle le cœur ?

Il était en train d'ancrer dans sa mémoire la courbe de ses fesses dans son jean lorsqu'elle se redressa et se tourna vers lui.

— Tu as encore ce regard fixe, Niall.

— Ah bon ?

Il vit dans ses yeux verts beaucoup de tristesse, mais également une lumière dont il ne put se détourner.

— Tu ne t'en rends pas compte ?

Elle le fit sortir de la chambre et referma la porte derrière eux pour que Tommy puisse dormir.

— J'ai l'impression d'être un spécimen examiné sous la lentille d'un microscope !

— Pardon. Je me sens un peu stupide quand je suis avec toi.

— Stupide ? Toi ? Jamais !

Il la suivit dans le salon.

— Je ne comprends pas ce qui se passe. Je n'arrive plus à réfléchir. Je suis désorganisé. Je ne peux pas me concentrer sur mon travail… Je ne fais plus que réagir et ressentir.

— Ce n'est pas mal de ressentir, Niall. Et que ressens-tu ?

Il se passa les doigts dans les cheveux et secoua la tête, cherchant une réponse précise.

— Je me sens désorienté… J'ai du mal à supporter que Tommy et toi ne soyez pas dans mes bras ou au moins dans mon champ de vision. Je pense à vous lorsque vous n'êtes pas avec moi. J'attends avec impatience de vous revoir. J'imagine l'avenir de Tommy… Je me demande s'il fera des études. Je me dis qu'il a besoin d'une maman. J'ai peur que tu ne sois pas en sécurité, ou que tu sois en train de noyer un autre homme sous le flot de tes paroles, ou…

Lucy l'interrompit en lui posant le doigt sur les lèvres et lui fit un sourire d'une douceur qui lui serra le cœur.

— Moi aussi, je t'aime.

— Oui…

Il hocha la tête alors qu'il commençait à voir clair en son cœur.

— Oui : je t'aime.

Il lui passa les doigts dans les cheveux et lui releva la tête pour pouvoir l'embrasser tendrement. Il la prit par la taille et l'attira à lui alors que — comme à chaque fois qu'il la touchait — le désir montait en lui.

Plus tard, quand il eut repris ses esprits, alors qu'elle était blottie contre lui sur son divan, Niall décida de lui dire ce qui — il venait de le comprendre — était pour lui plus important que tout.

— Lucy McKane, j'ai une question pour vous.

Elle écarta les cheveux tombés sur son front.

— Tu sais bien que j'adore t'entendre parler.

— Je suis patient et je peux te donner tout le temps que tu veux.

— Pour quoi faire ?

— Tu veux m'épouser ? Tu veux que nous adoptions Tommy ? Tu veux que nous formions une famille ?

Elle eut un large sourire.

— Ça fait trois questions, docteur Watson.

— Tu vois ? Quand je te dis que je me conduis de manière stupide ! Je n'ai pas l'habitude de laisser parler mon cœur, alors sois indulgente : ne m'oblige pas à supplier pour obtenir une réponse !

— Oui. Oui. Et oui.